L'INSTITUT DU NOUVEAU LENDEMAIN

Avertissement

Certains personnages de ce roman sont victimes de violences psychologiques, physiques et sexuelles. Bien que nous ayons veillé à traiter ces scènes de façon elliptique, leur lecture peut être difficile pour certain·es lecteur·ices.

***

Lorsqu'un groupe est constitué d'une majorité de femmes, l'autrice a choisi d'utiliser le féminin générique au pluriel. Le masculin générique est employé quand le groupe est plus mixte.

CHLOÉ VOLLMER-LO

L'INSTITUT DU NOUVEAU LENDEMAIN

I

LES VISAGES DU FEU

Nathan

Loi n° 49-956 du 16 juillet 1949 sur les publications destinées à la jeunesse,
modifiée par la loi n° 2011-525 du 17 mai 2011.
contact@nathan.fr

ISBN : 9782095046132

Dépôt légal : août 2025

À Jeanne Lo-Tcheng,
ma grand-mère.

Prologue

Parfois, Luce se souvient presque de la lumière du jour.

Elle se souvient du poids des jambes qui se balancent dans le vide, des bêtes qui se prennent dans les cheveux des petites filles ; de la buée sur les vitres, un matin d'hiver.

Luce se souvient du monde franchissable. Des fenêtres entrebâillées, des portes qui s'ouvrent autant qu'elles se ferment. Lorsqu'elles la traversent, ces fulgurances la laissent toujours hagarde, la peau frissonnante. Elle ne les comprend pas et pourtant, c'est à tâtons qu'elle s'y accroche. Le rouge qui perce à travers ses paupières closes bat comme un cœur tamisé. Son pouls cogne contre le béton, sonde les parois à l'affût de la première fissure. Quand elle trouvera enfin la faille, Luce l'écartera de ses mains, la creusera de ses ongles sans penser un seul instant à la douleur.

Luce cherche la lumière, oui, mais à la manière d'une plante grimpante : furieuse et implacable.

En attendant le choc, l'impatience s'absorbe dans un tourbillon de souvenirs. Chaque sens est convoqué dans ses marques les plus anciennes, comme si la peau consignait tous les moments passés, et qu'elle pouvait réveiller à l'envi le monde tel qu'il fut un jour.

Luce se prépare. Elle élève des forêts comme on bâtirait des cathédrales, murmure le nom des pierres pour les reconnaître quand elle les verra. Elle hume la terre absente et sent déjà la pluie d'été sur sa peau. Il lui semble retenir au creux de ses mains, fugaces, des instants qui auraient valeur de preuves. Et la seconde d'après, les perdre pour toujours, lorsque les électrodes envoient leurs décharges.

Parfois, Luce se souvient presque de la lumière du jour. Elle s'agrippe à cette bribe de réminiscence, à la lueur gracile au-dessus du gouffre. Elle souffle doucement, espérant raviver la flamme et voir jaillir la première étincelle.

Alors l'électricité arrive. Le corps se soulève par la poitrine.

Et les contours de la salle de classe apparaissent à nouveau autour d'elle.

PARTIE 1

Sous les électrodes

1

– L2106 !

Sitôt qu'elle ouvre les yeux, Luce redevient son matricule.

Il aura suffi que l'électricité traverse son corps pour balayer les intuitions qui tapissaient ses paupières. Et tandis que l'engourdissement se prolonge, la lumière du jour, docile, retourne se tapir dans un recoin aveugle de sa mémoire. La brûlure tourbillonne un peu dans la pulpe de l'index, irradie dans la poitrine, avant de s'apaiser. Alors, l'absence du prénom se fait plus tolérable.

Les mains en appui sur son bureau, le professeur toise Luce avec gravité.

– Vous connaissez la procédure, L2106. Ces défauts de concentration feront l'objet d'un signalement.

Parce qu'à cet instant elle accepte encore d'être L2106, elle récite la formule consacrée, évitant les regards accusateurs des autres élèves :

– Je connais la procédure et je la respecte. Je vous prie d'accepter les excuses que je vous présente, professeur et camarades, ainsi qu'à l'Institut du Nouveau Lendemain et à la mémoire de son fondateur.

La sonnerie avale les dernières syllabes. De son égarement, elle ne garde déjà plus que la honte, et la vague impression d'avoir oublié quelque chose d'important. Les électrodes sont arrachées aux tempes, sans ménagement pour les cheveux pris au piège. La salle de classe se vide. Luce se hâte de rejoindre le flot des pensionnaires, encore titubante d'électricité. Personne ne lui adresse la parole, mais elle peut lire dans les yeux des autres ce qu'elle sait déjà : normalement, ce genre de choses n'arrive pas aux élèves de son calibre. Celles qui ont la chance d'appartenir au rang 1, le grade le plus prestigieux de l'Institut, ne connaissent pas le vacillement.

Dans les couloirs qui mènent au réfectoire de l'aile F, la foule de ses semblables la contourne, se contorsionne pour mieux l'éviter. Le vide a enflé tout autour d'elle. Pas par jalousie envers ses résultats pour une fois, ni par dédain pour ses maigres aptitudes sociales : ce que Luce détecte sur les visages ressemble à de l'inquiétude. Peut-être que ses camarades soupçonnent déjà, bien avant elle, la déchéance à venir.

– L2106 !

À l'instant où elle aperçoit C1501, toute de dents brillantes et d'iris verts, les derniers restes d'électricité s'évaporent et les questions inconfortables avec eux. Dans un murmure respectueux, les élèves s'écartent pour laisser passer l'aînée du rang 1. Le vide qui se crée autour de C1501 ne ressemble pas à celui qui cerne Luce. Il n'a pas la forme du manque, mais habille au contraire son amie d'un éclat supplémentaire.

– Tu as passé une bonne journée ? On va dîner ?

Sans attendre de réponse, la grande brune disparaît dans la foule des filles qui, comme un seul et même ventre, converge vers les portes à double battant. Luce s'élance à sa suite. Au-dessus de leurs têtes, les néons bourdonnent quelques secondes, puis se tamisent. Le mode crépuscule est amorcé : il est temps de souffler, d'oublier l'électricité punitive pour quelques heures. Retour aux fonctions primaires des corps en jupes plissées.

Les lourdes portes du réfectoire s'ouvrent et les effluves fades de la bouillie quotidienne emplissent l'air. Dans l'arrière-cuisine, au-delà des rails qui accueillent déjà les premiers plateaux, l'équipe nourricière s'active. Le visage à demi dissimulé par des masques en papier, la tête coiffée de charlottes en plastique, des silhouettes floues déversent de larges quantités de poudre dans des marmites fumantes. Le métal étincelant se couvre aussitôt d'une poussière épaisse et collante.

Tandis qu'elles empruntent la file d'attente prioritaire, C1501 se tourne vers Luce, un sourire de compétitrice sur les lèvres :

– Tes pronostics pour ce soir ? Bouillie verte, beige, jaune ou grise ?

– Verte.

– Hmmm… Si j'en crois le motif de récurrence des différentes couleurs, les probabilités tendent plutôt vers la bouillie jaune…

– Comme tu veux.

– Tu restes sur la verte ? Ah ! C'est jaune ! Regarde, c'est la bouillie jaune, je le savais !

C1501 compterait certainement les points, repas après repas, si elle n'avait pas depuis longtemps perdu la notion des jours. Luce ne gagne jamais à ce jeu. Très vite, elle a oublié de se passionner pour les déclinaisons du menu, puisque l'odeur âcre et l'absence de goût persistent. Et à vrai dire, Luce n'en éprouve ni regrets, ni tristesse, ni colère. Quand certaines élèves se plaignent de l'insipidité des poudres réhydratées, elle se réjouirait plutôt des rations confortables auxquelles elle peut prétendre. Une fois son tour venu, il lui suffit de désigner son badge frappé d'un 1 rutilant pour qu'on échange sa carafe d'eau contre une autre, deux fois plus grande. Puis on lui sert une seconde louche de bouillie. Et une troisième.

Depuis bientôt dix ans, le ventre de Luce ne gargouille plus, il ne dessine plus cette inquiétante ligne concave… Grâce à l'Institut du Nouveau Lendemain, elle a pu ajouter la soif et la faim à la longue liste de ses oublis. Ce n'est pas rien. Elle emboîte le pas à son amie sous les regards envieux des filles de statut inférieur, en prenant garde de ne rien renverser de son plateau.

Bien qu'elle fasse toujours mine de s'intéresser à la couleur du repas, C1501 partage la vision de Luce. L'alimentation sert à faire fonctionner le corps et l'esprit, la nostalgie n'a pas sa place dans ce processus. Se remémorer la nourriture du monde d'avant, voilà qui est bon pour les élèves de rang 2. Luce contourne rapidement leur salle à manger comme si elle craignait que leur médiocrité ne soit contagieuse. La cacophonie des pensionnaires de rang 3 lui parvient de l'étage inférieur, chaotique et obscène… Elle ne veut même pas savoir ce qui se raconte là-bas. À quelques mètres, C1501 prend place à table, un sourire absent sur les lèvres.

Avant que l'aînée du rang 1 décide de s'approcher d'elle, cinq cycles plus tôt, Luce mangeait toujours seule. Ou plutôt : Luce *était* toujours seule. Seule le matin au moment de s'extirper du lit, seule dans la salle d'eau commune, seule dans les couloirs, seule pour coller les électrodes à ses tempes, seule à attendre son plateau sans chercher à deviner la couleur des bouillies, seule à l'heure de se rouler en boule sous sa couverture. Elle avait passé ses cinq premiers cycles de vie à l'Institut, c'est-à-dire cinq années entières, à scruter dans un mélange de dédain et d'envie l'étrange ballet de ses camarades. Celles qui semblaient savoir, sans que personne n'ait rien eu à leur expliquer, la façon juste de se comporter, le mode d'emploi de ce nouveau monde entre quatre murs. Luce avait épié la retenue permanente de leurs mouvements, cette délicatesse fabriquée bientôt devenue une seconde nature, sûrement pour mieux se distinguer des basses sphères du rang 2… ou pire, de la vermine du rang 3. Dans les premiers mois, Luce s'en souvient, elle avait tenté de ressembler à ces petites filles. Son corps, pourtant, avait résisté, incapable de débarrasser ses gestes de leur efficacité brute. Dès lors, elle avait porté sur elle l'odeur de sa non-appartenance. La meute convenable l'avait reniflée et s'était éloignée dans un sourire désolé. Les pensionnaires de l'Institut du

Nouveau Lendemain s'étaient transformées en un ensemble de matricules interchangeables et Luce s'était dessiné un manteau de solitude dans lequel se blottir.

Jusqu'à ce que C1501 décide de lui adresser la parole.

Luce le sait aujourd'hui, la grande brune avait d'abord passé des semaines à l'observer de loin, à laisser traîner une oreille lorsque le professeur Alpha ou d'autres évoquaient les prouesses cognitives de la gamine taciturne qu'elle était. Au cours des repas, il arrivait souvent à Luce de croiser le regard mordant de cette aînée toujours entourée d'une multitude d'élèves admiratives. Elle ne pouvait s'empêcher de l'envier. Car si Luce était brillante elle aussi, cet éclat n'avait jamais attiré personne, ne lui avait pas offert la moindre insouciance. Seulement la garantie d'être sauve.

Le jour où C1501 s'est approchée d'elle, le jour où elle s'est assise à sa table et d'un mot l'a élue comme amie, la masse des prétendantes s'est évaporée. Ce que l'aînée a vu en elle à ce moment-là, Luce l'ignore encore.

Mais depuis, elles font corps ensemble, autour de cette table située tout au fond de la salle à manger du rang 1. De leur poste d'observation, jour après jour, elles détaillent et commentent les infimes variations des clans regroupés devant elles… avec la certitude réconfortante de léviter quelques centimètres au-dessus de ce petit monde.

Mais pas ce soir. Ce soir, C1501 a les yeux plongés dans le vague, tournés vers un horizon que les murs ne lui dérobent pas. Sous la table, son genou frétille.

– Tout va bien… ?

– Oh. Pardon, je meurs de faim, répond son amie avec un sourire d'excuse.

Pourtant, la bouillie continue de refroidir, la cuillère reste posée en équilibre sur son plateau. Et les iris verts reprennent leur errance.

Ce n'est pas la première fois que Luce observe ce comportement à l'Institut du Nouveau Lendemain. Elle sait que toutes connaissent ces instants de fragilité, quand les frontières avec la vie d'avant se font plus poreuses. Toutes, sauf elles deux. C'est pour ça que Luce insiste :

– C1501, est-ce que…

– Quelque chose se prépare, l'interrompt son amie d'une voix fiévreuse.

2

Luce ne s'attendait pas à ça. À l'Institut, rien ne se prépare jamais : les jours s'égrènent, semblables, et puis les mois, les cycles… sans que rien ne change. Elle suit le regard de C1501. À l'autre bout de la salle à manger du rang 1, une partie de l'équipe éducative se presse en un cercle compact autour du responsable, le professeur Alpha. Que font-ils là, à l'heure où chacun d'entre eux devrait dîner dans ses propres quartiers ? Ils forment une curieuse assemblée, nerveuse et voûtée, et ne cessent de jeter des coups d'œil dans leur dos. Durant un instant, Luce a l'impression que leur attention converge vers la table qu'elle partage avec C1501. Et s'ils étaient en train de discuter de son cas, de ce moment où elle s'est laissé déconcentrer et où l'électricité l'a rappelée à l'ordre ?

– Il va y avoir une sélection.

C1501 a détaché chaque syllabe pour faire résonner le terme qu'elle a choisi. Le mot juste, précis, celui qui suscitera sa curiosité.

– Une sélection… ?

Au fond de la pièce, le groupe des professeurs s'est déjà dissous et personne ne semble s'être aperçu de quoi que ce soit. C1501 exulte.

– Je ne suis pas censée être au courant ! Et toi non plus, cela va sans dire.

La joie qui perce dans sa voix dissipe l'appréhension de Luce. Elle connaît cette inflexion chantante : son amie a déniché une information confidentielle. Puis elle a échafaudé des théories si ambitieuses qu'elles ont fini par exiger une oreille où se déverser. Ce n'est pas la première fois.

– J'ai entendu Alpha parler avec un subalterne. Je n'ai pas tout compris, mais je crois… Je crois que l'intendante va nous rendre visite.

Aussitôt, l'évocation de l'intendante balaie toutes les questions pour les remplacer par l'image, à peine voilée, de celle qui répond à ce nom.

Avant les visites de l'intendante, les élèves du rang 3 ont pour ordre de récurer chaque couloir qu'elle empruntera, de vérifier l'état des néons et de repeindre les murs aux teintes fatiguées. Pourtant, l'odeur de la peinture et des détergents a tôt fait d'être recouverte par les fragrances entêtantes que l'invitée d'honneur promène dans son sillage. Elle dispense ses observations d'une voix qui fait toujours baisser les yeux du professeur Alpha : caressante et menaçante à la fois. Puis, après avoir hoché la tête devant les révérences répétées de l'équipe éducative, l'intendante disparaît, engloutie par une porte dérobée. On n'entend plus parler d'elle pendant plusieurs cycles, et personne n'ose demander où elle s'en est allée. L'intendante ne possède pas de matricule, pas d'histoire, pas de failles. Elle est, tout simplement. Superbe et singulière, complète et parachevée, face à la masse informe des pensionnaires. Pas étonnant que même C1501, incarnation parfaite du rang 1, voie en elle un modèle inatteignable…

Luce l'a compris : l'intendante ne vit pas à l'Institut du Nouveau Lendemain, mais *ailleurs*. Le problème, c'est qu'ailleurs, ça n'existe pas. Ou plutôt, ça n'a pas le droit d'exister. Toutes en ont conscience, quel que soit leur rang : la chance inouïe d'avoir été accueillie au sein de l'Institut se suffit à elle-même, il n'y a rien à savoir de plus. Alors Luce a balayé de sa mémoire les ailleurs qu'elle a pu connaître. Le mot, même, la laisse coupable et nauséeuse. Depuis dix ans et aussi loin que ses souvenirs remontent, sa vie de pensionnaire exemplaire se joue entre les murs borgnes de l'Institut, de couloir en dortoir, mêlée aux centaines d'autres qui grouillent sous la clarté des néons. Sans que rien ne vienne dessiner la possibilité d'une existence différente, d'une face opposée du monde… Rien sinon quelques rêves confus qu'elle se dépêche d'oublier sitôt qu'elle s'éveille. Mais plus Luce grandit, plus il devient difficile de contourner les questions lancinantes que posent ces surgissements occasionnels de l'intendante.

– On ne l'a pas vue depuis des cycles… Qu'est-ce qu'elle viendrait faire ici ? demande-t-elle.

– Je n'ai pas bien compris ce qu'ils disaient, mais je crois qu'elle vient pour nous. Pour nous évaluer.

C1501, la respiration courte, s'interrompt pour vérifier que personne ne les écoute. Luce suit son regard. Elle s'attarde sur les groupes attablés. La rumeur polie des conversations feutrées, la permanence rassurante et mortifère des sujets qui ne bousculeront rien. Elle se tourne de nouveau vers C1501 et l'encourage à poursuivre.

– Je crois qu'elle va choisir des élèves et les emmener avec elle.

– Où ça ?

C1501 se mord les lèvres. Visiblement, elle ne sait pas si ce qu'elle s'apprête à dire relève du blasphème ou du sacré.

– Avec elle. Ailleurs.

Les yeux verts courent de gauche à droite pour vérifier qu'elle n'a pas déclenché de cataclysme. Mais non, le cliquetis des couverts joue toujours la même symphonie répétitive, les mentons restent baissés vers les plateaux presque vides tandis que les cuillères raclent les dernières traces de bouillie. Bientôt, elles seront les seules à ne pas avoir englouti leur ration. C1501 passe une main nerveuse sur son visage. Elle murmure, l'œil brillant :

– Je veux en être, L2106. Je ne sais pas ce qu'elle cherche, mais je veux être sa réponse. Je veux la suivre. Je crois que je suis prête.

3

Les néons sont passés en mode nocturne depuis plusieurs heures maintenant. Dans la pénombre du dortoir, les corps forment autant de petits monticules qui enflent puis se dégonflent au fil des respirations. À quoi peuvent bien rêver les endormies à qui on n'a pas servi de l'ailleurs au dîner ?

Luce ne trouve pas le repos. Dès qu'elle commence à somnoler, la décharge électrique de l'après-midi se rappelle à elle et la réveille en sursaut. Elle n'a rien avoué de l'incident à C1501. Elle pense au regard fébrile de son amie, à l'envie qui dévore autant que le doute. Jamais Luce n'avait vu trembler la doyenne du rang 1. Jusqu'à ce fantasme tout neuf d'une vie aux côtés de l'intendante, C1501 avait agi sans crainte ni retenue, comme si elle détenait une vérité secrète capable d'apaiser tous les tourments.

Quelque chose a changé. Une part engloutie de Luce l'a senti. Un mécanisme s'est enclenché, dans les souterrains de l'Institut du Nouveau Lendemain, que personne ne pourra enrayer. C1501 s'y prépare à l'aveugle, mais avec la virtuosité qui l'a toujours caractérisée. Quand les rouages auront achevé leur révolution, le monde se renversera et personne ne sera épargné. Cette part dérobée, que Luce n'entend pas encore, lit déjà tout cela dans la gifle glacée de l'électricité et dans les tremblements de son amie.

Le sommeil finit par remporter la bataille. Peu à peu ses poings se détendent, ses phalanges s'ouvrent.

Luce effleure l'air rafraîchi d'une soirée d'automne. La main qui se tend vers elle est parsemée de rides, dans lesquelles elle peut promener le doigt et dessiner des rigoles quand il pleut. La paume est toujours tiède, accueillante, vaste comme un refuge quand les bourrasques se lèvent. Au rythme de leurs pas, les deux mains jointes font un balancier joyeux. La petite fille exagère le mouvement, elle tangue et sautille à chaque pas. Puis les doigts quittent les siens et l'index se déplie pour désigner une murmuration d'étourneaux haut dans le ciel. Luce tourne les yeux vers elle, masse noire pointillée qui se contracte puis se désassemble pour saupoudrer le soir d'éclaboussures ailées.

L'enfant continue de fixer les dessins qui s'esquissent à l'orée des nuages. Charbon sur gris d'orage, elle n'en comprend pas les méandres. Pourtant, elle est persuadée qu'il y a là un code à déchiffrer, une vérité sans cesse mouvante. Que si elle comprenait la danse des étourneaux, elle serait sauve.

C'était au temps où il y avait encore des oiseaux.

La voix dit : « Je ne crois pas que ceux-là reviendront au printemps. »

Lorsque Luce se réveille, ses pieds gardent quelques instants l'empreinte des chemins boueux. Elle se souvient qu'il faut s'amarrer à la main de l'autre et regarder où l'on marche.

À travers les fines cloisons qui entourent son lit, Luce devine déjà l'effervescence du dortoir : les néons ont enclenché leur mode diurne, les pieds nus des pensionnaires clapotent sur le linoléum. Elle sort de son box en titubant et se dirige vers la salle d'eau. Dans l'alignement de lavabos, l'eau claque à répétition sur l'émail blanc. Luce frissonne au contact du carrelage et regrette de ne pas avoir enfilé ses chaussettes. Le flux glacial sur son visage achève de grignoter les réminiscences de la nuit et l'oubli reprend ses quartiers. Parmi les silhouettes en chemise de nuit, pas un regard, pas un mot. Le silence du matin est une coutume qui date des premiers temps de l'Institut. Rares étaient celles qui ressortaient indemnes du sommeil et de son cortège de fantômes ; les autres ont pris l'habitude de se taire.

Luce quitte sa chemise de nuit, devine en périphérie de son regard que ses camarades l'ont imitée. Elle baisse les yeux, repliée sur son propre corps, comme si cela pouvait la rendre invisible. Puis, les mains en corolle sous le filet tiède du robinet, elle s'asperge de haut en bas. Elle attrape sur sa tablette le savon fourni par l'Institut du Nouveau Lendemain – trois par cycle, quand les autres rangs n'ont droit qu'à un seul – et creuse machinalement, du bout de l'ongle, le portrait de Tadeusz Hertz embossé dans le palet blanchâtre. Luce éprouve toujours une réticence à coller à sa peau nue le visage du fondateur de l'Institut. Une fois rincé, le savon laisse sur elle une pellicule huileuse, mais pas d'odeur. Le temps de parvenir à cette étape, l'eau est froide. Luce la regarde disparaître par la grille d'évacuation : un minuscule tourbillon troublé de bulles opaques, et puis plus rien.

Froissement des étoffes, chemisiers rigides qu'on équilibre aux épaules, boutons qui tintent en s'entrechoquant. Luce brosse ses boucles cendrées, les relève selon la coiffure réglementaire du rang 1. Ce sont des gestes qu'elle exécute sans y accorder d'attention, un simple rituel de conformité. Dans le miroir ébréché, alors qu'elle vérifie qu'aucune mèche ne s'échappe du carcan qu'elle leur a composé, elle rencontre son propre regard. Un éclair bleu gelé, dont elle découvre avec satisfaction qu'il ne trahit aucune vulnérabilité. Les remous de la veille sont partis dans le siphon du lavabo. Tant mieux. Elle redresse le menton, ses lèvres fines ne sourient pas : enfin, son visage s'accorde à son rang. Sur sa poitrine, elle ajuste son badge. La voilà prête à rejouer le jeu de l'exemplarité.

Luce se surprend à triompher quand la ration de bouillie atterrit sur son plateau. Beige. Enfin un pronostic gagnant. C1501 laisse échapper une grimace de défaite, rapidement maquillée en ricanement.

– Ma revanche sera terrible, L2106 !

Ce matin, Luce se sent capable d'affronter l'égarement de la veille. Et dès que les mots seront sortis de sa bouche, elle pourra commencer à oublier.

– Hier, en cours, j'ai…

– Tu sais, avec un peu de chance, l'intendante nous choisira toutes les deux.

Encore une fois, son amie a parlé en même temps qu'elle, sans même s'en apercevoir. Elle y a certainement pensé toute la nuit, partagée entre sa soif de grandeur et la culpabilité de laisser derrière elle une égale. Luce reste muette. La vérité, c'est qu'elle n'est pas sûre de croire à cette histoire d'intendante. Et si, à force de rêver de défis plus éclatants et de vie plus vaste, C1501 avait fini par se persuader que le monde autour d'elle se mettrait au diapason ?

– Toi et moi, insiste son aînée, nous avons prouvé notre valeur. Ce qu'il y a au-delà, c'est pour nous. Il faut s'y préparer.

Luce se force à acquiescer sans quitter la bouillie des yeux. Une vague de honte noie les mots qui veulent passer sa gorge. Les jolies destinées n'existent pas à l'Institut du Nouveau Lendemain, et surtout pas pour les élites vacillantes. Ne subsistent entre les murs que les existences passables, dont les autres pensionnaires sauront se contenter. Elle aurait aimé leur ressembler et faire taire l'étrange morsure dans sa poitrine.

Luce s'installe à son bureau au milieu des raclements de chaise. Elle dépose une touche de gel au bout de ses doigts et se masse brièvement les tempes, avant de les recouvrir chacune d'une électrode. Un professeur de petite taille, cheveux plaqués et air austère, pénètre dans la salle de classe. Le matricule 099Y, brodé de fil sombre sur sa poitrine, contraste avec le blanc impeccable de sa blouse. Il se penche vers son ordinateur, pianote un instant et tous les écrans des élèves s'allument dans un même flash vert.

Devant Luce, les chiffres défilent. Sans jamais réfléchir plus d'une seconde, elle fait jouer ses mains sur le clavier, d'une question à l'autre. Les bips aigus de validation s'enchaînent jusqu'à former une longue sirène continue. Et quand, à côté d'elle, le gong qui sanctionne les mauvaises réponses retentit, il la rassure à sa manière : ici, pas de solution intermédiaire, pas d'hésitation. L'ordinateur juge et tranche, aveugle.

Le premier niveau est terminé, l'écran hoquette dans un éclair blanc et une nouvelle suite de formes géométriques apparaît. Luce les classe dans un cliquetis ininterrompu. Une succession de carrés s'affichent, ils grandissent et s'encastrent, pivotent, se déploient et s'absorbent les uns dans les autres, dans une danse lancinante. Les touches du clavier claquent. Luce pianote. Les carrés débordent. Ils dessinent des trouées bleues dans le noir de l'écran, de plus en plus larges. S'ouvrent pour faire place au monde qu'ils annoncent. L'azur s'assombrit et se révèle moucheté d'étoiles. Luce se laisse engloutir tout au fond de sa mémoire…

Par la fenêtre constellée d'éclats, elle regarde les arbres griffus et le soir qui s'étale entre leurs branches. Luce a collé sa toute petite main contre la vitre. Son souffle opacifie le verre d'un nuage de buée, qui palpite au rythme lent de sa respiration. Pour cette nuit, il y a un abri. La voix à côté d'elle parle même d'allumer un feu ; sans inquiétude, pour la première fois depuis longtemps. Le monde de dehors vente, l'air s'engouffre par les fentes des montants en bois et lui gèle le bout du nez. Il siffle aussi sous la porte de leur refuge, mais bientôt il y aura les flammes pour oublier. Les branches autour de la cabane s'élèvent en prières noires vers le ciel, biscornues et implorantes. Ce soir, il n'y a pas d'oiseaux pour s'y percher. Rien d'autre qu'un camaïeu de gris et de noir, et le bruit du vent.

Mais ici, Luce est en sécurité, a dit la voix. Suffisamment pour allumer un feu. Les mains ridées passent dans ses cheveux. Elles sentent le bois et la fumée. Puis les grands doigts enveloppent son visage et tressent un écrin tendre à ses joues. Pourquoi ne pas rester là quelques jours ? Demain, la petite fille le sait, il faudra se remettre à marcher, enjamber les arbres couchés, glisser dans la boue et être courageuse. Parce qu'il faut toujours continuer à marcher.

Bientôt la nuit est tombée et Luce ne discerne plus rien au-dehors que des formes imprécises au clair de lune : le chemin qui serpente, les taches sombres et écrêtées de la forêt. Et à la lisière des deux, un mouvement indistinct. Elle plisse les yeux, place ses mains en visière pour éteindre les reflets de l'âtre sur la vitre. On lui a parlé des animaux, on lui a raconté comment ils vivaient dans les bois, autrefois, et la stupeur émerveillée qui saisissait quiconque croisait leurs grands yeux fauves. À mesure que les remous approchent, elle voit se dessiner une silhouette, puis deux. Elle se détache de la fenêtre avec un soupir de déception.

– Qu'est-ce qui t'arrive, ma petite chérie ? demande la voix en remuant les braises du bout du tison.

– J'ai cru que c'étaient les animals, mais en fait non, répond Luce.

La voix hoche la tête avec un sourire tranquille. Une étincelle échappée de l'âtre vient s'échouer sur le sol de pierre. Elle rougeoie quelques instants, avant de s'éteindre complètement. Et soudain, la voix comprend ce que l'enfant a dit. Elle se raidit. Ses yeux s'écarquillent, elle saute sur ses jambes. En une fraction de seconde, elle avale la distance qui la sépare de Luce.

C'est le retour au froid et au vent. Le feu est resté derrière elles. Le souffle court et le goût de fumée dans la bouche, elles quittent le chemin pour s'enfoncer dans le noir des buissons. Le sac de Luce tape sur son dos, il lui fait mal ; les branchages la griffent et l'écorchent. Elle a envie de pleurer, mais elle sait qu'elle n'a pas le temps. Pas maintenant.

– Pardon pardon pardon, murmure la voix, dans un affolement qu'elle ne parvient pas à contenir.

Là-bas, plus loin, leur abri fait une trouée de lumière dans la nuit. Les silhouettes se dessinent plus clairement quand elles passent devant la fenêtre. On entend la percussion de leurs voix graves. Luce comprend qu'elles ne dormiront pas au pied de la cheminée cette nuit. Elle a laissé sur la table du refuge sa dernière barre chocolatée. Elle étouffe un sanglot dans son anorak.

La voix fond sur elle et l'entoure de ses bras tièdes. Elle répète encore « pardon » et la couvre de petits baisers sur un tapis de mousse.

La décharge électrique n'a même pas eu le temps de s'achever. Au contraire, elle s'étire et se propage jusqu'au cœur de ses muscles. La respiration coupée, Luce hoquette et ouvre deux grands yeux trempés. Tout est blanc. Puis la douleur reflue et le décor de la salle de classe se précise lentement. Les picotements qui s'attardent au bout de ses doigts confirment à Luce ce qu'elle sait déjà : cette décharge-là a été bien plus puissante que celle de la veille.

4

Dans les murmures et les coups d'œil paniqués de ses semblables, Luce décèle de la pitié. Il lui faut un instant pour comprendre que c'est à elle que cette émotion s'adresse. La voix de 099Y s'élève dans l'air bourdonnant de la salle de classe :

– L2106. À mon bureau. Les autres, vous pouvez disposer.

Une élève objecte que l'heure n'est pas terminée, mais le professeur balaie son intervention d'un geste agacé. Les pensionnaires sortent sans même prendre le temps de nettoyer le gel de leurs tempes. Les plus intrépides se dissimulent dans un angle du couloir pour écouter la sentence, mais elles sont aussitôt trahies par leurs chuchotements. Un raclement de gorge furieux du professeur finit par les dissuader de rester. Leurs chaussures battent le carrelage tandis qu'elles s'éloignent en hâte.

Luce se traîne vers le bureau d'un pas alourdi par la peur et l'électricité. Cette fois, la décharge n'a pas tout effacé : le choc a fixé de nouvelles images, embrouillées, douloureuses. Elle se débat pour leur échapper. Elle ne pense qu'à son dos, qu'elle doit tenir très droit. Et à son regard, très bas.

Le professeur ne dit toujours rien. Elle risque un œil vers lui. Il tapote sur son clavier d'un air absent, comme s'il avait oublié sa présence. Mais Luce a remarqué la veine qui enfle sur son front.

– Nous avons un sérieux problème, L2106. Ou plutôt, *vous* avez un sérieux problème.

Il prononce son matricule très vite, sans buter sur les chiffres. Elle en est pétrifiée.

– Savez-vous pourquoi vous avez reçu cette décharge électrique ?

Une silhouette noire passe devant la fenêtre de la cabane. L'onde des flammes bat dans la nuit, dans la forêt émaciée, et il ne faut pas faire de bruit.

Luce force sa voix à remonter jusqu'à ses lèvres :

– Je vous prie d'accepter les excuses que je vous présente, professeur, ainsi qu'à l'Ins…

– Je vous ai posé une question.

Elle voudrait trouver la réponse parfaite pour convaincre 099Y que tout cela n'est pas si grave. Mais les mots se refusent à elle, les sanglots s'étouffent dans l'anorak et le parfum de la voix oubliée recouvre tout. Le professeur se racle longuement la gorge sans quitter Luce des yeux. Il appuie son menton sur ses mains croisées et dit d'un ton très calme :

– Puisque vous ne semblez pas me juger digne de vos explications, le professeur Alpha saura les recevoir. Malheureusement, il est moins magnanime que moi.

La gamine rousse qui attend Luce à la fin des cours a un air narquois collé au visage. Elle ne cherche même pas à dissimuler le badge de rang 2 accroché à son pull. Elle décline son matricule – B1803 – et annonce qu'elle est chargée de la mener jusqu'au professeur Alpha. Luce lui emboîte le pas à travers les couloirs et les passerelles, la gorge serrée.

Tout au bout de l'aile E, il ne reste plus qu'un seul bureau ouvert. C1501, appuyée à l'encadrement de la porte, jette à Luce un regard désolé quand elle passe devant elle. Elle souffle : « Je suis là, ne t'inquiète pas. » Luce ne demande pas comment, ni pourquoi. C1501, admise dans les quartiers de l'administration et habituée à recueillir les indiscrétions des équipes, a toujours une longueur d'avance sur le commun des pensionnaires. Talonnée de près par B1803, Luce pénètre dans la pièce sous le regard sévère de Tadeusz Hertz, fondateur de l'Institut du Nouveau Lendemain, dont l'imposant portrait domine les lieux. Des étagères surchargées de bibelots et d'éditions luxueuses de la *Théorie éducationnelle de la survie* bordent la salle aux dimensions confortables. Dans un coin, une vitrine remplie de clés brille d'un éclat tranquille. Le professeur Alpha esquisse un geste d'agacement et, à regret, la petite rousse qui avait escorté Luce prend congé.

– Vous savez, L2106... Souvent, lorsque nous nous retrouvons avec le reste de l'équipe éducative, nous parlons de nos pensionnaires. Des cas les plus préoccupants, surtout.

Tout en parlant, le professeur Alpha caresse d'une main distraite le lourd presse-papiers doré qui trône sur son bureau de bois sombre. Il s'exprime d'une voix douce, comme s'il avait convoqué Luce dans le seul but de tenir une conversation d'agrément. Mais la lueur qui brille dans ses yeux gris, et le frémissement de ses joues creuses, racontent une autre histoire.

– Pouvez-vous imaginer le tumulte lorsque l'élève la plus brillante de sa classe d'âge commence à montrer des signes de défaillance ?

Non, Luce ne l'imagine pas, encore trop incrédule de se retrouver là, dans cette position de coupable, quand tout l'a habituée aux honneurs. Elle ne peut retenir un regard impuissant vers C1501. Sur le seuil de la porte, son amie se recroqueville de seconde en seconde.

– Mais ne vous méprenez pas sur votre importance ! Nous parlons déjà de votre grande intelligence comme d'un monument en péril que d'autres viendront remplacer. Elles sont des centaines, prêtes à prouver qu'elles méritent davantage vos privilèges. Vous semblez l'avoir oublié, contrairement à nous.

Elle déteste cette manière de dire « nous », comme s'il convoquait à ses côtés une armée de fantômes exigeants, contrariés par sa médiocrité.

– Savez-vous comment nous réglerions cette défaillance, si vous étiez une élève de rang 3 ?

– Non, monsieur.

Un sourire désagréable étire ses lèvres fines. Il se penche un peu plus vers elle.

– Peut-être vous croyez-vous invulnérable, L2106 ? Peut-être pensez-vous que vous pouvez vous permettre un petit relâchement, que cela ne réduira pas votre avance sur vos camarades ?

– Je suis reconnaissante envers l'Institut du Nouveau Lendemain de m'avoir recueillie et d'avoir placé ses espérances en moi. Je donnerais ma vie pour me montrer à la hauteur de cette confiance.

Elle a récité sans trébucher. Pourtant, l'absolution ne vient pas. Luce s'autorise à relever les yeux, lentement. Le professeur Alpha, regard accroché au sien, articule :

– Je n'en crois pas un mot.

Elle a un mouvement de recul involontaire, se rattrape au dossier d'un fauteuil tandis que l'homme poursuit :

– Je crois au contraire, L2106, que vous vous montrez ingrate. Vous piétinez le cadeau qu'a fait Tadeusz Hertz à la communauté humaine. Selon vous, quel aurait été votre destin si notre défunt fondateur ne nous avait pas donné l'Institut du Nouveau Lendemain ?

– Je ne sais pas, monsieur.

– Allons, vous pouvez faire mieux que cela. Après tout, vous êtes censée appartenir à notre élite. À quoi bon les dortoirs chauffés, les chaussures neuves et les rations généreuses si vous ne pouvez pas répondre à une simple question ?

Luce connaît le piège qu'il lui tend. Elle s'efforce de ravaler les fulgurances qui l'assaillent ; fumée de bois trop vert, corps aplati contre l'humus, mains ridées serrant les siennes de toutes leurs forces. Aucune de ces sensations venues de l'enfance ne lui soufflera les bons mots. Elles n'évoqueront que l'ailleurs, et alors Luce s'incriminera toute seule. Enfin, elle dit :

– Je ne sais pas, monsieur, car je ne peux pas me figurer la vie sans l'Institut du Nouveau Lendemain. Le néant est l'unique alternative. Je ne peux pas vous dire qui je serais dans le néant, car je ne serais pas, tout simplement.

Le professeur tente de masquer sa déception : l'embuscade n'a pas fonctionné, la punition devra rester modérée. Il passe une main noueuse sur sa barbe naissante. Puis ses yeux gris descendent vers le 1 étincelant épinglé sur le chemisier de Luce.

– Il est temps de faire honneur à ce badge que vous portez, L2106. Sans quoi nous finirons par l'échanger pour un autre, disons… moins prestigieux. Voilà qui serait regrettable, moins de deux mois avant le jour de commémoration du fondateur. Sitôt notre conversation terminée, vous déménagerez vos affaires à l'aile B. Peut-être que quelque temps dans les quartiers du rang 2 sauront vous remettre les idées en ordre et vous aider à décider de quel côté de l'excellence vous souhaitez vous placer.

C1501 a étouffé une exclamation horrifiée. Le regard rivé au sol, Luce encaisse l'annonce. Le carrelage impeccable lui renvoie son reflet emprisonné en contre-plongée, grotesque et déformé.

Dans le monde d'avant, les murs étaient percés de fenêtres par lesquelles s'échapper. Luce pense aux ouvertures murées de l'Institut, aux niches borgnes qui parsèment les couloirs, aux ombres avalées par la clarté des néons.

Elle se souvient presque de la lumière du jour.

Et elle dit :

– Bien, monsieur.

5

– C'est une catastrophe.

Assise sur le matelas mis à nu, C1501 a à peine desserré les lèvres pour livrer son diagnostic. Depuis l'annonce, le vert de ses iris s'est terni. Luce esquisse une protestation optimiste, vite engloutie au fond de sa gorge. Elle ne sait pas qui, d'elles deux, a le plus besoin d'être rassurée. Mais encore une fois, son aînée a vu juste : cette sentence est un couperet, une dégringolade… une catastrophe.

Tandis que Luce empile ses uniformes de rechange au centre d'un grand drap, le silence s'installe dans le box. Elle n'ose plus un regard vers C1501 et ignore du mieux qu'elle le peut l'angoisse qui grimpe le long de son dos. Fébrile, Luce joint les coins du drap bord à bord pour former un baluchon. Elle serre le nœud un peu plus fort que nécessaire, avant de se diriger vers la salle d'eau. Son étagère, débarrassée à la hâte, brille d'une blancheur obscène au milieu des lavabos garnis d'affaires.

Le box de Luce se referme avec un claquement sourd de dernière fois. C'est ce qu'elle se dit à chaque pas, sans pouvoir s'en empêcher. Dernière fois qu'elle emprunte l'allée centrale du dortoir. Dernière fois que l'aile A lui offre la douceur d'un foyer. Dernière fois – elle ne veut pas se l'avouer mais cette pensée s'impose – qu'elle appartient au monde protégé du rang 1.

– Tu sais, certaines catastrophes sont rattrapables, murmure son amie.

Les pas de C1501 résonnent sur le carrelage, petites piques martelées qui soulignent chacun des mots qu'elle prononce :

– Ils veulent te donner une leçon, pas te rétrograder ! Ils savent exactement ce qu'ils font. C'est bien simple, il suffit que tu…

Luce s'immobilise. C'est le moment pour C1501 de proposer le genre de plans d'attaque dont son intelligence redoutable a le secret. Pourtant, la grande brune se contente de se mordre les lèvres sans formuler la moindre solution. Luce se remet à avancer. Dernière fois que subsiste sur elle la chaleur de l'aile A.

Les deux adolescentes traversent les couloirs de l'Institut dans un silence lourd d'appréhension. Le trajet est beaucoup moins long que Luce ne l'aurait voulu. Elle avait espéré qu'une partie d'elle se métamorphoserait en passant d'un monde à l'autre, que l'acceptation grandirait en elle… Ou mieux, qu'on viendrait annuler sa punition. Mais non, la Luce qui se tient à la frontière de l'aile B est la même que celle qui a quitté le territoire du rang 1. Balafre noire sur mur défraîchi, elle lit : « Aile B, dortoirs du rang 2 ».

Elle entrouvre la porte, juste assez pour y passer la tête ; tant que son corps reste sur le seuil, le retour en arrière est encore possible. De nouveaux couloirs s'étendent devant elle, qui pourraient presque ressembler à l'aile A si une peinture jaune effritée n'avait pas remplacé le blanc sur les murs. Certains des néons ne fonctionnent plus et les détergents ont laissé place à une odeur de plastique chaud mêlé de sueur.

– Alors ?

Luce referme le double battant. C1501 s'est encore raidie, la tête légèrement basculée en arrière, comme si un fil invisible la tirait vers les quartiers du rang 1. Un rictus lui déforme la bouche. En d'autres circonstances, ce spectacle aurait arraché un éclat de rire à Luce. Mais elle sait ce qu'il en coûte à son amie de l'escorter : se tenir là, toutes les deux, n'a rien d'anodin. Si elle le pouvait, si elle en avait le droit, Luce elle-même s'enfuirait à toutes jambes.

Elle décide d'écourter le supplice. À nouveau elle pousse la porte et, cette fois, son corps bascule de l'autre côté. Quelques mètres plus loin, le sas se divise en une multitude de directions. Les inscriptions sur les murs, à demi effacées, ne lui sont d'aucun secours. Des rires lointains lui parviennent, des éclats de voix. Lorsqu'elle se retourne, Luce découvre que C1501 a fini par entrer à son tour. Son aînée se tient dans l'embrasure, découpant un carré de lumière en direction de l'aile A. Campée sur ses jambes, elle n'avancera plus.

– Alors ?! répète-t-elle.

Ici, plus de pronostics, plus de paris sur l'avenir. Les règles du jeu, si elles existent, ne cessent de se dérober.

– Alors je ne sais pas, je pensais que...

– Avance et va te renseigner !

– Mais où ? Auprès de qui ? Alpha n'a rien dit...

Le soupir de C1501 résonne jusqu'à Luce. Et si elle faisait demi-tour ? Après tout, si personne ne l'attend dans l'aile B, c'est peut-être qu'elle a mal compris la décision du professeur Alpha. Elle songe un instant à son box déserté, au baluchon à défaire, au petit savon qui pourrait retrouver sa place sur la tablette d'émail... En guise de réponse, des pas pressés se font entendre dans un couloir voisin. La porte la plus proche s'ouvre dans un grand fracas.

Une petite brune à la peau dorée et aux cheveux moussus a surgi dans le sas. L'empressement a rosi ses joues pleines. Ignorant son essoufflement, elle réajuste le badge de rang 2 sur son chemisier étriqué et déroule avec application le discours protocolaire :

– Bonjour, L2106, je suis M0809. Je me suis portée volontaire pour t'accueillir et te transmettre les usages aff... affr... afférents à l'aile B, afin de faciliter ton intégration ici. J'ai également pour mission de rapporter à l'équipe éducati… Mais… vous êtes deux ?

Son regard est passé de Luce à C1501, qui a un mouvement de recul.

– Non, il n'y a que moi. C1501 est mon amie, elle a eu la gentillesse de m'accompagner jusqu'ici.

Les pommettes de M0809 ont pris une nouvelle teinte de rouge, plus sombre. Elle s'apprête à bredouiller des excuses, mais elle est interrompue par Luce, qui s'est tournée vers l'entrée du sas.

– Tu peux rentrer. Je te verrai au réfectoire. Ne t'inquiète pas. Merci d'être venue avec moi.

Visiblement soulagée, C1501 se redresse. La main qui tient la porte se décrispe. Elle hoche la tête, le carré de lumière se referme.

À chaque foulée de M0809, ses semelles manquent de se désolidariser de ses chaussures, laissant apparaître le talon usé d'une chaussette. Luce détourne les yeux, agacée. Et tandis que toutes deux se pressent à travers les couloirs de l'aile B, elle cherche à établir des repères. Une tache d'humidité qui grignote les deux tiers d'un mur. La couleur inhabituelle d'une porte. Un accroc dans le linoléum. Elles croisent quelques grappes d'élèves de rang 2 qui chuchotent sur leur passage. M0809 salue chacune par son matricule. Les autres lui répondent sur le même ton, sourires aimables aux lèvres, mais sans éclat dans les yeux. Malgré la voix chantante et les bonnes manières de la guide, elles refusent de s'approcher trop près. Luce pense au creux qui l'entoure, elle aussi. Mais ça n'a aucun rapport, bien sûr : son propre isolement s'explique sans mal par la méfiance, la jalousie. Il vient en reconnaissance de son potentiel. Rien à voir avec la médiocrité du rang 2.

– Et voilà, on est arrivées ! annonce M0809.

Pendant une fraction de seconde, Luce se demande s'il y a une erreur. Des dizaines de lits alignés dans une seule et même pièce glaciale, séparés en deux rangées par l'allée centrale... Où sont passés les box individuels ? Elle ne s'abaisse pas à poser la question. Au lieu de ça, elle prend une profonde inspiration ; elle encaissera l'humiliation de sa punition sans broncher. Pour l'instant, les autres pensionnaires sont parties dîner à l'aile F, l'endroit est encore désert. Mais d'ici peu, il grouillera d'élèves de rang inférieur, sans aucune paroi pour se soustraire à leurs regards. M0809 la scrute, dans l'attente d'une réaction. Luce ne laisse rien paraître.

Déçue de son absence de réponse, la petite brune pince les lèvres et se remet à trottiner jusqu'à un lit inoccupé, qui ne ressemble en rien à celui que Luce a quitté à l'aile A. Pas de table où s'installer, pas d'armoire où enfermer ses affaires. Rien qu'un cadre de ferraille aux ressorts menaçants, surmonté d'un matelas jauni. Et un oreiller par personne, pas plus épais qu'une couverture pliée en deux. Les filles ont suspendu les cintres qui portent leurs uniformes aux montants du lit et entassé le reste de leurs possessions à même le sol. M0809 ne se décourage pas :

– Tu sais, je suis presque de rang 1.

Luce ne lui oppose qu'un regard torve, mais elle poursuit :

– C'est aussi pour ça que je voulais t'accueillir, je me suis dit que tu serais plus à l'aise avec quelqu'un qui te ressemble. Enfin, bien sûr, je n'ai pas l'allure des filles de ton rang, mais... En tout cas, ma chambre est à côté de la tienne.

– Je n'appellerais pas ça une chambre.

Ce sont les seuls mots que Luce s'autorise à prononcer. Le silence est ce qu'elle a de plus charitable à opposer aux vantardises de sa nouvelle voisine de lit. Après un instant d'hésitation devant la saleté du matelas, elle y laisse tomber son baluchon, puis entreprend de s'attaquer à son nœud trop serré.

– C'est le professeur Alpha qui m'a dit que le comité d'évaluation avait beaucoup hésité quand j'étais petite, parce que mes résultats étaient vraiment bons. Ils en ont parlé, et puis finalement, ils m'ont mise ici… Mais c'est presque un hasard, en fait.

Les doigts de Luce sont transis de froid et le nœud ne cède pas. Elle s'escrime, tirant sur une extrémité, désentortillant le tissu… Mais le drap ne cesse de se rétracter.

– Si je travaille assez dur, je pourrai demander au comité de réévaluation de me recevoir. D'ailleurs, je voulais en parler avec toi, je me suis dit que tu pourrais sûrement me raconter. C'est vrai que vous n'avez pas de saison froide à l'aile A ?

Luce emprisonne un morceau de tissu entre son pouce et son index, tout en maintenant le baluchon en tenaille contre son ventre. Elle tire de toutes ses forces.

– Bon, c'est sûr, toi, tu portes un uniforme et des chaussures à ta taille, on te donne de plus grosses rations au réfectoire… Et puis, il doit faire plus chaud dans ton dortoir. Mais à part ça, les limites entre le rang 1 et le rang 2 ne sont pas si claires que ça, quand on pense que…

– Aaaaah !

Le drap a gagné le combat. Il l'a emporté sur l'ongle de l'index, qui vient de se retourner sur lui-même. Luce a lâché un juron. Elle se roule en boule et enserre le doigt douloureux dans son poing.

– Est-ce que tu… ?

Luce se déplie et explose dans le même mouvement.

– Je veux que tu me laisses tranquille ! Que tu t'en ailles, que tu gardes tes illusions stupides pour toi ! Que tu arrêtes de croire qu'on est pareilles, toi et moi ! Il n'y a pas de hasard : j'ai mérité quelque chose que tu n'obtiendras jamais, il est temps de te faire à l'idée !

Comment une si petite chose peut-elle la faire souffrir à ce point ? La douleur irradie dans toute sa main ; et le menton de M0809 tremble.

– Je me disais simplement que…

Luce voudrait s'arrêter. Ses vociférations sont inutiles et cruelles, mais elles restent son seul rempart contre la catastrophe :

– Tu te disais simplement que quoi ? Que maintenant que je suis à l'aile B, je libère une place dans le rang 1 ? Que tu peux m'utiliser comme marchepied pour te hisser un peu plus haut ?

La chaleur lui monte au visage, la rage sourde bat sa mesure et la suite s'échappe entre ses dents.

– Mais tu rêves, je ne te laisserai pas faire ! Et le rang 1 non plus. Au premier regard, elles sauront que tu appartiens au rang 2. Tout comme il est évident que moi, je n'ai rien à faire avec les gens comme toi.

La petite brune se tait. Enfin. L'écume de ses cheveux frémit, ses narines se retroussent pour chercher l'air. Les épaules affaissées, elle tourne un instant le dos à Luce. Elle tressaute deux ou trois fois. Puis elle expire d'un seul coup, avant de faire volte-face. Ses yeux sont remplis de larmes qui ne débordent pas. Elle baisse la tête, détache une petite barrette de sa tignasse. Une mèche rêche vient dérober une tranche de son visage. M0809 se penche vers le baluchon, glisse la tige métallique de la barrette au milieu du nœud. En quelques secondes, le drap cède, dévoilant les uniformes de Luce, à peine chahutés par le voyage.

6

Du premier soir à l'aile B, Luce ne gardera pas grand-chose, si ce n'est une lointaine culpabilité, aussitôt chassée par la certitude de bientôt rejoindre les siennes. Quand les occupantes du dortoir sont rentrées de l'aile F, elle a reconnu parmi elles B1803, la messagère qui l'avait escortée jusqu'au bureau du professeur Alpha. Luce n'a pas répondu à ses salutations narquoises. Elle s'est campée sur l'îlot de son matelas taché, défiant du regard quiconque oserait en nier les frontières ; les reniflements de M0809, sur le lit voisin, ont parachevé ses barricades. Quelques visages curieux se sont tournés vers elle, d'autres ont souri timidement, mais personne n'a eu l'audace de s'approcher.

Luce en a profité pour observer les élèves du coin de l'œil, si différentes et si familières à la fois. Leur dos courbé quand elles relisent la *Théorie éducationnelle de la survie* emmitouflées dans leurs couvertures, la récitation silencieuse des préceptes du fondateur de l'Institut, le doigt qui souligne les passages les plus ardus. L'absence de gêne à l'heure de quitter leurs uniformes mal ajustés pour revêtir des chemises de nuit élimées. Les voix qui se raréfient quand les néons passent en mode nocturne. Et puis finalement, les respirations qui s'allongent, de lit en lit, jusqu'à l'unisson ou presque.

Luce se recroqueville pour échapper au froid. Elle relâche enfin sa garde et, derrière ses paupières closes, une aube humide se déploie.

Il a plu pendant la nuit. Ce matin, la couronne fantomatique du soleil peine à percer les nuages. La chape grise de la mer s'est assortie au ciel maussade et tous deux convergent en un horizon indistinct. Sur le sable, la marée déborde une fois de plus ses territoires habituels.

Le corps pressé contre la vitre, Luce contemple la fin des temps qui s'avance, grignotant chaque jour un nouveau rempart.

Les jours précédents, on lui a interdit de rejoindre la plage. « Trop dangereux », ont dit les adultes. Mais à l'étage, ils dorment encore ; elle sort sans chaussures. Elle marche à pas lents, se retourne pour voir ses empreintes se gorger d'eau. Frissonne quand une langue glaciale lui lèche les orteils.

Au milieu des algues échouées et des coquillages, la petite fille pense aux insectes disparus. Elle s'assoit en tailleur, sans se soucier ni de la fraîcheur du matin, ni de l'humidité du sable qui trempe son pyjama. Elle invente une comptine où énumérer ceux qui manquent à l'appel. Luce récite tous les noms qu'elle connaît, ses préférés en premier. Coccinelle. Sauterelle. Papillon. Fourmi. Scarabée. Puceron.

Elle achoppe sur « coléoptère » quand une brusque sensation de chaleur l'envahit. Quelqu'un a jeté un chandail sur ses épaules et répète son prénom d'une voix tremblante. Bientôt, des bras la soulèvent et l'enserrent. La pesanteur disparaît et une alarme monte dans l'air.

La sirène du réveil s'évanouit. Sans un mot, les pensionnaires s'extirpent hors des draps et se dirigent vers la salle d'eau. À l'aile B aussi, les matins sont silencieux. Les mêmes corps, juste un peu moins dissimulés, penchés sur les mêmes lavabos, inondés d'eau glaciale pour chasser les mêmes fantômes ; la même mousse blanchâtre pour souligner le portrait de Tadeusz Hertz. La même solitude aussi, jusqu'à ce que Luce rejoigne le réfectoire.

Grise : les pronostics sur la couleur de la bouillie sont revenus dans le camp de C1501. Les deux amies balaient en quelques mots le récit de la nuit à l'aile B et s'accordent pour ne plus évoquer la catastrophe. La sonnerie retentit, les écrans s'allument, les bips de validation se succèdent et la première journée d'exil de Luce se déroule ainsi, sous le signe d'un quotidien à peine écorné.

Un nouveau bouleversement survient au milieu du dîner. Le professeur Alpha s'avance dans la salle à manger du rang 1 et réclame le silence. L'ensemble de l'équipe éducative, au garde-à-vous, s'en fait le relais d'un étage à l'autre. Le chahut du rang 3 persiste quelques secondes avant de s'éteindre. C1501 racle sa cuillère contre son plateau. Elle la repose, parfaitement parallèle au bord de la table, puis elle s'immobilise.

– Mesdemoiselles, vous êtes la première génération de pensionnaires formées par l'Institut du Nouveau Lendemain. Quel honneur et quelle fierté ! La première concrétisation du grand et noble projet de notre regretté fondateur, la preuve vivante du génie de la *Théorie éducationnelle de la survie* ! Nous vous avons accueillies enfants, ignorantes et neuves, désireuses de cet apprentissage exigeant et nécessaire à la constitution d'une humanité parfaite. Certaines d'entre vous sont aujourd'hui devenues de jeunes femmes : les aînées de l'Institut du Nouveau Lendemain auront bientôt vingt ans.

Alpha s'est tourné imperceptiblement vers leur table pour prononcer cette dernière phrase. Luce cherche le regard de son amie. C1501 l'éclabousse de ses grands yeux verts ; elle triomphe déjà.

– Il fut une époque où vingt ans était un âge d'émancipation. Avant l'Institut du Nouveau Lendemain, dans un monde infiniment plus faillible et chaotique, vingt ans marquait l'entrée dans une vie d'adulte tumultueuse et incertaine.

Il est rarissime qu'un membre du personnel évoque frontalement la réalité d'avant l'Institut. Luce attend, le souffle court, les révélations tapies dans les mots du professeur. Mais il poursuit :

– Vos circonstances sont différentes, heureusement pour vous. Néanmoins, votre existence ne peut pas être celle d'éternelles élèves. Certaines ont déjà émis le souhait de rejoindre les équipes de l'Institut du Nouveau Lendemain le moment venu… Cette possibilité dépendra, bien sûr, de leurs résultats aux tests auxquels nous les soumettrons.

Il se racle la gorge et scrute, par-dessus ses lunettes aux verres impeccables, l'assemblée attentive.

– Quant aux autres, il est probable qu'elles ne se soient pas encore posé la question de leur futur, ou qu'elles n'y aient pas trouvé de réponse.

C1501, elle, a trouvé toutes les réponses. C'est ce que crient ses ongles cramponnés à la table, son buste basculé par-dessus le plateau, son cou étiré pour la rendre plus grande encore. Ce discours du professeur Alpha, elle l'a attendu pendant des cycles et des cycles. Elle est prête. Autour d'elles, plus un murmure, plus un souffle : seulement des centaines de pensionnaires muettes qui découvrent qu'elles ont un avenir et doivent l'interroger.

– Sachez que cet établissement prendra soin de vous aussi longtemps que nécessaire. Cependant, dans l'espoir de vous apporter un premier élément de réflexion, j'ai une annonce à vous faire. Pour l'élève qui suivra la voie dont je m'apprête à vous parler, ce sera une nouvelle vie, fondamentalement différente de ce qu'elle a connu jusqu'alors. Verre d'eau, s'il vous plaît.

Une fille au visage affolé se précipite pour lui offrir son propre gobelet. Le professeur Alpha s'interrompt un instant. C1501 s'arrête de respirer.

– La solution que je vais évoquer ne concernera qu'une seule d'entre vous, mais j'ose espérer qu'elle inspirera les autres et ouvrira de nouveaux possibles. Car il est temps pour vous de le savoir :

Tadeusz Hertz n'a pas prévu d'abandonner les protégées de l'Institut du Nouveau Lendemain une fois qu'elles seront devenues adultes. Au contraire, notre fondateur a préparé votre destin avec autant d'application qu'il a théorisé votre éducation. Mais nous y reviendrons plus tard…

Cette fois, les bavardages reprennent dans un bourdonnement frénétique, tous rangs confondus. Sauf à leur table. C1501 reste suspendue au discours comme s'il s'adressait à elle seule.

– Nous allons bientôt vivre la première étape d'un moment très important dans l'histoire de l'Institut du Nouveau Lendemain. Dans moins de deux mois, lors de la commémoration annuelle de notre fondateur, nous recevrons la visite de l'intendante… car elle viendra chercher parmi vos effectifs sa future assistante.

C1501 a articulé en un écho silencieux les derniers mots de la phrase. Elle se tourne vers Luce sans la voir, les yeux agrandis par l'émotion, déjà rivés vers l'ailleurs.

7

Dès son retour à l'aile B, Luce s'est roulée en boule sous ses draps pour échapper aussi bien au froid qu'à l'agitation du dortoir. Le visage dissimulé par la couverture, elle s'est laissée sombrer dans un sommeil pâteux. Un sommeil sans projets d'ailleurs, sans rêves d'avenir… et sans lumière du jour.

Lorsqu'elle s'en extirpe, le silence est retombé dans les travées et les pensionnaires ont regagné leur lit depuis longtemps. Elle rabat sa couverture, respire l'air de la nuit et parcourt d'un œil endormi le dortoir immobile. Une béance blanche attire son regard. Le lit de M0809 est vide. Luce se redresse, et avant qu'elle ait pu y réfléchir, ses pieds embrassent le sol glacé.

Luce l'entend avant de la voir. Les reniflements résonnent dans la salle d'eau déserte. Elle s'avance. Au fond de la pièce, M0809 s'est repliée sous un lavabo pour se faire aussi petite que possible. La tête enfouie dans son avant-bras, elle hoquette à n'en plus finir.

Luce pourrait faire demi-tour, prétendre qu'elle n'a rien vu. Que tout cela ne la concerne pas. Pourtant, elle ne reconnaît pas la voix qui sort de sa gorge :

– Est-ce que ça va ?

M0809 se redresse d'un seul coup. Son crâne heurte l'émail du lavabo dans un bruit sourd. Elle dévisage Luce de ses yeux bouffis, les lèvres serrées.

– C'est à cause de ce que je t'ai dit hier ?

M0809 fait non de la tête sans la lâcher du regard. Les larmes ont dessiné des flaques transparentes sur sa chemise de nuit. Il est encore temps de partir. Bientôt, Luce pourra oublier l'aile B et ses occupantes, c'est une question de jours… Mais elle ne s'en va pas. Elle attend que M0809 s'apaise, que les mots retrouvent leur chemin.

– C'est à cause… de ce qu'a dit… le professeur Alpha.

Du bout de sa manche, la petite brune essuie ses cils. Un dernier reniflement et elle précise d'une voix plus ferme :

– Ne t'inquiète pas, je ne me fais pas d'idées. Je ne vais pas me mettre en travers de ta route. Ce poste, il est pour les meilleures… Je sais que l'intendante ne voudra jamais de moi.

– Je ne postulerai pas.

L'aveu, échappé malgré elle, fait à Luce l'effet d'une déchirure. Les yeux noisette de M0809, agrandis par la surprise, crient leur incompréhension.

– Mais pourquoi ? Tu n'es pas rétrogradée, c'est une punition temporaire !

Luce se laisse glisser sous l'aplomb du lavabo. Le carrelage glacé lui mord le dos.

– C'est C1501 qui sera choisie. Et elle le mérite.

– L'amie qui t'a accompagnée ici ? C'est une aînée, c'est ça ?

– La doyenne du rang 1, oui. Elle a vingt ans. Et elle est bien plus brillante que moi.

M0809 s'apprête à protester, puis elle concède :

– Je trouve qu'elle ressemble déjà un peu à l'intendante. Elle est belle, aussi… Tu ne lui en veux pas ?

– Pourquoi je lui en voudrais ? Elle sera à sa place. J'aurais aimé que cette place soit la mienne, c'est tout.

La déchirure a pris l'allure d'un gouffre. Luce ferme les yeux et presse ses paupières du bout des doigts. Des formes graciles s'illuminent, dansent devant elle. La voix de M0809 les chasse :

– Et toi, tu as quel âge ?

– J'avais sept ans quand on m'a ramassée, c'était il y a dix cycles. Donc j'ai dix-sept ans. Je crois.

– Alors c'est encore possible, tranche la petite brune. Oui, dans quelques cycles, l'intendante viendra te chercher.

La Luce d'hier aurait lâché une réplique cinglante avant de quitter la salle d'eau. Mais celle d'aujourd'hui se contente de hausser les épaules. M0809 insiste :

– Qu'est-ce qu'ils vous proposent pour la suite, au rang 1 ? Je veux dire, quand vous aurez fini vos cycles…

– Rien, répond Luce. Rien jusqu'à ce soir.

– Vous êtes les meilleures de l'Institut ! À vous, ils ont forcément dû raconter ce qui est possible, ce qu'il y a… ailleurs.

Luce sursaute en entendant ce mot. Elle secoue la tête vigoureusement.

– Non ! proteste-t-elle. L'Institut du Nouveau Lendemain se suffit à lui-même. C'est ici que Tadeusz Hertz a pensé notre destin, il a sûrement prévu une évolution des lieux et de nouvelles responsabilités et…

M0809 s'est figée. Et c'est d'une toute petite voix qu'elle demande :

– Oh. Mais alors, tu ne sais pas comment c'est, dehors ?

M0809 est allée récupérer couvertures et chaussettes au dortoir. Elles se sont enveloppées pour ne plus laisser de prise au froid, les genoux repliés contre la poitrine. Et elles chuchotent désormais comme si on risquait de les entendre.

– Ce sont des bruits de couloir… Peut-être que ça a été déformé avec le temps. Certaines prétendent que l'information vient de quelqu'un qui l'aurait appris de l'équipe éducative, mais… je ne sais pas.

– Dis-moi quand même. Et je déciderai d'y croire ou non.

M0809 se mord les lèvres. Dès que les mots seront prononcés, ils donneront forme aux fantasmes et ouvriront une fenêtre au cœur de la salle d'eau. C'est important, elles le savent toutes les deux.

– Tu te souviens des villes ?

Oui, Luce se souvient des villes. Des villes debout et des villes effondrées.

– Il paraît que dehors, ils en auraient rebâti une. Ça faisait partie du projet de Hertz et c'est l'intendante qui la gère. Il est là, notre destin prévu à l'avance. Quand on aura atteint l'âge, ils nous donneront un rôle. Ça dépendra de notre rang et de nos évaluations. Toi, tu auras un bon poste, c'est sûr ! Ils ont besoin de gens pour penser et diriger. Moi, je devrais m'en sortir. Moins bien, mais ça devrait aller… Surtout que je suis presque de rang 1.

– Et le rang 3 ?

– On dit que même là-bas, il y a des tâches dont personne ne veut, mais qui sont essentielles.

La voix de M0809 s'est étranglée en prononçant ces derniers mots. Luce la scrute à travers l'entrelacs de la tuyauterie. Des paillettes de peinture jaunâtre se sont prises au piège dans ses cheveux touffus. Elle souffle :

– Tu te rends compte ? Ils ont tout réinventé, et pourtant ils n'ont pas réussi à construire un monde parfait…

Et les larmes recommencent à tomber, lourdes et rondes. Elles tracent des coulures brillantes sur les joues de M0809. La petite brune se lève, bredouille des excuses confuses avant d'asperger son visage d'eau froide. Elle hoquette :

– Je me demande si ça s'arrête un jour…

– Quoi donc ?

– Mais ça ! Les pleurs !

Ses mains passent et repassent sur sa figure, mêlant l'eau aux larmes.

– C'est pour ça que les autres filles m'évitent, tu sais. Parce que ça vient souvent d'un seul coup. Ça coule, il n'y a rien à faire. J'essaie de me cacher, mais ça ne sert à rien, tout le monde le sait. Et tout le monde déteste ça.

Luce se lève à son tour, ramasse la couverture de M0809 et la lui tend sans un mot. La petite brune prend un instant pour la réajuster sur ses épaules avant de s'adosser au lavabo.

– Je ne sais pas comment font les autres. Au début, c'était normal, on était nombreuses à pleurer chacune dans son coin, à se réveiller en criant la nuit. Les autres ont fini par se calmer… Pas moi.

Elle combat un dernier sanglot et ajoute :

– C'est pour ça que je me suis portée volontaire pour t'accueillir. Je me suis dit que tu pourrais m'expliquer, toi, pourquoi je n'y arrive pas. Pourquoi on m'a refusé le rang 1. Je voulais te demander comment on fait pour arrêter de se souvenir, pour leur obéir et que ni l'avant ni l'ailleurs n'existent plus. Mais j'ai vu le regard que tu as au réveil. Et je crois que j'ai compris.

Malgré la chaleur de la couverture, Luce sent un frisson la parcourir. Contrairement à la décharge électrique, ce tremblement-là ne quitte pas son corps. Il rebondit dans sa cage thoracique, lui obstrue la gorge, bourdonne dans son crâne. Elle veut partir, regagner le refuge de ses draps, ne pas entendre ce qui va suivre et qu'elle ne pourra plus ignorer.

– S'ils t'ont punie, c'est parce que dans le fond, même si tu es plus intelligente, même si tu es une vraie élève de rang 1… tu es comme moi.

Luce reste pétrifiée. Quelque chose dans ces mots a verrouillé ses muscles et la force à se tenir là pour écouter.

– Et je crois que ce n'est pas notre faute si on est comme ça. Pour moi, ça veut dire qu'il y a quelque chose dont on doit se souvenir, même si on n'y arrive pas encore. Quelque chose d'important.

8

– Allons, allons, dépêchez-vous, mesdemoiselles ! Je sais que certaines d'entre vous estiment que ces cours ne sont pas prioritaires, contrairement aux matières théoriques. Mais notre fondateur Tadeusz Hertz ne les aurait pas mis au programme s'il ne les avait pas jugés indispensables. Je vous prierai donc de gagner vos places au plus vite.

L'entrée dans l'aile G s'accompagne du sempiternel discours de l'instructeur. Luce traîne les pieds. Comme toutes ses semblables, elle déteste les cours d'Apprentissage de la Vie pratique. Les gestes obsolètes qu'on persiste à leur enseigner, les bureaux alignés dans l'immensité du gymnase, la répétition laborieuse… Et pire que tout, la présence simultanée de toutes les filles de sa classe d'âge, sans aucune distinction de rang.

– Aujourd'hui, nous allons étudier un nouveau savoir-faire. Vous commencerez par consulter les instructions sur le tableau derrière moi. Je circulerai ensuite parmi vous pour vous assister en cas de difficulté.

Pour certains exercices, on accepte de leur fournir des outils. Très jeune, Luce a appris à planter un clou, à changer un néon, à balayer le sol… Mais quand la matière première manque ou qu'elle est jugée trop dangereuse, les leçons se bornent à des gesticulations vides de sens. Luce se remémore le cours où elle s'était appliquée à mimer la découpe d'un poulet. Elle avait cherché dans l'air les jointures des articulations, les cartilages, les nerfs, comme on le lui avait montré. Et puis une fille de rang 3 s'était levée, avait demandé d'une voix forte si quiconque se souvenait du goût de la viande. Luce avait eu une bonne note, ce jour-là ; mais au cours suivant, l'élève n'était pas revenue.

– Dépêchez-vous de vous installer, s'il vous plaît. Ne touchez pas aux fournitures pour le moment. Le rang 3, un peu de calme, merci !

Les pensionnaires du rang 1 sont déjà presque toutes assises à l'avant du gymnase, près des tableaux noirs. Luce se hâte dans les allées, contourne un groupe dans lequel elle croit apercevoir M0809, puis finit par repérer le bureau qui porte son matricule, à la frontière entre l'espace du rang 1 et celui du rang 2.

– Sur vos tables, vous trouverez d'anciens uniformes, ainsi que des aiguilles et du fil de coton de différentes couleurs. D'ici la fin du cours, vous devrez avoir reprisé…

Luce n'entend pas la suite, couverte par un gloussement sonore quelques tables derrière elle. Elle fait volte-face et se heurte à la grimace faussement embarrassée d'une fille de rang 2. Luce lui oppose un rictus méprisant.

Au fond du gymnase, les élèves de rang 3 sont déjà à l'œuvre avec une dextérité impressionnante. Pas étonnant, vu leur entraînement. La majorité de leurs cours préfigure sans doute leur destinée : des journées entières à nettoyer les déchets des autres et à entretenir ce qui finira de toute manière aux ordures.

Luce reporte son attention sur les consignes inscrites au tableau. Dans son dos, les ragots succèdent aux ricanements :

– En parlant de déclassement… Une des filles de mon dortoir a évité la rétrogradation de justesse…

Luce déplie l'uniforme à réparer. Un chemisier troué au coude – fil blanc – et une jupe à l'attache déchirée – fil bleu. Les vêtements sont à peine plus grands que ceux qu'elle portait à son arrivée à l'Institut ; bien trop petits même pour les benjamines, qui ont maintenant plus de dix ans. Pourquoi s'obstiner à raccommoder ce qui ne servira plus ?

– Elle avait remarqué qu'un des types de l'équipe nourricière lui servait de plus grosses quantités… Elle lui a demandé sa protection.

– Il a accepté ?!

– Horrible ! Je crois que je préfère encore le rang 3 !

– Tout plutôt qu'un vieux qui pue la bouillie…

Le fil ne veut pas entrer dans le chas de l'aiguille. Pour la énième fois, Luce l'humecte du bout des lèvres. Elle peine à contenir l'agacement qui monte en elle. L'air du gymnase est suffocant. Les vieux uniformes sentent la sueur. Et les médiocres du rang 2 continuent de jaser.

– Il la protège de la rétrogradation, mais qu'est-ce qu'il demande en échange ?

– T'es bête ou quoi ? T'en as vraiment aucune idée ?

Les commères s'interrompent à l'approche de l'instructeur. Il déambule à pas lents entre les allées de couturières, mains jointes dans le dos. Luce sent son souffle sur sa nuque quand il se penche pour vérifier ses progrès. Elle s'acharne, bord à bord, à promener son aiguille pour rassembler les morceaux de tissu déchiquetés. Il s'éloigne en griffonnant quelque chose sur un carnet. Sa voix retentit quelques rangées plus loin :

– Mesdemoiselles, si vous continuez à bavarder, je vous envoie faire un tour dans le bureau du professeur Alpha.

Le silence est revenu. La déchirure a presque disparu, même si Luce sent encore la boursouflure du fil lorsqu'elle passe la main sur la maille raccommodée. Elle recoud ensuite l'attache arrachée à la jupe ; quelques points bien placés, le fil sectionné entre les incisives et elle a terminé son ouvrage. Elle dépose les vêtements sur la table de l'instructeur, qui inscrit un « A– » en face de son matricule. Et Luce se demande s'il est vraiment possible de réparer ce qui a été déchiré, sans que la cicatrice soit encore plus visible que la blessure.

Cette nuit-là, Luce se réveille une fois de trop. Pourtant, ce ne sont ni les cauchemars ni les néons du matin qui la tirent du sommeil, mais les chuchotements fébriles à son chevet. Elle ouvre les yeux, se redresse. La silhouette penchée sur elle lâche un juron.

– Bravo, M0809, tu as réussi à la réveiller. On fait comment, maintenant ?

– Bah, on l'emmène, bien sûr !

La pénombre du dortoir ne suffit pas à masquer le sourire victorieux de M0809. Il faut plus longtemps à Luce pour reconnaître celle qui la fixe d'un air furieux : Z1911, son autre voisine de lit. Une dizaine de filles se sont approchées, avec la ferme intention de se mêler à la conversation.

– Hors de question !

– Elle va nous dénoncer !

– Si vous voulez vous faire rétrograder, c'est sans moi !

Les chuchotements enflent, mais M0809, poings vissés sur ses hanches rondes, n'en démord pas :

– Un regard neuf, ça peut ouvrir de nouvelles pistes. Vous y avez pensé, à ça ? Et puis si elle a débarqué chez nous, c'est qu'elle n'est pas comme les autres bulbeuses, non ?

Bulbeuse. C'est ainsi que les filles des rangs 2 et 3 surnomment les élèves comme Luce. Le mot se prononce du bout des lèvres avec une pointe de jalousie. Pourtant, dans la bouche de la petite brune, il ne ressemble pas à une insulte. Elle explique :

– On va partir faire une maraude, j'ai pensé que tu pourrais venir avec nous.

– Une quoi ? demande Luce.

– Une maraude ! À cause de la saison froide !

Elle n'a pas le temps de dissimuler sa confusion que Z1911 triomphe :

– Je te l'avais dit ! Elle ne peut pas comprendre. Elles n'ont pas de maraudes, à l'aile A. Ni de saison froide d'ailleurs.

Luce rejette sa couverture et s'assoit au bord du lit. Consciente des regards qui pèsent sur elle, elle avance prudemment :

– Je n'ai jamais entendu parler des maraudes, mais je ne dénoncerai personne à l'équipe éducative. Je n'ai aucun intérêt à devenir votre ennemie.

– Résumons, propose Z1911 à la cantonade. Grâce à M0809, la bulbeuse est au courant de notre petite expédition. Et comme vous vous êtes toutes précipitées pour lui montrer vos trognes, elle sait qui est impliquée. Je ne vois qu'une seule solution : elle vient avec nous. Si elle a envie de baver à Alpha, on pourra balancer qu'elle nous a suivies.

Z1911 lui ressemble, à sa manière. Ce regard glacial, cette méfiance teintée d'intransigeance… Luce acquiesce, même si elle ne sait pas encore à quoi. M0809, triomphante, lui prodigue ses conseils :

– Pas de chaussures, ça fait trop de bruit. Il vaut mieux superposer les chaussettes pour t'isoler du froid, mais attention à ne pas glisser sur le carrelage. Enfile ton pull directement par-dessus ta chemise de nuit, tu perdras moins de temps.

Il flotte dans l'air la même électricité que lors des visites de l'intendante et le dortoir bouillonne des chuchotements surexcités des pensionnaires. Peu nombreuses sont celles qui déclinent l'expédition. Luce en reconnaît certaines : une benjamine aux yeux cernés, une grande blonde toujours apeurée et B1803, la messagère de l'Institut.

Leurs camarades n'insistent pas pour les convaincre. Bientôt, elles sont près des trois quarts des effectifs à se tenir debout entre les rangées de lits, dans leur uniforme hybride de jour et de nuit. À pas lents, la procession s'ébranle vers la porte.

Les couloirs baignés de pénombre ont quelque chose d'irréel, comme des décors qui risqueraient de céder si on s'y appuyait. Pour la première fois, Luce découvre ces lieux familiers une fois les lumières tamisées. Les vastes ombres qui s'élancent et retombent en aplats denses, les arêtes à angle droit, dessinées dans un tout petit filet de néon bleuté. Et surtout, l'absence de toute forme de vie sinon la leur, compacte et unie le temps d'une maraude. Luce parcourt l'Institut comme on retourne une feuille de papier vierge, à la découverte d'une autre surface où tout se révèle identique et neuf à la fois. Cette face-là a existé chaque nuit sans qu'elle en sache rien. Jusqu'à ce soir, le monde interrompait sa marche au moment où toutes s'endormaient, pour ne reprendre qu'au matin. Elle comprend que cette croyance ne vaut que pour le rang 1 : le seul à pouvoir trouver le repos.

– C'est une tradition du dortoir, chuchote M0809 qui ne la lâche pas d'une semelle. Chaque cycle, à la saison froide, on part explorer l'Institut. Pas toutes les nuits, bien sûr, mais on ne s'arrête pas tant qu'on n'a pas déniché suffisamment de trésors.

– Des trésors ?

– Des couvertures, surtout. C'est la priorité pour passer la saison froide sans trop tomber malades. Mais parfois, on découvre des objets qui étaient là avant l'Institut… Des trésors, quoi.

Au moment de passer d'une aile à une autre, à chaque sas et à chaque passerelle, les premières de la file tiennent la porte à double battant pour les suivantes. Une à gauche, une à droite. Elles ferment la marche une fois que tout le monde s'est engouffré devant elles.

Quand vient leur tour, M0809 montre à Luce comment amortir le mouvement de clôture. Les gaines en caoutchouc se rejoignent sans un bruit, et les salles de classe apparaissent.

– Depuis plusieurs cycles, on se concentre sur l'aile C. Rien n'est fermé à clé, il y a des greniers... Et l'équipe éducative n'y traîne pas trop la nuit.

– Vous vous êtes déjà fait surprendre ? demande Luce.

– On a failli. On a eu quelques frayeurs avec le bibliothécaire. On dirait qu'il ne dort jamais, celui-là... Alors on ne va plus à l'aile D. Il y a souvent du monde autour du gymnase aussi, on a décidé que c'était trop dangereux de s'en approcher.

Z1911 ne les quitte pas des yeux tandis qu'elles se hâtent de rejoindre leurs camarades. Visiblement, l'adolescente s'est imposée comme la meneuse du groupe. À la façon dont elle distribue les ordres et organise la maraude, Luce déduit que ce rôle lui a été attribué depuis longtemps sans que personne n'ait songé à le contester.

La masse des pensionnaires pénètre dans une salle de classe restée ouverte. D'un geste hâtif, Z1911 relève ses cheveux en chignon. Puis elle s'approche de l'estrade et vérifie la stabilité du bureau, sur lequel elle place le tabouret du professeur. Un frisson d'anticipation parcourt les rangs. Z1911 remonte des lunettes imaginaires sur l'arête de son nez et, dans une imitation saisissante du professeur Alpha, entame son discours :

– Chères élèves du rang 2, vous êtes désormais coutumières de l'exercice, je me permets néanmoins de vous en rappeler les règles élémentaires. Notre bien-aimé fondateur de l'Institut du Nouveau Lendemain, Tadeusz Hertz, a eu la bonté d'exclure de son grand œuvre les débarras, placards et greniers. Nous allons rendre hommage à sa négligence et fouiller méthodiquement les lieux. Nous n'omettrons aucun recoin.

L'assemblée des clandestines frémit à cette perspective. Le bruissement de leurs murmures s'amplifie quand Z1911 extrait de sa manche un objet oblong, que Luce met quelques secondes à identifier. Des souvenirs de voix feutrées et d'obscurité déchirée la traversent. C'est la première fois qu'elle voit une lampe de poche à l'Institut.

– Les biens les plus rares, comme les piles électriques ou les lampes de poche, appartiendront à la communauté. Hormis ces exceptions, chaque objet reviendra à celle qui l'a trouvé. Nous ne tolérerons aucune dispute à ce sujet. Aujourd'hui, je vous demanderai également d'accorder une attention particulière à notre invitée. Une bulbeuse s'est immiscée dans nos rangs et j'attends de vous la plus grande vigilance.

Luce s'oblige à ne pas baisser les yeux. Z1911 lui adresse un sourire carnassier et abandonne enfin son imitation du professeur Alpha :

– Bon, et n'oubliez pas : s'ils nous chopent, on leur donne du travail. Perdues pour perdues, on se bat, on les déborde. On offre la chance à quelques-unes de s'échapper. On ne se tait pas, et on n'accepte pas.

Un murmure d'approbation parcourt les rangs. En une foulée, Z1911 se hisse sur le tabouret. Elle lève le bras jusqu'à atteindre une dalle du faux plafond, qu'elle descelle d'un coup sec. La trappe du grenier bascule, alors l'Institut cesse d'être un bloc inattaquable ; Luce oublie de respirer.

Et ainsi naît la possibilité d'une issue.

9

La lampe de poche calée entre les dents, Z1911 se hisse ; son corps disparaît dans la trouée noire. Quelques secondes plus tard, le faisceau tranche l'ombre et le visage souriant de la meneuse réapparaît par l'ouverture. D'un geste, elle invite les autres à la rejoindre.

Le grenier est si vaste que l'ensemble des clandestines peut sans peine s'y tenir debout. Luce s'avance au milieu des éternuements et des reniflements. Chacun de ses pas laisse une trace brillante dans l'épaisse couche de poussière qui recouvre le sol ; ses chaussettes blanches seront bientôt grises. Il flotte dans l'air une odeur qu'elle reconnaît d'un autre temps. La froideur minérale, humide, réveille en elle des émotions confuses. L'appréhension, mais aussi la sécurité momentanée… C'est la fragrance du refuge. « Ne prends pas froid », lui souffle la voix avant de regagner le tréfonds de sa mémoire.

Z1911 replace la trappe, qui se clôt dans un bruit sourd. L'éclat des néons s'évanouit et le terrain de jeu se dessine dans le halo de la lampe de poche. Mobilier oublié, placards éventrés, amoncellements de linge et de paperasse…

– On va y aller par étapes. Dès qu'on aura fouillé toute la zone éclairée, je déplacerai la lampe et on recommencera à explorer. Si quelqu'un trouve une deuxième lampe, même topo, mais en mieux.

La meneuse avise les bibelots qui ornent l'étagère la plus proche : une horloge défoncée et une sorte de casserole rouillée. Elle y cale tant bien que mal sa torche. Les clandestines se retournent pour écouter les derniers ordres, yeux plissés et mains en visière pour contrer l'éblouissement. Un autre geste disparu qui ressurgit.

Z1911 lance le départ et chacune des filles plonge sur un recoin à explorer. Les fouilles sont méthodiques, rapides, déterminées. Il n'y a déjà plus de place pour Luce. Elle arrime son regard à la poussière qui danse dans le flux de la lampe de poche. Les oscillations dorées convoquent en elle un souvenir qui ne cesse de lui échapper.

– Dis donc, bulbeuse, si tu crois qu'on va te laisser te tourner les pouces…

Le ton employé par la meneuse n'admet pas de négociation. Sous sa surveillance, Luce se dirige vers une zone en marge, à la frontière de l'obscurité. Un vieux bureau en bois amputé d'un pied achève d'y moisir. Elle fait coulisser le premier tiroir. Un bouquet d'échardes lui laboure les mains.

Bouillonnement de mouchoirs froissés, crayons cassés, montre au verre fracassé… Luce passe au tiroir suivant en esquivant une nouvelle volée d'échardes. Elle y déniche une liasse de papiers vierges, jaunis et piqués d'auréoles, qu'elle feuillette rapidement. Les taches de moisissure défilent dans un ballet noirâtre. Le cœur soulevé par l'odeur de pourriture, Luce lâche le paquet, d'où s'échappe un petit carré de papier. Elle s'en saisit et découvre un portrait aux couleurs délavées. Trois silhouettes, un paysage flou, c'est tout ce qu'elle distingue avant qu'un groupe s'écrie :

– Des piles ! On a trouvé des piles !

À quelques pas de Luce, l'effervescence est immédiate. L'essaim des clandestines se précipite vers le butin. On se bouscule, on se félicite, on pousse des hourras de victoire en oubliant toute précaution. Z1911 inspecte le trésor à la recherche de marques d'oxydation. Elle hoche la tête.

– Maintenant, voyons si elles sont encore pleines.

La meneuse se dirige vers sa lampe de poche, fait glisser le compartiment situé à la base du manche ; le grenier est soudain plongé dans le noir. Profitant des ténèbres, Luce fourre le portrait fraîchement déniché dans la manche de son pull. Après tout, l'image n'a aucun intérêt pour ses camarades… Et elle refuse de l'abandonner au grenier sans en avoir percé tous les mystères. Une seconde plus tard, un halo tremblotant fend l'obscurité, avant de se stabiliser complètement. Les effusions redoublent tandis que Z1911 délimite à la lueur de la torche la nouvelle aire de fouille.

– Tu te rends compte ? Avec ces piles, on pourra faire fonctionner la lampe plus longtemps !

M0809, qui s'est précipitée vers Luce, paraît transcendée par la découverte. Luce force un sourire avant de s'éloigner.

Cette fois encore, elle poursuit ses recherches à la lisière du faisceau. Tout au bord de l'ombre, des boîtes en carton aux angles renforcés de métal attendent leur heure. Luce en ouvre une, puis deux, puis dix. Et tandis qu'elle s'affaire au milieu des boulons, des cordelettes et des flacons vides, un chahut joyeux gagne le grenier.

À sa droite, quelques filles dépiautent avec gourmandise le contenu d'une valise en cuir. L'une noue un foulard autour du cou de son amie, deux autres détaillent de leurs yeux effarés des culottes de dentelle fine ; un chapeau à la doublure effilochée passe de tête en tête. Plus loin, Z1911 brandit à la lueur de la lampe différents appareils électriques aux usages obscurs, qu'une de ses camarades nomme un à un de manière plus ou moins fantaisiste.

– Ça, c'est un transistor. Et ça aussi, je connais, c'est un très beau spécimen de molixon. Oh, et là, un porgoriseur !

– Ça suffit, arrête d'inventer ! proteste Z1911 en riant.

Tâtonnant dans une nouvelle boîte, Luce explore un amas de rouages mangés de rouille, qui a tôt fait de maculer ses doigts d'une substance sombre et gluante. Elle attrape en pestant le premier chiffon venu et, ce faisant, dévoile un sac en plastique rebondi. Luce s'y plonge. Au milieu d'un mélange confus de bocaux fendus, de poches à perfusion déchirées et de documents froissés, elle perçoit soudain un cylindre lourd et froid. Elle tâte et retâte, le souffle raccourci par la surprise.

Pas de doute, elle a déterré un trésor. Z1911 ne pourra plus l'accuser de trahisons potentielles, elle ne pourra plus reprocher à M0809 d'avoir voulu l'emmener. Luce extrait la lampe de poche du fatras. Mais alors qu'elle se tourne vers les autres filles pour leur annoncer la bonne nouvelle, elle découvre une armée d'inconnues absorbées dans leurs fouilles. Des dizaines de visages indistincts qu'elle oubliera sitôt qu'elle détournera le regard.

Sur les routes, autrefois, elle a appris à reléguer ses trouvailles au fond de son sac à dos, à l'abri des importuns ; la torche glisse le long de son bras pour rejoindre le portrait. Luce frissonne au contact du métal. La laine se tend, mais les trouées sombres des mailles laissent à peine deviner leur bagage.

Avant la fin de la maraude, il y a encore des essayages de blouses élimées, des lacets volés à des chaussures poussiéreuses, des brosses en tout genre qui disparaissent dans les chemises de nuit des adolescentes. Chaque fois que Z1911 oriente le faisceau de la torche dans une nouvelle direction, Luce y poursuit ses recherches docilement, mais à gestes mesurés. Pourvu que les coutures suffisent à retenir la lampe au bout de sa manche…

Heureusement, pas un regard indiscret ne s'attarde vers elle et les grands placards finissent de vomir tout leur contenu au sol. Les tas de linge sont retournés encore et encore, les meubles fouillés de fond en comble. Bientôt, la promesse d'aventure s'épuise et les jeunes filles se souviennent qu'elles ont froid.

La trappe est à nouveau soulevée, les corps absorbés par la clarté des néons. Juste avant de se couler par l'ouverture, Luce s'assure que son butin ne glissera pas hors de son pull. Z1911, exténuée par la maraude, a cessé de la surveiller.

Une fois les couloirs regagnés, la vigilance reprend. À chaque nouveau sas, à l'affût du moindre bruit, la meneuse adresse des gesticulations lasses aux clandestines qui sont encore tentées de bavarder. Les filles avancent à pas lents. Celles qui ont eu la chance de dénicher des couvertures s'y blottissent, parfois à plusieurs. Mais elles ne cessent de grelotter, surtout quand elles traversent la passerelle glaciale. Luce garde les bras croisés, serrés contre sa poitrine, autant pour cacher le renflement de sa manche que pour se prémunir du froid. M0809 la rejoint et chuchote :

– Tu as vu ? J'en ai trouvé une. Si tu veux, je te la prête.

La petite brune déplie sa nouvelle couverture, lui vante le moutonnement de la laine à peine usée. Luce sourit poliment, mais n'esquisse aucun mouvement vers elle.

Alors qu'elle s'apprête à passer la porte du dortoir, une main retient son épaule. Luce fait volte-face et découvre Z1911 qui la toise sans un mot. Brusquement, elle a la sensation de se dissoudre. Elle verrouille ses bras contre son corps ; elle défendra son butin coûte que coûte. Mais la meneuse se contente d'asséner sans ciller :

– Ce que tu as vu ce soir, ça fait de toi l'une des nôtres. Si tu mouchardes, si tu tentes de me coincer, c'est toi qui tomberas. Pas de retour en arrière possible.

Sans attendre de réponse, Z1911 passe la porte du dortoir d'un pas tranquille. Luce, pour la première fois, ne frémit pas à l'idée d'être « l'une des leurs ».

10

Luce ne peut pas s'endormir sans savoir.

Un regard à gauche : le visage assoupi de M0809 émerge à peine des deux couvertures superposées, un léger sourire sur ses lèvres entrouvertes. Un regard à droite : Z1911 dort repliée en chien de fusil, une expression sévère tendue d'un sourcil à l'autre. Luce se coule hors des draps et traverse le dortoir à pas feutrés. Elle ne respire pas avant d'avoir atteint la salle d'eau.

Une fois à l'abri de la dernière rangée de lavabos, elle extrait la lampe de sa manche. Le cœur battant, elle la fait pivoter entre ses mains, vérifie le compartiment des piles, examine l'ampoule et le verre protecteur. Tout est intact. Son pouce trouve le chemin de l'interrupteur. Clic. Un phare dans la salle d'eau. Luce éteint la torche, la rallume et, de nouveau, les reflets jaunes dansent sur le carrelage.

Elle étend sa couverture au-dessus d'elle et s'y enferme avec la lampe. Fascinée, elle approche le faisceau de ses doigts, découvre le rouge de sa chair et le dessin sombre de l'os. Luce pense aux dessins d'anatomie qu'on leur a fait étudier. Ces grands écorchés aux yeux écarquillés, veinés de rouge et de bleu… Elle imagine le réseau écarlate dissimulé sous sa peau. Alors qu'elle se contorsionne pour mieux l'illuminer, un morceau de papier tombe de sa manche.

Le portrait. Elle l'avait oublié. Dans le halo de la lampe, elle peut enfin le détailler à loisir. Les couleurs ont bavé hors de leurs bordures, mais en plissant les yeux, Luce reconnaît au centre du cadre Tadeusz

Hertz. Le fondateur de l'Institut tient par l'épaule une jeune fille d'une douzaine d'années, regard sévère et cheveux au carré impeccablement peignés. Luce a l'impression d'avoir déjà rencontré cette adolescente trop solennelle pour son âge, mais où ? Elle considère ensuite le garçon à demi dissimulé de l'autre côté de Hertz. Contrairement à ses deux compagnons, il semble vouloir se soustraire au portraitiste. Les marques d'humidité lui dévorent le regard et son poing dessine une tache claire sur le tissu sombre de sa veste. À l'arrière-plan, d'imposants bâtiments géométriques s'élèvent. Luce y cherche des traces d'effondrements, mais elle ne décèle aucun vestige. Serait-ce la ville neuve dont M0809 lui a parlé… ? Des pas interrompent soudain son examen minutieux. Clic. La couverture s'écroule sur ses épaules, la lampe et le portrait disparaissent au fond de sa manche. M0809 entre en titubant, les paupières gonflées de sommeil. Elle s'immobilise en apercevant Luce.

– Qu'est-ce que tu fais là, L2106 ?

Elle marque une pause avant d'ajouter :

– Toi aussi, tu as rêvé de ta maman ?

Luce ne répond pas. Son pouls cogne contre le métal tiède de la torche. La petite brune se dirige vers l'un des lavabos, s'asperge longuement la figure avant d'expliquer, ruisselante :

– Moi, ça m'arrive toujours après les maraudes. Et cette fois, ça avait l'air tellement vrai…

Les larmes affluent au ras de ses cils, comme si elles n'attendaient qu'un signal pour surgir. Luce se relève en hâte.

– Tu peux pleurer si tu en as besoin. J'allais retourner me coucher.

– Pardon, mais… Tu ne veux pas rester un peu ?

M0809 s'assoit sur le carrelage. Ou plutôt, elle s'y effondre, et tout le reste de son visage avec. Luce hésite un instant. Elle se rassoit. La petite brune tourne vers elle ses yeux inondés.

– C'est toujours pareil… Ma maman est là. Elle m'appelle. Et ça m'oblige à me souvenir que mon prénom me manque… Et puis je me réveille, je me souviens qu'ici, je m'appelle M0809… Alors ça me fait mal, tu vois ?

Entre ses dents serrées, elle souffle :

– Je déteste mon matricule.

Luce s'est approchée, presque malgré elle. À genoux sur le carrelage gelé, le ventre tordu d'appréhension, elle sait qu'elle s'apprête à commettre un sacrilège. Un affront à tout ce que l'Institut lui a enseigné. Mais elle demande quand même :

– Comment tu t'appelles ?

Une larme finit sa course sur le menton de M0809. D'une voix blanche, elle prononce ces deux syllabes :

– Meriem.

Luce force un sourire pour masquer le tremblement de sa voix.

– Ça va aller, Meriem.

Et puis une hésitation. Un saut dans le vide.

– Moi, je m'appelle Luce.

Les larmes ont disparu. Meriem. Luce. Elles répètent leurs prénoms jusqu'à ce que leurs sonorités paraissent moins étranges ; leurs rires résonnent sur le carrelage de la salle d'eau.

Elles regagnent le dortoir auréolées de leur secret partagé. Luce ne veut pas se demander si elle a eu tort ou non. Pas ce soir. Il sera toujours temps demain de regretter. Tandis qu'elle se glisse sous ses draps, Z1911 marmonne une protestation dans son sommeil. Meriem, elle, reste immobile devant son lit à peine défait.

– Qu'est-ce qu'il y a ? l'interroge Luce.

– J'en trouverai d'autres. Toi, tu n'as pas l'habitude de la saison froide…

Sans plus d'hésitation, la petite brune lui tend sa nouvelle couverture.

– C'est un cadeau, précise-t-elle d'une voix plus ferme.

Luce la dévisage, émue.

– Merci.

– Dépêchons-nous de dormir, répond Meriem. Le matin n'est plus très loin.

Et c'est du fond de son sommeil que Luce l'entend ajouter :

– Ne prends pas froid.

– Ne prends pas froid, répète un écho lointain.

Ce n'est pas une vraie mise en garde, Luce le sait. C'est une phrase porte-bonheur, comme la voix en prononce parfois pour faire oublier la fatigue. Ne prends pas froid. C'était un bon repas. Je crois qu'il va faire beau demain.

Elles ont d'abord connu les jours brûlants et les nuits à suffoquer, la gorge sèche et rocailleuse. Y ont succédé les blizzards mordants, qui giflent la peau et déchirent les oreilles. Désormais, c'est la pluie qui s'abat sans prévenir. Aussi douloureuse qu'impitoyable, elle piétine les vêtements, s'infiltre dans le moindre interstice. Il faut chercher un abri, ne pas se laisser tremper : il n'y aura pas de refuge où étendre leurs guenilles. La voix a expliqué à Luce, avec des mots qui ne font pas trop peur, qu'elle ne veut plus faire de feu. La petite fille se souvient des silhouettes de l'autre côté de la fenêtre, alors elle acquiesce. Et les allumettes restent au fond du sac.

Sous la grande couverture boueuse, la voix lui frotte le dos jusqu'à ce qu'elle cesse de claquer des dents. Luce dégouline. Les mains chiffonnées enrobent les siennes. À la rencontre des pouces, elle colle sa bouche et souffle. La chaleur se répand de phalange en phalange, le tremblement du corps s'apaise.

La pluie s'est arrêtée. L'enfant cherche un regard à accrocher à travers le rideau trempé de ses cils. Dans les rayons timides du soleil retrouvé, un visage surmonté de cheveux gris se dessine. Les rides imprimées par mille sourires. Les lèvres charnues striées de vieillesse, les paupières tendres et tombantes ; les taches, brunes et poudreuses, partout sur la peau. Alors l'amour oublié éclate dans sa poitrine.

La voix possède un visage. Et ce visage est celui de sa grand-mère.

L'espace d'un instant, quand Luce ouvre les yeux, deux mondes se fondent l'un dans l'autre. Le vent traverse le dortoir, les ruines s'érigent au bord des lits, la lumière d'hiver avale celle des néons. La chaleur, la douceur perdues déferlent sur Luce. Une main parcheminée effleure sa joue. Le voilà, son ailleurs : pour la première fois, sa grand-mère a franchi les frontières imposées à son existence.

Assise sur le lit d'à côté, M0809 fixe Luce, immobile. M0809. Meriem. Les mots prononcés l'avant-veille dans la salle d'eau résonnent dans son regard. « Il y a quelque chose dont on doit se souvenir, même si on n'y arrive pas encore. Quelque chose d'important. »

Il faudrait raconter, préciser. Mais Luce ne peut pas. Elle s'agrippe à cette nuit raccourcie, la supplie de s'attarder encore. Il faudrait se lever, se préparer, amorcer la journée à venir. Mais Luce ne peut pas.

Seules les exclamations paniquées qui s'élèvent soudain dans le dortoir l'arrachent à sa torpeur.

11

Des silhouettes en chemise de nuit surgissent, elles retournent les draps du lit voisin.

– Quelqu'un a vu Z1911 ?!

Une voix leur répond, à quelques rangées de là. Le même affolement.

– B1803 n'est pas là non plus !

Luce se force à camoufler son hébétude. L'une des clandestines fond sur elle.

– Tu as entendu quelque chose cette nuit ?

Elle fait non de la tête et échange un regard avec Meriem, qui réagit aussitôt :

– À un moment, je me suis levée pour aller aux toilettes, je suis sûre que Z1911 était encore dans son lit quand je me suis recouchée.

D'autres pensionnaires se sont approchées et furètent à la recherche d'une preuve qui incriminerait Luce. Elle pense à la lampe de poche et se ratatine sur son matelas.

– Z1911 avait raison ! Elle avait dit que la bulbeuse allait nous dénoncer ! persifle une fille.

Meriem se lève d'un bond :

– Et comment tu expliques que B1803 ait disparu, alors ? Elle n'est même pas venue à la maraude, elle ne se sentait pas bien hier soir !

– Peut-être qu'elle est partie à l'infirmerie…

– Ah oui, sans prévenir personne ?!

Le doute se propage dans l'assemblée tandis que Meriem fulmine, le menton haut. Une de ses camarades concède d'une voix incertaine :

– Deux filles qui se volatilisent la même nuit, ça ne peut pas être un hasard…

– Si elles ne sont pas revenues ce soir, rétorque une aînée, on va raconter à l'aile E que la bulbeuse a participé.

Luce a rejeté ses couvertures et se tient droite face à ses accusatrices. Portée par la véhémence de sa voisine de lit, elle contre-attaque :

– Oui, la meneuse de maraude a disparu, la messagère d'Alpha aussi, vous paniquez et je le comprends. Mais imaginez que je n'y sois pour rien… Vous voulez vraiment révéler à Alpha que vous avez enfreint le règlement ? Parce que là, vous feriez face à de réelles sanctions.

Son interlocutrice se mord la lèvre. Dans les rangs, le silence est retombé.

– D'accord, abdique-t-elle enfin. On attend jusqu'à ce soir. On prendra notre décision toutes ensemble.

Un murmure d'approbation parcourt le groupe, qui se disperse comme il s'était formé. La routine du matin reprend, à peine plus fébrile qu'à l'ordinaire. Luce se penche vers Meriem :

– Je n'y suis pour rien.

– Je te crois.

Sans un mot de plus, sans même oser chuchoter leurs prénoms, elles rejoignent la salle d'eau. Luce ne dit rien de la lumière du jour, du visage de sa grand-mère qui s'éloigne déjà. Ni du mauvais pressentiment qui l'étreint encore quand elle s'assoit à la table du petit déjeuner.

– Il manquait deux élèves dans le dortoir du rang 2 ce matin. Tu as entendu parler de quelque chose ?

C1501 abandonne un instant sa bouillie pour la considérer d'un œil surpris.

– Non, rien du tout.

– C'est inhabituel comme situation, non ? insiste Luce.

Une moue de désapprobation passe sur le visage de son amie. Elle hausse les épaules et porte la cuillère à sa bouche.

– Ne t'inquiète pas pour ça, ce n'est pas ton problème.

– Ça pourrait le devenir si les filles continuent à croire que j'y suis pour quelque chose…

– Tu auras regagné l'aile A bientôt, elles ne pourront rien te faire.

Luce repousse son plateau. La bouillie beige qui s'étale sur le plastique lui donne la nausée. C1501 lève à nouveau les yeux vers elle et soupire :

– Si ça te préoccupe tant que ça, j'irai demander à l'aile E si…

– C1501, tu te souviens de ton prénom ?

La question est sortie toute seule, avant que Luce ait pu l'enterrer en elle. Le silence s'abat brutalement à la table. C1501 reste pétrifiée un long moment, bouche entrouverte, yeux agrandis de stupeur. Quand enfin elle parvient à bouger, c'est pour enfouir son visage dans ses mains.

– Pourquoi tu me demandes ça ?

– Je veux savoir si tu te souviens.

Un regard paniqué se glisse à travers les doigts arc-boutés.

– Qu'est-ce qui te prend ?! On ne peut pas parler de ça !

– Personne ne nous a entendues.

C1501 scrute les alentours d'un air épouvanté. Aux autres tables, les conversations se poursuivent, feutrées et routinières. Lentement, très lentement, les paupières retombent sur les grands iris verts. Ses lèvres tremblent quand elle cède :

– Je m'appelais Clara.

Luce détaille son amie à la lumière de ces sonorités nouvelles, cherche l'alchimie qui les relie. Mais le prénom de C1501 n'a pas réveillé la petite fille qu'elle était. Au contraire, il l'a flétrie, abattue. Et c'est du fond de sa défaite qu'elle lâche, dans un dernier sursaut :

– Mais bien sûr, je ne réponds plus à ce nom-là.

Luce rejoint l'aile C en proie à des émotions mêlées, de honte et de fierté impossibles à arbitrer. Elle n'a pas pu lui dire « Je m'appelle Luce ».

Aujourd'hui, les électrodes reposent tranquillement sur les bureaux, les tempes des jeunes filles sont nues. Mais 099Y ne s'est pas départi de sa gravité pour autant et il dispense ses consignes avec une solennité exagérée.

– Mesdemoiselles, vous connaissez l'exercice. À chaque nouvelle configuration, vous devez préserver le maximum de points. La difficulté ira croissant, c'est pourquoi votre concentration ne devra pas faiblir. Passé un certain coefficient de perte, vous serez écartées du test.

Sur l'écran de Luce, des pastilles aux couleurs clignotantes se déplacent à toute vitesse. Lorsqu'elles se heurtent, elles sont aussitôt propulsées dans des directions opposées. Les segments qui les entourent se déforment, changent de place, se referment ou disparaissent. Parfois, un contour entier se développe en une fraction de seconde et il faut bondir sur le clavier pour agir en conséquence.

Dans la salle de classe, un concert de gloussements étouffés, de grincements de dents et d'exclamations victorieuses s'élève. Luce, au contraire, se tait. Elle fait le vide dans son esprit, appliquée à projeter sa concentration dans chacune des minuscules billes. Un frisson ténu parcourt son crâne, de l'occiput jusqu'au front, dans un trajet sans cesse recommencé. L'Institut n'existe plus, le temps non plus ; seul compte ce monde de géométrie abstraite et de solutions instantanées.

Les pupilles de Luce se dilatent. À force de fixer l'écran, elle peut presque prédire les revirements aléatoires des figures et des segments. Ses mains courent sur le clavier sans qu'elle ait conscience de les commander. Elle ne s'arrête pas. Elle n'a pas le temps de se réjouir de ses victoires, ni même de les constater : des problèmes remodelés s'enchaînent sans cesse à l'écran, il faut les affronter sans faiblir. À la moindre défaillance, Luce peut perdre tous ses points. Et même sans la menace de la décharge électrique, elle s'y refuse.

La sonnerie est accueillie par un mélange de cris de déception et de soupirs de soulagement. Luce s'arrache à l'écran et inspire une grande bouffée d'air.

– Cette semaine encore, mesdemoiselles, L2106 obtient le score de sauvegarde le plus élevé. Vous pouvez quitter la salle.

Elle savoure à peine sa victoire, pas plus qu'elle ne perçoit les regards envieux de ses camarades. Elle s'éloigne déjà, quand une voix l'interpelle.

– L2106 !

Une gamine rousse vient de débouler à l'angle du couloir et trottine vers Luce, une enveloppe à la main. L'agitation du réveil lui revient en mémoire alors qu'elle reconnaît la messagère de l'Institut.

– B1803 ?! Tu sais que tout le monde te cherche, au dortoir ? C'était la panique ce matin…

Son interlocutrice hausse les épaules avec un sourire sibyllin, avant de lui tendre sa missive.

– Pour toi, annonce-t-elle. Ça vient directement de l'aile E.

Aussitôt, Luce se sait condamnée.

Les hypothèses se bousculent tandis qu'elle tente de jauger la menace. Qu'a appris l'équipe éducative ? Que s'apprête-t-elle à sanctionner ? La participation à la maraude, la transgression des prénoms ou seulement les épisodes de déconcentration ?

Elle observe B1803 à la recherche d'un indice, mais celle-ci est occupée à lustrer son badge de rang 2 du bout de la manche. Sur la poitrine de Luce, le 1 épinglé lui semble briller plus fort. Après tout, elle reste une élève d'élite : c'est elle qui a remporté la meilleure note au cours précédent. Peut-être que l'équipe va simplement lui annoncer son retour à l'aile A, comme l'a promis Clara… Luce attrape la lettre d'un geste sec et la fourre dans la poche de sa jupe, vers laquelle la messagère lorgne ostensiblement. Un large sourire s'ouvre au milieu des taches de rousseur :

– Il faut que tu la lises devant moi, ils m'ont demandé de les prévenir quand ça serait fait.

De mauvaise grâce, Luce fait sauter le cachet de l'enveloppe, d'où elle extrait un billet plié en quatre. Le portrait de Tadeusz Hertz surplombe les quelques phrases tapées à la machine.

Au matricule L2106

Mademoiselle,

Nous vous avisons par la présente que des informations nous ont été communiquées concernant votre implication dans des actes de sédition survenus à l'aile B. En conséquence, le comité de réévaluation requiert votre présence à l'aile H demain après le dîner. Des examens seront pratiqués afin de déterminer la source de vos dysfonctionnements et d'y apporter les mesures adaptées. Vous serez déplacée à l'aile H dans l'intervalle entre l'examen de réévaluation et l'annonce du verdict. Veuillez noter qu'en cas de résultat insatisfaisant, une rétrogradation au rang 2 sera envisagée et vous perdrez les privilèges liés à votre statut actuel. Dans l'attente des délibérations, merci de débarrasser l'intégralité de vos affaires de l'aile B dès demain matin.

L'équipe éducative

Luce examine de nouveau la feuille chiffonnée, relit chaque mot, scrute le portrait de Hertz… Elle cherche le malentendu, en vain. Le message est aussi limpide qu'authentique. Elle ferme les paupières, y appuie ses index jusqu'à atteindre le seuil de la douleur. Les arabesques lumineuses qui fendent l'air ne suffisent pas à l'apaiser, ni à modérer la sentence.

« C'est une catastrophe », dirait Clara.

Luce pense à la lampe de poche cachée sous son matelas. Est-ce que le halo électrique et les prénoms murmurés du bout des lèvres en valaient vraiment la peine ? Est-ce qu'ils méritaient qu'elle mette son rang en jeu ?

B1803 la toise. Elle paraît plus grande maintenant que Luce s'est effondrée. Elle lâche dans un sourire :

– Au fait, je me suis dit que tu voudrais peut-être le savoir : ils ont réattribué ton lit de l'aile A. C'est moi qui l'ai récupéré.

Alors, pour la première fois depuis très longtemps, les larmes menacent de franchir le barrage que Luce leur a construit.

12

– Ne pleure pas. S'il te plaît, ne pleure pas.

C'est rare que sa grand-mère supplie. C'est encore plus rare qu'elle le fasse en l'absence de toute menace, alors que le jour décline tranquillement, baignant la baie d'une teinte rose orangé. Mais Luce sanglote. À gros bouillons, incontrôlables, inexpliqués, elle se déverse. C'est arrivé sur une broutille : un morceau de nourriture tombé dans le sable, abandonné là pour ne pas ébrécher ses dents. « Ce n'est rien », a dit la voix. Et Luce s'est mise à pleurer.

Depuis le début de leur grande marche, l'enfant s'est contentée de se blottir un peu plus fort chaque fois que la tristesse l'étreignait, que l'incertitude ou la perte devenaient trop envahissantes. Mais ce soir, ça ne suffit plus. Le cube de fruit au sirop s'est échoué sur la plage et c'est tout son monde qui chavire.

– Ne pleure pas, ce n'est pas grave, regarde, il en reste. Ne pleure pas, s'il te plaît…

Mais les mots ne servent à rien et le corps de Luce se vide, larme après larme. Il n'en restera bientôt qu'une carcasse sèche, comme les branchages qui craquent sous les pieds quand elles traversent les forêts brûlées.

– Ma petite chérie, tu ne peux pas pleurer alors que c'est si beau ! Regarde !

C'est vrai que ce n'est pas normal, de pleurer si fort au milieu des paysages épargnés.

– Regarde, le ciel parade pour toi. Pour te consoler. Regarde.

L'océan, face à elles, a déployé toute sa gamme de couleurs. Mais c'est sûrement pour cela que Luce s'est brisée. Parce que c'est si beau, et si anormal, comme une trouée inattendue dans la difficulté à vivre. Ou parce qu'il n'y a presque plus personne avec qui partager l'émerveillement.

Dans la rumeur de la houle et l'odeur du goémon, le ciel se charge de nuances chaudes. L'eau les imite en un miroir à peine troublé. Sa grand-mère lui tend la boîte de conserve ; la lumière qui s'y dépose a l'apparence du miel.

– Luce, réveille-toi…

Les vagues s'étirent en filaments brillants, jusqu'à atteindre leur point de rupture. Elles se déchirent une à une pour révéler le visage inquiet de Meriem.

– Je voulais te laisser dormir, mais… Tu pleurais dans ton sommeil.

Luce s'empresse de chasser les cristaux de larmes à la naissance de ses cils. Aussitôt, l'agitation du dortoir lui apparaît, à mille lieues de l'ambiance paisible et studieuse des premiers soirs. Dans les allées, des pensionnaires absorbées dans des discussions fébriles laissent échapper des éclats de voix paniqués. Au pied des lits, des grappes d'élèves sont assises à même le sol, mutiques et pâles.

– Qu'est-ce qui se passe ?

Meriem réajuste la couverture sur elle.

– Tu dormais déjà quand je suis revenue du réfectoire. Tu n'es pas allée dîner ? Tu as pris froid ?

Luce est déjà debout. Elle répète :

– Meriem, qu'est-ce qui se passe ?

Tête baissée, la petite brune avoue :

– Z1911 n'est pas rentrée.

– J'ai demandé à C1501 de se renseigner à l'aile E, tempère Luce, on devrait bientôt en savoir plus. Si je ne m'étais pas endormie en rentrant ce soir, j'aurais peut-être pu...

– Pas besoin de C1501. On a eu des nouvelles de B1803.

La confrontation de l'après-midi se fraie un chemin dans l'esprit embrumé de Luce. La messagère de l'Institut. La lettre. Le comité de réévaluation. Elle accuse la violence du choc tandis que Meriem poursuit :

– Elle est allée trouver l'équipe éducative et leur a tout raconté pour la maraude. Ils l'ont remerciée en lui faisant passer un examen de réévaluation. Je suis désolée.

– Et Z1911 ? demande-t-elle d'une voix qui tremble plus qu'elle ne le voudrait.

– B1803 l'a dénoncée comme cheffe de la maraude. Elle n'est pas venue en cours aujourd'hui. On ne sait pas où elle est.

Sur le lit voisin, personne n'a pris la peine de remettre en ordre les draps de Z1911. Luce détourne le regard vers un groupe de pensionnaires dont les délibérations paniquées retentissent dans tout le dortoir. Bien qu'elle s'efforce de le contenir, leur affolement fait écho au sien. Meriem se penche vers elle :

– Elles t'en veulent d'être ce que tu es. Et elles sont trop occupées à se demander s'il y aura des sanctions pour elles. Mais moi, je te le redis : je suis désolée.

– Tu n'as pas à t'excuser.

– Si. Je suis désolée qu'elles t'aient accusée à tort. Et je suis aussi désolée de t'avoir embarquée dans la maraude... avec toutes ses conséquences.

– Ça va aller, Meriem.

Luce a prononcé son mensonge sans ciller. Elle se lève et se dirige vers la salle d'eau pour échapper à la conversation. La voix de Meriem retentit dans son dos, pleine d'appréhension :

– Écoute, je sais que B1803 t'a dénoncée toi aussi. Je sais que tu risques d'être rétrogradée. Et je crois que je peux t'aider…

Meriem lui a donné rendez-vous dans la salle d'eau quand les néons passeraient en mode nocturne. Le moment venu, la petite brune n'a cessé de jeter des coups d'œil courroucés aux dernières filles qui débattaient encore à voix basse, adossées aux lavabos. Les iris glaciaux de Luce ont achevé de les chasser.

« Tu n'as pas peur qu'elles nous dénoncent ? a-t-elle demandé.

– Aucun risque, cette fois c'est différent. Tu verras. »

Luce a eu beau questionner son amie, elle n'a pas réussi à savoir ce qui l'attendait. Elle a seulement reçu l'ordre de rester en uniforme et de se montrer patiente. Meriem dépose une couverture pliée en quatre sur le sol et lui fait signe de s'asseoir, le dos appuyé au mur. Son visage brille de fierté tandis qu'elle fait glisser la fermeture Éclair d'une trousse en tissu rose.

Quand Luce a-t-elle vu pour la dernière fois un nécessaire à maquillage ? Elle ne s'en souvient pas. Pourtant, elle identifie sans peine les objets alignés sur le carrelage. Les gestes de sa camarade ont la précision d'un rituel.

– Où est-ce que tu as trouvé ça ?

– Maraude. Un trésor.

Quand elle sent la paume tiède approcher sa joue, Luce a un mouvement de recul. À l'Institut, on ne se touche pas, parce que ça fait toujours mal ; c'est une sensation qui appartient au monde d'avant. Meriem répond à son regard accusateur :

– Je suis obligée de m'appuyer sur toi si je ne veux pas déborder. Fais-moi confiance.

– J'ai besoin que tu m'expliques ce qui se passe.

Meriem soupire. Elle le lui a déjà dit : elle ne révélera pas tout, pas à l'avance. Il faut croire que la surprise est une composante fondamentale de sa stratégie. La petite brune hésite, évalue ce qu'elle peut avouer sans rien mettre en péril. Finalement, elle choisit ses détours :

– J'imagine que chez les bulbeuses, vous êtes persuadées que la *Théorie éducationnelle de la survie* a tout prévu, qu'elle contient toutes les règles… Mais c'est faux. À l'Institut, il y a plein de lois souterraines, de systèmes qui ont fini par se fondre dans le règlement. Ferme les yeux, s'il te plaît.

Luce obéit. Elle se concentre sur la caresse des pinceaux pour s'empêcher de repousser sans cesse la main qui l'effleure.

– Nous, dans le rang 2, à force de craindre d'être rétrogradées, à force de rêver à mieux, on commence à connaître tous ces arrangements.

Une poudre à l'odeur entêtante recouvre bientôt le visage de Luce, son cou et ses oreilles. Toute sa peau a pris une texture veloutée.

– Tu vois, c'est comme pour la maraude… Je suis sûre que jusqu'à maintenant, quand tu allais à l'aile C, tu ne voyais rien d'autre que des salles de classe. Tu ne pouvais pas imaginer les trappes dissimulées dans le faux plafond.

Luce acquiesce sans un mot, de peur de briser l'élan de son amie. Un trait humide souligne le bord de ses cils, bientôt brossés par un peigne chargé de grumeaux noirs.

– En fait, c'est pareil pour le fonctionnement de l'Institut. Il y a plein de trappes dissimulées dans le règlement. Et moi, je vais t'en ouvrir une.

Un bâton rouge carmin fond en pâte épaisse sur ses lèvres. Alors que Meriem dessine son arc de Cupidon, Luce sent la brise chaude de son souffle, tout proche. L'adolescente démêle ensuite longuement ses cheveux, en prenant soin de ne pas lui faire mal. Les sourcils froncés par la concentration, elle passe ses mains dans la crinière cendrée, réorganise les mèches de part et d'autre du crâne. Tout un ensemble de gestes inconnus de Luce, qui soulèvent une foule de questions jamais envisagées.

– Tu peux te lever, mais ne te regarde pas tout de suite, s'il te plaît.

Meriem la scrute attentivement. Une nouvelle inflexion colore sa voix quand elle lâche dans un murmure enroué :

– Tu es très belle, tu sais.

Non, Luce ne sait pas. Et surtout, elle n'a aucune idée de ce qu'il convient de répondre à ces mots-là. Sa camarade recule de quelques pas pour contempler son œuvre. Puis elle s'approche à nouveau et, d'un mouvement leste, détache les deux premiers boutons du chemisier. Luce bondit en arrière, toutes griffes dehors. Meriem ouvre de grands yeux effrayés.

– Mais non… Mais je ! C'est pas…

Pour toute réponse, Luce la foudroie du regard.

– Ça fait partie des préparatifs, j'ai… j'ai presque fini. S'il te plaît, fais-moi confiance…

Lentement, très lentement, Luce se force à faire refluer sa colère. Elle a accepté de suivre Meriem jusque-là : maintenant, il faut aller au bout. Son amie resserre la jupe de son uniforme quelques centimètres plus haut sur la taille, dévoilant une partie de ses cuisses. Elle ne proteste pas.

– Voilà. Là, c'est vraiment très bien, conclut la petite brune d'un air satisfait. Ça va marcher, j'en suis sûre. Tes problèmes seront bientôt terminés. Regarde…

Luce lève les yeux vers le miroir. Elle n'avait anticipé ni déception ni émerveillement ; le résultat la saisit à la gorge. De son visage, elle ne reconnaît rien. Devant elle, dans le reflet au-dessus du lavabo, se tient une parfaite inconnue. Une femme à la beauté froide et arrogante.

– C'est bien, hein ?

Si Luce continue de scruter son image, ce n'est pas pour l'admirer, mais pour l'apprivoiser. Elle échoue à recoller ce portrait de femme à sa peau de gamine. Elle regarde la bouche écarlate, de l'autre côté du miroir, articuler d'une voix égale :

– Ne perdons pas de temps, allons-y.

13

De ce nouveau défi, Luce ne sait rien, sinon que pour une fois elle ne le gagne pas d'avance. Et tandis qu'elles traversent les couloirs vides, elle questionne sans relâche l'inflexible Meriem. En vain.

Sur la passerelle métallique, le froid devenu plus mordant s'engouffre par son chemisier déboutonné. Le temps d'atteindre l'aile C, Luce est glacée de la tête aux pieds. À cette heure-ci, les salles de classe plongées dans l'ombre se métamorphosent en autant de maraudes potentielles. Pourquoi ne pas s'arrêter là ? Elle pourrait sonder les plafonds au hasard, se hisser dans les greniers, y dénicher des couvertures… Ou d'autres trésors qui arrangeraient tout.

– Pourquoi tu ralentis ? Allez, viens, c'est par là !

À regret, elle emboîte le pas à Meriem dans la cage d'escalier. Sa jupe, à chaque foulée, remonte trop haut sur ses cuisses.

– Il y a un autre chemin, ajoute son amie, mais il passe par l'aile D… Autant dire qu'avec les insomnies du bibliothécaire, on va éviter de prendre le risque !

La petite brune a accéléré. Elle annonce d'une voix trop aiguë :

– On y sera bientôt !

– Où ?

– Tu verras ! On y est presque.

À mesure qu'elles avancent vers l'aile G, le champ des possibles se réduit. Depuis le gymnase, elles auront accès à trois zones différentes. D'abord, l'aile E, réservée à l'équipe éducative ; ou bien elles pourront bifurquer vers l'aile H, qui accueille les malades, mais aussi les examens de réévaluation. Aller plaider sa cause en ces lieux aurait un certain sens. Mais pourquoi en pleine nuit ?

Autre hypothèse, que Luce envisage avec réticence : peut-être que l'aile G, puis l'aile H, ne sont que des étapes transitoires ? De là, elles pourraient rejoindre la seule partie de l'Institut qu'elle n'a jamais visitée : l'aile I, quartier général du rang 3. Et si le bâtiment abritait autre chose ? Une sorte d'organisation secrète, prête à l'aider… Pour quelle raison ? Et à quel prix ?

Rien qu'à l'idée de s'aventurer sur ces territoires, Luce est parcourue d'un frisson. Mais alors qu'elles parviennent au sas de l'aile G, Meriem déclare d'un ton solennel :

– On y est.

Incrédule, Luce la regarde pousser les portes à double battant.

– Tu m'as emmenée… au gymnase ?

La petite brune suspend son geste et se retourne vers elle. Avec un soupir, elle la rapproche d'un néon pour mieux l'inspecter.

– Luce, c'est important que tu m'écoutes, dit-elle en libérant une mèche coincée derrière son oreille. Là-dedans, ce sera peut-être bizarre pour toi. Peut-être inquiétant, même. Sûrement que ça ne ressemblera à rien de ce que tu connais. Mais il faut que tu restes et que tu tiennes bon.

Maintenant, Luce est vraiment nerveuse. Meriem ébouriffe encore un peu sa tignasse, l'arrange en cascade sur ses épaules. Elle ajoute avec un sourire gauche :

– Les filles de rang 2 qui ont eu des problèmes… Elles sont venues ici et ça les a sauvées. Alors si tu te sens perdue au début, dis-toi que tout ira bien. Prête ?

Luce ne pourrait pas l'être moins.

Les battants couinent en coulissant sur leurs gonds, leur vacarme décuplé par la nuit. Durant quelques secondes, il ricoche en une multitude d'échos dans l'obscurité. Luce retient sa respiration. Le gymnase se dresse devant elle, si vaste que la lueur tamisée des néons peine à atteindre le sol.

– Suis-moi, on va se mettre là-bas.

Dès qu'elle a pénétré dans l'aile G, quelque chose s'est alourdi dans sa poitrine. Luce courbe le dos, écrasée par l'immensité des gouffres suspendus au-dessus d'elle. Meriem la guide jusqu'à un amoncellement de tapis de gymnastique. Côte à côte, elles se laissent couler dans l'épaisse masse de plastique bleu et rouge.

– Et maintenant ?

– On attend.

– On attend quoi ?

Luce regrette de ne pas être à l'abri dans son lit. Cette clandestinité-là n'a pas la saveur des maraudes ni des confessions de la salle d'eau.

– Mais… Cette chose, là… Est-ce que tu l'as testée pour toi ? Ou pour quelqu'un d'autre que moi ?

Le regard doux de Meriem a disparu dans l'ombre de deux orbites noires.

– Tu as décidé de me faire confiance. Alors fais-moi confiance.

La confiance n'est pas une qualité naturelle chez Luce, et surtout, elle est prompte à s'évaporer. Et si tout cela n'était qu'un piège ? Un vulgaire guet-apens ? Une suée glaciale descend le long de sa colonne vertébrale. Quand on accepte de se jeter dans l'inconnu si docilement, peut-être qu'on mérite d'être rétrogradée, après tout… Est-il encore temps de fuir ?

Meriem a posé sa main sur la sienne. Elle l'a fait sans se retourner, comme si elle avait perçu son angoisse. Sa peau est étonnamment chaude. Et dans cette chaleur, Luce s'apaise. Le poids qui l'écrasait depuis l'entrée dans l'aile G finit par s'envoler. Elle restera.

À force d'attendre, elle oublie presque la raison de sa présence à l'aile G. Ou du moins, le peu qu'elle en sait. Ses yeux se sont accoutumés à la pénombre et elle distingue désormais les lignes colorées qui courent sur le sol. La main de Meriem toujours sur la sienne, Luce s'amuse à suivre du regard le chemin bariolé, d'intersection en intersection, d'un bout à l'autre du gymnase. Elle s'imagine des labyrinthes en circuit fermé dans lesquels des êtres minuscules, invisibles à l'œil nu, s'épuiseraient à trouver la sortie.

À l'extrémité d'un segment écarlate, son regard trébuche sur une forme en mouvement. Elle l'impute d'abord à la fatigue ; le couvre-feu est déjà loin. Mais au milieu des amoncellements de tapis, à l'autre bout de la pièce, une masse de pénombre remue. Si Luce tend l'oreille, elle distingue même une sorte de souffle, semblable à un râle. Meriem s'est redressée, la bouche entrouverte. La crispation de ses maxillaires a disparu et, dans ses yeux, un éclat brillant frémit. Elle aussi a repéré l'apparition. Luce voudrait articuler sa question, exiger une explication, mais quelque chose dans l'allure de son amie la pétrifie.

Des intuitions anciennes affluent en elle, des histoires de prédateurs embusqués et de loups gourmands… Ce qui se terre là-bas, à l'autre bout de la pièce, est vivant. Le monstre tressautant doit faire le double de sa taille, mais sa masse enfle et reflue à intervalles réguliers. Luce ne se laissera pas surprendre s'il décide de passer à l'assaut. Tandis qu'il s'agite et qu'il grogne, elle ne le quitte pas des yeux. Elle se retient de ciller jusqu'à ce que sa vision se trouble ; d'un geste énergique, elle se frotte les paupières.

– Ne fais pas ça, tu vas te démaquiller.

Meriem sourit, d'un sourire effrayant.

– C'est pour bientôt. Regarde…

L'ombre halète de plus en plus fort. Malgré la terreur qui s'empare d'elle, Luce ne parvient pas à s'enfuir. Les râles se sont mués en cris.

La bête, secouée de spasmes, se cambre, gonfle, retombe, souffle, rue, geint. Soudain, elle se déchire en deux et une forme humanoïde éclate hors de l'amas.

Le silence revient, à peine troublé par les faibles halètements qui montent de l'obscurité. Luce ne cherche plus à comprendre. Elle bondit en bas du tapis. En réponse, l'entité née de l'explosion avance de quelques pas. Durant une poignée de secondes, Luce sent son regard scrutateur la parcourir. Mais alors que l'affrontement semble imminent, la silhouette se détourne. Elle s'éloigne. Lorsqu'elle paraît à nouveau, Luce distingue la forme d'un homme. La lumière des néons se reflète sur sa blouse blanche. Il gronde :

– Rhabillez-vous.

Lentement, la masse étalée sur le sol commence à se mouvoir. Dans un gémissement, elle s'arc-boute, tressaute, avant de se déplier petit à petit. Les deux corps s'approchent l'un de l'autre, mais ils ne fusionnent plus.

– Vous avez fait le bon choix.

Un raclement de gorge, auquel répond un sanglot.

– Nous allons étudier votre cas, je plaiderai en votre faveur. Et si d'autres rencontres sont nécessaires, je me débrouillerai pour vous le faire savoir.

Luce connaît cette voix. Tout se mélange dans sa tête, des contes colportés par sa grand-mère aux cauchemars qui accompagnent toujours les rumeurs de dortoir. Mais pas de doute possible : dans chaque intonation de l'homme, elle identifie avec plus de certitude le professeur Alpha.

Il se dirige vers la porte du gymnase. L'autre créature suit avec peine ses grandes enjambées jusqu'au sas. Dans le halo du néon de sortie, Luce découvre une adolescente aux épaules tremblantes.

Ses yeux hallucinés baignent dans un mélange de honte et de résignation. Ils ne peuvent se détacher du coin du gymnase où l'ombre s'est débattue contre elle-même. La voix d'Alpha claque :

– Dépêchez-vous de regagner votre dortoir.

La jeune fille fixe obstinément l'obscurité, comme pour rattraper ce qui s'est déjà enfui. Aussi indifférente aux exhortations du professeur qu'à la présence de ses camarades, elle contemple cet îlot de vie perdue entre deux tapis de gymnastique.

Luce retient son souffle. Meriem se penche vers elle :

– Le suivant va arriver. Ça va être ton tour.

14

Il y a des choses qu'on n'apprend pas à l'Institut. Des pans entiers de réalité passés sous silence, qui étouffent à l'intérieur des murs. Des mondes souterrains qu'il appartient à chacune d'explorer seule.

Les images montent et s'agrippent aux entrailles de Luce. La mémoire a pris le relais ; elle lui impose un spectacle impossible à ignorer.

Dans les ruines, la chair gigote. Luce contourne à pas lents les silhouettes gémissantes qui soupirent de concert dans la poussière. Elle risque un œil. Les corps s'étreignent comme s'ils allaient se briser, les peaux frottent et les haillons tombent. Luce a le sentiment de s'approcher d'un mystère interdit, mais personne n'est là pour l'en empêcher. Dents entrechoquées et mains jointes, souffles languissants et hurlements vibrants : l'urgence part du ventre, c'est ce qu'elle a constaté. Le reste, elle le captera par bribes, elle le volera aux conversations des amants repus… Et puis elle l'oubliera.

Ainsi, Luce se souvient. Et elle comprend. Il fut un temps où cela s'appelait : « faire l'amour ».

Luce s'est mise à courir, sans se soucier d'abandonner Meriem derrière elle. Ses muscles ont pris le pouvoir. Et les syllabes percutent son crâne, dans toute leur absurdité.

« Faire l'amour ».

Les mots frapperont jusqu'à ce que Luce les entende, mais voilà : dans le gymnase, elle n'a pas vu l'amour, seulement la terreur. Pour la jeune fille sacrifiée au monstre vorace, pour sa chemise de nuit tremblante et ses yeux hagards, il doit exister d'autres noms. Même si elle ne les connaît pas, Luce les cherche sans relâche ; et surtout, elle court.

Un couloir délabré défile, les effluves de moisi et de saleté lui montent au nez. Où est-elle ? Qu'importe. Luce court. Elle passe un nouveau sas. La douleur bat dans l'épaule qui en a forcé l'ouverture. Le réfectoire apparaît, tables et chaises impeccablement rangées se succèdent à toute allure. D'ici, Luce saura retrouver l'aile B. Elle a presque atteint la prochaine porte. Il faut continuer. Mais une silhouette a surgi au bout du couloir.

Le monde se transforme en brouillard fuyant, tout devient confus. Luce se voit chanceler ; mais ses jambes poursuivent leur course droit vers l'intrus.

Il la saisit par les épaules. Le décor s'immobilise autour d'elle.

– Lâchez-moi !

Luce se débat. Elle crie, elle crache et griffe pour s'arracher à l'étreinte. C'est toute la terreur de la nuit qui se canalise dans ses mains. Et tandis qu'elle balance bras et jambes sans retenir ses coups, son adversaire lui aboie des mots qu'elle ne comprend pas, qu'elle n'écoute pas. Luce a le goût de la survie chevillé au corps. Elle se souvient qu'elle a l'intelligence des situations désespérées, et des ongles qui préfèrent saigner que de lâcher prise.

Son genou cogne une surface dure. Le choc de l'os résonne. L'autre chancelle en arrière, plié en deux, les mains serrées sur ses côtes. Il pousse un cri de douleur rauque, et Luce se remet à courir. Elle ne ralentit pas avant d'atteindre enfin la porte du dortoir de l'aile B.

Son souffle haletant résonne dans l'obscurité, à contretemps des expirations paisibles des endormies. Elle titube jusqu'à la salle d'eau. Dans le miroir, l'étrangère est toujours là, inapprivoisée, hagarde. Luce ouvre le robinet. Ses paumes frottent sans ménagement, brutalisent la peau, décapent les lèvres pâteuses. Elle essuie les longues traînées noires qui débordent de ses cils. Alors, seulement, Luce commence à se reconnaître.

Elle se laisse glisser au sol, ruisselante, paupières closes. Sa grand-mère lui a parlé, il y a très longtemps, des chevaux qui s'immobilisaient à la dernière seconde quand il fallait traverser un cours d'eau. Elle lui a décrit comment ils se cabraient, comment ils secouaient la tête en soufflant de toutes leurs forces. Et puis elle lui a raconté qu'elle les flattait du plat de la main, qu'elle trouvait toujours les mots pour les apaiser… Alors, les chevaux finissaient par traverser.

Luce ouvre de nouveau les yeux, estomaquée. Avec ses compliments inédits et ses encouragements sur mesure, Meriem a elle aussi su la mener à la noyade. La stupeur reflue pour faire place à la colère ; Luce s'attelle désormais au décompte des trahisons.

Trahison de celle qu'elle prenait pour une amie, prête à la livrer aux monstres à la première occasion venue. Et tout ça pour quoi, pour récupérer une place dans le rang 1 ? Trahison de l'équipe éducative, qui n'a jamais appris aux jeunes filles qu'elles avaient un sexe. Et pire : que la vie souterraine de l'Institut saurait le prendre de force. Trahison des mots enfin, qui promettaient l'amour, et n'ont offert que l'horreur.

Elle regagne le dortoir en claquant des dents, rabat ses couvertures au-dessus de sa tête. La fureur la retient encore quelques instants, puis elle plonge dans des cauchemars peuplés de monstres.

15

La sirène du réveil prend la forme d'une immense courbature. Quand Luce émerge de son sommeil sans repos, elle croit d'abord qu'elle est tombée malade. Puis, une à une, les images de la nuit lui reviennent. Et tandis que l'épouvante s'étire dans la brûlure de ses muscles, Luce se rappelle aussi qu'elle a pu se sauver. Alors, lentement, ses jambes acceptent de la porter vers la salle d'eau.

Installée au lavabo qui jouxte le sien, Meriem cherche son regard. Timidement, mais sans renoncer. Luce reste rivée au miroir : elle n'étalera pas sa rage devant les pensionnaires du dortoir. À la naissance de ses cils, quelques traces noires subsistent encore. Elle s'approche jusqu'à presque embrasser son reflet, frotte du dos de la main.

Quand elle a fini d'effacer le maquillage, Meriem a déjà quitté la salle d'eau. Luce ajuste le badge sur sa poitrine, soulagée. C'est alors qu'une pensée la transperce : aujourd'hui, c'est le jour de l'examen de réévaluation.

Il faut faire place nette avant le petit déjeuner. Sous le matelas, elle récupère la lampe de poche et le portrait découvert lors de la maraude, puis les enroule dans une chemise de nuit qui finira tout au fond du baluchon. Dans un geste déjà familier, elle s'agenouille au pied du lit et réunit ses possessions au centre du drap. Une fois le paquetage noué, Luce s'attarde un instant pour contempler le dortoir, avec l'impression d'avoir emménagé quelques heures plus tôt.

Les pensionnaires indifférentes continuent de vaquer à leurs préparatifs quotidiens ; seule Meriem s'est approchée.

– Luce…

La douceur et la sincérité avec lesquelles Meriem a prononcé son prénom ont entamé ses certitudes. Aussitôt, la colère de Luce s'effrite. Elles tiennent peut-être la dernière occasion de réparer ce que le gymnase a brisé entre elles.

– À propos de cette nuit…

Meriem se tord les mains, soupire, ouvre la bouche pour immédiatement la refermer. Elle prend une grande inspiration, puis les mots jaillissent de ses lèvres tremblantes :

– Je suis si désolée, je n'aurais jamais pensé que… À vrai dire, je ne sais pas vraiment ce qu'ils… Moi, je n'ai jamais vu ça, je n'y comprends pas grand-chose, mais on m'avait raconté que ça en valait la peine. J'aurais dû te dire la vérité, mais j'avais peur que tu dises non, j'étais si fière de t'aider ! Je suis tellement, tellement, tellement désolée. Je…

Les dernières syllabes se perdent dans un sanglot. Les filles du dortoir ont interrompu leurs activités, leurs regards accusateurs pèsent sur la nuque de Luce. Pourtant, elle reste là, les bras ballants, tandis que sa camarade se répand en excuses entre deux hoquets désespérés. Elle s'entend articuler :

– Je me suis sauvée. Je vais bien.

– Quand je t'ai vue partir en courant… J'ai eu si peur… J'ai compris que je m'étais trompée… Mais il n'y avait pas d'autre solution, tu vois ? J'ai voulu t'aider… Et maintenant, ils vont te punir…

Luce tente de tenir à distance la peur qui s'est installée au fond de son ventre. Pour une raison qu'elle ignore, rassurer Meriem est devenu sa priorité.

– Je n'ai pas encore passé l'examen de réévaluation, tout est possible. Peut-être que je retrouverai mon lit de l'aile A ce soir…

– Je te le souhaite de tout mon cœur, souffle la petite brune.

– Et si je ne retourne pas là-bas, je reviendrai ici. Il n'y a pas de quoi pleurer.

Meriem pleure quand même, mais elle acquiesce. Elle porte la main à son crâne et détache l'une de ses épingles à cheveux.

– Tiens, garde-la cette fois. Ce sera plus facile pour défaire le nœud du baluchon, quand tu auras retrouvé ton dortoir.

– Merci, Meriem.

Son amie sourit à travers les larmes. Elle renifle une dernière fois, la mèche libérée par l'épingle tombe sur son œil droit. Puis, d'une toute petite voix, elle demande :

– Comme tu ne remettras sûrement plus les pieds ici… Est-ce que je peux te prendre dans mes bras ?

Luce reste interdite. La brûlure de ses muscles s'étend à sa peau et ce qui s'était attendri se rétracte tout au fond d'elle. Elle fourre l'épingle dans sa poche.

– Non.

Le bagage hissé sur l'épaule, elle quitte l'aile B sans se retourner.

Toute la journée durant, à chaque changement de salle, Luce manque d'oublier son baluchon sous son bureau. Quand l'une de ses camarades la suspecte à la cantonade de le faire exprès, elle s'aperçoit que ce n'est pas tout à fait faux. Elle donnerait si cher pour pouvoir abandonner ce symbole de son inadéquation, pour que ce jour ressemble à tous les autres… et pour que la perspective d'un cours avec le professeur Alpha ne lui remue pas le ventre.

Pourtant, lorsqu'elle passe le seuil de la classe, Luce se découvre moins terrifiée que prévu : la colère continue d'anesthésier la peur. Alors qu'il dispense les consignes du jour, elle détaille le visage de l'enseignant, ses traits sévères, son masque de respectabilité, dont elle sait maintenant qu'il n'est qu'un mirage. Alpha parcourt les rangs des élèves affairées. Est-ce qu'il les considère comme autant de proies possibles dans l'obscurité du gymnase ? Un haut-le-cœur mêlé de rage saisit Luce quand il se penche vers son écran. Même sa silhouette lui répugne. Son cou trop maigre et trop long à la pomme d'Adam proéminente, ses mains jaunâtres en forme de pinces, le ventre lourd qui étire le tissu de sa blouse… Étrangement, derrière ses fines lunettes, le regard d'Alpha n'est ni fou ni monstrueux, rien ne laisse deviner la façon dont il remplit ses nuits. Combien, comme lui, jouent les éducateurs zélés pour se métamorphoser en prédateurs à la nuit tombée ? Au moins, Luce en aura blessé un en courant dans le couloir, et elle aimerait que cela suffise à dissuader tous les autres. Cette nuit, l'homme qui l'a interceptée dans sa fuite l'attendait sûrement. C'est à lui qu'elle était destinée. Elle voudrait le retrouver, le regarder en face et frapper à nouveau, jusqu'à ce que le professeur Alpha se dissolve dans les tapis du gymnase et que plus aucune élève, jamais, ne sanglote dans une chemise de nuit trop grande.

La fureur tient Luce debout, elle traverse sans trébucher sa dernière journée avant l'examen de réévaluation. Mais rien de tout cela ne lui importe plus, la nuit a sectionné son appartenance à ces murs. Rien n'est trop douloureux, trop effrayant. Rien n'est trop réel, non plus.

À l'heure du dîner, Clara l'attend au réfectoire. En proie à une nervosité inhabituelle, elle oublie de parier sur la couleur de la bouillie.

– Ils t'attendent à l'aile H tout à l'heure, c'est bien ça ?

Luce force sa voix à travers sa gorge nouée :

– Quand les néons passeront en mode nocturne, oui.

Elles s'installent à table et aussitôt, Luce surprend le regard de son amie en direction du baluchon. Du bout du pied, elle le repousse sous sa chaise.

– C'est terrible, reprend Clara. Mais je suis sûre que ça va bien se passer.

– Quoi ? Tu as entendu quelque chose à l'aile E ?

– Non, mais je te fais confiance. Tu es brillante. Ça va aller.

Luce baisse la tête et avoue du bout des lèvres :

– J'ai prévu d'aller réviser à la salle de lecture tout à l'heure, juste avant l'examen. Hertz a bien dû écrire un ou deux chapitres sur le sujet…

Clara laisse échapper une grimace à l'évocation de la bibliothèque, puis elle reporte son attention sur le repas. Luce veut l'imiter, mais la bouillie ne passe pas plus que les mots. Après deux ou trois tentatives infructueuses, elle repose sa cuillère.

– Il faut que tu manges, L2106.

L'espace d'un instant, elle aimerait tout raconter à Clara. La maraude, la lueur électrique de la lampe de poche, la nuit, le gymnase, le monstre bien réel dans l'obscurité… Le souvenir de sa grand-mère, aussi. Mais Luce ne peut pas. Parce que si elle dit tout, elle doit aussi avouer que, dans sa fuite, elle a blessé un homme.

– Bon. Je comprends que tu n'aies pas faim. Je m'en doutais. Suis-moi.

Luce obtempère sans poser de question, abandonnant son plateau encore rempli sur la table.

Clara la mène à travers le sas. Elles descendent quelques marches, avant de s'installer dans un recoin de la cage d'escalier. Le brouhaha du réfectoire leur parvient, étouffé par les lourdes portes. Luce cale ses genoux contre sa poitrine, tire les manches de son pull pour recouvrir ses mains. Elle souffle dessus pour les réchauffer ; comme sa grand-mère le lui a appris, un lointain jour d'hiver.

– Tu ne t'assois pas ? demande-t-elle à Clara.

– Non, je surveille que personne ne vient. Allez, ferme les yeux et donne-moi ta main.

Sitôt ses paupières closes, Luce sent ses doigts se refermer sur un cylindre de métal strié. Quand elle rouvre les yeux, elle découvre de petits cubes orangés luisant dans une boîte de conserve. Incrédule, elle contemple le festin.

– Qu'est-ce que…

– Dès que je les ai entendus parler de ton examen, j'ai fait tout ce que je pouvais pour t'obtenir une boîte de conserve. Ça te fera forcément du bien. Et ne me demande pas comment j'ai fait, je compte bien garder mes secrets.

En dix ans à l'Institut, Luce n'a jamais rien vu de tel. Elle ne sait pas ce qui la bouleverse le plus : cette résurgence du monde d'avant, ou le fait que son amie se soit démenée pour lui dénicher ce trésor.

– Oh, ne fais pas cette tête-là, s'il te plaît. Tu te doutais bien que je n'allais pas te laisser tomber, non ? Allez, dépêche-toi de manger avant qu'on nous surprenne.

Les fruits au sirop ont le même goût que dans son rêve de la veille. Sauf qu'il n'y a plus de résidus de sel sur ses lèvres et que l'océan a disparu. La texture, croquante et voluptueuse à la fois, ne ressemble en rien à celle de la bouillie. Le sucre lui brûle les dents et sa mâchoire met quelques bouchées à savoir doser son effort, mais c'est bon. Délicieux, même. Une explosion acidulée lui emplit la bouche. Les larmes montent, Luce refuse de les laisser venir.

– Merci beaucoup, C1501.

Malgré l'émotion, elle n'ose pas prononcer le prénom de Clara, qu'elle ne s'autorise encore qu'en pensée.

– Ne me remercie pas. On en reparlera quand tu m'auras rejointe à l'aile A.

La boîte de conserve, dûment saucée du bout du doigt, disparaît bientôt dans la manche de son aînée. Luce soupire, sans savoir si c'est la satiété, le regret ou l'appréhension qui s'exprime. Peut-être les trois à la fois.

Elle murmure :

– Je devrais filer à la salle de lecture… Même si ce sera difficile de me concentrer sur la *Théorie éducationnelle de la survie* après une telle surprise.

Elle se redresse, cherche le regard de Clara. Mais son amie n'esquisse aucun mouvement ; une ride s'est formée sur son front lisse. Elle prend une grande inspiration, ses lèvres s'entrouvrent. Puis elle soupire et secoue la tête. Luce ne dit plus rien, espère que son silence ressemblera à un encouragement. Alors lentement, très lentement, sans la regarder, Clara commence :

– L2106… Je voulais m'excuser auprès de toi. Ces derniers jours n'ont pas été faciles de ton côté. Je ne sais pas exactement pourquoi… Enfin si, je peux le supposer.

Luce ne dit toujours rien. Elle connaît suffisamment son amie pour savoir qu'il ne faut surtout pas l'interrompre, sous peine de la voir se refermer. Elle sait aussi que les mots qui seront prononcés ont été longuement mûris.

– Ça ne doit pas être évident pour toi de savoir que je vais probablement partir. Tu as le droit de m'en vouloir et de te sentir abandonnée. Je n'ai pas pris le temps de te l'annoncer correctement, je n'ai fait que me réjouir. Par exemple, j'aurais dû te dire que tu allais me manquer.

Le profil de Clara dessine une élégante ligne de crête, à peine frémissante.

– J'ai beaucoup réfléchi depuis notre conversation. Ça m'a troublée que tu me demandes comment on m'appelait… avant.

Les fruits au sirop, le prénom… Le parfum de la clandestinité a envahi la cage d'escalier et il sied à Clara mieux qu'à quiconque. Maintenant, c'est au tour de Luce de confier son prénom. Prête à renouveler le sacrilège, elle attend, le cœur battant, que son amie le lui réclame.

Mais Clara a baissé les yeux.

– L2106… J'ai l'impression que tu commets l'erreur de regarder en arrière. J'espère que ce n'est pas avec regret. Tu es intelligente, très intelligente même, tu as appris qu'il ne faut surtout pas se laisser aller à la nostalgie.

Entendre son matricule fait à Luce l'effet d'une gifle. Elle accuse le coup, muette, tandis que son aînée poursuit :

– J'ai bien conscience que j'ai l'air fière comme ça, et qu'on dirait que je ne doute jamais. Mais moi aussi, j'ai fait des cauchemars, moi aussi je me suis demandé s'il ne me manquait pas quelque chose. Comme tout le monde.

Le beau visage de Clara s'est affaissé, ses lèvres tremblent quand elle martèle :

– Je me suis demandé s'il fallait garder quelque chose du monde d'avant… Et la réponse est non. S'il s'est écroulé, c'est parce qu'il n'y avait plus rien à sauver. C'est fabuleux de pouvoir tout rebâtir de zéro, sur des bases plus justes. En créant l'Institut du Nouveau Lendemain, Tadeusz Hertz a accompli un miracle. Fais-moi confiance : ce à quoi nous sommes promises, toi et moi, vaut largement l'oubli d'un prénom.

Luce songe à la ville réinventée que son amie verra bientôt. Comme si la route de Clara, tracée depuis la petite enfance, ne connaissait que la ligne droite. Luce pense à ses propres déviations, à son ailleurs qui persiste.

– Moi, j'avais une petite sœur.

C'est comme vaincue que Clara a lâché son aveu. Un silence, une respiration. Et puis, d'un trait :

– Je l'ai laissée dans le monde d'avant.

Dans les iris verts, quelque chose brille, qui ressemble à des larmes. Et dans les nuits de Clara, peut-être, subsiste le souvenir d'une voix, d'un abri. Sûrement que c'est elle, alors, qui répète « Ne prends pas froid ». Est-ce que sa petite sœur est toujours vivante, quelque part au-dehors ? Avant que Luce n'ose poser la question, son amie souffle :

– Mais ce n'est pas grave. Parce que ici aussi, une petite sœur m'attendait.

Il faudrait dire quelque chose. Prononcer une parole apaisante. Remercier. Confirmer. Mais l'instant est déjà passé, Clara est à nouveau debout, sa vulnérabilité évaporée. Elle tend la main pour aider Luce à se relever.

– Ne flanche pas, ordonne-t-elle. Ne regarde pas en arrière. Ce n'est pas ton chemin.

D'un pas lourd, Luce se dirige vers l'aile D. Sur ses papilles, le goût des fruits au sirop a déjà disparu.

16

Mis à part la couleur des murs – vert fade –, l'aile D ressemble en tout point aux autres bâtiments. Le même enchaînement de portes closes pour la plupart condamnées, le même faux plafond grisâtre… Luce éprouve un sentiment de honte à parcourir ces couloirs étrangers. Le baluchon pèse de plus en plus lourd sur son épaule, mais il faut en passer par là pour préparer l'examen de réévaluation.

En pénétrant dans la bibliothèque, elle s'efforce de ne pas y voir un avant-goût de son futur à l'Institut. En petits groupes ou seules, des pensionnaires de rang 2 plongées dans la lecture de la *Théorie éducationnelle de la survie* occupent les grandes tables rondes. Certaines se désignent des passages du livre en chuchotant, d'autres prennent des notes en silence. Meriem pourrait être l'une de ces élèves laborieuses, de celles dont les efforts resteront vains. Mais cette pensée ne suffit pas à éteindre le mépris de Luce ; pourvu qu'aucune des ambitieuses ne la reconnaisse.

Au moins, le fauteuil du bibliothécaire est vide. Elle a entendu les rumeurs, on lui a décrit la façon dont il scrute les adolescentes quand il croit que personne ne le voit. Si les pensionnaires le fuient à toute heure, on dit qu'il s'éveille vraiment à l'extinction des feux. Maintenant, Luce sait ce que cela signifie.

Elle traverse des rangées de livres aux couvertures de tissu usées, se penche pour déchiffrer un titre, puis un autre. Les bibliothèques croulent sous les déclinaisons de la *Théorie éducationnelle de la survie* de Tadeusz Hertz. Le même livre répété à l'infini, en divers formats, morceaux choisis ou éditions intégrales. Luce attrape une anthologie thématique, qu'elle ouvre à la première page. Dans les mots du fondateur de l'Institut, elle trouvera sûrement de quoi prouver sa valeur au comité de réévaluation.

Quand les cataclysmes viendront – car nous les pressentons tous –, il faudra nous tenir prêts à lutter pour notre survie. Cela ne pourra s'accomplir que par la constitution d'une humanité métamorphosée. Le néant réclamera de nous une cohérence nouvelle devant laquelle nous ne devrons, ni ne pourrons, reculer.

[*T. Hertz, in* Théorie éducationnelle de la survie, « Introduction ».]

Elle s'immobilise au bord du rayonnage, le livre ouvert au creux de la main. Le mot « cataclysmes » a fait naître des images qu'elle n'est pas prête à affronter. Pas ici. Pas maintenant. Elle avance de quelques pages.

Énoncé en des termes purement théoriques, le système de sélection par rangs peut sembler inapplicable ou despotique. Néanmoins, sa mise en place permettra une réelle efficacité des constructions hiérarchiques. La prise en considération des dispositions naturelles propres à chacun garantira l'évolution rapide d'une nouvelle société organisée selon des principes cohérents. [...]

[...] Le troisième critère d'évaluation sera la fidélité à l'Institut du Nouveau Lendemain. L'appartenance ne saurait se fonder sans loyauté. Qui embrassera nos valeurs avec sincérité se verra rendre sa foi sous forme d'une intégration sans réserve à la hiérarchie la plus prestigieuse. Nous reviendrons, dans un chapitre ultérieur, sur les dispositions à prendre en cas de dévouement insuffisant.

Car la reconstruction après l'effondrement n'admet pas de tâtonnements.

[*T. Hertz, in* Théorie éducationnelle de la survie, chapitre 4 : « Des rangs ».]

Hertz n'a pas seulement prévu les rangs, la jalousie, l'ambition malade : il a aussi anticipé les fissures. Qu'en savait-il alors ? Avait-il imaginé les monstres tapis dans le gymnase, ou l'irrésistible attrait des souvenirs revenus en rêve ? Luce reste suspendue à ces lignes. Et aussitôt, une nouvelle question affleure, plus effrayante encore : comment l'Institut mesurera-t-il sa fidélité ?

Tout au bout de la bibliothèque, les étagères se referment autour d'une table, à laquelle on accède par un passage étroit. Une clairière déserte en forme d'octogone. Elle s'y installe pour poursuivre sa lecture, mais un bruit sourd la tire de sa torpeur. Luce comprend trop tard. Le métal de la lampe de poche a heurté la table de plein fouet quand elle y a posé son baluchon. Le choc résonne dans toute la salle, fracassant.

Sa poitrine se vide brusquement de l'air qu'elle contenait. Le tumulte n'a pas pu passer inaperçu, quelqu'un va surgir pour lui demander des comptes. Elle ne peut pas se compromettre d'une façon aussi idiote, ni ici, ni face au comité de réévaluation… On fouillera son bagage, on extirpera ses trouvailles de la maraude, on y verra une preuve irréfutable de sa sédition, et puis… Luce se refuse à imaginer la suite. Après quelques regards désespérés autour d'elle, elle débusque une collection d'anthologies en petit format, en haut des rayonnages. Elle se hâte de grimper sur une chaise et, du plat de la main, tire les ouvrages vers l'avant de l'étagère. Dans l'interstice entre les livres et le mur, elle glisse le portrait et la torche.

Une fois ses trésors en sécurité, elle referme le baluchon et s'installe pour reprendre sa lecture, le souffle court. Mais quelque chose ne va pas. Un frémissement dans l'air, des picotements sur sa nuque. Luce fait volte-face.

Il est là.

Il s'est glissé à travers les allées de livres sans un bruit. Un homme à peine plus âgé que les doyennes des pensionnaires, châtain, très mince, exhalant le papier poussiéreux. Tout en lui semble déplacé, mal ajusté à l'Institut. Ses traits juvéniles trahissent une lassitude trop lourde pour son âge et, au lieu de la traditionnelle blouse de l'équipe éducative, il porte un pull verdâtre ainsi qu'un pantalon sombre élimé.

– Vous êtes seule, constate-t-il.

Luce sent un mélange de colère et d'appréhension monter en elle. Qu'a-t-il vu ? Doit-elle aller au-devant du soupçon et se défendre dès maintenant, ou au contraire attendre d'être au pied du mur ? Mais avant qu'elle ait pu choisir sa stratégie, il ajoute, en détachant bien les mots :

– Il m'avait semblé entendre du bruit par ici. J'ai dû me tromper.

– Manifestement, oui, répond-elle, glaciale.

L'intrus la fixe de son regard fatigué, qui descend bientôt jusqu'au badge de rang 1. Une expression de surprise traverse son visage. Une fraction de seconde plus tard, il a déjà retrouvé son affaissement prématuré.

– Étonnant. Les élèves de votre calibre n'ont généralement pas besoin de fréquenter la bibliothèque.

Luce s'apprête à rétorquer qu'elle n'en a effectivement nul besoin, quand il murmure avec une curiosité avide :

– Vous êtes L2106 ?

Elle reste sans voix.

– J'ai entendu parler de vous. Ou plutôt de votre... situation.

Et sans qu'elle l'y ait invité, il contourne la table pour venir se placer tout près d'elle. Maintenant qu'il s'est approché, son allure anodine a laissé place à un magnétisme inconfortable. L'air, autour de lui, n'a pas la même volatilité. Comme s'il était constitué d'une matière plus dense, plus sombre, plus lourde que ses semblables. Ses mouvements sont lents, retenus, parfaitement contrôlés ; Luce ne parvient pas à le repousser, seulement à trembler.

Il attrape l'ouvrage abandonné sur la table.

– *Théorie éducationnelle de la survie : Morceaux choisis…*

Un sourire étrange flotte sur ses lèvres. Il feuillette quelques pages et susurre :

– Que faites-vous avec cette anthologie ? Vous connaissez sûrement déjà toute la *Théorie* par cœur, non ? Après tout, vous en êtes le produit… parfait.

Luce s'épargne l'humiliation d'une explication. Elle n'a plus qu'une idée en tête : la fuite. Mais elle n'ose pas bouger et le silence se prolonge. Elle n'aime pas la manière dont il la regarde, comme s'il cherchait à la happer… Rien à voir avec les froncements de sourcils de ses professeurs ou les coups d'œil lointains de ses camarades : quand cet homme fixe Luce, c'est pour lire à l'intérieur d'elle.

Dans un grésillement plaintif, les néons basculent en mode crépuscule. L'importun les considère d'un air surpris, avant de soupirer :

– Bien, L2106… L'heure est malheureusement venue pour moi de prendre congé.

Luce ne desserre pas les mâchoires. Alors, il lui tend la main et lâche dans un brusque sourire :

– Je suis le bibliothécaire. *J'aimerais beaucoup* apprendre à vous connaître.

Il reste ainsi un instant, le corps arqué au-dessus de Luce, son horrible regard fixé sur elle. Et comme elle ne réagit toujours pas, il la salue finalement avec un rire bref et tourne les talons.

17

Les mains crispées autour de l'anthologie à la couverture verte, Luce attend plusieurs minutes avant d'oser bouger à nouveau. Elle scrute longuement les trouées des rayonnages, guette chaque bruit de la salle de lecture. Puis, quand elle est enfin certaine que le bibliothécaire est parti, elle reprend la *Théorie éducationnelle de la survie* là où elle l'avait abandonnée.

« Le troisième critère d'évaluation sera la fidélité à l'Institut. » La phrase se rappelle à elle comme une menace. Tadeusz Hertz a bien dû décrire, quelque part, comment l'allégeance des pensionnaires serait mesurée… Avec des gestes précipités, Luce parcourt la table des matières, mais aucun des mots imprimés n'a de sens. Elle relit les mêmes titres de chapitre, encore et encore, sans les comprendre.

La panique s'est frayé un nouveau chemin en elle. Et bientôt, à l'angoisse de l'examen de réévaluation s'ajoute celle de la rencontre qui s'est déroulée quelques instants plus tôt. Le souffle du bibliothécaire sur sa nuque. Son étrange sourire. Sa façon de susurrer son matricule… Incapable de se concentrer, elle se résout à refermer le livre. Elle attrape son baluchon sous la table et quitte les lieux d'un pas lourd.

Luce sait qu'elle s'embarque pour un voyage compliqué et qu'elle n'emporte dans ses bagages aucune certitude. Quelques jours plus tôt, la rétrogradation n'était encore qu'une peur lointaine, sans réel fondement… Pourtant, ce soir elle marche vers l'aile H, une convocation à la main. Comment une poignée de nuits a-t-elle pu creuser une telle faille ? Des réminiscences confuses, une lampe de poche, un prénom ; il n'en aura pas fallu davantage pour que la menace vienne la talonner.

Pour atteindre l'infirmerie, il faut forcément passer par le gymnase. Luce s'y résout à contrecœur ; la main qui ouvre le sas de l'aile G tremble. L'empreinte de la peur est toujours là et, dans l'immensité de la salle de sport, les monstres semblent prêts à se réveiller. Des élèves de rang 3, minuscules silhouettes agenouillées au fond, récurent le sol à l'aide d'éponges savonneuses. Certaines tournent la tête sur son passage. Dans leur regard se lit toute leur aversion envers l'élite de l'Institut… Elles ne savent pas que le comité de réévaluation se réunira bientôt. Luce détourne les yeux ; pour se persuader, elle aussi, que leurs deux mondes ne pourront jamais communiquer.

Elle passe les portes à double battant et les murs blancs de l'aile H se déploient devant elle. Le parfum de détergent colonise ses narines, agressif et acide. Elle consulte le plan affiché, souligne du bout du doigt les caractères d'imprimerie. Salle d'examen, dortoir, réserve, bureau de l'équipe médicale…

– Je peux vous aider ?

L'infirmière a surgi de nulle part. C'est une femme jeune, un peu plus grande que Luce, à la peau très sombre et aux pommettes saillantes. Ses cheveux crépus sont ramassés en un chignon serré, sévère, aussitôt contredit par le sourire de ses yeux en amande. La honte au ventre, Luce tend sa convocation. La soignante se décompose au fil de la lecture. Quand son regard se plante à nouveau dans celui de Luce, elle n'est plus tout à fait la même. D'un pas vif, elle la mène à travers des enfilades de couloirs tous identiques.

– Voilà. Là-bas.

Elle désigne à Luce la zone dévolue aux examens médicaux, avant de reporter sur elle ses grands yeux noirs. Puis elle ouvre la bouche pour ajouter quelque chose, mais se ravise et tourne les talons. Luce reste seule.

Des dizaines de portes et aucune indication pour les différencier… Après une hésitation, Luce choisit la plus proche. Les gonds pivotent sans un grincement et une vaste salle d'examen se révèle. Un lourd rideau bleu la sépare en deux, dérobant au regard une partie de sa surface. Luce s'assoit sur une chaise en plastique, juste à l'entrée. Les lieux sont vides, parfaitement silencieux ; l'angoisse en profite pour envahir tout l'espace. Et si elle s'était trompée d'endroit ? Et si le comité de réévaluation l'attendait ailleurs, s'il considérait son absence comme une défection ? Ses mains triturent sans répit la convocation, qui commence à peler en petits copeaux de papier. Luce suspend son geste et, la seconde d'après, ses incisives s'attaquent à ses ongles. Elle retient un cri quand ses dents arrachent un morceau ancré dans la chair de son index. Après avoir emprisonné ses doigts en un entrelacs serré, elle trouve une diversion bienvenue dans l'inventaire de la pièce.

Un lit d'examen recouvert d'un drap blanc, entouré de trois meubles à tiroirs sur roulettes. Une imposante lampe ronde montée sur pied. Tout au fond près du mur, un lavabo carré à l'émail ébréché, surmonté d'un robinet brillant. Alors que Luce observe les dalles du faux plafond, imaginant les greniers qui les surplombent, des pas se font entendre dans le couloir. Elle se redresse d'un bond et recompose, à la hâte, son attitude d'élève parfaite. Mais c'est la porte de l'autre côté du rideau qui s'ouvre. Aussitôt, une conversation animée s'élève.

Derrière l'écran bleu, ils sont deux hommes. Le premier s'agite, fouille dans des tiroirs remplis d'ustensiles ; et surtout, il vocifère.

Pétrifiée, Luce observe la toile cirée qui ondule au rythme de ses déplacements.

– Installez-vous là, l'infirmière arrive. Le professeur Alpha est furieux que vous n'ayez pas immédiatement signalé vos blessures à l'administration !

– … pas d'urgence… murmure le deuxième interlocuteur, attendre qu'il lise… rapport.

– Eh bien, visiblement, il en a décidé autrement, sinon il ne m'aurait pas mandaté pour assister à votre visite médicale. Et me voilà obligé de bousculer mon programme pour jouer les secrétaires !

– … désolé de…

La voix qui répond semble lasse et abîmée, Luce doit tendre l'oreille pour distinguer les mots prononcés. Elle voudrait s'approcher, mais la crainte d'être repérée l'en dissuade. Celui qui pose les questions va, au contraire, d'explosion en explosion :

– Et si l'infirmière m'annonce que vous êtes inapte, comment fera-t-on pour la prochaine mission ? Hein ? Bon, racontez-moi, maintenant !

– … nous entendre… ?

Luce se ratatine sur sa chaise. Rapetisser, disparaître, devenir invisible. Surtout : ne pas se faire surprendre.

– Bien sûr que non, les élèves sont au dortoir. Alors, ils ont tout emporté ?!

– Tout…

Un fracas de verre brisé, suivi d'un juron.

– Ce n'est pas possible !! Quand Alpha va prévenir l'intendante, elle ne va pas aimer ça du tout, je vous le garantis.

– … non… pas que ce… bonne idée…

Luce croit d'abord qu'elle a mal entendu. Dans la confusion et le vacarme, un mot a pu en remplacer un autre ; à l'Institut, les problèmes se règlent par l'intermédiaire d'Alpha, tout au plus, mais jamais par l'intendante. Pourtant, l'inconnu reprend :

– On ne peut pas laisser passer ça une fois de plus ! Il nous faut répliquer. Seule l'intendante a les armes pour le faire, vous le savez bien !

– ... attaqué... par colère.

– Donnez-moi votre bras, s'il vous plaît.

Une infirmière est entrée, interrompant la discussion. Un nouveau soupir, un claquement de langue agacé.

– Et pourquoi seraient-ils en colère contre nous ? Nous n'interférons pas dans...

– ... à cause du corps.

De nouveau, Luce se demande si elle a bien compris. À cause du *corps* ? Du corps de qui ? De l'autre côté du rideau, la soignante a étouffé un cri.

– Si je puis me permettre, j'ai toujours été contre ces pratiques.

– Non, vous ne pouvez pas vous permettre, infirmière. Contentez-vous de l'examiner.

La femme se tait et les ustensiles recommencent à cliqueter. L'éructation reprend :

– Les cadavres les mettent en colère, vraiment ? Soyons sérieux, il y en a eu combien depuis le début ? Une trentaine, maximum ! En plus de dix ans, vous vous rendez compte ?

Luce a oublié de respirer. Des images remontent, des odeurs aussi, qu'elle croyait refoulées à tout jamais. La salle d'attente se couvre de poussière, le carrelage recrache des dépouilles sèches et tordues. Trente cadavres, a dit l'homme de l'autre côté du rideau, trente cadavres qui auraient appartenu à l'Institut du Nouveau Lendemain... Mais depuis dix cycles qu'elle vit entre ses murs, Luce n'a jamais entendu évoquer la moindre mort. La disparition appartient au monde d'avant, elle fait partie de toutes ces choses que Tadeusz Hertz a éradiquées…

– Bon sang ! fulmine la voix. Mais vous leur avez expliqué, ça, que Paris ne leur appartient pas plus qu'à nous ?!

La poussière et les corps ont disparu. Le nom, en revanche, fait à Luce l'effet d'une décharge électrique. Paris… Elle a les souvenirs au bord de la conscience, ils s'échappent dès qu'elle tente de les approcher. Elle sait seulement comment sa grand-mère prononçait ce mot : dans un souffle, l'attaque sonore sur le « Pa » et la deuxième syllabe qui s'évanouit doucement.

– Que voulez-vous qu'on fasse, hein, dites-moi ? Vous croyez qu'il y a la place, ici, pour nos mortes ? Et puis nous n'avons pas les moyens de protéger tout le monde de la saison froide !

– La saison froide est une chose, la violence en est une autre ! Pourquoi est-ce que…

Durant un bref instant, la fermeté a pris le pas sur la fatigue chez le blessé. Mais Luce ne distingue pas la fin de la phrase, diluée dans un filet de voix.

– Quel idéalisme charmant ! raille l'autre en réponse. Vous avez ça dans le sang, on dirait. Infirmière ?

Un objet métallique tombe au sol, aussitôt ramassé. La soignante chevrote :

– Ou… Oui ?

– Vous avez fini vos examens ?

– Oui.

– Et donc ?

– Il… Il va bien, monsieur. Les ecchymoses et les plaies disparaîtront dans quelques jours, il faudra bien garder les pansements… Pour les côtes, ça prendra un peu plus de temps, mais il n'y a pas grand-chose à faire à part se reposer… Tout ira bien. Par chance, le visage est intact, personne ne s'apercevra que…

– Maintenant, laissez-nous.

Les pas s'éloignent dans le couloir. L'inconnu reprend d'un ton grave :

– Trêve de plaisanteries. Bien que vos égratignures ne m'émeuvent pas, votre naissance vous a donné quelques privilèges. Je suis donc obligé de vous poser la question : serez-vous capable d'assurer la prochaine intervention ? Vous le savez, les volontaires pour ce type de mission ne se bousculent pas…

– … tâcherai… plus vigilant.

– Très bien, enfin une bonne nouvelle.

Une chaise racle le sol.

– Bon ! Maintenant que les enfantillages sont terminés, je suis censé me rendre à un examen de réévaluation…

– Un… réévaluation ?… serais curieux de…

Le sang de Luce ne fait qu'un tour. Renonçant à entendre le reste de la conversation, elle se lève et ramasse son baluchon, avant de se couler dehors le plus silencieusement possible. Elle s'éloigne à la hâte dans le couloir et, une seconde plus tard, le professeur surgit de la salle d'examen.

18

– L2106 !

Luce fait volte-face et adopte une expression hébétée.

– Oh, bonsoir, monsieur ! J'ai préféré attendre ici, je ne savais pas dans quelle salle aurait lieu l'examen…

L'homme fronce les sourcils derrière ses lunettes. Luce l'a-t-elle déjà rencontré ? Difficile à dire. Le matricule 024R, brodé sur la blouse, ne lui évoque rien. Et surtout, son interlocuteur appartient à cette espèce des gens sans singularité : c'est un individu d'âge moyen, de taille moyenne, à la beauté moyenne. Même son air sévère relève du cliché.

– Vous devriez déjà être sur place. Décidément, vous ne faites rien pour arranger votre cas… La vie du rang 2 vous plaît tant que ça ?

Il essuie ses lunettes sur le revers de sa blouse, puis les brandit face aux néons pour vérifier leur propreté.

– Vous avez votre convocation, au moins ?

Luce lui tend le morceau de papier chiffonné par la nervosité. Il l'attrape du bout des doigts avec une moue dégoûtée.

– Eh bien… Vous l'avez apportée, c'est déjà ça. Suivez-moi.

024R la mène à une pièce voisine, où un autre homme en blouse blanche les attend. Luce ne le connaît pas, cette fois elle en est sûre. Plus âgé que la majorité des professeurs, l'inconnu dégage pourtant une impression de force souterraine et menaçante. Une barbe blanche mange la majeure partie de son visage et ses yeux bleus, profondément enfoncés dans leurs orbites, la scrutent de haut en bas. Elle n'y décèle aucune bienveillance.

– Nous sommes en retard, constate-t-il.

Et sans lui laisser le temps de répondre, il enchaîne :

– Commençons par les tests moteurs. Professeur, je vous invite à vous installer sur ce fauteuil.

– Avec plaisir, docteur 092P.

Tous deux échangent un signe de tête entendu.

– L2106, mettez-vous en sous-vêtements, nous allons procéder à l'examen.

Luce sent peser sur elle le regard des deux hommes pendant qu'elle se débat avec les boutons du chemisier. Le docteur barbu pousse un long soupir. Il attrape un calepin posé sur un meuble voisin et se met à prendre des notes frénétiquement. Puis, à l'aide d'un mètre-ruban, il relève différentes mensurations, qu'il dicte à son collègue. Tout ce qui est mesurable est mesuré, de la hauteur au tour de taille de Luce, en passant par l'écart entre son nez et sa bouche ou la longueur de ses annulaires.

Ils ne la font pas rhabiller pour les tests intellectuels. 092P colle des bouquets d'électrodes à son crâne, tandis que 024R, appuyé nonchalamment contre la table, assiste à l'installation. Luce frissonne au contact glacial de la chaise contre sa peau. Le professeur allume l'ordinateur et aussitôt, une myriade de petits points grouillants apparaît. Elle n'a pas besoin qu'on lui explique les règles du jeu. Tout entière absorbée dans l'exercice, Luce répond sans hésiter aux sollicitations codées. Alors que les contours géométriques, sans cesse mouvants, se déforment et se referment, elle pianote à toute vitesse. Son dos s'est raidi, elle ne cille plus. Sur l'écran de contrôle, les signaux de validation clignotent en continu. Luce ne voit pas le barbu hocher la tête lorsqu'il reporte sur son calepin les scores obtenus. L'épreuve se termine dans un grand flash vert.

– Passons maintenant aux évaluations physiques.

Les deux hommes l'escortent jusqu'à une salle remplie d'instruments électriques. Ils la font monter sur un tapis de caoutchouc noir entouré de deux rambardes.

– Gardez vos mains sur les capteurs, ils nous serviront à vérifier vos fonctions vitales. La vitesse augmentera progressivement.

Un cliquetis mécanique, et le tapis s'enclenche.

– Maintenant, courez.

Tandis que le moteur s'emballe et que les muscles de Luce se réveillent, une chaleur bienvenue monte dans ses jambes. Les fruits au sirop ont fait des merveilles. Luce ne convoque pas les souvenirs de sa dernière course, elle ne se remémore pas les couloirs obscurs qui l'éloignaient alors du gymnase. Sereine et puissante, elle se laisse porter par la perfection de sa foulée.

– Nous sommes arrivés à la vitesse maximale, L2106. Devons-nous arrêter la machine, ou ralentir la cadence ?

– Je continue, répond-elle d'une voix parfaitement calme.

Pour le moment, elle n'est plus qu'un corps avide de faire ses preuves. Son souffle régulier emplit la pièce. Sous sa peau, tout est en feu, mais ça lui est égal. Luce bouge, contracte, soulève, étire chaque membre comme s'il s'agissait d'une matière extérieure à elle. Le docteur griffonne encore sur son calepin.

Les machines bipent et le tapis s'arrête brusquement. Luce doit s'agripper de toutes ses forces pour ne pas basculer en avant. La voix du professeur claque dans l'air moite de la pièce :

– Session terminée. Dernière étape, les examens psychologiques.

Luce se raidit quand elle comprend ce que ce terme signifie. L'épreuve de fidélité. Quel genre de serment, de profession de foi va-t-on exiger d'elle ? Existe-t-il des sérums de vérité capables d'arracher les pires aveux ? Trahira-t-elle sans le vouloir Meriem, Clara, et le secret de leurs prénoms ? Elle s'avance vers le fauteuil qu'on lui désigne. Et si ses jambes tremblent, ce n'est pas à cause de la course.

Le barbu installe de nouvelles électrodes dans les paumes de Luce et sur sa poitrine. Devant ses yeux affolés, il place d'épaisses lunettes métalliques surmontées de lumières rouges. Puis les deux hommes regagnent le bureau jonché d'instruments électriques.

– Polystyrène, articule le professeur d'une voix sonore.

– Pardon ? demande-t-elle.

Aussitôt, l'une des machines se met à imprimer de grandes courbes noires. Luce les regarde défiler, effarée, sans comprendre comment elle a pu déclencher ce mécanisme frénétique.

– Ne regardez pas le relevé, L2106. Concentrez-vous sur ma voix. Éclat.

L'imprimante crache désormais des colonnes de chiffres mystérieux, qui défilent à toute vitesse. Luce insiste :

– Excusez-moi, je crois que je n'ai pas compris… Qu'est-ce que je dois faire ?

– Taisez-vous, pour commencer. Dimension.

Un battement de cils incrédule. Aussitôt, les lunettes clignotent, des bips retentissent de part et d'autre de la salle. Un signal positif, peut-être… ou bien l'alarme de la rétrogradation.

– Rayon, clou, loi, palindrome, bien, coude, épanouir.

Chaque mot est une nouvelle attaque que Luce encaisse sans rien apprendre de ses possibilités de défense. Le barbu apparaît dans son champ de vision, entouré d'une couronne de diodes écarlates. D'un air carnassier, il propose :

– Si je puis me permettre… Mâchoire.

– Ah oui, très bien, merci, cher collègue, répond le professeur. Mâchoire, donc. Et ensuite… Où en étais-je… ? Imminent.

Luce reste aussi muette qu'immobile. Le docteur barbu griffonne frénétiquement en répétant « intéressant, très intéressant ».

– Savon.

Il faut abandonner toute volonté de comprendre. Accepter qu'elle ne maîtrisera pas ce test-là, s'en remettre à son passé d'élève modèle pour combler les lacunes inconscientes. À la recherche des vestiges de sa docilité, Luce ferme les paupières. Des images fugaces les traversent, mais elle n'a pas le temps de les interpréter.

– Yeux ouverts, L2106. Vous allez fausser les relevés. Charpente.

Les résultats prometteurs des deux premières épreuves ont disparu, engloutis par la litanie énigmatique du professeur. Baume, gesticulant, expiration, surnuméraire, soudé, calembour, breloque. Les mots s'enchaînent, Luce les laisse glisser sur elle. De temps à autre, en surimpression de la salle d'examen, une ruine s'érige, une écharpe volette dans le vent. Bleu, sas, matricule, allonge. Une petite fille court pour rattraper sa grand-mère. La languette d'une boîte de conserve bascule. Quand les machines réagissent, les deux hommes lâchent des exclamations sonores. Alors Luce coule tout au fond d'elle-même.

Chaise, avenir, saumâtre, humanité.

19

La salle d'examen se referme avec un claquement sec. Luce, assommée par l'étrange inventaire du professeur, titube jusqu'à l'infirmière qui se tient un peu plus loin dans le couloir. Le sourire tranquille de la soignante dessine une fenêtre sur son visage sombre.

– Vous revoilà, L2106. Venez.

Une nouvelle porte s'ouvre sur la blancheur d'une salle d'eau.

– Je ne me suis même pas présentée. Je suis 315H. La plupart de mes collègues étant déjà bien occupées avec la saison froide, je me suis portée volontaire pour assurer votre suivi jusqu'au verdict... Voici une serviette, je me suis dit que vous auriez probablement besoin de vous rafraîchir. À tout à l'heure.

Sitôt 315H sortie, Luce ouvre le robinet et boit au-delà de sa soif, la tête renversée, comme elle le faisait autrefois aux sources repérées par sa grand-mère. Elle se hâte de se savonner, inonde ses cheveux, passe la serviette rêche sur son corps humide. Bien qu'elle soit seule, ses gestes sont pudiques, empreints d'une méfiance automatique. Elle enfile une chemise de nuit propre et enfin, elle se sent un peu mieux.

Luce pénètre dans le dortoir attenant en chaussettes. La lumière ténue qui filtre du couloir par une rangée de fenêtres dépolies révèle une dizaine de lits entourés d'épais rideaux sombres, tous vides. Au milieu de l'allée, l'infirmière attend.

– Il faut vous reprendre, L2106, déclare-t-elle d'un ton lugubre. J'ai consulté votre dossier, je connais votre situation. Mieux vaut ne pas aggraver votre cas.

Luce bredouille un début d'excuse, mais la soignante s'est déjà détournée pour récupérer son matériel dans l'armoire métallique au fond de la pièce. Avec une grande douceur, en expliquant chacun de ses gestes à mi-voix, 315H vérifie le rythme cardiaque, la tension et la température de Luce. Peu à peu, celle-ci relâche sa vigilance. Elle tressaute à peine lorsqu'une aiguille se plante dans son bras pour y répandre une vague tiède.

– Ce médicament devrait vous aider à vous remettre rapidement. Les examens de réévaluation sont toujours éprouvants, mais l'équipe éducative vous veut en pleine forme pour vos cours demain…

Luce saute sur l'occasion pour poser la question qui lui brûle les lèvres :

– Quand est-ce que je saurai ce qui m'attend ? Vous êtes déjà au courant, vous ?

– Il faut laisser le temps au comité de délibérer, soyez patiente. Ils vous convoqueront quand ils auront pris leur décision.

Devant la mine dépitée de Luce, elle ajoute d'un ton compatissant :

– Je ne suis malheureusement pas qualifiée pour répondre à vos questions. Dépêchez-vous de dormir. Vous vous sentirez mieux au réveil.

Les instruments médicaux regagnent leur place dans les trousses et boîtes dont l'infirmière les avait extraits. Luce se lève et demande, la gorge serrée :

– Je n'ai pas compris la dernière épreuve… Je ne sais pas si j'ai réussi ou non. Est-ce qu'ils vous ont dit quelque chose ?

315H interrompt son rangement et fait volte-face. Elle la toise de toute sa hauteur, les sourcils légèrement arqués, un sourire étrange vissé au coin de la bouche.

– Vraiment, insiste Luce, je n'ai pas compris ce qui s'est passé…

– Vous avez raison, c'est toute la question, L2106. *Que s'est-il passé ?*

Luce a un mouvement de recul involontaire. Le sous-entendu qu'elle a cru détecter dans la réponse de son interlocutrice la met mal à l'aise. A-t-elle pour mission de lui arracher des confessions ?

Sans un regard pour démentir ni confirmer, 315H se dirige vers la porte. Arrivée au seuil, elle s'immobilise. Elle ne se retourne pas, mais sa voix résonne dans la pièce :

– Ne vous laissez pas sombrer, L2106… C'est une question de vie ou de mort.

Et elle sort.

Frissonnante malgré la chaleur du médicament dans ses veines, Luce tire les rideaux de son lit pour empêcher la lumière d'y pénétrer. Elle enfouit sa tête sous les couvertures. Le dortoir, vidé des respirations de ses camarades, semble atrocement silencieux. Elle refuse pourtant de s'y appesantir : il est urgent d'interroger les paroles de l'infirmière, et toutes les autres révélations de la soirée.

Mais dans la tiédeur de la pénombre, le sommeil s'abat sur elle et la fauche.

Au milieu des décombres de la ville, Luce court. De vieilles carcasses en murailles explosées, elle meurtrit les semelles de ses chaussures. Partout sous la peau, son cœur pulse et ses muscles hurlent. Le vent lui griffe le visage. Malgré ça, elle court vers le refuge.

Soudain, l'obscurité avale tout. Un unique bâtiment se dresse encore au centre du quartier dévasté, son ombre étalée sur le champ de ruines. Luce s'immobilise, pétrifiée. Comment est-elle arrivée ici ? Elle a pourtant suivi le chemin habituel, a bondi d'épave en épave, a évité les gouffres et les pièges… Elle n'a pas le temps de chercher à comprendre, il faut retrouver l'abri avant la nuit. Mais ses jambes ne la portent plus. Elle jure, peste, veut se redresser, rien n'y fait. Les gravats se sont changés en sables mouvants. Ce n'est pas possible, elle est Luce, Luce qui court, Luce qui vole au-dessus des cités mortes… Elle ne peut pas se laisser ensevelir. Ses jambes pédalent dans le vide, s'embourbent dans le noir. Le monde tangue. Des bras la happent. Ce ne sont pas ceux de sa grand-mère.

Deux hommes de l'équipe éducative la maintiennent plaquée sur le lit. Luce discerne leurs blouses blanches qui s'agitent dans l'obscurité. Elle veut crier, mais une main collée à sa bouche l'en empêche. Elle mord, balance des coups maladroits dans tous les sens… L'agression a réveillé un vieil instinct de défense. Or, Luce a toujours été douée pour la survie. Mais l'étreinte ne se relâche pas, elle sent le poids des hommes qui l'immobilisent, leur force brute autour de ses poignets. La lutte est vaine.

– Dépêche-toi de la sédater !

L'ordre est suivi d'un coup en pleine face. On a plaqué un morceau de tissu contre son nez. Une odeur brûlante se répand et diffuse son engourdissement à tout son corps. Elle continue de se débattre, mais ses forces l'abandonnent déjà. Un visage flou se penche sur elle. Elle grogne quelque chose ; un sommeil ouateux l'emporte, dont tout rêve sera absent.

PARTIE 2

Souffler sur les braises

20

Lorsque Luce se réveille le lendemain matin, sa première pensée est qu'elle a très froid. La seconde, qu'elle a très mal.

Tout son corps proteste contre sa mise en branle, chaque mouvement déclenche une nouvelle douleur… mais il faut se lever. Elle tâtonne pour trouver son uniforme. Elle le déniche finalement à ses pieds, roulé en boule dans un baluchon à demi défait. Pourquoi ses vêtements ne sont-ils pas rangés ? Luce se redresse, hébétée. En une nuit, son quotidien a changé de forme. Un dortoir inconnu, plus grand et vétuste que celui du rang 2, s'étend au bout de son lit. Rien dans le décor ne lui est familier, pas plus que les visages qui l'habitent. Luce jette partout des regards affolés, à la recherche d'un détail connu auquel se raccrocher. Mais rapidement, l'évidence la saisit : elle a quitté l'infirmerie, mais elle n'est ni à l'aile A, ni à l'aile B.

Elle ne se serait jamais crue capable de détecter à nouveau l'odeur de pourriture, annonciatrice de dangers potentiels. Pourtant, son corps n'a pas oublié. Le parfum écœurant suinte de toutes parts, des murs gris couverts de taches d'humidité au champ de bosses et de trous brunâtres qui remplace le linoléum. Certains lits sont vides, leurs matelas nus et maculés échoués au milieu des allées. Cela ne ressemble pas à l'Institut qu'elle connaît.

Luce n'est pas la seule à s'être aperçue de l'anomalie. Les filles qui l'entourent lui lancent des coups d'œil curieux, l'observent à la dérobée ou la fixent carrément, bouche bée. Sa voisine de lit grince :

– T'es arrivée cette nuit. On t'a jamais vue. Tu viens d'où ?

Luce tourne les yeux vers celle qui a parlé, silhouette malingre au teint olivâtre et aux paupières lourdes. Sur son uniforme trop grand est épinglé un badge orné d'un 3 argenté. Un frisson incontrôlable parcourt l'échine de Luce. Elle a été rétrogradée. Déplacée à l'aile I, dans les quartiers du rang 3, sans avoir vu arriver la sanction. Il aura suffi de quelques jours d'inattention, de débordement incompréhensible… Elle a tout gâché. Luce sent ses poumons se vider de leur air. Elle entend déjà les moqueries et les quolibets de celles qui ont un jour été ses semblables, là-bas à l'aile A… Elle déglutit.

– Ceux qui m'ont déposée là, est-ce qu'ils ont dit quelque chose ?

Son interlocutrice hausse les épaules.

– Ils ne nous disent jamais grand-chose, à part de la fermer.

Un silence passe entre elles, auquel les occupantes du dortoir restent suspendues. Pour masquer son trouble, Luce retourne à l'inventaire de son bagage. Mais, comme si elle se souvenait soudain du début de la discussion, la maigrelette insiste :

– Tu viens d'où ?

Que répondre ? Luce sait seulement ce qu'il faut taire. Elle connaît les murmures du rang 3 sur son passage, elle sait ce qu'il adviendrait des élèves comme elle si l'équipe éducative n'était pas là pour les protéger. Pourvu que personne ne la reconnaisse et qu'aucune pensionnaire plus physionomiste ne souffle aux autres : « Je l'ai déjà vue, c'est une bulbeuse »…

Elle secoue la tête dans une moue impuissante et livre le mensonge le plus pitoyable qu'elle ait jamais entendu :

– Je ne me souviens plus.

Les regards sceptiques se resserrent autour d'elle. Sa voisine de lit la dévisage d'un air dubitatif. La peau tirée sur les os et l'œil torve, elle n'en paraît pas moins menaçante. Luce s'efforce de ne pas ciller.

– C'est possible, déclare une autre fille à quelques lits de là, vous savez bien que leurs anesthésiants nous vrillent complètement la tête.

– Est-ce que vous pouvez me dire ce qui s'est passé ? demande Luce, s'accrochant à cette diversion bienvenue. Je ne me souviens de rien.

– Ils sont arrivés au milieu de la nuit, ils te portaient, ils t'ont balancée sur le lit. T'as pas réagi, tu étais inconsciente. Quand ils sont partis, on a vérifié que tu étais vivante. C'est tout.

Elle comprend mieux, désormais, la douleur qui gronde dans ses cervicales. Luce hoche la tête en remerciement et, dans l'espoir de clore la discussion, commence à enfiler ses chaussettes. Son interlocutrice n'a pas cessé de la fixer. Elle demande, inquisitrice :

– Tu te souviens vraiment de rien ?

– De rien.

– Tu sais même pas si tu viens de l'Institut ou de… dehors ?

Ainsi, les élèves de rang 3 parlent de l'ailleurs sans même baisser la voix. Luce ne peut s'empêcher d'être impressionnée : à l'aile A, personne n'oserait mentionner de façon si désinvolte la réalité qui s'étend au-delà des murs. Elle rejette aussitôt cette pensée. L'évocation de son ancien foyer la heurte. Elle imagine Clara face à elle, constatant avec effroi sa situation catastrophique. Luce entend ses reproches effilés comme des couteaux, qui tranchent juste et vrai, exactement là où ça fait mal.

Dans le dortoir, la question a soulevé un véritable débat. Une fille raille :

– N'importe quoi, y a des uniformes qui dépassent de ses affaires, c'est qu'elle vient d'ici. Tu réfléchis jamais avant de parler ?

L'adolescente chétive hausse les épaules avec mauvaise humeur. L'altercation a permis à Luce de décrocher discrètement le badge de son chemisier. Elle le laisse tomber au fond du baluchon, l'air de rien.

Elle n'en aura bientôt plus besoin. Si on lui a fait intégrer l'aile I, c'est forcément pour lui en remettre un nouveau, frappé d'un 3 argenté. Si elle parvient à dissimuler son identité assez longtemps, elle aura peut-être une chance de se préserver…

Sous sa tenue de nuit, elle passe une jupe, puis un chemisier ; elle camoufle la fébrilité de ses gestes tandis qu'elle le boutonne.

– L2106 !

La porte s'est ouverte à la volée, déversant dans le dortoir une poignée d'hommes vêtus de blanc. Luce oublie une seconde sa terreur pour constater avec satisfaction que l'un d'eux arbore un œil au beurre noir, dont elle est certaine d'être responsable. Le professeur Alpha, en tête de cortège, déclare :

– Nous sommes venus vous livrer la décision du comité de réévaluation.

Les murmures montent. D'abord discrets, puis de plus en plus bruyants. D'un instant à l'autre, le masque d'amnésie va voler en éclats. Luce ne dit rien, rien qui puisse l'incriminer ni déclencher les foudres de celles et ceux qui lui font face. Elle se tient droite, prête à recevoir la sentence. À vrai dire, il n'y a plus vraiment de mystère : maintenant qu'elle s'est réveillée à l'aile I, que peut-il lui arriver de pire ? Elle a été rétrogradée, elle appartient dorénavant aux rebuts de l'Institut du Nouveau Lendemain. Toutes ces délibérations pour se retrouver là…

– Vous êtes désormais, comme vous le constatez, résidente de l'aile I.

Luce acquiesce en silence. Elle maîtrise du mieux qu'elle le peut le tremblement de son menton, cache les signaux de sa détresse. Elle ne veut pas faire ce plaisir à Alpha. Un des subalternes poursuit :

– … Mais eu égard à vos performances lors de l'examen de réévaluation, le comité a décidé qu'il ne pouvait pas se permettre de vous rétrograder. Vous restez, L2106, une élève de rang 1, et ce jusqu'à nouvel ordre. Votre présence à l'aile I vaudra comme un avertissement temporaire, dont nous espérons que vous tirerez tous les enseignements possibles et qu'il vous incitera à un comportement plus convenable. Nous vous convoquerons à nouveau dans quelque temps pour faire le bilan de votre évolution et livrer le verdict final.

Il a récité son discours avec la satisfaction de l'élève médiocre parvenu à apprendre une leçon par cœur sans buter sur les mots. Au fil des phrases, une colère sourde est montée parmi le rang 3, elle emplit le dortoir de sa chaleur bouillonnante. Le silence qui succède au verdict est plus effrayant que la rumeur qui l'avait précédé. Il contient en lui une promesse sinistre.

Luce croyait que l'Institut ne pouvait pas lui porter pire coup qu'une rétrogradation au rang 3. Elle avait tort. Elle comprend, instantanément, ce qui est en train de se jouer. En révélant qui elle est au milieu des quartiers du rang 3, Alpha la sanctionne de la pire manière possible : il la livre comme une ennemie à des laissées-pour-compte pleines de rancœur. Le comité n'aura pas à se salir les mains, les plus hargneuses s'en chargeront. Et si Luce survit à leurs attaques, ce sera brisée, réduite en miettes de docilité que l'Institut n'aura qu'à se baisser pour ramasser. Le verdict du comité n'est pas un diagnostic, pas même un jugement, mais une vengeance. Une vengeance pour quelques secondes volées à l'exigence des électrodes, pour quelques heures à parcourir les couloirs endormis, pour avoir brièvement rêvé d'un ailleurs.

Tout sourire, le professeur Alpha se délecte de sa détresse. Ses acolytes, plus dissipés, laissent traîner des regards concupiscents sur les pensionnaires. Celles qui n'ont pas eu le temps de finir de se changer se dissimulent tant bien que mal derrière des draps ou des uniformes à demi enfilés. Une élève crie :

– C’est bon, vous avez dit ce que vous aviez à dire, maintenant, laiss…

– Tu la fermes, toi !

L’un des hommes en blouse blanche a fondu sur elle. Le coup qu’il lui administre éteint tous les murmures. Les regards se tournent vers Luce : les comptes sont ouverts. Elle sait d’ores et déjà qu’on la tiendra pour responsable de cette violence et qu’elle ne pourra rien pour faire pencher la balance en sa faveur.

Le groupe d’hommes se dirige à pas pesants vers la porte. Les commissures de la bouche du professeur Alpha ne cessent de tressauter.

21

Luce n'attend pas de se retrouver seule avec les filles du rang 3. Dès que les intrus ont été avalés par le couloir, elle se précipite vers la sortie, chaussures délacées et cheveux emmêlés. Mais pour aller où ? Elle ne connaît pas les abords de l'aile I et a toujours évité les lieux, à l'exception d'une nuit… Luce reconnaît l'odeur rance que le sol exhale. La dernière fois qu'elle l'a reniflée, elle courait pour s'arracher aux monstres du gymnase. Une désagréable impression de déjà-vu s'insinue en elle tandis qu'elle fuit à toutes jambes le dortoir.

Sur un mur, à demi effacée, une flèche peinte au pochoir indique la direction de l'aile F. Luce la suit. Une fois parvenue à destination, elle se réfugie dans les sanitaires à l'entrée du réfectoire. À l'Institut du Nouveau Lendemain, les lieux où l'on peut se soustraire aux regards sont rares et les toilettes en font partie, bien que le répit soit toujours temporaire : il ne faut jamais longtemps avant que quelqu'un tambourine à la porte. Pour les pensionnaires les moins appréciées, c'est une tête qui se faufile en haut, ou un bras en dessous, pour chaparder les affaires ; les cabines ne dissimulent que ce que la pudeur exige et dévoilent tout ce qui peut être surveillé.

Luce s'approche des lavabos au fond de la pièce. Avant de se cacher, elle doit finir de se préparer. Aujourd'hui plus que jamais, cette étape est cruciale : il faut, d'une manière ou d'une autre, réaffirmer l'éclat de son rang, se présenter aux autres impeccable et intacte. Une grande giclée d'eau sur le visage. Les dents lustrées du bout de l'index. Les doigts qui mettent de l'ordre dans les boucles. Le temps presse. Les premières pensionnaires débarquent déjà pour le petit déjeuner et, en passant devant la porte vitrée des toilettes, lui jettent des regards au mieux curieux, au pire désapprobateurs. Quand elle aura atteint sa table partagée avec Clara, elle sera en sécurité. Mais alors, il faudra lui raconter ce qui vient d'arriver. Cette pensée arrache à Luce une nouvelle bouffée d'angoisse.

Tandis qu'elle s'acharne à coiffer ses cheveux, un visage familier apparaît de l'autre côté de la lucarne. Elle se fige. Meriem se précipite à l'intérieur de la pièce.

– Luce ! s'écrie-t-elle.

Elle plaque aussitôt les mains contre sa bouche, horrifiée de sa propre imprudence. Mais personne ne les a entendues. Son amie a un mouvement pour l'étreindre, mais, se souvenant de leur au revoir, elle se réfrène juste à temps.

– Tu n'as pas rapporté tes affaires au dortoir ! Alors ça y est, tout est rentré dans l'ordre ? Tu es retournée à l'aile A ?

Luce chasse la question d'un revers de main. Elle ne répondra pas, pour ne surtout pas entendre sa voix trembler. Pour affronter les épreuves à venir, elle doit continuer à peindre le portrait d'une Luce qui ne vacille pas. Mais Meriem insiste :

– Je t'avais gardé ta couverture, même si les autres voulaient te la piquer ! Normalement vous n'en avez pas besoin à l'aile A, mais je peux te l'apporter au prochain repas, c'était un cadeau après tout.

– Je n'ai pas été réintégrée, Meriem ! Je conserve mon statut, mais ils m'ont livrée au rang 3. Ils m'ont déplacée à l'aile I cette nuit.

Les mots sont sortis presque malgré elle, hachés entre ses dents. Alors Meriem ouvre de grands yeux, avant de s'effondrer en pleurs dans ses bras. Les larmes ruissellent d'une peau à l'autre. Et, dans la chaleur de la compassion, Luce trouve un exutoire à sa propre détresse. Tous les débordements qu'elle s'était interdits, Meriem les incarne et les évacue, sans retenue.

La sonnerie de fin de petit déjeuner les cueille ainsi, agenouillées sur le sol froid devant les lavabos, Meriem hoquetante et Luce faisant de son mieux pour la rassurer. Au son de cavalcade dans le couloir, elles s'arrachent l'une à l'autre ; des regards indiscrets traversent déjà la porte vitrée.

– Ça va… al… ler, promet Meriem.

Luce hoche la tête. Elle n'en croit pas un mot.

– Je… re… reviendrai… te… voir ici aux… prochains re… pas. À… tous… les… repas. Si tu veux. Je… te… trouverai à manger.

– Non, pas la peine, tu pourrais t'attirer des ennuis. Ne t'en fais pas. Je me sens mieux. J'irai dans la salle à manger du rang 1.

Luce a menti sans ciller. Devant la petite silhouette encore tressautante, elle songe à cette légère bascule qui a fini par tout mettre sens dessus dessous. Elle pense à ce monde sans tendresse qu'elle s'était construit comme un rempart. Un monde de mérite et de rétribution : un monde juste, jusqu'à ce qu'il ne veuille plus d'elle.

En classe, les élèves s'écartent avec une moue de dégoût, comme si Luce portait sur elle l'odeur tenace de l'aile I. Certaines pointent l'absence de badge sur sa poitrine, preuve qu'elle n'est déjà plus vraiment des leurs. Luce n'essaie pas de les dissuader, de les convaincre que l'avenir lui réserve plus beau, plus éclatant, plus prestigieux… Tout simplement parce qu'elle n'y croit pas.

Quand arrive l'heure du déjeuner, la faim n'a toujours pas vaincu la nausée, bien que Luce ait manqué le premier repas de la journée. Et surtout, elle ne se sent pas capable d'affronter le regard de Clara. Le souvenir des fruits au sirop a perdu toute sa saveur, remplacé par une honte tenace : en ne réussissant pas haut la main l'examen de réévaluation, en écopant de ce déplacement humiliant à l'aile I, elle s'est montrée indigne de l'offrande. Alors elle se terre dans une cabine de toilettes de l'aile C, assise sur l'émail froid, les genoux ramenés contre sa poitrine.

Une fois les cours terminés, Luce erre dans l'aile C jusqu'au soir, jusqu'à la dernière minute avant le couvre-feu. Puis, quand le retour au dortoir devient inévitable, elle se dirige à pas lourds vers l'aile I. À plusieurs reprises, elle se trompe d'itinéraire et doit rebrousser chemin. Elle traverse l'aile G déserte, s'efforce d'ignorer la carcasse sombre du gymnase qui plane au-dessus d'elle. Elle rejoint ensuite la blancheur immaculée de l'infirmerie et enfin, lorsque l'odeur de moisi vient remplacer celle des détergents, Luce devine qu'elle est bientôt arrivée.

À l'instant où Luce ouvre la porte du dortoir du rang 3, elle n'est pas surprise de trouver l'ensemble des élèves réunies autour de son sommier vide, à piétiner ses draps déchirés. Le matelas arraché au lit gît à mi-chemin de la salle d'eau. Après l'avoir copieusement arrosé, les filles ont dû renoncer sous le poids du tissu imbibé et l'abandonner dans sa flaque. Le baluchon éventré repose sur le sol à quelques pas de là. Les affaires qu'il contenait s'étalent partout sur le linoléum, déjà brunies par la saleté. La maigrelette fait rouler entre son pouce et son index le badge de rang 1 que Luce avait dissimulé tout au fond du bagage.

– *Madame*, raille-t-elle de sa petite voix désagréable, vous nous faites enfin le plaisir de vous joindre à nous…

Luce passe d'un visage à l'autre, à la recherche d'un appui. Mais elle ne rencontre que regards mauvais et sourires avides d'un bon défouloir. Elle évalue la situation. La fuite n'est pas une option, l'affrontement non plus : ne reste que la négociation. Elle tend les mains, paumes ouvertes en signe d'apaisement.

– Vous vous apprêtez à leur donner exactement ce qu'ils veulent.

– On va surtout *te* donner ce que tu ne veux *pas*, corrige son interlocutrice, très fière de sa trouvaille.

Luce ne s'était pas attendue à ce que les pourparlers soient faciles. Mais le temps presse, elle le sent à la fébrilité du cercle qui se resserre autour d'elle.

– Vous le savez, dans le fond… Ils m'ont placée là juste pour que vous me fassiez du mal. Vous n'êtes pas sous leurs ordres, si ? Vous valez mieux que ça…

Une élève qui n'avait pas encore pris la parole, blonde et massive, rétorque d'un ton haineux :

– Mais ferme-la, toi ! Vous apprendrez jamais, les bulbeuses, à redescendre de votre trône ? Tu commandes personne ici, alors tu la boucles et tu encaisses !

L'insulte « bulbeuse » a agi comme un signal. Les muscles bandés, Luce se prépare à recevoir le premier assaut. Elle proteste une dernière fois, tâchant d'être la plus convaincante possible :

– Pourquoi croyez-vous qu'on m'a mise là ? Vous pensez vraiment que je suis dans les bonnes grâces d'Alpha ?! Vous vous trompez d'ennemi. Demandez-vous plutôt si les choses pourraient être différentes, s'il existe un autre…

– T'as pas bien mesuré tes privilèges, bulbeuse. Toi, on te donne un lit moins confortable et tu viens chouiner. Pendant ce temps, nous, on crève.

Le coup est parti de derrière. Luce oscille quelques secondes sur ses jambes, complètement sonnée. Elle n'a pas le temps de répliquer qu'un revers la cueille à la tempe.

– Pour que tu puisses te persuader que tu es la meilleure, pour que tu puisses te tenir au premier rang, toute fière, le jour de la commémoration du fondateur, ici, il y a des filles qui crèvent ! Des filles à qui on dit que leur vie n'a aucune importance, qu'il n'y a que celle des bulbeuses qui vaille !

Un violent impact enfonce la cage thoracique de Luce. Elle lutte de toutes ses forces, à la recherche de son souffle. Le plafond se confond avec le sol. Partout la clameur grandit, on l'accuse de tous les maux, on crie, on lui crache dessus.

– Pendant que tu comptes tes bons points, nous, on compte nos cadavres !

Un flot de sang dégouline de son arcade sourcilière et lui brouille la vue. Luce tente de retrouver son équilibre, un pied la fauche. Son dos heurte le linoléum, lui coupant totalement la respiration.

– Mais vraiment, tu vas même pas essayer de te défendre ?! Allez, bulbeuse, essaie, attaque !

– Allez, essaie, attaque ! reprend l'attroupement en riant de plus belle.

À ces mots, une douleur aiguë la saisit au crâne. On a empoigné ses cheveux pour la traîner au sol. Le dortoir défile dans une succession de coups de pied qui martèlent son corps tout entier. Luce essaie d'atteindre la main qui l'agrippe, en vain.

Et puis soudain, sans qu'elle s'y attende, tout s'arrête.

– Allez, c'est bon, bulbeuse. Relève-toi.

Les rires s'arrêtent, les assaillantes font un pas en arrière. La grande blonde se penche pour l'aider à se lever. Luce se remet sur ses jambes, hébétée. D'un geste piteux, elle essuie les larmes qui ont coulé sans qu'elle s'en aperçoive. Tout en frottant sa tête endolorie, elle ne cesse de jeter autour d'elle des regards perdus. Pourquoi est-ce que tout s'est arrêté ? Est-ce un rite de passage habituel dans le rang 3 ? A-t-elle réussi cet examen cruel ?

Luce n'a pas le temps de s'interroger davantage. La déflagration d'une gifle lui retourne le visage.

– Ah bah voilà, c'est mieux comme ça ! rit la grande blonde, avant de fondre de nouveau sur elle.

Cette fois, la rage a pris le pas sur la peur et la douleur. Luce n'a plus qu'une idée en tête : blesser. Si elle doit y rester, ce sera en emportant avec elle cheveux, dents et sang. Elle se battra jusqu'au bout, et tant pis si ce n'est pas beau, tant pis si ce n'est pas noble. Elle bouscule, pousse, charge à l'aveugle. Sans viser, elle balance ses poings au hasard dans la mêlée ; ses pieds heurtent et pressent chaque surface qu'ils rencontrent, jusqu'à ce qu'elle cède. Un bras apparaît devant elle, elle mord et ne lâche qu'une fois assurée que le sang dans sa bouche n'est pas le sien. Le bois pourri des chaises éclate sur le sol quand elle les propulse contre ses poursuivantes. De son front même, Luce fait une arme, qui cogne et charge tout ce qui passe à sa portée, malgré le vertige. Elle se jette sur la grande blonde tombée à terre, compresse sa gorge de toute la force de sa jambe. Mais alors que Luce se redresse pour peser plus lourd, un violent choc à la tête la fait basculer sur le côté, à demi assommée. La fille malingre lève le barreau de chaise pour frapper encore. Incapable de réagir, Luce la regarde faire au ralenti, dans une image floue et dédoublée…

Quelqu'un a bondi sur la maigrelette. Luce frotte le sang qui lui coule dans les yeux. La silhouette qui a surgi est menue, mais d'une agilité remarquable. Ses mouvements sont rapides et précis, chaque attaque touche sa cible, on dirait qu'elle danse plus qu'elle ne se bat. Mais Luce ne peut pas s'attarder à la contempler, ni à comprendre, car les assauts ont redoublé d'intensité. Des insultes fusent, dont elle ne sait plus si elles sont adressées à elle ou à son alliée inattendue :

– Traîtresse !

– Tu vas crever !

– Massacrez-la, elle mérite que ça !

La découverte d'une complice a ravivé ses forces. Luce ne cède plus un pouce de terrain à ses adversaires. Elle se jette sur la meute et s'accroche à tout ce qu'elle peut, déchirant, brisant, arrachant. Le goût métallique du sang ne la freine pas, ni la douleur quand ses jointures se heurtent aux mâchoires. Si des yeux se présentent à elle, elle y enfonce les ongles sans tressaillir. Elle est redevenue la Luce des ruines, celle qui survit coûte que coûte, qui ne craint ni de casser ni de tordre. À cet instant, toute son existence ne tend plus que vers un unique but : rester debout, ne pas se laisser engloutir. Vivre.

À ses côtés, l'inconnue continue sans faiblir de distribuer des coups d'une précision stupéfiante. Elle esquive, tourne sur elle-même, saute sur une fille pour la faire chuter, retrouve aussitôt l'équilibre… Elle tend des pièges, feinte, se dérobe… Les belligérantes tentent de pénétrer sa garde, mais elle les cueille dès le premier mouvement. Luce remarque trop tard la grande blonde qui s'avance dans le dos de la combattante, un barreau de chaise à la main.

En un instant, son unique alliée est au sol, inconsciente. Luce ne peut détacher son regard du corps inanimé, incrédule qu'une seule attaque ait pu la mettre hors d'état de nuire.

Bientôt, les quelques filles encore debout fondent sur Luce. Tout devient noir.

22

Elles ont fait halte en pleine forêt, au pied d'un grand arbre *tombé en travers du chemin. Pour le dépasser, il faudra de nouveau escalader, il y aura encore l'écorce qui griffe et les échardes dans les mains. Mais pour l'heure, les aiguilles de pin forment un tapis moelleux sur le sol brûlant. De vertes, elles sont passées à jaunes, presque beiges, et elles crépitent sous les pas de sa grand-mère tandis qu'elle dresse le camp à l'ombre des conifères. Épuisée, Luce se pelotonne et ferme les paupières.*

– Regarde, ma petite chérie.

Elle rouvre les yeux. Mais dans les bois calmes et ardents de la fin d'après-midi, il n'y a rien à guetter, rien à redouter. Toutes deux se tiennent ainsi un instant, sans mots, jusqu'à ce qu'une quinte de toux éclate, que la vieille dame échoue à contenir. Depuis quelque temps, elle tousse beaucoup. Les pauses deviennent plus fréquentes sur le chemin et quand son souffle se raccourcit trop, elle exhorte Luce à lui chanter des comptines.

– Regarde la lumière, reprend-elle d'une voix étranglée.

Luce suit le cours d'un nuage venu recouvrir le soleil, mais elle baisse vite le regard, éblouie. La sphère croquée de l'astre subsiste en négatif sur le tapis d'aiguilles.

– Là où tu iras, il faudra que tu te souviennes.

L'enfant ne comprend pas la demande, mais elle en saisit l'urgence émue. Alors elle s'efforce de regarder, et bientôt, elle voit. Les grappes de rayons brumeux qui percent à travers la canopée abîmée. Le soleil moucheté qui ondule sur le sol, la fuite scintillante de la poussière en suspens. Luce contemple le voile de jour mousseux étendu d'un arbre à l'autre, presque liquide.

– Souviens-toi de la lumière, ma petite chérie.

C'est une prière, désormais, que sa grand-mère répète dans un long sifflement. Luce serre ses petits poings et elle absorbe tout ce qu'elle peut en se promettant de ne pas occulter la moindre lueur, d'aménager une grande caverne dans sa tête pour l'inonder de lumière. Le reste des choses à retenir se poussera pour faire un peu de place, et si elles disparaissent, ce n'est pas grave car Luce sait ce qu'il faut garder. Elle jure qu'elle se souviendra.

Pourtant, Luce a oublié la lumière, et chaque matin la soustrait à sa promesse. C'est la seule défense qu'elle ait trouvée pour survivre entre quatre murs : surtout, qu'aucune fenêtre ne puisse s'y dessiner. Elle se terre dans l'obscurité de ses yeux clos ; de toute façon, ses paupières sont si lourdes qu'elle n'est pas sûre de pouvoir les rouvrir un jour. La chaleur étouffante, sa bouche pâteuse, ses membres engourdis… Tout lui enjoint de replonger dans la torpeur. Des sons lointains lui parviennent : l'eau qui coule dans le lavabo, un chant à peine fredonné, de quoi la bercer jusqu'au sommeil et à la forêt de pins. Mais bientôt, une nouvelle note vient s'ajouter à la gamme : celle de la douleur. Luce laisse échapper un grognement. En réponse, le choc d'un objet sur l'émail, une flopée de pas empressés… un matricule.

– L2106 !

Luce geint malgré elle, comme si son corps meurtri l'avait dépossédée de sa voix.

– Non, L2106, il est encore trop tôt…

Elle perçoit la masse penchée sur elle, l'odeur de la peau étrangère, le souci qui imprègne chaque geste. Mais il y a cette deuxième présence. Tout près d'elle, quelqu'un respire, s'agite, soupire… Si Luce pouvait seulement faire l'effort de se redresser, de regarder… Un pincement dans son bras droit ; elle a tout juste le temps de grogner :

– J'ai… soif…

Et elle sombre.

– Je sais, je vais te trouver à boire, ma petite chérie. Bientôt.

Sa grand-mère a déjà dit « bientôt » avant d'entrer dans la forêt. Aujourd'hui est un jour sans. Le ciel noir n'en finit pas de charrier sa menace et d'en repousser l'exécution. Un vent désagréable siffle sur les petites buttes alentour. La lumière a déserté le paysage, tout est gris. Gris les nuages au-dessus d'elle, gris le tapis de charbon dans lequel elle ne cesse de s'enfoncer, gris l'horizon, à perte de vue.

L'enfant lâche un cri. Son pied a heurté une pierre dissimulée au milieu des cendres molles. Elle n'ira pas plus loin. Ses chaussures sont devenues beaucoup trop petites, à chaque pas elle bute contre la pointe et se blesse un peu plus. Éperdue de douleur et de fatigue, Luce s'effondre sur le sol poudreux. La vieille dame s'agenouille à ses côtés. Avec une grande douceur, elle défait les lacets, ôte les chaussettes.

– Qu'est-ce que tu as grandi… souffle-t-elle en massant les orteils endoloris.

Son admiration a la forme d'une excuse. La petite fille ne dit rien. Cette nuit, les questions sont revenues l'assaillir, celles qu'elle n'ose pas poser et que personne n'abordera en premier. Où sont parties les flammes qui ont dévoré les forêts ? Pourquoi toutes les maisons croisées sur le chemin sont vides ? Et surtout : est-ce que la terre tremblera de nouveau ?

Cela fait partie des choses que Luce ne peut se résoudre à formuler. À la place, elle demande :

– Pourquoi on doit toujours marcher ?

– Pour découvrir la beauté du monde, ma petite chérie.

– C'est pas parce que je n'ai plus de maison, alors ?

– *Oh, Luce…*

Un spasme de chagrin secoue la poitrine de la vieille dame. Les longs doigts parcheminés passent dans les cheveux emmêlés de l'enfant, soulignent la tiédeur des tempes qui battent, effleurent le creux doux à la jointure de la nuque et du crâne. Elle dépose un baiser sur le front de sa petite-fille. Puis dans le cou. Luce se tortille et ne peut retenir un gloussement ravi.

– *Tout ira bien, Luce.*

Alors, pour l'apaiser, sa grand-mère raconte les mythes et les légendes, les émerveillements de sa jeunesse, la beauté du monde d'avant ; l'insouciance insolente face aux mises en garde. Luce n'en perd pas une miette. Elle rêve avec le même exotisme les hydres, les grandes batailles et les voyages en avion. Mais bientôt, la vieille dame est essoufflée. Quand le silence retombe, un long sifflement recouvre sa respiration. Maintenant, c'est comme ça que Luce imagine les oiseaux.

L'enfant place ses mains sur les joues douces, un peu molles, de sa grand-mère. Et elle y dépose un baiser qui claque, très fort. Un baiser qui voudrait contenir tout l'amour qui déborde, toutes ces promesses de petite fille qu'elle ne sait pas encore formuler, toute sa gratitude d'un héritage récolté au fil de la route.

La peau fanée exhale un parfum de fleurs. Luce se demande comment c'est possible, quand toutes les fleurs sont parties en fumée.

La fragrance fleurie des songes s'évapore lentement, jusqu'à disparaître. Alors que Luce remonte à la surface d'elle-même, elle lève une main tremblante pour frotter ses yeux collés. Son flanc droit se déchire. Elle hurle.

Un visage à la peau sombre apparaît au-dessus d'elle.

– Vous revoilà, L2106, bienvenue parmi nous.

– Je m'appelle L…

Elle reprend ses esprits juste à temps. Il faut réapprendre à se taire, ravaler le prénom et faire corps avec le matricule. Elle tente de se redresser, mais une main gantée se pose sur son front. Une autre, à plat contre son dos, l'aide à se rallonger.

– Vous avez dormi deux jours, mais il vous faudra encore un peu de temps. Soyez patiente. Vous avez déjà commencé à vous rétablir, vous vous sentirez mieux très bientôt.

Luce reconnaît l'infirmière 315H, le sourire ambigu qui flotte sur ses lèvres pleines, l'amande de ses yeux scrutateurs. Et puis, peu à peu, la pièce se dessine. Les fenêtres au verre dépoli par lesquelles filtre la lumière du couloir, les armoires chargées d'ustensiles médicaux, les lourds rideaux qui entourent les lits… Mais cette fois, les matelas ne sont plus vides. Dans le dortoir de l'infirmerie, deux respirations étrangères s'élèvent. L'une au rythme serein, l'autre syncopée en sifflements laborieux. La mélodie est familière… Luce se redresse, ignorant sa douleur et les protestations de la soignante.

Aussitôt, elle s'en veut d'avoir espéré. La malade allongée au fond de la pièce est une simple pensionnaire, dont la pénombre lui dérobe les traits. Bien sûr, se dit Luce. Bien sûr que ni les rêves, ni la fièvre n'ont ramené sa grand-mère. Amère, elle se laisse retomber sur l'oreiller. C'est alors qu'elle découvre sa nouvelle voisine de lit : une jeune fille menue, aux cheveux noirs coupés très court. Il flotte sur son visage assoupi une expression espiègle, comme si elle souriait à un songe interdit. Une ecchymose violacée et boursouflée lui mange la moitié de la figure.

– C'est inhabituel, une amitié entre les rangs 1 et 3, dit 315H.

– Pardon ? demande Luce, outrée par les insinuations de l'infirmière.

315H désigne l'endormie.

– C'est normal que vous ne vous souveniez pas de tout, vous avez de sacrées contusions. A0504 vous a défendue bec et ongles. Je peux vous dire qu'elle en a abîmé quelques-unes… et les autres se sont bien vengées sur elle.

Luce considère de nouveau l'inconnue. Sa mémoire lui ferait-elle défaut, comme le suggère l'infirmière ? Tandis qu'elle s'applique à retracer le fil des événements, les premières bribes de l'affrontement lui reviennent. Elle dresse une rapide cartographie de ses blessures, chacune réveillant une image tout aussi douloureuse. En comptant ses côtes brisées, elle remonte l'allée du dortoir, traînée par les cheveux sous les assauts incessants des filles du rang 3. La pulsation fiévreuse de ses tempes répond au premier coup de poing, qui a surgi de nulle part. Quant à la plaie que Luce devine sur son front, elle porte l'empreinte d'un barreau de chaise. Et peu à peu, une nouvelle fulgurance émerge. Une silhouette qui s'élance, de façon incompréhensible, contre ses assaillantes…

– Vous dites qu'elle m'a défendue… ?

315H hoche la tête.

– Elle pourra vous en parler elle-même, mais elle n'a pas encore repris conscience. Vous l'avez devancée. Ce n'est pas étonnant, les élèves de rang 1 sont toujours en meilleure santé… L'Institut du Nouveau Lendemain y veille.

Les paroles proférées par les pensionnaires juste avant l'attaque lui reviennent en mémoire. Le mot « privilèges », lancé comme un crachat. Et tout de suite après, « cadavres ». Deux réalités qui se heurtent.

– Et les autres, où sont-elles ? Celles contre qui nous nous sommes battues…

– Nous n'avons pas jugé nécessaire de les garder en observation. L'une de mes collègues passe dans leur dortoir quotidiennement, pour les examiner. Heureusement, j'ai réussi à obtenir la mise en isolement de votre amie, sans quoi les autres l'auraient achevée.

Un sentiment de malaise au creux du ventre, Luce contemple la jeune fille endormie. L'ecchymose sur sa figure semble avoir gagné du terrain depuis le début de la conversation, étendant de nouvelles lianes jaunes autour de l'arcade sourcilière maculée de sang séché. Sa lèvre éclatée ressemble aux fruits trop mûrs d'un monde oublié. Du bout des doigts, Luce touche son propre visage. Aux reliefs nouveaux qui se dessinent sous ses mains, elle se devine elle aussi tuméfiée, méconnaissable.

– Et elle ? Elle était avec nous ? demande-t-elle en désignant la troisième patiente.

L'infirmière baisse la tête, toute trace de sourire a disparu. Luce sent un frisson glacé la parcourir. Et si c'était elle qui avait blessé la malade ? Et si elle l'avait *abîmée* dans sa frénésie à se défendre ? Se défendre… Le mot lui semble aussi hypocrite que coupable. Elle se souvient parfaitement de la rage qui l'a envahie, de cette envie de détruire et de rendre chaque coup au centuple. Elle guette la respiration sifflante, à la recherche de réponses qui ne viennent pas.

– Elle, c'est différent, dit 315H.

Elle réajuste la couverture sur Luce et déclare en évitant son regard :

– C'est assez pour le moment. Il faut vous reposer.

23

A0504 est revenue à elle. Plongée dans une somnolence fiévreuse, Luce l'entend remuer. Très faiblement d'abord, la peau qui frôle le drap, le grincement du sommier… Un gémissement de douleur aussitôt étouffé dans l'oreiller. Quand Luce s'arrache au sommeil pour se tourner vers le lit voisin, deux grandes prunelles jaunes la fixent déjà.

– Je… bredouille-t-elle, il faut… 315H a dit de l'appeler si tu te réveillais…

– Pas la peine. Je vais bien.

A0504 les yeux ouverts, c'est un feu qui s'embrase. Un sourire vorace éclate sur son visage :

– Et surtout… Il est temps qu'on ait une petite discussion, toi et moi.

S'agit-il d'une menace ou d'une invitation ? Tandis que Luce balbutie quelques banalités prudentes, son interlocutrice se saisit du plateau laissé par l'infirmière sur la table de chevet. Elle attaque la bouillie avec appétit et lance :

– Alors, comme ça tu as survécu, bulbeuse ?

– Grâce à toi, paraît-il.

Le sourire d'A0504 s'élargit. Luce décide d'y voir un encouragement. Nombreuses sont les questions qui se bousculent au bord de ses lèvres, mais elle souffle seulement :

– Pourquoi ?

Elle a parlé le plus bas possible. L'obscurité l'y incite, tout comme la présence de la troisième patiente, dont la respiration sifflante emplit le dortoir à intervalles réguliers. Et puis, l'infirmière peut encore surgir… A0504 prend tout son temps pour enfourner une nouvelle cuillerée de bouillie, qu'elle tourne et retourne dans sa bouche, avant de lâcher :

– Parce que j'allais pas jouer le jeu de l'Institut en participant à la bastonnade. Tu l'as dit toi-même : c'est précisément ce qu'Alpha espérait de nous.

Luce ne s'attendait pas à cette réponse. A0504 continue d'engloutir des bouchées gargantuesques sans s'apercevoir de son étonnement.

– Et j'ai pensé que si tu t'étais mise dans cette situation, c'est sûrement que t'étais moins bête que tes semblables. J'espère que j'ai pas eu tort.

Qu'une élève de rang 3 se permette d'évaluer son niveau d'intelligence, voilà qui est inédit. Pourtant, Luce décide de ne pas souligner l'incongruité de l'analyse.

– Merci, dit elle.

– T'as même raconté un truc intéressant avant de te faire taper dessus… T'as parlé d'envisager un monde différent, ou quelque chose comme ça. Ça m'a bien plu.

Un silence passe entre elles, durant lequel A0504 ne la lâche pas des yeux. Son regard a quelque chose d'un crépitement ardent. Luce saisit la première diversion qui lui vient à l'esprit :

– L'équipe éducative va forcément nous punir pour nous être battues…

L'adolescente laisse échapper un petit rire.

– Mais rien du tout, qu'est-ce que tu racontes ? Ils ne vont pas nous punir. T'as fait exactement ce qu'on attendait de toi et t'as pas eu le dessus. J'imagine qu'ils doivent être ravis.

– Et toi, tu n'as pas fait ce qu'ils voulaient, si ?

A0504 se penche vers elle, si près que Luce perçoit les effluves de bouillie tiède. D'un air de conspiratrice, elle murmure :

– Moi, je suis une raclure, une 3. Ils cherchent pas à savoir qui a tapé sur qui. Ça les arrangerait même plutôt qu'on s'entre-tue. Alors ce sera notre petit secret, d'accord ?

– 315H est au courant, c'est elle qui me l'a dit.

– 315H ?! Pfff, elle racontera rien ! Cette infirmière-là, elle a sa réputation, chez les 3 : on dit qu'elle est toujours du côté de celles qui ont mal. C'est pas le cas de toutes ses collègues… Et bonne nouvelle, pour le moment, on a gagné le prix de celles qui morflent le plus.

A0504 balance sans ménagement son plateau sur la table de chevet, puis se sert un gobelet d'eau, qu'elle remplit à ras bord. Elle avale trois verres d'affilée en déglutissant bruyamment. Puis, après s'être assurée que la carafe était vide, elle s'abandonne à un bâillement sonore. Et elle lâche d'une voix complètement transformée :

– Il faut que je t'informe que tu as *vraiment* une sale tête.

– 315H m'a demandé de ne pas me regarder, soupire Luce.

– Elle a raison.

Luce tente de décrypter l'expression de son interlocutrice pour savoir s'il s'agit d'une plaisanterie. Dans le doute, elle réplique :

– Je pourrais te retourner le compliment.

– Tu m'as jamais vue avant, peut-être que c'est ma tronche normale.

A0504 la gratifie d'un de ses sourires espiègles, presque féroce. Puis elle se rallonge, masquant tant bien que mal les douleurs qui l'assaillent au passage.

– Tu ne veux vraiment pas qu'on appelle l'infirmière ? insiste Luce. Peut-être qu'elle a besoin de t'examiner…

L'adolescente s'accorde une seconde pour reprendre son souffle, avant de grogner :

– Ça va, je te dis.

Et aussitôt, elle relance l'offensive :

– Pas mal, toutes ces diversions pour éviter de m'expliquer comment tu en es arrivée là. Mais je lâcherai pas : alors, L2106 ?

– Ça n'a rien d'intéressant, proteste Luce. Et en plus, ça serait trop long de tout raconter depuis le début...

– Ça tombe bien, je crois qu'on est coincées là pour un bon moment. Je sais pas toi, mais moi je suis physiquement incapable de me tirer d'ici, quand bien même ton histoire serait ennuyeuse à crever.

Luce se sent brusquement très fatiguée. Fatiguée par les blessures et les humiliations, fatiguée d'avoir peur et de trembler sans cesse. Fatiguée de se fabriquer des masques à longueur de journée pour mieux se fondre dans son matricule. Et puis il y a cette autre vie, cet ailleurs qui commence en songe et lui reprend sa grand-mère à chaque réveil... À cet instant, Luce ne désire plus qu'une chose : déposer le baluchon qu'elle a l'impression de traîner partout avec elle depuis son départ de l'aile A.

Elle jette un regard vers le fond du dortoir. Le sifflement d'une respiration endormie répond à son hésitation. Elle se tourne vers A0504 : le feu attend dans les iris jaunes.

– Je t'ai défendue, bulbeuse. Montre-moi que je me suis pas gourée de combat.

Peut-être parce que la nuit invite aux confidences ou parce qu'il ne lui reste plus grand-chose à perdre, Luce commence à raconter. Dans la pénombre du dortoir, les blessées soufflent sur les braises, sans se soucier des incendies qu'elles pourraient allumer.

– … Quand je me suis réveillée, j'ai compris que j'étais à l'aile I, mais j'ai…

Luce a presque fini son récit, quand elle est interrompue par un grincement venant du fond de la pièce. Les deux adolescentes se tournent vers le lit de la troisième patiente. Luce sonde l'obscurité, mais tout est déjà redevenu immobile. Seule une respiration laborieuse continue d'écorcher le silence. Luce se fige. Les rumeurs de maladies mystérieuses colportées par les filles, les histoires de fantômes chuchotées dans le dortoir pour se faire peur… Rien ne ressemble à ça. Chaque expiration est un marchandage avec la mort. Ce souffle-là appartient au monde d'avant.

Puis, très lentement, entre les rideaux du lit, un bras pâle apparaît. La main de la malade se saisit, à tâtons, du gobelet posé sur la table attenante. Elle tremble quelques secondes, pour finalement lâcher le récipient ; le plastique éclate et l'eau se répand au sol.

Sans égard pour son corps meurtri, A0504 s'arrache à ses couvertures. Contournant la flaque, elle boitille jusqu'au lit de la troisième patiente, dont elle ouvre grand les rideaux.

– Ah tiens, fait-elle. Salut, E1710.

Une pause, puis elle ajoute :

– Tu t'es bien gardée de nous dire que tu étais réveillée.

Mais avant que la malade ait pu répondre, une quinte de toux la prend. A0504 se dirige vers Luce, dont elle récupère la carafe et le gobelet.

– Il faut qu'elle boive.

– Je devrais peut-être appeler l'infirmière…

Joignant le geste à la parole, l'adolescente rétorque :

– Je sais pas ce qu'on t'a raconté sur les 3, mais je suis quand même capable de servir de l'eau, merci bien.

Des jambes nues émergent. Alors que E1710 s'échine à passer en position assise, elle est secouée de violents frissons. Elle avale ensuite le liquide à petites lampées, reprenant son souffle pendant de longues secondes après chaque gorgée. Son corps, très blanc, est comme fondu dans les draps.

A0504 se hâte de remplir un deuxième verre.

– On est pas rationnées, ici ? Parce que je me ferais bien des réserves pour le retour à l'aile I. Remarque, ça va être difficile à stocker dans les chaussettes…

Luce se lève, avance de quelques pas hésitants. Elle demande dans un murmure :

– Qu'est-ce qui t'est arrivé ?

Un long sifflement lui répond. Puis des mots montent de l'obscurité :

– Le début de… la saison froide.

C'est un tout petit filet de voix essoufflé qui a prononcé cette phrase. De peur qu'il ne vacille et ne s'éteigne, Luce n'ose plus poser de questions. Alors, pendant que la patiente boit de nouveau, A0504 prend le relais des explications :

– Un des potes d'Alpha a confisqué sa couverture. Pour une broutille, évidemment. Peut-être qu'il avait vu dans son dossier qu'elle avait les poumons fragiles… En tout cas, c'était sûr qu'elle tomberait malade. Son état a empiré et empiré, jusqu'à ce qu'ils la transfèrent ici. C'était juste avant ton arrivée à l'aile I.

– Chez nous, c'est… difficile de guérir, précise E1710.

A0504 se tourne vers elle et lâche dans un ricanement sinistre :

– Ils ont donné ton lit à la bulbeuse, ils savaient que ça énerverait encore plus les autres. Malin, non ?

Puis, sans attendre la réponse, elle reprend :

– Bref, l'équipe s'est aperçue qu'elle arrivait plus à faire son boulot quotidien, alors elle a essayé de gagner leurs fav…

– Pas le choix ! l'interrompt la malade.

Le matelas tangue. Les sifflements s'accélèrent, les bras maigres poussent pour redresser une chemise de nuit presque vide. Bientôt, E1710 est debout sur ses jambes chancelantes. Son visage se dessine dans la lueur tamisée du dortoir. Luce a le souffle coupé. Elle connaît ce regard. Dans les yeux exorbités de la jeune fille, la même terreur régnait alors qu'elle se sacrifiait à l'horreur du gymnase.

E1710 martèle :

– Je n'avais… pas… le choix.

A0504 se précipite pour l'aider à se rasseoir, puis à s'allonger.

– Bien sûr que non, maugrée-t-elle, ils t'ont pas laissé le choix. C'est pas ta faute si tu as dû demander leur *protection*…

L'adolescente a mis dans le mot « protection » un accent étrange, qui sous-entend une signification à double fond. Devant l'air perdu de Luce, elle ricane :

– Tu sais même pas de quoi on parle, hein ? Tous ces petits arrangements, ça passe au-dessus de ta tête de bulbeuse ? Bon. Chez les 2 et surtout les 3, on a pas toujours ce luxe. Quand une fille est vraiment désespérée, elle va réclamer la *protection* de membres des équipes. Évidemment, y a plusieurs niveaux : en général on s'arrête au coup de pouce ponctuel, qui reste souvent secret.

A0504 jette un regard vers E1710, avant de reprendre :

– Mais si ça devient régulier, on déclare à l'Institut un *rapprochement*. Ça donne le droit à la protégée de quitter son dortoir pour vivre avec le type en question. L'étape d'après, c'est carrément l'*union*. C'est rarissime, y en a pas eu plus de trois ou quatre depuis le début de l'Institut. Pour ça, y a plein de paperasses et surtout des tas de privilèges… Mais alors la fille est foutue.

– Foutue… ? répète Luce.

– C'est interdit de changer d'avis. Elle est prise au piège, l'autre a tous les droits sur elle. Elle lui appartient et, à ce qu'on raconte, c'est pas joli à voir. Voilà, tu sais tout. En résumé, la *protection*, c'est un partenariat dégueulasse, dans lequel un adulte s'engage à protéger une élève…

– Mais… pour quelle raison ?

A0504 s'agenouille lentement, le visage grimaçant de douleur, pour ramasser les éclats du gobelet échoués au sol. Elle les empile dans sa paume en marmonnant :

– « En échange de quoi », plutôt. Eh ben en échange de… tout ce qu'il désire d'elle. Pas besoin d'en dire plus.

– Faire l'amour, complète Luce à l'aune de ses souvenirs.

Son interlocutrice lève aussitôt sur elle un regard meurtrier.

– « Faire l'amour » ?!

A0504 se redresse aussi lestement que le lui permettent ses blessures et avance vers Luce, le corps vibrant de colère. Elle s'écrie :

– C'est bien des foutaises de bulbeuse, ça ! « Faire l'amour », c'est bon pour les filles qui se faufilent dans les lits des autres quand les néons passent en mode nocturne ! Mais à part ça, non, « faire l'amour », ça n'existe plus, ou en tout cas pas ici, pas comme ça ! Ce que ces salopards s'autorisent dans le gymnase, jamais ça s'appellera « l'amour ».

Dans le silence stupéfait qui suit, le sifflement de la malade s'étire. Puis E1710 conclut :

– Non. Ça s'appelle… un viol.

24

Au réveil, la rage d'A0504 a reflué. Un sourire complice flotte sur ses lèvres ; la nuit a scellé un pacte que le matin ne dénoue pas.

– Je n'arrive pas à croire que vous vous soyez réveillée et que vous ne m'ayez pas appelée.

Chignon impeccable et gestes secs, 315H dépose les plateaux-repas sur les tables de chevet. Sans cesser de maugréer, elle jette des regards courroucés aux deux patientes ; Luce les évite soigneusement. A0504 se redresse dans son lit et demande dans un bâillement sonore :

– On doit aller en cours ?

– C'est tout à fait hors de question, vous n'êtes pas en état. J'ai parlé à l'équipe éducative, vous bénéficiez de quelques jours de convalescence. L2106, étant donné vos résultats, ça ne devrait pas être un problème de rattraper votre retard. Quant à vous, A0504…

– … Un peu plus nulle, un peu moins nulle, ça fera pas une grosse différence, complète l'intéressée avec détachement.

Pour toute réponse, l'infirmière entame la mesure des constantes. Luce se détourne, mais elle devine le ballet des instruments autour d'A0504 : le cercle de métal froid contre le cœur, entre les omoplates, le manchon de tissu serré sur le biceps… 315H marmonne encore quelques mots inintelligibles, avant de se diriger vers la porte.

– Si vous avez besoin de quoi que ce soit, vous pouvez m'appeler. Prévenez-moi aussi si son état s'aggrave, ajoute-t-elle en désignant le fond du dortoir.

À l'autre bout de la pièce, les rideaux de la troisième occupante sont tirés, mais l'étoffe n'atténue pas les sifflements.

– Comment va-t-elle ? s'inquiète Luce.

315H tourne les talons sans répondre. Sa mâchoire s'est serrée.

Sitôt le petit déjeuner terminé, A0504 se pelotonne et s'endort en un instant. Même assoupie, elle ne se départit pas de son air mutin. Luce se demande si le feu allumé la veille sera amené à gagner du terrain, s'il deviendra un paisible brasier domestique… ou s'il s'éteindra carrément. Elle cherche aussi le prénom en A qui se cache sous le matricule, mais se heurte à sa mémoire trop lacunaire : les noms d'avant se mélangent et se confondent, tout comme ceux et celles qui les portaient, au point qu'elle ne sait plus si elle les a inventés ou s'ils ont autrefois existé…

Tandis que Luce se laisse somnoler à son tour, le mot « cadavres » éclate dans son esprit. Au moins une trentaine, c'est ce qu'a dit l'homme avant l'examen de réévaluation ; une trentaine de corps abandonnés de l'autre côté des murs de l'Institut. Des images de terre glacée et de survivants enragés surgissent. Et puis, l'inconnu a parlé de violence… Alors, c'est la colère des filles de l'aile I qui remonte, ces mêmes syllabes, scandées encore et encore. Cadavres, cadavres, cadavres. Bientôt, le visage de Z1911, la meneuse de maraudes du rang 2, remplace celui des assaillantes. Pâle et fière, lèvres décolorées et orbites creuses, elle guide les siennes à travers la nuit de l'Institut. Puis elle tourne sa face blafarde vers Luce, et articule de sa bouche desséchée : « cadavres ». Luce s'arrache à la torpeur, le cœur battant. Si c'est tout ce que la fièvre a à lui offrir, elle ne cédera plus au sommeil.

L'arrivée de la bouillie du soir est un soulagement. Tandis que Luce émerge du marasme de sa journée, A0504 revisite la symphonie des bâillements.

– Je me suis assoupie, indique-t-elle inutilement. J'ai dormi longtemps ?

Le plateau du dîner, sur sa table de chevet, lui fournit un début de réponse. Elle plonge aussitôt sur la bouillie comme si elle n'avait pas mangé depuis plusieurs jours. Après quelques cuillerées, elle claironne :

– C'est quand même une sacrée prouesse que ça reste toujours aussi dégueulasse repas après repas. Jamais pire, jamais mieux, toujours pareil : parfaitement dégueulasse.

– Je parie qu'il y a tout un chapitre de la *Théorie éducationnelle de la survie* qui explique que c'est pour notre bien, répond Luce, soulagée par cette distraction bienvenue.

Elle comprend trop tard ce qu'elle vient de dire et le risque absurde qu'elle a pris en critiquant Tadeusz Hertz. Mais avant qu'elle ait pu se rattraper, A0504 déclare d'un ton sentencieux :

– La dégueulasserie perpétuelle est la condition de la survie d'une humanité réinventée et performante.

Luce la dévisage quelques secondes, incrédule. Puis toutes deux s'esclaffent en même temps. Le bruit de son propre rire résonne bizarrement, comme si elle se découvrait une deuxième voix. Elle demande :

– Pourtant, tu te jettes quand même chaque fois sur la bouillie… Tu as tout le temps l'air affamée. Et épuisée, aussi. Comment tu as pu trouver autant de force pour te battre ?

A0504 la fixe, étonnée, avant de laisser échapper un rire dédaigneux.

– Ça a l'air de beaucoup t'impressionner, que j'aie su donner des coups.

– Parce que *c'est* impressionnant, proteste Luce, vexée.

– Je suis une 3. Quand on me nourrit, je mange. Quand on m'offre du repos, je le prends. Et s'il faut mobiliser toute mon énergie, je le fais sans chercher l'économie, parce que j'ai pas le choix.

A0504 a prononcé ces dernières paroles avec une véhémence croissante. Elle n'a pas tiré les rideaux de son lit, mais c'est comme si elle l'avait fait. Ses yeux jaunes ne sourient plus.

– Mais quand même, tu n'étais pas obligée de…

– Je me doute que chez les bulbeuses personne se bat comme ça, mais y a pas de quoi être fière. Pas quand on t'a élevée dedans.

Jusqu'au retour de l'infirmière, A0504 garde le regard rivé à son plateau. Chaque bouchée qu'elle ingurgite ressemble à un coup porté à un ennemi invisible. Et Luce s'en veut, sans comprendre exactement ce qui a déclenché l'orage.

Avant la nuit, 315H entreprend un nouvel inventaire des blessures. Les bandages sont défaits, les pansements décollés. Il y a de l'alcool sur la peau, des onguents odorants et du linge propre. La soignante achève son inspection avec un sourire satisfait.

– On n'y est pas encore, mais il y a du progrès. C'est bien, continuez comme ça.

– On n'a pas fait grand-chose, objecte Luce.

– Et c'est exactement ce que je vous demande.

– Pour une fois que l'Institut exige un truc dont je suis capable, raille A0504.

Mais l'infirmière n'écoute pas. Au fond de la pièce, les rideaux d'E1710 se sont écartés. Une voix faible s'en échappe :

– Je vais bien… Je peux y retourner…

315H se précipite vers sa patiente.

– Certainement pas, allongez-vous ! Je vais profiter de votre éveil pour faire un examen complet.

Elle commence son auscultation entre les omoplates qui saillent de la chemise de nuit. Dans une frénésie poussive, E1710 explique qu'elle n'a pas le choix, qu'elle sera rétrogradée, qu'il faut la croire, qu'elle doit partir maintenant...

– Chuuuut, chuut, là, là, ça va, ânonne la soignante en poursuivant son examen.

Les supplications se muent en une longue plainte ; puis le cri meurt lentement dans sa gorge, vaincu. L'infirmière murmure une parole d'apaisement en refermant les rideaux. Et elle quitte la pièce.

– Bon, c'est vrai, je t'ai pas tout dit.

Luce reporte son attention vers A0504. Celle-ci semble s'être calmée pendant l'examen médical. Elle poursuit :

– En vrai, une des raisons pour lesquelles je t'ai défendue... J'en suis pas fière... Mais c'est presque automatique, chez moi. Quand ça se bastonne, il faut que j'attaque. Toujours. Même si j'en ai pas envie, c'est ce que mon enfance m'a appris...

L'adolescente baisse la tête, penaude. Elle ressemble soudain à la petite fille aux poings serrés qu'elle a dû être un jour.

– Alors c'est plus simple de raconter que j'aime pas l'injustice, que j'étais intriguée par ce que t'avais à raconter... Mais c'est qu'une petite partie de la vérité.

– Pourquoi tu me dis ça ? souffle Luce.

– Parce que c'est vrai. Et parce que toi aussi tu m'en as beaucoup dit, hier.

L'idée que ses confessions aient traversé la barrière de la nuit laisse à Luce une impression d'irréalité et d'inconséquence. A0504 hésite quelques instants, soupire. Et puis elle lâche, comme un aveu :

– En fait, je crois que j'ai décidé de te faire confiance. Parce que ça m'embêterait quand même beaucoup de m'être fait tabasser pour quelqu'un qui mérite pas qu'on lui fasse confiance.

Luce acquiesce silencieusement. Les paroles d'A0504 l'ont touchée, même si elle ne comprend pas encore tout l'implicite qu'elles recouvrent. Et comme elle ne trouve rien de rassurant à répondre, elle murmure simplement :

– Moi non plus je ne t'ai pas tout dit.

25

La perspective d'une escapade nocturne, alors même que les blessures sont encore fraîches, a quelque chose de délirant. Luce retient son souffle quand elle pousse la porte de l'infirmerie. Pourquoi ce nouveau risque inutile ? Peut-être le besoin de se sentir plus forte que son appréhension ; ou l'envie de faire plaisir à A0504, si étrange que cette idée puisse paraître. Lorsqu'elle a mentionné la lampe de poche trouvée dans le grenier, les yeux de sa voisine ont brillé d'un éclat nouveau. Alors toutes deux ont enfilé chaussettes et pulls, puis elles se sont glissées dans le couloir sans un bruit. Les clandestines descendent les escaliers de l'aile H, les mains cramponnées à la rampe pour soutenir leurs jambes flageolantes. A0504 jubile :

– Pour une bulbeuse, je reconnais que tu as du cran !

Pourtant, sous la clarté nocturne des néons, Luce a perdu de son panache. La douleur dans ses côtes, son genou droit qui émet un grincement étrange dès qu'elle s'appuie sur lui, son souffle raccourci... Tout son corps lui rappelle à chaque pas pourquoi l'infirmière lui a demandé de se tenir tranquille. Malgré cela, Luce ne fera pas demi-tour. Elle n'avouera ni sa faiblesse ni sa peur à A0504. D'autant plus qu'elle doit récupérer ses trésors de la maraude avant qu'ils ne soient dénichés par une lectrice trop curieuse... ou pire, par le bibliothécaire. Arrivée au sas, elle chuchote :

– Il faut qu'on contourne le gymnase, à cette heure-ci on risquerait d'y croiser du monde...

La grimace d'A0504 lui épargne une argumentation inutile.

– On peut traverser par l'aile I puis par l'aile F, suggère l'adolescente.

Une fois passés les quartiers du rang 3 et leur parfum de moisissure, Luce longe le réfectoire les yeux rivés au sol, de peur de ce qu'elle pourrait découvrir dans les cuisines vides. Mais c'est aux abords de l'aile D qu'elle redouble de vigilance : si les ombres du gymnase sont redoutables, le bibliothécaire ne l'est pas moins.

Une lueur bleutée filtre sous la porte de la salle de lecture. Le cœur de Luce bat plus vite dans sa cage thoracique abîmée. Elle avance jusqu'au seuil et colle son oreille à la paroi. Seule lui répond la percussion chaotique de son pouls. Elle hoche lentement la tête en direction de sa camarade, dont la main se referme sur la poignée, puis l'actionne. En vain.

– Ben tiens, grogne-t-elle.

Sans comprendre, Luce regarde A0504 prendre son élan. Puis, d'un coup, celle-ci se précipite sur le battant, épaule en avant. Elle s'y heurte et tombe à la renverse.

– Ça va ?? demande Luce, paniquée. Tu n'as rien de… ?

La main sur les côtes, A0504 lui ordonne :

– Pousse-toi.

– Mais tes blessures… Et le bruit de…

– Pousse-toi, répète-t-elle.

Cette fois, c'est le pied d'A0504 qui frappe la poignée, tout près de la serrure. Un chahut métallique lui répond, puis la porte s'entrouvre dans un gémissement ténu. A0504 lève les yeux au ciel.

– C'est pas possible d'installer des portes aussi nulles.

Les deux adolescentes s'enferment en hâte dans la salle de lecture. Puis elles se dirigent vers la clairière octogonale au fond de la pièce. Luce se hisse sur une chaise et, du haut de son perchoir, examine une fois de plus les alentours. Personne. Son bras plonge derrière la collection d'anthologies.

– Alors ?! trépigne sa compagne.

Lorsqu'elle s'aperçoit, à tâtons, que ses reliques sont toujours en place, une angoisse dont Luce n'avait pas mesuré le poids quitte ses épaules. Avec des gestes amples et un sourire qui révèle déjà son triomphe, elle extirpe la lampe de poche. Celle-ci entraîne dans sa course le portrait, qui volette jusqu'au sol.

A0504 s'en empare aussitôt et lève un sourcil circonspect.

– C'est une habitude de bulbeuse, de se trimballer avec un portrait de Hertz et de l'intendante ?

– L'intendante ?

Luce rejoint sa camarade. Maintenant qu'A0504 l'a identifiée, plus de doute possible. Sur le papier jauni, le regard froid et suffisant de la jeune fille porte en lui les germes de l'adulte qu'elle deviendra. Sa raideur calculée est celle des personnes qui devront un jour en diriger d'autres et qui ne perdent jamais de vue leur très grande importance.

– Je ne l'avais pas reconnue, j'ai ramassé ça pendant la maraude, sans trop savoir pourquoi... Mais qu'est-ce qu'elle fait avec Hertz ? Elle doit avoir douze ans, là-dessus...

– Chez les 3, répond A0504, on raconte que ça serait sa propre fille. Pas étonnant qu'il ait cherché à caser sa gamine dans son grand projet...

– Et le garçon à côté, ça serait donc...

– ... son fils.

Toutes deux contemplent le portrait comme s'il pouvait leur livrer de nouveaux secrets à condition qu'elles se tiennent silencieuses.

– C'est quand même incroyable qu'une femme ait accepté de faire deux gosses à ce type, finit par souffler A0504. Bon, et alors, cette lampe ?

Luce ne se fait pas prier. Clic. La poussière en suspension dans l'air danse dans le faisceau doré, attisant le feu des yeux jaunes.

– T'es vraiment pleine de surprises, L2106.

Luce serre la lampe au creux de sa main dans un sentiment d'euphorie et de sécurité retrouvée. Oubliés, les côtes brisées et le genou instable. Elle replace la chaise sur laquelle elle s'était hissée et chuchote :

– Allez, rentrons à l'aile H avant que 315H ne s'aperçoive de notre absence.

A0504 lui emboîte le pas au travers des rayonnages. Mais au moment de rejoindre le couloir, Luce ralentit malgré elle. Dans l'obscurité de la salle de lecture, la lueur vacillante de l'ordinateur du bibliothécaire, resté allumé, semble l'appeler.

– Tu crois qu'on devrait… ?

– À ton avis ? rétorque sa camarade avec un grand sourire.

Luce hésite encore un instant. A0504, elle, est déjà vautrée dans le fauteuil face à l'écran.

– Répartition des rayonnages… Ouvrages empruntés… Reliures à réparer… Barbant, très barbant, encore plus barbant, résume l'adolescente en parcourant les fichiers.

Tandis qu'A0504 mène son inventaire, Luce explore les objets qui jonchent le poste de travail. Des missives officielles de l'Institut, une lourde règle en fer, une gomme, une poignée de crayons… Le désordre du bureau se révèle aussi décevant que le contenu de l'ordinateur.

– Il est tard. Rentrons à l'infirmerie, propose-t-elle dans un bâillement.

– Bientôt, bientôt… J'ai presque fini.

Luce sait qu'il est inutile de négocier avec sa comparse. De guerre lasse, elle se laisse glisser jusqu'au sol pour s'y asseoir. C'est alors qu'elle remarque le cube à demi dissimulé sous le meuble. C'est un casier gris tout simple, percé de trois petites fentes d'aération… mais la serrure qui orne la porte métallique vaut toutes les promesses. Luce se redresse. À la hâte, elle retourne le fouillis du bureau, examinant chaque recoin.

– Est-ce que tu as vu une clé quelque part ? demande-t-elle.

– Aucune chance qu'il l'ait laissée ici, rétorque A0504 après un regard pour le coffre. Il l'a sûrement emportée avec lui ou planquée ailleurs.

Luce cherche encore un moment, avant de se rendre à l'évidence. À regret, elle renonce et marmonne :

– Tant pis, j'aurais aimé savoir ce qu'il a à cacher… Rentrons.

– Oh, c'est pas ce que je voulais dire.

A0504, abandonnant soudain l'ordinateur, agrippe le cube d'acier à pleines mains. Elle se met à le secouer dans un vacarme assourdissant.

– Bon sang, ça doit bien pouvoir…

– Arrête ça ! ordonne Luce, épouvantée. Tu crois qu'on n'a pas fait assez de bruit comme ça, avec la porte ?

Elle se place à son tour devant l'objet, l'examine à la lueur de la lampe de poche.

– Passe-moi la règle sur le bureau, intime-t-elle.

A0504 obéit sans poser de questions. Tant bien que mal, Luce parvient à glisser l'outil dans l'une des fentes d'aération. Durant une minute ou deux, elle s'efforce d'atteindre le verrou. Elle explique :

– Peut-être que je peux débloquer la serrure, il doit y avoir un mécanisme…

– Ouais et je serai morte d'ennui avant que t'y arrives, râle A0504.

Sur ces mots, l'adolescente lui arrache l'outil des mains et, pesant de tout son poids, le transforme en levier. La porte du casier se tord dans un grincement sinistre. Luce blêmit. Il suffit d'un coup d'œil vers le métal écorné pour savoir qu'elles ne pourront pas camoufler leurs traces.

– J'espérais une solution plus discrète, indique-t-elle.

– Oui oui… Bon, maintenant que c'est fait, on regarde ?

Luce approche la torche électrique de la brèche, mais les ombres créées par le halo l'empêchent de distinguer quoi que ce soit. Avec une grimace d'appréhension, elle plonge la main dans le noir. Elle effleure une pile de papiers, tâtonne quelques secondes… Le meuble ne contient rien d'autre. Luce en extrait l'épaisse liasse.

– Alors, c'est quoi, les terribles secrets du bibliothécaire ? s'impatiente A0504.

Pour toute réponse, Luce dirige la lampe de poche vers les documents.

Qu'avait-elle imaginé trouver ? Certainement pas ça. Des feuillets couverts d'une écriture serrée et hâtive, qui déroulent une longue liste en cinq colonnes, surmonté de la mention « Ballasts ». A0504 se détourne dans un soupir déçu. Mais Luce, elle, s'attelle à décrypter la première section. Peu à peu, la graphie brouillonne prend forme. La plupart des mots lui sont inconnus, mais certains réveillent des fulgurances insaisissables.

– Des prénoms… murmure-t-elle, stupéfaite.

Aussitôt, A0504 se penche par-dessus son épaule, déchiffrant laborieusement chaque syllabe. Elle avance :

– Les nombres, juste à côté… Ça pourrait être des âges, non ?

– Impossible. La liste a l'air récente. Dans ce cas, ça voudrait dire que cette fille-là serait née bien après les cataclysmes. Et lui aussi. Et…

Soudain, Luce comprend la portée de ce qu'elle vient de dire. Les deux adolescentes échangent un regard effaré. A0504 est la première à oser une hypothèse :

– Tu crois que ce sont les noms des habitants de la ville ?

Luce a un mouvement de recul.

– Comment tu sais que la ville existe ?

– Bah, tout le monde est au courant ! Ça fait un bon moment que ça circule de dortoir en dortoir. Et puis moi, je me souviens que les gens parlaient beaucoup du projet de Hertz pendant les derniers cataclysmes. La « Structure Hertz », ils appelaient ça. L'Institut, la ville... Et peut-être d'autres trucs que j'ai oubliés.

Le rouge aux joues, Luce se garde d'avouer que jusqu'aux récentes révélations de Meriem, la possibilité même d'une ville ne lui avait jamais traversé l'esprit. Elle se contente de répéter :

– La Structure Hertz... Tadeusz Hertz avait donc prévu de réorganiser toute la société ?

– Si tu veux mon avis, il était bien trop mégalo pour se satisfaire d'une bande de gamines qui récitent des trucs en uniforme.

– Mais... Il est mort il y a longtemps, non ?

– Y en a qui ont dû être ravis de prendre le relais. L'intendante, par exemple. Elle doit s'éclater à aboyer des ordres à tous ces gens-là...

A0504 désigne la liste avec une moue dédaigneuse. Luce se penche alors sur les notes qui accompagnent les prénoms. Des affections diverses, d'abord, parmi lesquelles elle reconnaît quelques mots : « asthme », « paralysie », « démence ». D'autres mentions plus sibyllines, ensuite : « Secteur Montparnasse », « Secteur Corvisart », « Secteur Châtelet », « Secteur République »... Du fond de son intuition, elle murmure :

– Non, l'intendante n'a pas de pouvoir sur eux. Ce sont des clandestins.

A0504 la dévisage, médusée. Puis elle souligne du bout du doigt le mot « paralysie ».

– T'as raison. La Structure Hertz aurait jamais accepté des éclopés dans sa nouvelle ville parfaite.

– Ça veut dire qu'il existe un groupe, là dehors, qui n'est pas soumis à cette… Structure Hertz. Ils ont peut-être même décidé de lui résister.

– Ça serait pas étonnant, si ceux qui dirigent la ville sont aussi tarés qu'Alpha et compagnie…

Luce réprime un sursaut. La voix d'A0504 résonne comme l'écho de pensées qu'elle n'aurait jamais osé formuler.

– Quoi ? J'ai choqué tes opinions de bulbeuse ? Tu n'es pas d'accord ?

Luce ne s'autorise pas à renchérir et reporte son attention sur la liste. Les questions réveillées par sa théorie semblent infinies : comment ces gens se sont-ils débrouillés pendant toutes ces années ? Où se sont-ils réfugiés, à défaut d'intégrer la ville nouvelle ? Comment survivent-ils, sans bouillie quotidienne ni rations d'eau potable ? La conversation surprise derrière le rideau avant l'examen de réévaluation se rappelle à elle.

– J'ai entendu parler d'eux quelques heures avant mon arrivée dans ton dortoir, souffle-t-elle. Je crois qu'ils ont attaqué un membre de l'Institut.

– Quoi ? s'écrie A0504, oubliant toute prudence. Mais quelle bonne nouvelle !

Tandis que Luce rapporte brièvement à sa camarade la discussion interceptée ce jour-là, elle force sa mémoire à la recherche d'autres indices. La voix de la victime de l'attaque lui avait paru plutôt jeune face à celle du professeur… Sans qu'elle puisse savoir si elle réécrit ses souvenirs à l'aune de sa découverte ou si elle réveille une vérité inconsciente, elle conclut :

– Ces hommes que j'ai épiés… Je crois que l'un d'eux était le bibliothécaire.

– De mieux en mieux ! Alors c'est lui qu'ils ont tabassé ?

– C'est possible, oui.

– Par-fait, jubile A0504.

Luce s'attaque maintenant au déchiffrage de la dernière colonne de la liste. Les mots s'y agglutinent, se chevauchent et débordent dans une marge imaginaire. Mais peu à peu, elle devine quelques phrases éparses : « regard bleu transparent et dents noires », « grande silhouette aux épaules basses ». Et plus loin : « nez retroussé », « mâchoire de cheval », « pommettes pointues, arcades lourdes » ou encore « vieillarde vaporeuse ».

Si ces indications désorientent Luce au premier abord, elles finissent pourtant par convoquer des bribes de visages. Elles ressemblent aux fantômes de son enfance.

Le couinement du fauteuil dans lequel A0504 se balance interrompt ses pensées.

– Mais alors qu'est-ce qu'il fichait dehors, ce bibliothécaire ? demande l'adolescente, les sourcils froncés.

– Et surtout, renchérit Luce, pourquoi est-ce qu'il recense les survivants clandestins ?

– C'est sûrement l'Institut qui réclame. Pour les traquer... pour les punir.

– Ils ont parlé de prévenir l'intendante... se souvient Luce.

Avec un pincement d'angoisse, elle se replonge dans les feuillets. Elle ne parvient pas à s'en détacher, abasourdie par la diversité des âges et des allures évoquées. Ces inconnus de papier la fascinent, dans toute leur nouveauté et leur complexité ; surtout les petits garçons et les vieillardes, qui ont disparu de son monde depuis si longtemps. Elle finit par se détourner de la liste, le vertige chevillé au ventre. À travers toutes ces descriptions, elle aurait voulu la reconnaître d'un seul coup d'œil... mais aucune phrase n'a réveillé le visage de sa grand-mère.

Et plus que jamais, l'oubli de ses traits lui troue le cœur.

26

Aux abords de la ville, il faut faire encore plus attention que *dans les plaines ou les clairières. Les éboulis ressemblent à de gros monstres endormis, barrés d'une enseigne qui raconte qu'ils étaient autrefois déguisés en salon de coiffure, en café, en mairie, ou en école. Luce n'aime pas cet endroit. Le sol y est plus dur, les angles plus coupants. Mais sa grand-mère a dit qu'elles n'avaient pas le choix. Alors qu'elles pressent le pas, la vieille femme reste silencieuse, guette sans cesse les alentours comme si les titans de béton risquaient de se réveiller. De toute façon, elle siffle plus qu'elle ne parle maintenant. Luce se persuade qu'elle s'exprime dans la langue des oiseaux. Et si elle lui serre la main si fort, c'est de peur de s'envoler.*

– Tu te rends compte… On y est arrivées, ma petite chérie.

Mais Luce n'écoute pas. D'un œil anxieux, elle guette le ciel à la recherche des murmurations d'étourneaux qui exhorteront bientôt sa grand-mère à les rejoindre.

– Luce, on a réussi. Plus besoin de marcher. On a fini le voyage.

Malgré les croûtes aux genoux, malgré les chaussures trop petites, Luce refuse.

– Je veux pas rester ici. On peut aller encore plus loin. On peut chercher mieux. J'aimais bien la mer, tu sais…

– On a atteint notre destination… À Paris, tu seras sauve. Ici… on prend soin des petites filles comme toi.

La vieille dame a prononcé le nom « Paris » comme celui d'un antidote à tous les doutes. Mais à perte de vue, les ruines rampantes s'étalent, de celles où se cachent les monstres et les morts. Paris, dans les yeux d'enfant de Luce, n'a rien d'une solution et tout d'un sanctuaire de poussière.

– Tu sais, cette ville, avant… C'était quelque chose. J'aurais voulu que tu voies ça… La vie, la beauté, les gens, les musées…

– Retournons dans la forêt de pins, implore la petite fille. Je peux encore marcher, je suis pas fatiguée !

C'est un mensonge, mais ici, à Paris, il n'y a rien pour elle. Rien que le ciel lourd et noir, rien que le danger des pierres effondrées. La vieille dame laisse échapper un rire qui se termine en une série de halètements aigus.

– La forêt de pins est trop loin, ma petite chérie. C'est ici que je voulais t'emmener depuis le début. Je suis fière de nous.

– Mais je…

Soudain, la femme pose un index sur la bouche de la petite fille, les yeux écarquillés par la peur. Une seconde plus tard, elles sont toutes deux tapies derrière de gros bidons rouillés. Un groupe d'hommes les frôlent sans les voir, des effluves de corps mal lavés et d'alcool saisissent Luce à la gorge. Les larmes montent. Elle se blottit contre sa grand-mère qui, jamais, ne sent le corps mal lavé ni l'alcool.

L'odeur âcre des antiseptiques a remplacé celle des ruines, de la tendresse et de la peur. Avant même d'ouvrir les paupières, Luce passe la main sous son matelas. Ignorant les protestations de ses côtes abîmées, elle cherche à tâtons la preuve qu'elle n'a pas rêvé l'escapade dans la salle de lecture. Le métal froid de la lampe de poche lui répond, puis le papier froissé du portrait. Depuis le lit voisin, A0504 lui lance un regard complice et joyeux. La journée commence sous les meilleurs auspices, et tant pis pour les heures volées au sommeil.

– Bonjour L2106, bonjour A0504. Comment se sent-on aujourd'hui ?

315H dépose les plateaux du petit déjeuner sur les tables de chevet. Luce remonte la manche de sa chemise de nuit et détache le bouton du col pour que l'infirmière puisse procéder aux examens quotidiens. Mais au lieu des instructions habituelles, celle-ci déclare :

– Il est temps d'aller vous laver, toutes les deux.

A0504 rabat sa couverture, esquisse un mouvement vers la pièce attenante ; la soignante l'interrompt d'un geste :

– Vous avez droit à une douche. Je vais vous escorter.

– Une douche ?! répète l'adolescente, incrédule.

Son expression, mélange d'étonnement et de suspicion, fait écho aux sentiments de Luce. Si elle se souvient, confusément, de *l'idée* de douche – une commodité du monde d'avant, un signe d'abondance perdue –, elle se rappelle aussi la toute dernière fois. C'était un cadeau de bienvenue de l'Institut du Nouveau Lendemain, qui lui serait confisqué dès le jour suivant ; il fallait au moins ça pour laver les stigmates des ruines et entamer une vie toute propre. Luce sonde sa camarade, en quête de la bonne décision. La stupeur les a toutes deux rendues muettes. Et comme elle décèle des traces d'inquiétude dans les yeux jaunes, elle décrète :

– J'irai la première.

A0504 la considère avec effroi. Luce réunit un morceau de savon, une serviette, une chemise de nuit et des sous-vêtements de rechange. Tremblante, elle emboîte le pas à l'infirmière ; si c'est un piège, elle avisera le moment venu.

315H la précède à travers un couloir bordé de portes closes, derrière lesquelles Luce imagine des scènes plus terrifiantes les unes que les autres. Enfin, la soignante s'immobilise et glisse une clé dans une serrure rouillée. Une fois la salle d'eau révélée, Luce identifie avec soulagement la douche et son écrin de carrelage blanc, protégé des regards par un rideau de plastique. Elle dépose ses affaires sur un banc à l'entrée de la pièce avant de détailler soigneusement les murs, le plafond, le sol… Elle n'y décèle aucune menace.

315H s'est avancée vers un renfoncement, où une chaise l'attendait.

– Je vous laisse vous débrouiller, je patienterai ici. Vous pouvez m'appeler si vous avez besoin de quoi que ce soit.

La douche ne ressemble en rien au souvenir que Luce en avait gardé. Des gouttelettes glaciales la transpercent et, quand elle se contorsionne pour les esquiver, ses blessures lui déchirent le flanc. Hagarde, elle patauge dans le liquide trouble que le siphon peine à évacuer. Le sang échappé des plaies s'y dilue. Soudain, le pommeau toussote et crache un filet d'eau tout en pointillé. La voix lointaine de 315H lui parvient :

– Il y a parfois des problèmes avec l'arrivée d'eau chaude, ça va se stabiliser.

Et en effet, peu à peu, le flux se réchauffe. Luce bascule sa tête en arrière et se laisse cueillir par la pluie tiède. Sa respiration s'allonge. Elle ne se rappelle pas le temps où il s'agissait d'un rituel anodin, ni de ses négociations pour retarder la corvée. Elle explore les zones oubliées, les vallées de peau ombragée, les replis délaissés… Ses muscles se détendent et son esprit finit par les suivre. Tout doucement, les affronts, les humiliations et les menaces s'étiolent, engloutis au fond du bac d'émail. Le portrait de Tadeusz Hertz embossé dans le savon perd de son relief, ses traits se dissolvent tandis que Luce lave les couches d'angoisse accumulées au fil des jours.

Sous la douche, la première depuis dix ans, Luce s'autorise à muer, à laisser affleurer celle qu'il faudra désormais être. Celle qui a perçu le changement et décidera bientôt de l'embrasser.

– On est arrivées au bout de la ration autorisée.

Le flot d'eau se tarit brusquement, Luce se retrouve nue et tremblante. Elle chasse les quelques plaques mousseuses qui persistent ici et là avant de s'enrouler dans sa serviette.

– Enfilez vos sous-vêtements, je vais en profiter pour vous examiner et refaire vos bandages.

Tandis que Luce s'exécute maladroitement, 315H se détourne. Elle contemple le mur aveugle comme elle a dû, en d'autres temps, regarder par la fenêtre.

– Je suis prête.

L'infirmière se penche sur elle, effleure du bout des doigts les zones les plus abîmées.

– Attention, ça va peut-être faire un peu mal. Je suis désolée.

Luce imagine A0504 silencieuse, parfaitement stoïque face à la douleur. Elle s'applique à lui ressembler, mais tressaille quand la soignante passe sur ses contusions une compresse imbibée d'un liquide à l'odeur désagréable. 315H soupire :

– Il n'y a rien d'alarmant, mais après cette nouvelle nuit de repos, je m'attendais à ce que la cicatrisation soit en meilleure voie…

Pour ne rien trahir de son escapade nocturne, Luce détourne le regard vers le camaïeu qui macule sa peau nue. Bleu, violet, vert… noir. Elle n'avait pas mesuré l'étendue des blessures récoltées à l'aile I. Elle découvre de nouvelles bosses, des coupures rouges et boursouflées, des croûtes en train de se transformer en grandes balafres brunes… À quoi ressemble aujourd'hui son visage, s'il est accordé au reste de son corps ?

– Alors, cette douche ? demande 315H.

– J'avais oublié ce que ça faisait.

Sur le chemin du retour, Luce pèse moins lourd et le sol paraît plus mou, comme s'il avait perdu de sa consistance.

– C'est un privilège de l'aile H, explique l'infirmière. Et des équipes, bien sûr. Il faut bien trouver des côtés positifs à votre convalescence… Après tout, on ne soigne pas que par les médicaments.

Quand Luce pénètre dans le dortoir de l'infirmerie, le visage d'A0504 se métamorphose sous l'effet du soulagement. L'adolescente se hâte de caler sous son bras quelques affaires roulées en boule, avant de disparaître dans le couloir avec 315H. Sitôt la porte refermée, Luce se pelotonne dans son lit, paupières closes. La chaleur résiduelle de la douche s'étend sous les draps et l'attire dans une somnolence douce. Sans qu'elle y prenne garde, sa respiration s'accorde peu à peu au sifflement d'E1710, la troisième malade. L'illusion persiste durant quelques secondes que c'est son propre souffle qui s'amenuise. Mais elle n'a pas le temps de s'appesantir sur cette sensation, car la porte grince à nouveau. Elle entrouvre les yeux et marmonne :

– Qu'est-ce que tu as oublié ?

Quelqu'un a pénétré dans la pièce, mais ce n'est pas A0504. Luce se redresse d'un coup dans son lit.

– Que…

La question reste coincée dans sa gorge. Dans l'encadrement de la porte, le visage dévoré d'ombre, se tient le bibliothécaire.

– Bonjour, L2106.

27

Son cœur a cessé de battre contre ses côtes. Luce le sent chuter dans son abdomen, à pleine vitesse. Elle ne pourra s'en prendre à personne. C'est elle qui a manqué de prudence ; elle qui s'est glissée dans l'aile D endormie, elle qui a voulu extorquer ses secrets au casier du bibliothécaire. L'absence de l'infirmière a ouvert la voie à un châtiment immédiat qu'elle devra assumer seule.

Dans le silence menaçant, la respiration plaintive de la troisième patiente s'étire. Luce s'accroche à cet espoir coupable : et si le bibliothécaire n'était pas venu pour elle, mais pour la malade ? Et s'il avait décidé de tirer parti de la faiblesse d'E1710 pour profiter d'elle ? Aussitôt, Luce rejette ces hypothèses. C'est elle qu'il veut et il est temps de faire face. Si A0504 était là, elle saurait comment réagir : elle s'élancerait la première et n'arrêterait de cogner qu'une fois le danger anéanti. Mais A0504 n'est pas là. Alors Luce se dresse tant bien que mal sur ses jambes chancelantes.

– L2106…

– Vous n'avez pas le droit d'être là, murmure-t-elle entre ses dents pour tromper la peur.

– À l'Institut, je ne suis pas le seul à dépasser les frontières qui me sont assignées. Je suis sûr que vous le savez aussi bien que moi.

Elle reçoit le sous-entendu sans flancher. Il approche d'un pas.

– Je vous ai apporté ceci.

Luce reconnaît aussitôt l'offrande empoisonnée. Elle ne tend pas le bras pour s'en saisir.

– C'est l'anthologie de la *Théorie éducationnelle de la survie* qui semblait tant vous intéresser l'autre jour, précise le bibliothécaire en soulignant les lettres dorées du titre. Lorsque j'ai eu vent des récents événements, j'ai pensé que vous voudriez peut-être profiter de votre convalescence pour la relire.

D'un geste machinal, il feuillette le livre. Puis il plante ses yeux directement dans ceux de Luce :

– Vous savez, vous êtes l'objet de toutes les conversations, à l'aile E. Vous avez même détrôné le sujet des préparatifs pour la commémoration annuelle du fondateur. On débat de votre cas, on cherche le verdict le plus approprié. Certains penchent pour un simple avertissement, d'autres réclament une punition exemplaire… Une chose est sûre : l'équipe ne vous laissera en paix qu'une fois persuadée que vous êtes redevenue la petite fille sage qu'elle a élevée.

Il passe la main sur la couverture du livre, caresse la toile verte du bout des doigts.

– Ne posez aucune question et continuez à étudier l'anthologie attentivement, c'est le meilleur conseil que je puisse vous donner si vous souhaitez retrouver la tranquillité d'autrefois. C'est à vous de décider de l'issue de tout cela.

Sur ces mots, il laisse retomber le livre sur la table de chevet. Le claquement sourd électrise Luce, la colère commence à gagner du terrain sur la peur. Elle répète d'un ton plus assuré :

– Vous n'avez pas le droit d'être là.

Le bibliothécaire lève les paumes en signe de capitulation, fait quelques pas à reculons. Luce ne le quitte pas du regard, elle s'efforce d'y inscrire une menace rampante. Mais alors qu'il s'apprête à passer le seuil, il s'immobilise.

– Tadeusz Hertz, articule-t-il d'une voix sonore.

S'ensuit un rire étranglé. Puis il ajoute doucement :

– Savez-vous qu'il est mort quelques semaines avant le début des cataclysmes ?

Malgré elle, Luce sent ses yeux s'écarquiller de curiosité. L'autre s'en aperçoit et poursuit :

– … Il avait déjà terminé son premier ouvrage, le *Traité de civilisation post-effondrement*, mais il travaillait encore sur la *Théorie éducationnelle de la survie*. Ce devait être son grand œuvre. Il avait pour ambition de changer le monde… L'humanité même. Et il avait le pouvoir d'y parvenir, vous savez.

Un frisson parcourt les épaules du bibliothécaire tandis qu'il conclut :

– On l'a retrouvé mort en bas d'un escalier, la nuque brisée. Il n'a pas vécu assez longtemps pour voir le projet de sa vie devenir réalité.

Sur ces mots, l'intrus fait volte-face. La porte du dortoir gémit quand il se glisse dans le couloir. Luce se laisse retomber sur le lit. Ses ongles ont creusé de profonds sillons dans ses paumes. Lentement, elle saisit les implications de ce qui vient de se passer : le cocon de l'infirmerie n'est plus impénétrable. Son escapade nocturne, loin de lui rendre sa liberté, a fait d'elle une proie.

A0504 la rejoint quelques minutes plus tard. Son expression béate, et la façon dont elle retombe sitôt qu'elle aperçoit Luce, a quelque chose de tragiquement drôle.

– Qu'est-ce qui se passe, L2106 ?!

Luce attend que les pas de l'infirmière s'estompent de l'autre côté de la porte. Puis elle désigne l'anthologie, qui n'a pas quitté sa table de chevet.

– Tu es retournée à l'aile D ? s'écrie l'adolescente. Pourquoi tu as fait ça ? Si quelqu'un te voit, tu…

– Le bibliothécaire me l'a apporté.

A0504 accuse le choc, bouche bée. Ses poings se serrent, déjà prêts à contre-attaquer.

– Il t'a vraiment traquée jusqu'ici ?! Tu crois que 315H a fait exprès de m'éloigner ?

– Je ne sais pas. Mais il s'est renseigné sur moi, il me l'a dit.

– Évidemment qu'il s'est renseigné sur toi ! C'est pas banal, une bulbeuse qui décide de tout envoyer valser du jour au lendemain !

Il y a, dans la voix d'A0504, un soupçon d'admiration que Luce pourrait apprécier si elle n'était pas en proie à une telle panique. Avec une moue de dégoût, l'adolescente se saisit du livre :

– Tu sais ce qu'on dit sur le bibliothécaire, pas vrai ?

– Je sais qu'il ne faut pas se retrouver seule avec lui.

– Les 3 qui sont chargées de faire le ménage à l'aile D bâclent toujours la tâche, tellement elles ont peur. Elles nettoient le plus vite possible et s'enfuient sans regarder derrière elles…

A0504 lâche l'anthologie comme si elle lui brûlait les mains. Elle fixe Luce de ses yeux jaunes et ajoute, en détachant bien les mots :

– Il est venu te chercher jusqu'ici. C'est grave. Il t'a repérée, il t'a choisie, tu es en danger. Mais je te jure que je le laisserai pas faire, je te lâche plus d'une semelle.

Luce veut la remercier, trouver les bonnes paroles pour les rassurer toutes les deux, mais un grand fracas à l'autre bout de la pièce l'en empêche. Les rideaux d'E1710 se sont brusquement écartés. Un visage blême apparaît, articule une phrase inaudible, puis déverse une cascade de bile sur le sol.

Aussitôt, comme si elle s'était tenue prête la main sur la poignée, 315H surgit dans le dortoir. Elle se rue vers sa patiente et jette une bassine de plastique sous le flot brûlant. Puis elle se tourne vers Luce et A0504 et murmure d'une voix blanche :

– Ça y est. Elle ne garde plus rien. C'est la fin.

28

Luce et A0504 ont passé la journée à surveiller le lit du fond du dortoir, incapables de reprendre le cours de leurs discussions. Entre chaque respiration sifflante flottait la prédiction de l'infirmière. « C'est la fin », a dit 315H, et toutes deux se raccrochent au moindre signe pour contredire le diagnostic.

Au déjeuner comme au dîner, la soignante n'apporte plus trois, mais deux plateaux-repas. Pour E1710, elle dilue un peu de bouillie dans des gobelets d'eau qu'elle lui fait boire en maintenant sa nuque, à toutes petites lampées.

Luce lutte contre le sommeil : elle accompagnera la mourante aussi loin qu'elle le pourra. Elle voudrait remplir la nuit de chuchotements, de paroles rassurantes ou de révoltes. Tout, n'importe quoi, pour ne pas traverser seule l'agonie de la troisième malade. Mais A0504 a fini par s'endormir. Dans un geste de réconfort machinal, Luce passe le bras sous son matelas. Elle effleure d'abord l'anthologie de la *Théorie éducationnelle de la survie*, dissimulée avec ses trésors pour éviter les questions de 315H. Elle la repousse avec une sensation de nausée. Puis sa main agrippe la lampe de poche. Le poids du métal apaise aussitôt ses angoisses.

C'est alors que, un interdit en entraînant un autre, le souvenir des fruits au sirop explose sur son palais. La saveur des petits cubes orangés, la douceur inattendue du cadeau de Clara : la boîte de conserve s'impose soudain comme la meilleure des consolations. Luce se redresse dans son lit. Elle guette les sifflements d'E1710 au fond de la pièce, tente d'y lire des encouragements ou des mises en garde cryptées… Mais en vérité, elle a déjà pris sa décision. Elle ne peut pas ne pas essayer. Un coup d'œil en direction d'A0504 : l'épuisement et la douleur qui marquent son visage farouche dissuadent Luce de la réveiller. Elle lui racontera tout à son retour, quand elle aura réussi. La torche électrique au creux du poignet, elle se glisse dans le couloir.

Le réfectoire vidé de ses occupantes se révèle dans le halo de la lampe de poche, titanesque et glacial. Sourde à la peur et au vertige, Luce parcourt les salles à manger des différents rangs. De sinistres grincements métalliques retentissent à intervalles réguliers. Elle vérifie chaque renfoncement, chaque recoin ; mais il faut croire que l'Institut n'a pas jugé utile de faire surveiller l'aile F. Aussitôt, elle imagine des maraudes futures, des hordes de pensionnaires déferlant sur les cuisines… Et cette pensée lui donne du courage.

Empruntant l'entrée du personnel, elle débouche derrière l'espace de distribution. Des centaines de plateaux en plastique finissent de sécher près des bacs à bouillie vides. Les ustensiles de service, d'une propreté irréprochable, sont suspendus au-dessus de grands éviers. Comme le reflet d'un miroir, Luce contemple les lieux avec l'impression d'avoir basculé de l'autre côté de son existence.

Au bout de la cuisine, elle repère un escalier dérobé. Son genou droit gémit à chaque marche. Un long couloir sombre tapissé de portes closes, toutes soigneusement étiquetées, se dessine bientôt devant elle. Aux inscriptions décryptées dans le faisceau de la lampe, Luce déduit qu'elle se trouve dans l'aire de stockage. Elle longe réserves de vaisselle et salles de repos des équipes sans se donner la peine de les explorer. Enfin, la mention tant attendue apparaît : « Comestibles ». Elle entre.

La salle est si immense que la lueur nocturne des néons ne peut l'arroser tout entière. Des rayonnages métalliques s'étirent par dizaines dans l'obscurité, jalonnés d'échelles pour atteindre les boîtes qui s'empilent jusqu'au plafond. Luce se faufile dans un passage exigu entre deux allées, détaille les formules chimiques imprimées sur le plastique. Puis elle fait basculer le couvercle de l'un des contenants, qui menace aussitôt de se renverser. Elle tangue quelques secondes, enveloppée d'un nuage jaunâtre à l'odeur âcre. Le bidon suivant ne lui donne pas plus satisfaction : une poudre grise, au parfum tout aussi désagréable ; il rejoint rapidement sa rangée.

Luce est forcée de se rendre à l'évidence : la réserve n'abrite que les ingrédients déshydratés de la bouillie, rien qui suffise à guérir la mourante de l'aile H.

Elle traverse la salle en sens inverse, s'apprête à ressortir, mais se fige soudain, la main sur la poignée. Elle l'a pressenti plus qu'elle ne l'a entendu. Un écho dans le couloir. Elle éteint sa lampe de poche dans un clic assourdissant et colle son oreille à la porte. La percussion des chaussures dans l'escalier. Le froissement de l'étoffe. Un cliquetis de clés, de plus en plus sonore.

Les pas s'arrêtent tout près d'elle. Une respiration de l'autre côté, si proche. Luce attend. La terreur trace de grands sillons glacés dans son dos. Et puis elle n'entend plus rien. Elle fouille le silence, paniquée, derrière le fracas de ses battements de cœur. Un grincement déchire le couloir, puis un claquement : la porte de la pièce voisine. Le chaud succède au froid. Les joues brûlantes, Luce se terre un peu plus loin dans son refuge, sans un bruit. Bientôt, l'intrus partira et ne saura jamais qu'elle s'est trouvée là.

Recroquevillée contre une étagère, Luce laisse refluer son angoisse. Les sons étouffés qui lui parviennent ont sûrement une explication rassurante, ennuyeuse même. Elle se figure les membres de l'équipe nourricière et leurs têtes cerclées de plastique, affairés à préparer le petit déjeuner. Pas de quoi s'inquiéter.

Mais l'attente se dilate dans l'air confiné de la réserve et, peu à peu, Luce sent venir le malaise. Le tremblement de ses jambes, les points lumineux qui dansent devant elle… 315H l'avait pourtant prévenue de son état. Luce aurait dû se fier à la mise en garde de l'infirmière et rester sagement au fond de son lit. Tandis qu'un frisson glacé monte le long de sa nuque, elle a une pensée envieuse pour A0504, paisiblement assoupie à l'aile H. Deux sorties nocturnes de suite, c'était forcément trop pour son corps affaibli.

Dans sa torpeur, Luce a la sensation très nette des muscles en train de fondre autour de ses membres. Un vertige la saisit, elle se voit tomber à travers le sol, dévaler les rayonnages, étage après étage. Elle ne cherche pas à se rattraper ; ses bras sont trop lourds… Peu à peu, Luce se voit glisser, s'affaisser sur elle-même. Elle ne sent pas sa tête heurter le carrelage quand elle s'évanouit.

29

Dans le refuge de la ville, Luce devient poussière. Poussière à *tapisser les bronches, poussière emprisonnée dans les boucles, poussière sur la peau, partout… Quand l'enfant court pour lui échapper, le nuage se soulève, il la rattrape pour mieux l'envelopper. Alors peu à peu, Luce se dessèche.*

Il faut trouver de l'eau.

Sa grand-mère ne l'accompagnera pas, cette fois. Roulée en boule sur la paillasse, elle s'est excusée dans un sifflement ténu, a tendu un bras maigre vers sa petite-fille. Luce s'est emparée de la bouteille en plastique vide et l'a serrée fort entre ses mains. Elle a promis de revenir victorieuse. Mais la vieille dame avait déjà sombré dans le sommeil.

Sous le ciel insolemment bleu, Luce implore la pluie et les grands orages qu'elle redoutait tant quand elle arpentait les plaines. Elle piste les sources sauvages comme son aïeule le lui a appris, guette les empreintes et les colonies de mousse. Mais ici, le paysage est sec, avare. Une longue chape de béton froissée d'un bout à l'autre de Paris, qui n'aura rien à lui offrir.

Tandis que Luce s'avance plus profondément dans les rues effondrées, elle bâtit des repères pour mémoriser le chemin parcouru. La statue sans tête qui chevauche un animal disparu, l'immense arbre fendu en deux, le trou béant qui a avalé tout un pâté de maisons ; Luce tisse entre eux un fil imaginaire qui lui permettra de retrouver la chaleur du refuge. Mais avant ça, elle doit remplir la bouteille.

Enfin, derrière un tas de ruines, un dégagement se profile. La petite fille reconnaît les larges quais de pierre claire, fidèles aux descriptions de sa grand-mère ; dans le lit du fleuve, un mince filet coule encore. Elle s'élance dans les escaliers, mais bute soudain contre une frontière invisible. Une peur incompréhensible s'élève face à l'eau. Pourquoi ses oreilles bourdonnent-elles ? Et la sueur qui dégouline sur son corps, d'où vient-elle ?

Luce tente un pas de plus, hébétée. Ses jambes s'effondrent, incapables de la porter plus longtemps ; le monde disparaît dans un grand voile noir. Dans un hurlement de frayeur, l'enfant recule, elle presse ses paupières, jusqu'à faire naître des dessins scintillants. Luce exhorte son corps à lui obéir, mais rien n'y fait. La terreur a remporté son combat : elle n'approchera pas du fleuve aujourd'hui.

Au retour, l'air du refuge s'est épaissi. Une fragrance nouvelle s'y est invitée, celle du déclin et de l'abandon. La petite fille refuse de la percevoir ; pourtant, elle sait déjà à quoi ressemblera la fin.

« Luce… De l'eau… » supplie la vieille dame.

Luce la contemple, pétrifiée, impuissante ; sa main droite serrée autour de la bouteille vide.

Lorsque Luce reprend connaissance, la ville et la réserve se mélangent. Au-dessus d'elle, les rayonnages semblent prêts à s'effondrer, prêts à rejoindre les décombres qui jonchent les rues. Sitôt qu'elle se redresse pour leur échapper, une nausée mêlée de migraine lui enserre le crâne. Deux pans de réalité sont entrés en collision, la poudre de la bouillie est devenue poussière. Mais dans la confusion et la douleur, une seule certitude subsiste : il faut trouver de l'eau pour sa grand-mère.

Luce se hisse péniblement sur ses jambes tremblantes. Les ruines se sont changées en couloir. À travers les arabesques lumineuses qui obstruent sa vision, elle déchiffre les inscriptions sur les portes. Quelque chose, très loin dans son esprit, tente de la prévenir. Elle continue à avancer : elle comprendra plus tard. L'une des salles est ouverte. « Stocks des équipes », lit-elle avant de se couler à l'intérieur.

L'homme fait volte-face. L'avertissement éclate à la conscience de Luce, trop tard. À son regard brillant, elle sait qu'il l'a repérée. Elle titube en arrière et, dans un violent étourdissement, le sol et le plafond s'inversent. Derrière les fines lunettes, l'autre la détaille. De haut en bas, de bas en haut. Pugnace. Les mises en garde toutes fraîches d'A0504 résonnent tandis que les yeux du bibliothécaire ratissent tout ce qu'elle voudrait leur refuser.

C'est alors qu'elle remarque les mains de l'intrus. La gauche, le poing qui chiffonne un sac de toile. La droite, repliée sur un cylindre métallique. Le reste du décor apparaît d'un seul coup : les étagères pleines à craquer de bocaux et de boîtes de conserve du monde d'avant, leur éclat provocant dans l'obscurité de la réserve. Luce est si stupéfaite qu'elle oublie, l'espace d'un instant, l'urgence de la situation. Son regard parcourt les rayonnages à toute vitesse, détaille la diversité et la richesse des aliments, tourbillonne dans les huiles et les marinades... Puis il se heurte de nouveau au sac du bibliothécaire, alourdi et boursouflé. Luce veut comprendre, mais l'incrédulité lui fait barrage. Comment concilier l'émotion des fruits au sirop offerts par Clara, leur rareté, avec l'abondance de la réserve ? Comment imaginer la faim, les jambes qui tremblent, le dégoût de la bouillie, quand d'autres dérobent des sacs entiers de mets disparus ?

– Écoutez-moi, L2106...

Mais Luce n'écoute plus. Elle vient de redécouvrir un pan du monde qu'elle croyait anéanti. L'injustice grondant au fond des tripes, elle pense à la toux brûlante d'E1710, à l'infirmière qui déclare « c'est la fin », à la bouillie diluée dans le verre d'eau.

– Non, c'est à vous d'écouter ! ordonne-t-elle.

Étrangement, elle n'a plus peur. La Luce des ruines a refait surface, avec toute sa hargne et tout son désespoir. Elle crache :

– Vous nous affamez pendant que vous vous gavez, vous vous servez de nos corps comme de serpillières, vous nous laissez crever ! Assez !

Luce se prépare à un déferlement de coups, à tous les assauts pour la faire taire. Mais le bibliothécaire reste stupéfait.

– Et puis après nous avoir bien piétinées, poursuit-elle, vous nous regardez du haut de votre petite satisfaction d'adultes, alors que c'est tellement facile de nous mettre à genoux ! Essayez un peu, la maladie, la faim, la terreur, vous verrez comme on devient vite la proie parfaite !

Un rire méprisant la secoue quand elle conclut :

– Mais évidemment, vous seriez mort de peur avant même la première attaque.

À cet instant, le bibliothécaire est devenu le visage unique d'un Institut meurtrier. Luce vomit sa colère comme la mourante a rendu sa bile le matin même, en violents haut-le-cœur impossibles à réprimer. L'homme tente un pas dans sa direction :

– L2106…

– Non ! s'écrie-t-elle. Ça suffit ! Depuis des jours, vous me traquez, vous me suivez, vous m'épiez, mais jamais vous n'oseriez le faire si je n'étais pas dans un état si pitoyable ! La vérité, c'est que vous êtes tous des lâches, vous n'avez pas le courage d'affronter des femmes qui seraient vos égales, des femmes qui auraient le pouvoir de dire oui ou non ! Vous préférez disposer de nos corps comme si nous ne comptions pas.

Des larmes de colère montent dans ses yeux, elle les essuie d'un poing rageur.

– Mais regardez-vous, regardez comme vous êtes pathétique ! Et regardez-nous bien aussi, parce que nous sommes nombreuses, et le jour où...

Alors qu'elle s'apprête à déverser menaces et malédictions, les néons du couloir s'illuminent soudain. Luce se fige, brusquement muette. Des pas se rapprochent. Incapable de réagir, elle reste rivée à la porte entrouverte... et le bibliothécaire ne perd rien de son égarement. Il l'attrape par les épaules et aussitôt, une douleur brûlante la saisit. Elle bascule. Les boîtes de conserve du rayonnage tintent les unes contre les autres, un bocal explose à ses pieds. Luce se découvre allongée au milieu des débris, le corps fracassé contre une étagère. Il lui faut quelques secondes pour comprendre que le bibliothécaire l'a jetée à terre. Elle laisse échapper un gémissement de peur et de souffrance mêlées.

– Ah, bonsoir, cher collègue !

Une blouse blanche apparaît dans l'encadrement de la porte. Luce devine le regard de l'intrus qui tente de percer l'obscurité. Elle se redresse, sans savoir si elle a gagné un sauveur ou un bourreau.

– Oh, je vois, dit-il. Moins confortable que le gymnase, mais si ça vous convient ainsi... Eh bien, désolé de vous avoir dérangé, 012V. Amusez-vous bien !

– Merci. Vous de même, 099Y, répond le bibliothécaire en regardant l'importun s'éloigner dans le couloir.

Il faut s'enfuir maintenant, tant que son agresseur lui tourne encore le dos. C'est le moment d'être courageuse, de faire confiance à la Luce des ruines. Mais ses membres tremblants refusent d'obéir. Haletante, recroquevillée sur le sol de la réserve parmi les débris, Luce se sent chavirer. Il s'approche à pas lents, la panique déborde. Personne ne viendra la sauver.

Tout lui revient désormais. Les regards emplis de crainte des autres pensionnaires, les mises en garde chuchotées de dortoir en dortoir… Toutes ces rumeurs dont elle avait décidé qu'elles ne la concernaient pas. Que dira A0504 quand elle apprendra ce qui lui est arrivé ? Prononcera-t-elle à son tour le mot « viol », le visage tordu de dégoût et de colère ? L'homme est tout près de Luce, maintenant. Elle sent son souffle tiède dans la fraîcheur de la réserve.

Elle ne reconnaît pas les mots qui franchissent alors ses lèvres.

30

– C'est dommage. Vous pourriez avoir tellement plus.

Dans l'obscurité de la réserve, le bibliothécaire a reculé, imperceptiblement. Tant que Luce parlera, elle sera sauve, du moins c'est ce qu'elle veut croire. Oubliant sa terreur, oubliant les conserves brisées qui gisent autour d'elle, elle raille :

– C'est donc ça que vous voulez ? Une agression médiocre sur le sol de la réserve, dans l'état où je suis ? Vraiment, vous vous contentez de si peu ?

Les mots se bousculent à sa bouche, unique rempart contre l'impuissance. Et peu à peu, le venin qu'elle y injecte lui rend ses forces. Le bibliothécaire se redresse :

– L2106…

Surtout, ne pas le laisser intervenir. Continuer à l'abreuver de paroles, à tout prix.

– Quoi, c'est ça qui vous plaisait chez moi, non ? Mon prestige, même abîmé, d'élève modèle… J'imagine que le défi est d'autant plus excitant, avec un trophée si éclatant. Mais là, regardez-moi, franchement.

Sans cesser de discourir, Luce parcourt des yeux la réserve. Il lui faut une arme. Ses mains fouillent le sol, le plus discrètement possible. Le bibliothécaire reste rivé à ses lèvres.

– Alors c'est vrai, cette nuit personne ne vous arrêtera. Vous pourriez m'avoir ici, je serais incapable de protester… Ou bien vous pourriez attendre que je retrouve ma vitalité, que mon corps se ressemble à nouveau.

Dans son dos, ses doigts se resserrent sur un bocal de verre à demi éventré. Il faudra que cela suffise.

– Si vous m'épargnez maintenant, je ne me déroberai pas plus tard, promet-elle d'une voix adoucie. Vous avez tout à y gagner…

Luce se prépare à frapper. Elle évalue la distance, se demande si elle sera capable de bondir. Dans un geste lent, elle dégage son bras. Puis, pour forcer son interlocuteur à s'approcher, elle chuchote :

– Mais pas ici, pas comme ça… Ce serait indigne.

Le bibliothécaire n'est plus qu'à un pas d'elle. Elle sent son souffle tiède, fébrile. Il la toise longuement, de toute sa hauteur.

Et puis il dit :

– Partez.

Le reste de la conserve explose sur le sol, Luce se rue hors de la pièce. Elle descend à toute allure une volée d'escaliers. Son genou menace de se disloquer, les éclats lumineux dansent devant ses yeux, mais elle tient bon. À l'aile H, il y aura A0504 et sa hargne qui ne fléchit pas : c'est vers elle que Luce court. Elle traverse le rez-de-chaussée de l'aile F, s'élance de tout son corps contre la porte du sas.

Bientôt, l'odeur des détergents monte et Luce sait qu'elle est sauvée. En quelques secondes, elle parcourt la distance qui la sépare du dortoir de l'infirmerie. Elle ne s'autorise à s'écrouler qu'une fois la porte refermée.

– Mais t'étais passée où ?!

A0504 s'est levée d'un bond, ses yeux jaunes exorbités par l'angoisse.

– Pourquoi tu m'as rien dit ? Il fallait me réveiller ! J'ai cru que… J'ai cru qu'il était revenu t'emporter !

Luce veut répondre, mais elle doit d'abord retrouver son souffle. Sa camarade quitte la pièce et revient un instant plus tard, un gobelet à la main.

– Prends ton temps. Mais tu me racontes tout.

L'eau glaciale est aussitôt engloutie. La profonde respiration qui suit arrache à Luce un sursaut de douleur. Elle pousse un long soupir et, d'une voix lente, commence à raconter le goût des fruits au sirop. De son intrusion à la réserve, elle dit tout : même le manque de prudence, même l'évanouissement, même la réminiscence cauchemardesque. Elle ne cache pas non plus la confusion qui l'a étreinte au réveil, quand les deux mondes se sont mélangés. Pourtant, arrivée au dernier chapitre de son récit, Luce se sent bifurquer.

– Et là, il a échangé quelques banalités avec son collègue… C'était ma chance. J'en ai profité pour partir en courant. Et me voilà.

Le rouge lui monte aux joues. Mais ce soir, Luce n'affrontera pas la honte, plus grande encore, du marchandage nauséabond qui l'a sauvée. Une fois l'histoire achevée, les grands yeux jaunes prennent une teinte sombre.

– Je comprends pas pourquoi il t'a laissée partir.

– Je ne sais pas me battre aussi bien que toi, mais, tu sais, je suis douée pour la fuite, rétorque Luce.

– C'est l'Institut, tu peux pas fuir éternellement ! Et s'il revenait te chercher ici ?

Elles fixent toutes deux la porte du dortoir de l'infirmerie comme si elle menaçait de s'ouvrir d'un instant à l'autre. Luce secoue la tête.

– Il ne reviendra pas à l'aile H, l'équipe médicale ne le laissera pas faire, et toi non plus. Il se choisira une proie plus docile, malheureusement.

Et avant qu'A0504 insiste, elle s'engouffre dans une diversion toute trouvée :

– En tout cas, il ne me fera pas oublier ce que j'ai vu là-bas. Des boîtes de conserve du monde d'avant pour les équipes, à ne plus savoir quoi en faire !

– Et de la bouillie dégueulasse pour nous, résume sa camarade.

Luce acquiesce, puis se tourne vers les rideaux fermés au fond du dortoir. Elle avance d'une voix hésitante :

– Peut-être que si on demandait à 315H…

– Non ! s'écrie A0504. Tu t'es déjà mise assez en danger comme ça. Pour une fille que tu connais à peine, en plus…

– Moi non plus, tu ne me connaissais pas ! proteste Luce, stupéfaite. Tu t'es quand même jetée dans la mêlée pour moi.

– Ça n'a rien à voir, je t'ai déjà expliqué pourquoi je l'avais fait ! Et tu crois pas que si c'était possible d'avoir du rab de conserves, l'infirmière y aurait pensé toute seule ? Faut rien lui demander.

En contrepoint à ces paroles, E1710 laisse échapper un long sifflement au bout du dortoir. Le parfum de la poussière monte au nez de Luce, la voix craquelée de sa grand-mère traverse son esprit. Elle supplie, la gorge nouée :

– A0504, tu as vu son état ? Une boîte de conserve de plus ou de moins, quelle différence ça fait pour eux… ?

– Arrête tout de suite. Je me doute que ça doit te faire drôle de découvrir la réalité maintenant. Mais moi, je le sais depuis toujours. Des comme E1710, chez les 3, on en voit partir à chaque saison froide. C'est la loi de l'Institut.

Après un court silence, et comme à contrecœur, A0504 ajoute :

– Je te rappelle qu'y a pas si longtemps, celle qui vivait dans l'abondance, c'était toi.

Devant l'accablante vérité, Luce ne peut que baisser les yeux. Toutes ces fois où, sans un regard de compassion, elle a frôlé les élèves de rang 3 en train de nettoyer les couloirs, tellement satisfaite de ne pas être à leur place, tellement persuadée que le monde était juste… Elle songe au confort de sa vie disparue à l'aile A, à toutes les certitudes emportées dans son sillage, et elle murmure :

– Tu peux me reprocher de découvrir tout ça trop tard, de ne pas avoir réagi avant… Mais maintenant que j'ai compris ce que fait l'Institut à ses pensionnaires, je refuse de m'en accommoder.

– Ah, ben voilà pourquoi ils t'ont déplacée, bulbeuse : tu es dangereuse.

Le sourire a regagné les yeux jaunes. A0504 se glisse sous ses draps et tranche :

– Mais t'en as fait assez pour cette nuit. Demain, je viendrai avec toi. On trouvera bien une ou deux conserves à rapporter ici.

Luce hoche la tête. L'idée de parcourir à nouveau les couloirs déserts avec A0504 lui donne du courage. Juste assez pour anesthésier la douleur, la honte et la peur jusqu'au matin.

– Et si on croise ce salopard de bibliothécaire, conclut l'adolescente dans un grand bâillement, j'en fais de la bouillie.

– Voilà qui ne va pas améliorer la qualité des repas.

Le rire d'A0504 sonne comme un chapelet d'éclats de verre, tranchant et lumineux. Elle le laisse flotter quelques instants, avant de demander doucement :

– L2106… est-ce que ça va ? Je veux dire, est-ce que ça va aller ?

Luce acquiesce. Agrippée aux promesses d'A0504, elle veut se croire indemne. Demain, elles iront chercher les boîtes de conserve qui sauveront E1710. Tout deviendra plus facile à affronter, parce qu'elles seront ensemble. Demain, Luce osera penser aux omissions de son récit, elle cherchera des solutions au pacte proposé au bibliothécaire. Mais pour l'heure, il est temps de se réfugier dans le sommeil.

Tandis qu'elle cède à l'épuisement, elle tâte machinalement la manche de sa chemise de nuit. Sous le tissu, elle effleure la peau nue de son poignet. Le souvenir du métal froid subsiste contre sa chair.

Luce se redresse brusquement dans son lit. Ses mains soulèvent le coin de son matelas, balaient le sommier à la recherche de ses trésors.

– Qu'est-ce qui se passe ? demande A0504.

– Ma lampe de poche… Je l'ai perdue.

31

Les remparts érigés avaient tenu bon face aux ecchymoses et aux côtes brisées, pourtant la perte de la lampe de poche les a détruits en un instant. Pour la première fois depuis de longues années, des larmes brûlantes labourent les joues de Luce. La tête enfoncée dans l'oreiller pour ne pas réveiller A0504, elle sanglote, jusqu'à ne plus savoir pourquoi ; car Luce pourrait dresser un inventaire sans fin de son chagrin.

Douloureux le cauchemar de sa grand-mère agonisante, douloureux le sifflement au fond du dortoir… Douloureuses les horreurs du gymnase, douloureuse l'absence de Clara et de Meriem, douloureux le spectre de la rétrogradation… Toutes les blessures ont choisi le même moment pour se rouvrir, sans qu'elle se sente la force d'en panser aucune.

Mais la mère de toutes les détresses, elle le sait, c'est ce pacte abject conclu avec le bibliothécaire dans la réserve. Ce sont ces mots détestés, les seuls qu'elle ait trouvés pour éviter le pire. Elle s'en est sortie de justesse, mais pour combien de temps ? Car 012V n'oubliera pas sa promesse, il saura la lui rappeler et l'y soumettre. Luce n'est pas sauvée, elle a juste retardé l'échéance.

Elle finit par s'endormir avec le goût du sel sur les lèvres et le ventre noué de désespoir. Dans son sommeil, des larmes s'emmêlent encore entre ses cils.

Le lendemain matin arrive en un instant. Lorsque 315H allume le plafonnier du dortoir, les deux patientes protestent de concert. A0504 ferme rageusement les rideaux du lit avant de se recoucher en bougonnant. Sans lui prêter la moindre attention, l'infirmière continue de s'affairer. Luce se redresse, pâteuse et hébétée. 315H lui tend deux compresses imbibées d'eau.

– Pour vos yeux.

Luce recouvre de gaze ses paupières bouffies et bientôt, la fraîcheur apaise la brûlure des larmes.

– Je peux vous examiner ?

Le drap se soulève. Luce se laisse manipuler tandis que la soignante vérifie ses blessures.

– Je ne comprends pas, L2106, on dirait que votre état a encore empiré…

Elle ne répond rien, de peur que le moindre mot ne la trahisse. Pourvu que son corps ne guérisse pas, que jamais elle ne puisse honorer le marché passé avec le bibliothécaire…

Un silence épais envahit le dortoir. Les bandages sont défaits, les pansements disparaissent. Et alors que 315H étale la pommade sur sa peau grignotée par les plaies, Luce sent le sommeil la rattraper. Un ciel ensoleillé se dessine, déclinant ses nuances de bleu sur le plafond de ses paupières. Des nuages cotonneux, inoffensifs et dodus, flottent là-haut, très haut. L'herbe exhale une odeur fraîche, celle des après-midi à courir au soleil, et il n'y a pas de vent.

– On n'entend plus rien.

La voix d'A0504 lui est parvenue, très lointaine. Les nuées s'étiolent, la prairie perd de son éclat. Luce s'agrippe à l'azur. Elle ne peut pas laisser partir son ailleurs…

– On n'entend plus rien ! insiste son amie d'un ton pressant.

315H lâche ses instruments, le ciel s'évanouit. Luce ouvre les yeux sur une scène au ralenti. A0504 qui ne cille pas, son corps nerveux tout entier tendu vers le fond du dortoir. L'infirmière qui avance vers le lit aux rideaux tirés, le dos courbé par l'appréhension. D'une main tremblante, elle les écarte.

Une longue plainte rauque monte dans l'air. Luce s'est levée elle aussi. Les deux patientes se dirigent vers 315H. Elles savent déjà ce qu'elles vont découvrir ; leurs mains se joignent.

Sur le lit au fond du dortoir, E1710 ne siffle plus.

315H a retrouvé son masque impénétrable de soignante. Avec des gestes lents, elle croise les mains de la morte sur sa poitrine, remonte le drap jusqu'à recouvrir sa tête. Sur un formulaire aux couleurs de l'Institut, elle note les dernières observations. A0504 et Luce contemplent la scène, toutes proches, muettes et immobiles ; l'infirmière ne les repousse pas.

– Je suis désolée, lâche-t-elle enfin. Vous n'auriez jamais dû voir ça.

Sous le drap, le corps d'E1710 dresse un renflement dérisoire, comme si la mort l'avait compressée.

– En fait, ça n'aurait jamais dû arriver, ajoute 315H dans un souffle.

A0504 se détourne. Il n'y a pas la moindre trace de larmes dans ses yeux, mais plutôt une incitation silencieuse. Alors, Luce demande :

– Et maintenant ?

Tout en prenant garde à ne pas découvrir la tête de la morte, l'infirmière passe un linge humide le long de ses bras maigres. Durant quelques secondes, elle cherche ses mots. Elle plonge le tissu dans la bassine, l'essore. Puis elle dit :

– Dans le monde d'avant… avant que la mort devienne si banale… d'abord, on rendait hommage.

Ses mains remontent le bas de la chemise de nuit.

– On disait quelques mots, pour laisser une trace de ce que la personne avait été.

Le linge parcourt les jambes livides veinées de bleu, enrobe les mollets, souligne les chevilles. 315H termine par les pieds d'E1710, qu'elle enveloppe dans ses mains, comme pour réchauffer le cadavre.

– Ensuite… Moi, je ne connaissais pas d'autre remède que le sommeil et le temps. Dormir jusqu'à ce que la douleur s'allège un peu. Attendre que le deuil ne soit plus là à chaque seconde…

Elle se saisit d'une compresse propre et, d'une main presque tendre, effleure le visage aux yeux clos.

– Ainsi, chaque jour, on y pense un peu moins. C'est toujours là, mais c'est moins suffocant.

Toutes les trois sont maintenant penchées au-dessus du lit. Pour la première fois, Luce peut attribuer à E1710 des traits, des couleurs. Une sérénité. Pourtant, la vérité de ce que la morte fut s'est déjà évaporée. L'infirmière remonte le drap, le corps disparaît.

– Un matin, on se réveille sans la perte vissée au crâne. Plus tard, on passe toute une journée sans y penser. Puis deux. Et au bout d'un moment, on s'aperçoit que l'absence est moins douloureuse. Voilà. C'est comme ça qu'on faisait avant.

Le temps de la toilette a fissuré la soignante. Ce matin, 315H semble plus jeune que Luce ne l'avait cru. Plus vulnérable, aussi. C'est peut-être pour ça qu'elle décide d'insister, droit dans les yeux :

– Oui mais, et l'Institut alors ? Comment honore-t-il nos mortes ?

Le souffle d'A0504 s'est accéléré, fouetté par l'audace de la demande. L'infirmière se mord la lèvre inférieure, puis ses épaules s'affaissent.

– Je ne suis pas autorisée à répondre à cette question, L2106... Et je crois que vous n'êtes pas autorisée à la poser non plus.

En réalité, Luce connaît déjà la réponse, mais elle doit l'entendre d'une membre des équipes. Que l'Institut affronte son horrible vérité, qu'il ne se dérobe pas devant la dépouille d'E1710. Elle cherche le regard d'A0504 pour y puiser le courage d'insister. Mais son amie fixe le cadavre sans ciller, lèvres serrées. Luce devine ses pensées car elle sait, elle aussi. Elle sait qu'il aurait suffi d'un léger changement, d'une variation d'aiguillage, d'un destin qui bifurque...

Dans la fraîcheur du matin, toutes deux contemplent le corps sans vie qui aurait pu être le leur.

Les heures s'égrènent dans un coma ouateux. Derrière les rideaux tirés, Luce et A0504 luttent contre les cicatrices rouvertes par le deuil. Les souvenirs d'avant l'Institut leur tendent les bras, peuplés de tout un cortège de disparus ; à elles de décider si elles y céderont. Comme 315H l'avait prédit, elles se laissent bientôt entraîner dans un sommeil poisseux. Parfois, Luce se réveille et cherche le sifflement d'E1710, puis elle sombre de nouveau dans les cauchemars.

Quand la soif tire Luce de sa torpeur, le corps de la vieille dame est déjà froid. L'enfant sait reconnaître la mort depuis longtemps. Elle ne crie pas, n'implore pas ; mais elle regarde une dernière fois les jolies crevasses sur les joues et la peau mouchetée de soleil. Luce dessine des ailes dans les rayons au coin des cils, imagine un bec dans le pincement des lèvres. Elle pense aux chants encore enfermés dans la gorge et qui ne résonneront pas.

Surtout, elle se promet de ne pas oublier. Ni les mots ni les sifflements. Ni les forêts ni les ruines. Ni les pleurs ni les comptines.

La petite fille sait que le cadavre est une enveloppe vide, qu'il ne contient plus rien de la grand-mère qu'elle a aimée. Alors elle imprime une dernière fois le visage adoré sur sa rétine et s'extirpe hors de leur abri. Il faut laisser voler les oiseaux.

À grandes enjambées, elle s'éloigne. Puis elle se met à courir, le plus vite possible. Sans se retourner, sans s'arrêter, sans espérer, pour ne pas se faire rattraper par les larmes.

Quand Luce émerge, à l'heure du dîner, elle a le poids de deux deuils sur la poitrine. 315H pénètre dans le dortoir et dépose les plateaux-repas sur les tables de chevet. D'une voix qui n'admet pas de négociations, elle décrète :

– Il faut manger.

Après s'être assurée de l'obéissance de ses patientes, elle se hâte de fuir la pièce, loin de toutes les questions qui brûlent les lèvres de Luce.

– Tu as vu ? murmure A0504. Elle est partie.

Luce suit son regard. L'adolescente a dit « elle est partie » comme on parlerait d'une visiteuse retournée à ses occupations. Mais au fond du dortoir, les rideaux entrouverts révèlent un matelas déserté. 315H a dû déplacer le corps pendant qu'elles dormaient. Luce pose sa cuillère et demande :

– Est-ce que tu sais comment elle s'appelait ?

– Oui, E1710. T'as oublié ?

– Non, pas son matricule… son prénom.

Parcourue d'un frisson presque imperceptible, A0504 secoue la tête. La pulsation de colère se réveille en Luce. Sa main heurte son plateau, qui tangue sur la table de chevet.

– Ça n'a pas de sens ! On ne peut pas ne pas savoir !

– C'est comme ça, L2106. Pour elle, c'est déjà perdu.

Luce refoule les sanglots qui montent dans sa gorge. Son poing martèle chaque mot qu'elle prononce :

– On sait très bien ce qui va se passer ! Ils vont balancer son corps quelque part dehors et l'oublier ! Évidemment, toi, tu en as vu d'autres, ça ne te fait plus rien, mais…

– J'ai pas dit ça ! Bien sûr que ça me fait mal !

A0504 a rabattu ses couvertures et se tient debout, tremblante.

– Pour les autres, j'étais pas là ! Je les voyais au dortoir, et puis un jour, elles n'y étaient plus ! C'était pas plus compliqué que ça, on savait pas quand elles mouraient, seulement quand elles partaient…

Elle fait quelques pas dans le dortoir, balaie l'air à la recherche des mots justes.

– Chez les 3, bien sûr qu'on se doute, bien sûr que ça nous met en colère ! Mais c'est une colère… appuyée sur du vide. On essaie d'oublier les visages, et parfois, on décide qu'ils ont jamais existé. Là, c'est pas pareil… Ça peut pas être pareil !

En parlant, elle ne cesse de se tourner vers le lit nu. Luce s'approche.

– On m'a appris que le rang 3 n'importait pas, déclare-t-elle. Mais maintenant, ta vie compte, pour moi. Et jamais je ne laisserais l'Institut balayer la personne que tu as été.

Elle pourrait avouer qu'elle a imaginé A0504 à la place de la morte, décrire l'abîme que cette image a creusé en elle. Au lieu de ça, elle dit :

– Je m'appelle Luce.

Le grincement de la porte mange la fin de son prénom. Sans un mot, 315H débarrasse les plateaux inachevés. Les deux patientes la suivent des yeux en retenant leur respiration. L'infirmière sort et A0504 souffle :

– C'est beau, Luce.

Les grands iris jaunes se sont enflammés de braises joyeuses.

– Moi, je m'appelle Avril.

Luce répète les syllabes d'une voix chancelante. Puis elle articule à nouveau, silencieusement, pour habituer ses lèvres à les prononcer. Avril.

– Mes parents se sont pas posé trop de questions : je suis née au mois d'avril, alors on m'a appelée comme ça.

Le regard fuyant, Avril gratte un morceau de bouillie séchée sur le coin de sa table de chevet. Luce détaille son profil aux sourcils froncés. Elle cherche l'adéquation entre le prénom et l'adolescente.

– Mais ça me va, de m'appeler Avril, ajoute celle-ci. Il paraît qu'avant, c'était un moment compliqué, où le soleil pouvait disparaître d'un coup pour être remplacé par une pluie battante, avec un vent à te glacer les os. Des fois, en avril, on croyait que la saison chaude était arrivée. Alors on se méfiait pas, on laissait tomber les pulls… et on attrapait froid sans s'en rendre compte.

Du bout de l'ongle, elle éparpille les derniers restes de nourriture en une fine poudre jaune.

– Avec avril, on n'était jamais sûr de rien, on savait jamais sur quel pied danser. Avril, c'était pas facile, tu vois, c'était beau, mais jamais inoffensif. Ils m'ont appelée comme ça par négligence, et pourtant, c'était exactement le prénom qu'il me fallait.

Elle lève vers Luce un regard qui semble la défier de la contredire. Mais aussitôt, elle se reprend :

– Quoique… J'aurais pu naître un peu plus tôt. J'aurais bien aimé m'appeler Mars. Mars… C'était le temps des giboulées.

Luce se souvient des giboulées. Soudaines, violentes, persistantes. Toujours importunes. Elle se remémore leurs coups incessants sur les refuges de fortune, comme pour qu'on les laisse entrer. Les trous dans les feuilles survivantes des arbres, les chocs répétés sur sa peau, glacés, lorsqu'elle courait se mettre à l'abri. Elle se souvient aussi que sa grand-mère fronçait les sourcils en regardant le ciel, qu'elle savait les prédire quand Luce, elle, ne sentait rien du tout. La vieille dame ne se trompait jamais.

– C'est un peu long, Giboulées, mais ça t'irait bien.

– Pas plus long qu'un matricule. Et moi, j'ai bien envie de te baptiser Loupiote, rétorque Avril dans un sourire.

– Pourquoi Loupiote ?

– Parce que tu as une manière de regarder les choses qui les fait exister. Apparaître, même. Parce que tu rends tout plus clair. Et tant mieux, ras le bol d'avancer à tâtons dans le noir.

Le souffle coupé, Luce veut se saisir des mots d'Avril, les fondre dans sa peau. Elle a gagné une nouvelle identité, loin du badge étincelant du rang 1, loin des chiffres et des statistiques de l'Institut du Nouveau Lendemain. D'une voix un peu enrouée, elle murmure :

– D'accord, tu peux m'appeler Loupiote.

32

Ce matin, les mains qui apportent les plateaux-repas tremblent. Les cuillères cliquettent sur le plastique tandis que l'odeur de la bouillie se répand dans le dortoir de l'infirmerie. D'un même mouvement, Luce et Avril se redressent dans leurs lits.

– Bon… bonjour.

D'abord, Luce entend sans comprendre. Puis elle lève les yeux et découvre le visage rebondi de Meriem. Elle la fixe, bouche bée. La petite brune dépose son fardeau sur la table de chevet et s'élance vers elle, bras ouverts, un large sourire sur ses lèvres pleines. Mais à la dernière seconde, elle retient son geste.

– Bon sang, ta tête…

Luce grimace. Sous les ricanements appuyés d'Avril, du bout des doigts, elle effleure les restes de sang séché, les coupures, les bosses. C'est ainsi qu'elle mesure le fossé qui s'est creusé en elle depuis sa précédente rencontre avec Meriem. Dire que quelques jours plus tôt, son amie sanglotait pour elle sur le sol des toilettes de l'aile F… Quelques jours, soit une éternité. Depuis, Luce a vu les violences se succéder, tandis que Meriem poursuivait une existence tranquille à l'aile B. Son regard candide, son inquiétude naïve de pensionnaire épargnée… Tout semble soudain insupportable à Luce. Comment pourraient-elles reprendre leur amitié naissante là où elles l'ont laissée ? Où était Meriem quand pleuvaient les coups du rang 3 ? Où était-elle, encore, quand Luce fuyait le bibliothécaire ? Et à la mort d'E1710 ?

Bientôt, cette visite trop tardive réveille en Luce les pires soupçons. Et si sa confiance trop vite accordée avait précipité la sanction de l'Institut ? Et si l'irruption de Meriem n'était pas innocente ?

– Qu'est-ce que tu fais ici ? demande-t-elle, glaciale.

La petite brune la dévisage, interloquée.

– Mais… Je suis là pour te voir ! J'ai vraiment eu peur pour toi, tu sais… J'ai cru qu'elles t'avaient tuée.

– Alors pourquoi tu n'es pas venue plus tôt ?

– C'était interdit ! Dès que B1803 m'a expliqué ce qui t'était arrivé, j'ai voulu venir… Mais l'équipe éducative a dit qu'elle craignait des représailles du rang 3 et…

– Ils racontent n'importe quoi, grogne Avril, et qui c'est, B-machin ?

Meriem scrute avec appréhension sa nouvelle interlocutrice ; les manières du rang 3 et les plaies qui défigurent Avril ne jouent pas en sa faveur. Luce se charge de répondre :

– B1803. Elle fouine toujours partout. C'est elle qui m'a apporté ma convocation et chacun des verdicts de l'aile E.

Elle ajoute dans un souffle :

– Elle a aussi volé ma place à l'aile A.

Meriem oscille d'un pied sur l'autre, de plus en plus mal à l'aise. Le regard rivé à sa jupe, qu'elle lisse du plat de la main, elle murmure :

– Je suis désolée de ne pas être passée par-dessus les règles.

Luce reconnaît l'imminence des sanglots dans sa voix.

– Je voulais t'aider, poursuit la petite brune. Mais je ne savais pas comment faire et je n'osais demander à personne !

Derrière ses cheveux touffus, la bouche de Meriem tremble. Une grosse larme s'écrase sur son chemisier, elle la balaie aussitôt.

– Je me suis présentée plusieurs fois à l'entrée de l'aile H, mais on m'a refoulée. Alors j'ai fait de mon mieux pour me tenir au courant, pour venir à la minute même où ce serait possible… Je suis désolée, je sais que ce n'est pas suffisant…

Les sanglots redoublent d'intensité. Meriem s'écroule sur le lit :

– Je suis désolée de ne pas avoir été capable de mieux !

Luce regarde son amie hoquetante, traversée de part en part par le chagrin. Et soudain, elle a honte. Honte de ses soupçons, de sa cruauté. Honte de l'avoir poussée à s'effondrer devant Avril. Elle dit d'une voix blanche :

– Tu n'as pas à t'excuser de quoi que ce soit.

La petite brune se redresse dans un reniflement incrédule.

– M0809, je te présente A0504. A0504, je te présente M0809, ajoute Luce en signe d'apaisement. Tout va bien, nous sommes entre personnes de confiance.

Petit à petit, les sanglots s'espacent et les mèches de cheveux qui barraient le visage de Meriem se rangent derrière ses oreilles. Du bout des lèvres, elle distille quelques anecdotes timides sur le quotidien à l'aile B. Avril, depuis son lit, l'observe avec une curiosité presque scientifique.

– Et la cheffe de la maraude ? demande Luce, elle a fini par revenir ?

Meriem ouvre de grands yeux.

– Z1911… ? Non, j'ai peur que… Non.

Elle essuie un reste de larme et ajoute :

– Par contre, j'ai entendu des rumeurs concernant B1803… Ça ne se passe pas si bien avec le rang 1, les filles lui mènent la vie dure. Tu vois, elle n'aurait jamais dû voler ta place.

La fin de sa phrase est recouverte par la sonnerie de début des cours. Meriem s'approche tout près de Luce et chuchote d'un ton pressant :

– Quand tu y retourneras, tu pourras lui dire, les yeux dans les yeux. Tu lui diras qu'elle n'a que ce qu'elle mérite et que nous, on ne lui pardonnera jamais pour Z1911.

La porte s'ouvre avant que Luce ait pu demander plus de précisions.

– Allez, M0809, il est temps de filer. Ne me faites pas regretter d'avoir cédé.

L'infirmière se tient dans l'encadrement. Elle désigne du menton la visiteuse :

– Ça faisait des jours qu'elle me suppliait de la laisser vous voir. J'espère que vous êtes contente.

Luce acquiesce, tandis que Meriem se confond en remerciements. L'ombre d'un sourire passe sur le visage sérieux de 315H.

– Je la raccompagne et j'ai deux ou trois choses à régler à l'aile E. D'ici là, toutes les deux, vous me ferez le plaisir de manger votre bouillie, ordonne-t-elle.

Une fois la porte refermée, Avril pousse un long soupir, puis elle marmonne :

– Eh, Luce… Une fois qu'on sera retournées à nos vies… Ça sera pas possible de rester amies, tu t'en rends bien compte. Tout le monde trouverait ça louche.

Luce, qui s'apprêtait à attaquer son petit déjeuner, suspend son geste.

– Je ne sais pas, ment-elle, on s'arrangera. Après tout, ils nous ont bien laissées toutes les deux ici sans se poser de questions…

– Loupiote. Tu me prends vraiment pour une nouille. Tu sais, si 315H a autorisé ta copine à venir, c'est qu'elle pense que tu vas mieux. Et si tu vas mieux, ça veut dire qu'on retournera bientôt dans nos dortoirs. Alors on a pas le temps pour les foutaises.

La vérité frappe Luce de plein fouet. Avril a raison, c'est indiscutable. Aussitôt, le pacte proposé au bibliothécaire revient la hanter. Comment y échappera-t-elle, quand elle aura quitté le cocon de l'infirmerie ? Parce qu'elle refuse d'affronter cette perspective terrifiante, elle choisit d'interroger la peur de son amie :

– Tu n'appréhendes pas de retourner à l'aile I ?

Avril hausse les épaules. Puis elle entame sa ration de bouillie avec appétit et, pendant un instant, Luce se demande si la discussion est close. Après quelques bouchées, l'adolescente finit par répondre :

– Pas vraiment, non. Maintenant qu'elles ont vu de quoi j'étais capable, elles se tiendront loin de moi. Personne n'aime prendre des coups, tu sais.

– Et si ce n'est pas le cas ?

Avril la considère d'un œil amusé.

– Tu t'inquiètes vraiment pour mon intégrité physique, bulbeuse ?

Luce ne répond pas et entame, elle aussi, son repas. Mais quelque chose dans le silence d'Avril l'interpelle. Elle relève la tête vers sa voisine de lit. L'arc de ses sourcils s'est durci.

– Tu sais, dit l'adolescente, je fais partie des rares à être venues ici de leur propre chef, dès le tout début. J'avais même pas six ans. C'était avant la fin des cataclysmes. À ce moment-là, on était pas nombreuses à l'Institut… Même les grands séismes, je les ai vécus ici. J'ai eu tellement peur que les murs s'écroulent, que je sois obligée de revenir à ma vie d'avant. Mais non, ils ont tenu bon.

– Les grands séismes… ? demande Luce.

– C'est fou tout ce que vous avez réussi à oublier, vous les bulbeuses. Ils ont dû vous bourrer le cerveau d'un sacré nombre de foutaises pour recouvrir tout ça. Ou alors vous êtes pas capables d'affronter ce que vous avez vu… Les grands séismes, c'étaient les derniers cataclysmes, les plus violents de tous. Y a dû y avoir plein de morts, parce que quand la terre a arrêté de trembler, l'Institut s'est rempli d'un coup…

Avril s'est détournée de son plateau et se met à gratter un morceau de peinture écaillée près de sa tête de lit.

– À partir de là, tous les jours, les équipes ramenaient de nouvelles filles au dortoir. Ça a duré des mois, leur « recrutement ». Mais moi, je suis pas comme toutes celles qu'ils ont récupérées dans les ruines. Quand je suis arrivée ici, il me restait un toit, des parents… Faut croire que j'en avais ras le bol de la violence. Et même si j'avais encaissé suffisamment de coups pour apprendre à les rendre, j'avais compris que c'était pas une bonne manière de communiquer.

Le crissement de l'ongle contre le béton arrache un frisson à Luce. Avril ne s'en aperçoit pas et poursuit d'un ton obstiné :

– Vraiment, je savais ce que je faisais en venant à l'Institut… J'avais entendu parler des délires de Hertz, je savais que je ressortirais pas d'ici. N'empêche que je me suis même pas retournée. Je me rendais moi-même orpheline, tu vois.

Luce s'entend prononcer d'une voix étranglée :

– Tes parents… Ta famille… Tu sais ce qu'ils sont devenus ?

– Et comment je le saurais ? Bien sûr que non. Et tant pis… Bon débarras, même.

Avril souffle sur un petit agrégat de poussière accroché au coin de l'entaille. Elle lisse l'éraflure avec la pulpe du pouce.

– Mais je pensais pas qu'ici aussi ce serait violent, reprend-elle. Pas quand ça sent le propre, pas quand y a des gens en blouse blanche qui te sourient et prennent le temps de savoir qui tu es… Mais tu vois, finalement, j'avais encore besoin du langage que mes parents m'avaient appris.

Luce retient sa respiration, consciente que sa réponse pourra nourrir le feu ou, au contraire, l'éteindre pour de bon. Elle tremble, d'une émotion qu'elle ne reconnaît pas.

– Et si cette violence n'était rien de plus qu'un langage, justement ? murmure-t-elle. Peut-être que ce qui importe, c'est la situation où tu l'utilises… et pour dire quoi.

Si l'adolescente l'a entendue, rien dans son attitude ne le laisse paraître. Elle garde le regard rivé à l'éclat de béton qui s'élargit, tandis que la peinture s'étiole en dégradé sur le mur.

– Tu es la première élève que je vois… poursuit Luce, enfin, à part C1501, et d'une autre manière… Tu es la première à ne pas être impuissante. Ça ne peut pas compter pour rien ! C'est forcément important.

Devant le silence obstiné d'Avril, elle insiste :

– Tu as utilisé tes poings et tes pieds pour me défendre, moi, alors que tu ne me connaissais même pas ! Je ne peux pas croire que ce soit foncièrement mauvais !

Son amie consent enfin à lever, très lentement, les yeux vers elle. Elle ricane :

– Tu te rends compte, quand même ? Ces quelques jours à l'infirmerie, les os en vrac et la tronche défoncée, ça aura été mon meilleur moment à l'Institut.

Tout au fond des iris jaunes, Luce discerne les flammes, qui semblent l'attendre. Elle contemple leur oscillation tranquille, porteuse de toutes les transgressions. Elle pense au courage. À sa grand-mère qui l'exhortait à marcher plus loin que sa peur.

Ses mots se détachent dans un souffle :

– Avril, je crois qu'il faut qu'on parte de l'Institut.

PARTIE 3

Attiser les flammes

33

Des mots échappés, l'embrasement a jailli. Dorénavant, Luce ne pourra qu'attiser les flammes : c'est le chemin sans détour qu'ont tracé ces jours de doute, de clandestinité et de deuil. Dès la première réminiscence, dès l'irruption de l'ailleurs et de la lumière du jour, tout devait la mener à cet instant.

– Avril, il faut qu'on parte de l'Institut, répète-t-elle avec plus d'assurance.

– Tu te souviens de dehors ? Et encore, c'est peut-être pire aujour…

– Je sais. Mais je préfère que ça soit dur et que personne ne décide à ma place de ce que je dois être, penser ou vouloir. Pas toi ?

Avril se mord la lèvre inférieure, puis elle articule lentement :

– J'ai déjà entendu des 3 proclamer ce genre de trucs, t'es pas la première. Mais on les a jamais revues après ça. On raconte que l'Institut les aurait supprimées… Et ces histoires de cadavres que tu m'as rapportées… Ça te fait pas peur ?

La gorge serrée, Luce se tourne vers le lit au fond du dortoir. Des draps neufs ont balayé l'absence et effacé l'odeur de la mort. Mais le souvenir d'E1710, encore vivace, l'implore de choisir ce qui est juste.

– Bien sûr que si, j'ai peur. Mais je ne veux pas finir comme elle, anonyme broyée par l'Institut et emportée dans l'indifférence collective ! plaide-t-elle. Aucun rang, aucune distinction ne nous sauvera de l'oubli.

Avril suit son regard.

– Moi, je me suis faite à l'idée d'une vie sans importance, marmonne-t-elle.

Les yeux jaunes s'attardent sur les rideaux entrouverts, le matelas vide. Elle tressaille. Et enfin, elle admet :

– Mais c'est vrai, je donnerais tout pour une existence qui ait du sens.

À cette affirmation claire et définitive, Luce arrime tous ses espoirs. Les possibles qui s'ouvrent lui donnent le vertige. L'heure est désormais à la stratégie, mais comment s'y prend-on pour renverser un monde ?

– Il faudra agir avec méthode et bien s'entourer, murmure-t-elle pour elle-même. On prendra le temps de trouver les bonnes personnes. Pendant longtemps, j'ai cru que j'étais seule… Mais finalement, il suffit de savoir fissurer les choses.

– On fissurera ce qu'il faut, assure Avril.

– On ne pourra pas non plus se laisser guider par la colère, ça ne suffira pas. Il va falloir étudier soigneusement nos options. Travailler, évaluer. Inspecter chaque faille, ne négliger aucun danger.

– À toi de jouer, Loupiote, c'est ton terrain.

Leurs regards se joignent pour ne plus se lâcher. Luce et Avril savent que l'Institut prépare déjà ses tempêtes pour les faire chavirer et elles se jurent de tenir bon. Ensemble.

L'irruption de 315H met fin aux premières heures de conspiration, plus proches d'une rêverie partagée que d'une stratégie imparable. Avec une moue dubitative, l'infirmière débarrasse leurs plateaux à peine entamés, puis extrait le matériel d'examen de l'armoire métallique.

– Je dois préparer mon compte rendu pour l'équipe éducative, explique-t-elle. Sauf imprévu, vous quittez l'aile H toutes les deux demain, après le dîner.

Au regard paniqué de ses patientes, elle répond par un sermon :

– Soyez raisonnables. Vous ne pouvez pas élire domicile à l'aile H et vous le savez très bien. Les malades de la saison froide affluent, nous aurons besoin des lits. Et puis… Je ne vous laisserais pas repartir si je ne vous pensais pas assez solides.

Avril se laisse inspecter la première. À chaque commentaire positif sur son état, elle oppose des soupirs sonores. Puis c'est au tour de Luce, qui ne desserre pas les mâchoires de tout l'examen. La soignante vérifie les poumons, les côtes, observe chaque plaie et hématome, avant de conclure :

– Très bien, L2106, je vais dire au comité de réévaluation qu'il peut préparer votre session.

– Je… je retourne à l'aile A ?

– Ce sera à eux d'en décider. En attendant, vous patienterez dans les quartiers du rang 3, puisque c'était votre dernière affectation.

Sans laisser de prise aux protestations ou aux questions, 315H quitte la pièce d'un pas vif.

L'après-midi se déroule dans un mélange de fatalisme et de fébrilité. À voix basse, Avril et Luce échafaudent tant bien que mal des plans brouillons.

– Il nous faudrait plus de temps, soupire Luce, c'est trop tôt pour partir de l'infirmerie…

– Si tu veux, je peux me sectionner le bras avec ma cuillère, 315H sera obligée de me garder plus longtemps.

Mais ni l'une ni l'autre ne parvient à sourire à la plaisanterie.

– Les filles de ton dortoir ne vont pas m'épargner, tu sais.

Ce que Luce ne dit pas, c'est qu'une menace pire encore pèse sur elle : bientôt, le bibliothécaire l'arrachera à l'aile I pour réclamer son dû. Soudain, les coups du rang 3 paraissent plus enviables que n'importe quelle alternative. Et quand la nuit arrive sans nouvelle solution, Luce plonge dans un sommeil fiévreux, hanté d'images obsédantes. Pour la première fois, pour la millième fois, elle se lance dans l'exploration des ruines.

Après la mort de sa grand-mère, la petite fille se hisse sur les tours jetées au sol. Alors, elle croit avoir atteint le point culminant de l'univers. Depuis son perchoir, elle cherche le tracé ancien des rues et des avenues, mais les cataclysmes les ont englouties. Luce parcourt la cité béante au hasard, évitant les crevasses du béton et ce qu'elles révèlent des entrailles de Paris : enchevêtrement de trains déraillés et tunnels effondrés. L'enfant erre en silence dans les carcasses des maisons. Des survivants apparaissent ici et là, naufragés agrippés à un radeau de détritus dans la ville mouvante. Elle les regarde droit dans les yeux : elle n'a pas peur.

Au détour de charniers hauts comme des montagnes, Luce découvre l'obscénité écarlate des viscères. Les os dépassant des chairs craquent sous ses pieds. La petite fille caresse les chiens errants et se roule dans la boue avec eux, hurle jusqu'à ce que sa voix se brise. Au milieu de ce monde sans barrières, elle devient Luce qui court, la vie chevillée au corps, sans repos.

Mais à l'heure de rejoindre le refuge, ses jambes épuisées ne lui obéissent plus. Le soir s'avance, menaçant, sa chape noire rampe sur les gravats jusqu'à l'encercler. Luce relève la tête, l'étrange éclat du crépuscule rebondit sur la pierre et l'aveugle : l'Institut étale son reflet sur les ruines, il les dévore dans un ronronnement tranquille. Des hommes en blouse blanche surgissent, paumes tournées vers le ciel. Elle veut s'enfuir. Elle n'y parvient pas.

Le cauchemar a happé Luce pour mieux la refouler à l'intérieur des murs. Elle ouvre les yeux, cherche l'air. Dans le lit voisin, Avril pousse un soupir.

– Tu… Tu dors ?

– À ton avis, Loupiote ?

Il faudrait profiter de ce temps d'éveil pour élaborer de nouvelles stratégies. Mais la nuit a suspendu l'urgence et Paris effondré ne s'efface pas. Luce chuchote :

– Tu sais, maintenant, je me rappelle comment j'ai débarqué ici.

Elle retient son souffle. Et dans le silence de son amie, elle décèle un encouragement à poursuivre.

– J'ai longtemps cru que je m'étais laissé séduire par l'Institut, parce que ici c'était propre et plein de promesses… mais c'est ma grand-mère qui m'a amenée là, après les grands séismes. Elle est morte quand on a atteint Paris, elle n'a pas lâché avant. Elle pensait que je serais heureuse ici… Elle ne pouvait pas savoir.

L'émotion la cueille au creux du ventre. Sa voix se brise quand elle conclut :

– Je crois qu'elle n'aurait pas voulu qu'on m'emmure.

Avril se retourne pour darder sur elle ses grands yeux jaunes.

– Parle-moi d'elle, Loupiote.

Aussitôt, le plafond s'ouvre, la canopée d'une forêt de pins apparaît. Luce plonge dans les décors morcelés de son enfance.

– Elle aimait les théâtres et les criques escarpées. Elle m'a appris à lire et à camoufler mes traces. Elle m'a raconté les monstres des légendes et les voyages autour du monde. Elle m'a montré les empreintes des derniers animaux et les ruines des cathédrales.

Les souvenirs jaillissent les uns après les autres, comme des échos qui résonneraient avec dix ans de retard. À travers ses mots, Luce érige enfin un tombeau à celle qui l'a aimée, protégée et guidée le long des routes.

– Elle m'appelait « ma petite chérie ». Elle avait les mains rêches et les cils tout gris. Elle savait prédire les orages en reniflant l'air. Et toutes les histoires de l'ancien monde, elle les connaissait.

Luce raconte à n'en plus finir. Pêle-mêle, les paysages parcourus, les barres chocolatées dénichées dans les maisons vides, les orteils qui butent au bout des chaussures trop petites… Son récit n'élude pas la fuite ni la somme de terreurs accumulées au fil du chemin, mais il fait la part belle aux refuges que la vieille dame débusquait toujours. Enfin, elle parle des oiseaux saupoudrés dans le ciel en autant de miracles épars.

Luce aimerait, à travers ses paroles, invoquer la force de sa grand-mère. Transmettre à Avril les reliquats d'affection qui l'ont portée quand la peur et la douleur auraient dû prendre le dessus. Elle voudrait envelopper son amie de cette tendresse pour la rendre moins perméable aux épreuves à venir, et mieux la réparer de celles du passé.

Le lendemain matin, Luce se réveille avant Avril. Tout embrumée de sommeil et de ruines, elle se glisse dans la salle d'eau attenante. Une grande giclée d'eau sur le visage, un débarbouillage en règle et déjà, la conscience du départ imminent la submerge. Son cœur se serre. Tandis qu'elle réunit son nécessaire de toilette, elle songe à la douche, à ce mince privilège dont elle aurait aimé profiter une dernière fois.

Soudain, un éclat lumineux attire son regard : un miroir abandonné sur le coin d'une table et que 315H aura négligé de lui dissimuler. Oubliant les mises en garde, Luce se laisse aimanter par son reflet. Elle peine à se reconnaître dans la jeune fille tuméfiée qu'elle découvre. Son visage, en une poignée de jours, s'est affiné jusqu'à bouleverser l'équilibre des traits. Des pommettes saillantes ont remplacé ses joues pleines. Sa lèvre inférieure se boursoufle autour d'une ligne écarlate, là où elle a éclaté sous les coups. De grands hématomes finissent de souligner ses yeux azur. Luce contemple sa figure fardée par les assauts du rang 3 et par l'incident dans la réserve, et elle comprend qu'elle a changé. Beaucoup changé, même. Elle décide que ce visage-là, ce visage qui l'effraie, sera aussi son masque de guerre.

Elle rejoint le dortoir en proie à des émotions mêlées, appréhension et détermination se disputant la suite des événements. Avril lui adresse un signe de tête nerveux avant de s'atteler à son paquetage. Sans un mot, Luce l'imite et réunit uniformes et chemises de nuit au milieu d'un grand drap. Elle sépare le sale et le propre, plie et lisse du plat de la main, puis tâtonne le long du sommier à la recherche de ses possessions clandestines. Le portrait d'abord, l'anthologie à la couverture verte ensuite. Une fulgurance la transperce. Elle laisse retomber le matelas par-dessus son butin. Et elle dit seulement :

– Le bibliothécaire.

Avril ne lève même pas les yeux.

– Quoi, le bibliothécaire ? maugrée-t-elle en bourrant une chemise de nuit dans son baluchon.

– Plutôt qu'un danger, faisons-en un atout.

La bouche de l'adolescente se tord en une moue aussi dubitative que dégoûtée.

– Je sais que t'as de la ressource, mais là tu te surestimes. Tu pourras jamais le retourner contre l'Institut. Il fait partie des équipes depuis une éternité…

– Il ne changera pas d'avis, c'est sûr. Mais je peux utiliser son obsession pour moi.

Avril serre le nœud de son bagage et se plante devant elle, les bras croisés. Luce hésite un instant. Puis elle lâche dans un souffle :

– Il faut que je te raconte ce qui s'est vraiment passé dans la réserve.

Cette fois, elle n'omet aucun détail. Elle ne minore ni sa peur, ni son égarement, ni sa compromission. Oui, Luce a tremblé sur le sol de la réserve, au milieu des boîtes de conserve, tandis que le bibliothécaire s'avançait vers elle. Oui, elle a cherché à marchander, a promis de céder son corps à son agresseur quand elle serait guérie. Et non, elle n'avait pas d'autre solution pour rester sauve. À la lumière de sa stratégie, la honte a reflué pour faire place à un étrange courage.

– Il ne s'étonnera pas de me voir débarquer, conclut Luce, je le lui ai promis, c'était ma contrepartie pour m'échapper de la réserve. Si je lui demande sa *protection* et qu'il accepte, l'équipe éducative ne pourra plus m'accuser de ne pas me plier aux règles de l'Institut. Je deviendrai un modèle de docilité à leurs yeux. Et j'aurai sûrement accès à des informations bien utiles pour notre évasion. Je ferai d'une pierre deux coups !

Avril a blêmi. Son regard soutient celui de Luce, comme pour y déceler un démenti immédiat. Mais le ton avec lequel le mot « protection » a été prononcé ne laisse pas la moindre place au doute.

– Tu te rends compte de ce que tu dis ? murmure-t-elle. On le fuit toutes, c'est la pire crevure de l'Institut et toi, tu vas lui proposer ça ?

– C'est la meilleure solution. Et on sait qu'il se montrera intéressé.

– Je veux pas que tu te sacrifies.

Luce tâche de maîtriser le tremblement de sa voix quand elle répond :

– Ce ne sera qu'un *rapprochement*, comme tu m'as dit. Et je ne sacrifie rien du tout, j'honore le pacte selon mes propres termes.

– Je veux pas que tu t'abîmes, alors, rétorque Avril.

– Mais ça, c'est à moi de le décider.

Avril a recommencé à faire les cent pas dans le dortoir. Ses épaules se sont nouées. Les sourcils froncés, elle semble réfléchir à toute allure, mesurer les chances, chercher les alternatives. Elle expire à grandes bouffées, bat l'air dans de vastes moulinets de mains.

– Tu serais sûrement la première bulbeuse à réclamer une *protection*... Moi, je peux que te demander de renoncer ! À ta place, je préférerais abandonner tout projet d'évasion plutôt que de fréquenter ce salopard !

Elle s'arrête net, pousse un soupir rageur. Et les dents serrées, elle concède :

– Mais... je suis obligée de reconnaître que c'est malin, comme idée.

– Je n'attendrai pas que 315H nous mette dehors. J'irai lui parler dès cet après-midi.

– Luce, tu dois me promettre d'être prudente.

Une ride s'est creusée entre les sourcils d'Avril. Elle s'assoit sur le matelas nu, les genoux ramenés contre sa poitrine. Du bout des dents, elle déchiquette ses ongles sans même s'en rendre compte. Luce lui adresse un sourire en forme d'excuse.

– Aller le trouver, c'est déjà une imprudence, dit-elle.

– Alors tu dois me promettre que quand tout ça sera fini, on détruira cette ordure. On l'utilise, et on le brise.

– On l'utilise, et on le brise, répète Luce.

L'injonction d'Avril résonne comme une comptine cruelle dans l'air du dortoir. Les adolescentes laissent décanter l'idée jusqu'à la rendre plus acceptable. Luce s'efforce de cacher le tremblement de ses mains. Si son instinct lui souffle que son plan est le bon, son corps, lui, se souvient de la peur et du dégoût. Mais elle ne reculera pas. Ce n'est qu'une terreur momentanée sur le chemin de sa liberté. Sur le lit voisin, Avril s'est recroquevillée. Ses doigts passent et repassent sur son crâne, très lentement, les jointures blanchies par la pression qu'elle leur imprime.

– Je voudrais te proposer autre chose, déplore-t-elle, et ne pas t'envoyer dans ses sales pattes. Mais si c'est ta décision, alors ce que j'ai de mieux à faire, c'est de t'aider à y survivre. Lève-toi, je vais t'apprendre à te défendre.

Avril joint le geste à la parole, mais elle est interrompue par la porte du dortoir qui s'ouvre à la volée. 315H se tient dans l'encadrement.

L'infirmière fait quelques pas chancelants. Dans un long frisson, elle dit :

– L2106, je vous en supplie… N'allez pas voir le bibliothécaire.

34

– Qu'est-ce que vous avez entendu ? Qu'est-ce que vous savez ?

Luce a forcé sa voix à travers les nœuds de sa gorge. Tant qu'elle maîtrisera sa peur, elle ne baissera pas les yeux devant l'infirmière. Avril s'avance, d'un pas qui promet qu'elle sera la première à porter l'assaut.

– Je sais que vous n'êtes pas très discrètes et qu'il va falloir apprendre à l'être si vous voulez atteindre votre but.

315H tremble, mais elle ne recule pas. Elle ajoute d'une voix plus pressante :

– Je suis prête à vous aider.

– Nous ne savons pas de quoi vous parlez. Nous n'avons besoin d'aucune aide, rétorque Luce en la toisant.

Malgré la panique, elle tâche de s'ancrer dans le sol et de se faire plus grande qu'elle ne l'est. Perdu pour perdu, elle ne cédera pas un pouce de terrain.

– Je sais que vous comptez aller voir le bibliothécaire pour lui proposer un marché très dangereux.

Alors que Luce s'apprête à nier, 315H ajoute dans un soupir :

– L2106, je vous ai entendues… et pas qu'une fois.

Les deux filles échangent un regard chargé d'appréhension, dans lequel chacune tente de lire le verdict de l'autre.

– Votre stratégie est intelligente, mais vous avez oublié de considérer l'impact qu'elle aura sur vous. Vous n'en sortirez pas intacte… si vous en sortez.

– Je vais réclamer la *protection* du bibliothécaire par choix, répond Luce, et parce qu'il m'en a ouvert la possibilité. Je ne sais pas ce que vous vous êtes imaginé, mais laissez-moi en dehors de vos divagations.

– Je vous aiderai, répète doucement la jeune femme, je fais moi aussi partie des équipes de l'Institut… J'ai accès à des ressources et des endroits dont vous ignorez l'existence… Vous n'avez pas besoin de lui. Je ferai tout ce que je peux.

Avril approche encore. Mais au lieu d'attaquer l'infirmière, elle la contourne pour refermer la porte du dortoir. Dans la pénombre retrouvée, Luce questionne 315H :

– Pourquoi vous voudriez nous aider ? Et nous aider à quoi, déjà ?

– À quitter l'Institut, à regagner l'extérieur en échappant à la Structure Hertz… et à y survivre.

La morsure du soleil, l'odeur de la poussière, le sang séché sur les ruines : tout un camaïeu de rouge et de gris éclate en Luce.

– Et pourquoi vous feriez une chose pareille ? demande Avril.

– Parce que moi aussi, je veux m'en aller. Ça fait très longtemps que j'y pense.

Luce chasse les souvenirs qui s'agrippent encore à elle et s'efforce de déchiffrer le visage sombre de l'infirmière. Elle attend que les commissures des lèvres tremblent, que les yeux oublient de ciller, que la voix se mette à sonner faux. Mais 315H joue à la perfection la partition de la sincérité. Luce ne se départit pas de sa méfiance pour autant.

– Libre à vous de partir. Ça ne nous concerne en rien.

– Vous avez tort, L2106, je suis tout sauf libre. Pour entrer ici, chaque membre des équipes a prêté allégeance à Hertz. Ce qui nous interdit de quitter les lieux ou de raconter ce qu'on y fait.

La soignante s'est redressée et a retrouvé son assurance. Dans l'obscurité, sa blouse impeccable renvoie une blancheur presque surnaturelle. Luce pense aux douches, à la chaleur, à l'odeur de propre… Elle revoit les étagères chargées de boîtes de conserve et de bocaux dans la réserve. Et elle dit :

– Je trouve ça bien commode que vous vous mettiez à rêver d'évasion après avoir écouté aux portes. Pendant toutes ces années, ça ne vous a pas tellement dérangée d'être au service de l'Institut.

– Détrompez-vous. Si je n'ai pas tenté de m'enfuir, c'est uniquement parce que je savais que je n'y parviendrais pas seule. Vous ne pouvez pas imaginer combien j'ai attendu ce moment.

De nouveau, Luce traque les indices du mensonge. Si rien ne lui prouve que la soignante dit la vérité, alors autant croire au danger et surtout, fuir le doute et ses remous.

– Vous êtes une adulte, tranche Avril, c'était votre décision d'entrer ici. On va pas pleurer sur votre sort.

– De ce que j'en sais, A0504, vous êtes aussi venue à l'Institut de votre plein gré. Et pourtant, ça ne change rien à votre sincérité, ni à votre colère.

Toutes deux se toisent dans un silence venimeux. Chacune a touché chez l'autre un point douloureux, et aucune ne semble prête à s'en excuser.

– Écoutez…

315H s'assoit sur l'un des lits vides, sa grande silhouette légèrement voûtée.

– Je n'en peux plus de récupérer les victimes du gymnase et du système de *protection*, soupire-t-elle. D'entendre agoniser les filles du rang 3. De défaire le lit des mortes. Je n'en peux plus.

Cette fois, sa bouche a tremblé. Ses mains aussi. Elle enfonce ses poings dans les poches de sa blouse, mais le frémissement du tissu la trahit. Le cri qui avait traversé le dortoir à la mort d'E1710 monte dans la mémoire de Luce.

– Il va nous falloir des preuves de votre sincérité, lâche-t-elle.

– Demandez-moi ce que vous voulez.

Avril la prend aussitôt au mot :

– C'est vrai qu'ici on tue les filles qui l'ouvrent un peu trop ?

L'infirmière frissonne. Elle rassemble son courage pour murmurer :

– Oui. L'Institut supprime les éléments rebelles les plus dangereux.

– Et leurs corps sont abandonnés dehors… conclut Luce d'une voix blanche.

– En effet. C'est le bibliothécaire qui est chargé de transporter les dépouilles à l'extérieur, quelle que soit la cause de la mort.

Luce se sent vaciller. Pendant un bref instant, elle songe à tout laisser tomber, à oublier, à se terrer dans son lit pour toujours. Pourquoi ne pas reléguer au fond de sa mémoire les réminiscences du soleil, du vent, de sa grand-mère même ? Tout pour être sauve, tout plutôt que les maltraitances, la terreur sans fin, le bibliothécaire-fossoyeur et les cadavres aux portes de l'Institut.

L'infirmière presse sa lèvre inférieure entre ses dents serrées. Et tandis que Luce l'observe, empêtrée dans une myriade d'émotions complexes, tandis qu'elle la scrute, effrayée, embarrassée, méfiante, endeuillée, furieuse, pleine d'espoir, la voix d'Avril retentit :

– 315H passe ses journées à essayer de sauver les filles abîmées. Elle nous serait utile. Moi, je sais pas soigner, je sais que blesser. En plus, elle a connu le monde de dehors, elle a accès aux ressources des équipes. C'est déjà pas mal.

Puis elle ajoute en plissant ses grands yeux jaunes :

– De toute façon, c'est trop tard. Elle nous a entendues. Je préfère la garder dans les parages que de la laisser filer comme ça, on sait jamais.

L'adolescente a parlé de l'infirmière comme si celle-ci ne se trouvait pas dans la pièce, comme si elle s'était éclipsée le temps des délibérations. Mais 315H est toujours là. Elle leur oppose un regard à peine humide, le menton haut et contracté en une moue volontaire.

– Je m'appelle Helena. Vous n'avez pas besoin du bibliothécaire si vous m'avez, moi. N'y allez pas.

35

À chaque pas en direction de l'aile D, la terreur accrochée aux semelles de Luce la fait trébucher. Les derniers instants à l'infirmerie tournent en boucle dans son esprit. Sa tranquillité feinte quand elle a décrété que d'une menace, il fallait faire une opportunité. Les supplications de l'infirmière qui ont suivi… Mais à ce moment-là, Luce avait déjà pris sa décision : celle de multiplier les ressources pour renforcer le projet d'évasion. Une complice à l'aile H, une infiltrée chez le bibliothécaire… Aucune ne serait de trop. Luce sait aussi que le bibliothécaire ne la laissera pas en paix tant qu'elle n'aura pas affronté l'horrible transaction conclue dans la réserve. Et puis il y a eu la voix d'Avril, raffermie :

« Je m'occupe de 315H. Sois prudente.

– Je reviens chercher mes affaires après avoir négocié avec lui. Je vous raconterai tout. Ne t'inquiète pas pour moi. »

Chacune de ces réminiscences tire Luce en arrière, vers le cocon de l'aile H, vers le feu d'Avril et les espoirs de fuite. Pourtant, Luce doit continuer à marcher : pour apercevoir l'issue, il faut se jeter dans l'épouvante. Ignorant la nausée qui monte, elle serre les poings au fond de ses poches et allonge sa foulée.

Dans la salle de lecture, c'est un matin comme un autre. Quelques élèves ont fait l'impasse sur le petit déjeuner et sont déjà absorbées dans leur étude. À son entrée, elles lèvent la tête de leurs manuels, puis s'y replongent aussitôt. Luce aurait préféré un chuchotement, une question, une moquerie même. Mais seul le bruissement des pages vient troubler le silence. Elle s'avance, chancelante. Derrière le bureau, le bibliothécaire tape d'un air absent sur son clavier. Elle s'éclaircit la gorge. Le regard de l'homme la foudroie.

– Bonjour, L2106.

Il ne semble pas étonné de la voir. À peine une hésitation, et il ordonne :

– Venez avec moi.

Luce le suit à travers un couloir aux angles flous. Le carrelage tangue. Elle appuie du bout des doigts sur ses paupières, jusqu'à s'étourdir des éclats lumineux qui en jaillissent. Une porte grince.

– Entrez.

L'odeur fauve de l'appartement la saisit quand l'homme s'efface pour la laisser passer. Le parquet sombre craque sous ses chaussures. Luce déglutit. Pendant un instant, toute à son observation des lieux, elle oublie l'appréhension et le dégoût : après dix cycles à parcourir les mêmes couloirs, la nouveauté est rare et toujours inattendue. Quelque chose dans l'appartement du bibliothécaire rappelle à Luce le grenier de la maraude. L'amoncellement de paperasse, la poussière prise au piège dans les fissures du bois… Il y en aurait pour des jours et des jours à faire l'inventaire de cet endroit, pourtant exigu. Son regard glisse sur le papier peint bleu fané, s'accroche aux étagères couvertes de bibelots dépareillés. Une horloge au balancier immobile lui fait face, arrêtée sur le midi vingt-six d'un autre temps. Serait-elle assez lourde pour assommer le bibliothécaire ? Au-dessus des aiguilles silencieuses, deux tableaux sont retournés contre le mur, n'exposant plus que le châssis des toiles, comme si leurs occupants refusaient d'assister à la scène à venir.

Le raclement de la chaise sur le sol met fin à la contemplation. Le bibliothécaire s'assied jambes croisées, puis, d'un geste, désigne le lit.

– Installez-vous, L2106.

Maintenant que la porte est refermée, elle doute de son plan. Pour faire taire l'envie de fuir, Luce se répète son mensonge. Elle arrondit son regard, se prépare à moduler sa voix : plus elle paraîtra inoffensive, moins le bibliothécaire percera ses intentions. Mais toute sa stratégie s'évanouit quand il dit :

– Je suppose que vous êtes venue réclamer ma *protection*.

Avant qu'elle ait pu répondre, il ajoute d'un ton calme, détachant chaque mot :

– Et vous avez raison, car vous êtes sur une pente glissante. Votre rang ne vous protégera plus très longtemps... Aujourd'hui, vous avez terriblement besoin de moi.

La sidération a pris Luce de court. Elle qui pensait présenter une offre alléchante au bibliothécaire, la voilà réduite à le supplier. Et il l'aura compris avant même qu'elle puisse tendre ses filets.

– C'est que le bilan commence à peser, reprend-il. D'abord, les épisodes de déconcentration, puis le déplacement à l'aile B... Là où d'autres auraient retenu la leçon et se seraient démenées pour regagner les faveurs de l'équipe éducative, il a fallu que vous cédiez à la tentation d'une expédition nocturne avec les imprudentes du rang 2. La suite, nous la connaissons tous deux : le spectre de la rétrogradation, si rare dans l'histoire de l'Institut...

L'homme semble prendre plaisir à la voir se décomposer à chacun de ses mots. Il fait claquer sa langue et raille :

– Allons, allons, L2106. Vous êtes étonnée que je connaisse si bien votre dossier ? Pourtant, ce sont ces péripéties qui vous ont menée jusqu'à ma bibliothèque, juste avant votre examen de réévaluation. Nous leur devons notre rencontre !

Derrière ses lunettes, il cherche son regard. Mais Luce le lui refuse. Au fond de la pièce, un rideau de velours moutarde laisse entrevoir une fenêtre murée. Elle s'y arrime tandis qu'il poursuit :

– Rien d'étonnant, après tout : j'en ai vu, des brebis égarées se raccrochant à la *Théorie éducationnelle*… Au fil des pages, elles finissent toutes par comprendre ce qu'elles doivent à l'Institut du Nouveau Lendemain. Mais pas vous, L2106. Vous, vous avez continué à nourrir votre défiance. Est-ce que je me trompe ?

Luce a le sentiment que chaque mot, chaque coup d'œil risquerait de l'incriminer. Elle garde les lèvres serrées. 315H l'avait prévenue, pourtant, de la sidération, de la peur qui empêche de respirer. Avril lui avait dit de ne pas sous-estimer son adversaire. Mais Luce n'a pas écouté. Et pendant qu'elle imaginait des stratagèmes forcément victorieux, le bibliothécaire, lui, épluchait son dossier à la recherche de ses moindres failles.

– Je n'ai pas entendu votre réponse, L2106. Est-ce que je me trompe ?

Elle se force à prononcer quelques mots enroués :

– Je ne sais pas, monsieur.

– Je ne vous aiderai pas tant que vous ne m'aurez pas répondu.

– Vous avez sûrement raison, murmure-t-elle à contrecœur.

Un sourire tordu se dessine sur le visage de son interlocuteur.

– Évidemment. Vos résultats intellectuels et physiques sont épatants, et vous le savez très bien. Il ne reste qu'un critère qui puisse faire douter le comité de réévaluation : votre allégeance, votre fidélité aux valeurs de l'Institut.

Il s'accorde une courte pause, durant laquelle il la toise sans un mot. Mais il n'en a pas fini avec elle. Maintenant qu'il est parvenu à faire voler son masque en éclats, il la forcera à contempler chacun de ses morceaux épars.

– Et que dire de la suite ? Votre exil dans les quartiers du rang 3, la rixe, le séjour à l'aile H… Quelle déchéance pour une élève de votre calibre ! Mais il faut croire que les avertissements, si violents soient-ils, ne vous servent à rien.

Luce sait ce qui va suivre. Les perceptions de cette nuit-là remontent en elle : la fadeur de la poudre à bouillie, l'air confiné de la réserve, la profusion colorée des boîtes de conserve… Et surtout, la terreur.

– Et voilà que je croise à nouveau votre chemin, votre chemin de pensionnaire en sursis, votre chemin de grande blessée… dans la réserve de nourriture de l'aile F. Le dernier endroit à fréquenter pour qui espère la rédemption ! Oh, L2106, je dois avouer que j'ai été bien surpris de vous trouver là.

Luce ne respire plus. Elle ne revivra pas plus longtemps l'épouvante de ce face-à-face. Elle n'affrontera pas le choc de son corps contre les étagères, ni la vision du bibliothécaire penché sur elle, avide et impitoyable. Son ventre ne peut pas. Dans un ultime sursaut, elle choisit l'attaque.

– Pourtant, vous ne m'avez pas dénoncée à l'équipe éducative. Vous avez préféré tirer profit de la situation et m'agresser. Alors peut-être que votre allégeance à l'Institut n'est pas si solide non plus.

La provocation a claqué dans l'air de la chambre. De victime écrasée sous le poids de ses failles, Luce a basculé dans un rôle de belligérante, une place où elle se découvre plus à son aise. Et malgré l'attitude impassible du bibliothécaire, elle sait qu'elle l'a désarçonné. Il reste muet quelques secondes, puis, très lentement, articule :

– Intéressant. Racontez-moi tout, L2106… Vous avez développé d'autres théories à mon propos ?

Ses yeux se sont teintés d'une lueur inquiétante. L'envie de mordre n'a pas disparu, mais Luce doit s'engouffrer dans la brèche qu'elle a ouverte. D'une voix adoucie, mais sans détour, elle dit :

– J'avais promis que je vous reviendrais une fois guérie. Me voici. Alors dites-moi, si je décide de me *rapprocher* de vous, vous assurerez ma *protection* ?

Le bibliothécaire se lève. Il s'étire longuement, fait quelques pas dans la pièce. Pendant une seconde, elle croit qu'il va poser la main sur elle, et elle doit se retenir de fuir. Mais quand il se retourne enfin, c'est pour déclarer :

– Cela me semble envisageable, L2106. Cela me permettra d'attester vos progrès et votre bonne volonté auprès des autorités compétentes.

– Mon séjour à l'aile H s'achève, je veux la garantie que je ne rejoindrai pas le dortoir du rang 3.

– Avec plaisir. J'irai moi-même chercher vos affaires à l'infirmerie sitôt les termes de notre accord convenus. Désormais, vous vivrez ici, à mes côtés.

Luce acquiesce, le ventre noué. Au dortoir de l'infirmerie, Avril et Helena l'attendent, soudées par la même angoisse : elle ne pourra pas les rassurer, ni leur raconter l'entrevue. Retenant tant bien que mal les tremblements de sa voix, elle dit :

– Que tout cela soit bien clair : vous n'obtiendrez *rien* de moi tant que je n'aurai pas eu la confirmation d'un verdict positif du comité de réévaluation. Je ne remplis ma part du marché que si vous remplissez la vôtre.

– Accordé.

– Si vous essayez de trahir notre arrangement, je vous dénoncerai. Je dirai à vos supérieurs ce qui s'est passé dans la réserve.

Puis elle ajoute, en martelant chaque mot :

– Et je ne parle pas de votre tentative d'agression. Je parle des provisions inestimables que vous étiez en train de voler.

Le bibliothécaire s'est tendu sur sa chaise. Il réajuste ses lunettes d'un geste nerveux, puis, retrouvant sa contenance, laisse échapper un petit rire.

– Vous êtes une jeune femme étonnante, L2106. Voilà qui promet une cohabitation intéressante…

36

Intacte.

Luce est intacte.

Elle repousse l'édredon et se laisse cueillir par la tiédeur de la chambre. Les néons diurnes l'inondent de leur clarté électrique. Son regard se tourne vers le canapé, sur lequel flotte une couverture tire-bouchonnée : c'est là que le bibliothécaire a dormi cette nuit, tandis qu'il lui cédait son lit. Elle n'a pas demandé pourquoi, elle s'est contentée de s'emmailloter dans les draps pour en verrouiller chaque accès. Puis elle a surveillé les grincements du plancher. Mais l'homme n'est pas venu et elle a fini par sombrer dans le sommeil.

Blottie dans la chaleur des draps, l'oreille aux aguets, Luce ne se lève qu'une fois sûre que l'appartement est vide. Le parquet est doux sous ses pieds nus. Sur la table à manger, un morceau de papier plié en quatre l'attend. Il porte la marque de l'Institut.

Rédigé en trois copies, à l'attention de :
– Matricule 012V, membre des équipes administrative et éducative.
– Matricule L2106, pensionnaire de rang 1.
– Service d'archives de l'Institut du Nouveau Lendemain.

Nous prenons note, ce jour, de l'annonce du rapprochement *entre les matricules 012V et L2106. La présente officialisation autorise 012V à partager son appartement de l'aile D avec la pensionnaire L2106 avec effet immédiat.*

Nous rappelons que la requalification du rapprochement *en* union *pourra être réclamée par simple demande écrite auprès des autorités compétentes.*

Évaporée la douceur du réveil, balayé le confort des draps. Le lit moelleux n'est qu'une nouvelle cage, encore plus étroite que les précédentes. Comment Luce a-t-elle pu l'oublier ? Chaque matin réduira le sursis engendré par son infernale promesse. Les espoirs qu'elle avait tissés en ourdissant son plan lui paraissent maintenant bien incertains.

Dans un geste d'impuissance futile, elle tape du poing sur la table jonchée de boîtes de conserve. Leur carillon métallique sonne comme un rappel à l'ordre. Dorénavant, elle prendra ses repas ici, seule ou en compagnie de son geôlier : c'est le prix de son nouveau privilège. Plus d'aile F, plus de tête-à-tête avec Clara. À cette pensée, elle sent son cœur se serrer. Plus que jamais, l'amie à l'aplomb tranquille lui manque. Et Luce donnerait cher pour savoir trouver, comme elle, des réponses pragmatiques aux questions de vie et de mort.

« Mange, aurait conseillé Clara. Prends des forces, tu t'occuperas des problèmes à venir plus tard. »

Luce fait basculer la languette métallique de la boîte de conserve et plonge sa cuillère à l'intérieur. Une saveur acide et trop salée se répand sur ses papilles : mauvais choix, qu'elle engloutit pourtant avec férocité. Les effluves aigres des restes de sauce continuent à embaumer la pièce tandis qu'elle se dirige vers la salle d'eau.

Recroquevillée pour soustraire sa nudité à des regards absents, Luce se lave tant bien que mal sous sa chemise de nuit. Puis, après avoir choisi une tenue propre, elle explore à tâtons le baluchon rapporté entre-temps par le bibliothécaire. Elle n'y trouve ni l'anthologie ni le portrait, abandonnés sous son matelas de l'aile H dans la confusion du départ. Mais tout au fond du bagage, le badge de rang 1 roule entre ses doigts. Elle l'avait presque oublié. Le rituel de l'uniforme, délaissé pendant le séjour à l'infirmerie, apaise instantanément son angoisse. Les chaussettes, d'abord, bien remontées sous le genou. Puis la jupe bleue, son attache à sécuriser sur le côté gauche. Le chemisier, sept boutons et le dernier laissé défait. Le foulard serré à la gorge, le pull glissé par-dessus les épaules et son col à réajuster. La sonnerie retentit sur le double nœud de ses chaussures.

Devant le miroir et le reflet qui ne cille pas, Luce épingle son badge juste au niveau du cœur, comme un bouclier.

Dans la salle de classe, la majorité des élèves est déjà installée et tous les yeux se tournent vers elle dès son entrée. Luce n'est pas encore habituée à la honte. Le rouge aux joues, elle s'avance jusqu'à sa place.

À l'Institut, les rumeurs circulent d'un dortoir à l'autre par leurs propres canaux, bien plus efficaces que les voies officielles. Sûrement que B1803, profitant de son rôle de messagère, a accéléré la diffusion de l'information. Les regards que Luce sent peser sur sa nuque ne peuvent signifier qu'une chose : toutes ses camarades sont déjà au courant de son *rapprochement* avec le bibliothécaire. Un arrangement aussi dégradant qu'inédit, surtout pour une pensionnaire de rang 1... Luce s'efforce néanmoins de garder la tête haute. Elle ne se laissera pas atteindre par l'hostilité de celles qui ne savent rien de son grand projet.

– Bien, je vois que L2106 nous a fait l'honneur de revenir parmi nous malgré l'importance de son nouveau statut, raille Alpha en s'installant derrière le bureau.

Les élèves chuchotent de plus belle, guettant avidement sa réaction. Mais Luce se contente d'allumer son écran et, dans une attitude de servitude polie, attend les premières consignes de la matinée. Malgré les jours d'arrêt, elle n'a rien perdu de son habileté. Et tandis que les exercices s'enchaînent, les angoisses perdent de leur consistance. Dans cet univers de chiffres et de figures abstraites, chaque problème voit émerger avec lui sa solution. Elle retrouve avec délice le sentiment de certitude qui lui a tant manqué : la bonne direction, unique, juste et infaillible.

La sonnerie marque un brusque retour au réel. Alors que la meute se presse vers l'aile F, les bribes captées ici et là font comprendre à Luce qu'elle est au cœur de toutes les conversations. Cette fois, pourtant, elle voudrait leur crier qu'elle n'est en rien différente d'elles, qu'il s'agit d'une horrible méprise. Mais elle se souvient du plan imaginé avec Avril et Helena, des rêves fous, du dehors. Le retour en arrière ne lui appartient plus désormais : elle porte sur ses épaules d'autres espoirs que les siens.

Luce s'immobilise à l'entrée du sas, le cœur saccadé et les mâchoires serrées. Aujourd'hui plus que jamais, elle voudrait fuir les cours communs de l'aile G. L'épreuve du matin lui paraît bien dérisoire en comparaison de ce qui l'attend maintenant : sitôt qu'elle aura passé les portes battantes, les regards des rangs 2 et 3 s'ajouteront à ceux de ses pairs… Et c'est vers elle qu'ils se tourneront pour persifler.

Un groupe d'élèves surgit dans le couloir. L'une des pensionnaires, la reconnaissant immédiatement, se fend d'une remarque obscène. Luce s'élance dans le gymnase pour ne pas entendre les rires qui suivent. Les yeux rivés à une fenêtre imaginaire bien au-delà de ses camarades, elle s'avance vers son poste de travail. En découvrant la table alourdie d'un fatras de planches délabrées et de débris divers, elle croit à une plaisanterie, avant de s'apercevoir que toutes ont été logées à la même enseigne. Bien que les autres filles semblent trop absorbées par leurs commérages pour s'en soucier.

Heureusement, le professeur de Vie pratique ne tarde pas à arriver et, dès qu'il commence à dispenser ses consignes, l'attention se détourne sur lui.

– Ce cours est le premier d'un nouveau chapitre, qui aura pour objet la réparation et l'entretien des locaux. Aujourd'hui, vous allez apprendre à reconnaître et utiliser les outils adéquats en fonction de chaque situation. J'ai également une bonne nouvelle à vous annoncer : pour la commémoration annuelle du fondateur, qui aura lieu dans six semaines, vous aurez l'occasion de montrer votre gratitude envers l'Institut. En effet, à l'issue de ces cours de bricolage, chacune pourra désormais, sur simple demande, prendre en charge la réparation d'éléments défaillants dans les espaces communs. Vous êtes toutes concernées, y compris les élèves de rang 1.

À cette annonce, des exclamations outrées retentissent parmi ces dernières.

– On ne va quand même pas faire le travail du rang 3 ! s'indigne une voisine de Luce.

Le professeur fait mine de ne pas entendre et poursuit :

– Vous n'êtes pas sans savoir que ce cycle-ci, l'intendante se joindra à nous pour la commémoration. Nous voulons lui présenter un Institut à la hauteur des ambitions de notre fondateur Tadeusz Hertz. Les équipes comptent sur vous pour réaliser des petits travaux. Vous ferez ainsi la fierté de votre rang et pour chaque réparation, vous recevrez des points bonus qui seront comptabilisés dans votre dossier.

Luce examine les gravats qui lui ont été attribués, tentant de mémoriser la forme des vis et des boulons, mais elle peine à se concentrer. Quelque part dans l'immensité du gymnase, Meriem et Avril écoutent elles aussi les instructions du professeur. Elle n'ose pas tourner la tête pour les chercher, mais cette pensée l'obsède, jusqu'à balayer toute autre considération. Il faut trouver un moyen de leur parler.

– Tour à tour, vous viendrez vous servir dans les caisses à outils. Veillez à choisir ceux qui vous paraissent adaptés à votre cas particulier. Cela ne sert à rien de copier sur sa voisine ! Si vous avez besoin d'aide, levez la main et je viendrai vous voir. Je précise à toutes fins utiles que, comme d'habitude, les fournitures seront comptées à la fin du cours et que s'il en manque, vous ne sortirez pas d'ici avant qu'elles soient restituées. Le rang 1 peut s'avancer dès maintenant.

Les chaises se vident d'un seul coup et bientôt, il ne reste plus que Luce dans la zone du rang 1. À contrecœur, elle se dirige vers une caisse un peu à l'écart des autres. Et tandis que ses camarades regagnent une à une leur place, elle s'attarde, fouille, choisit des outils qu'elle repose aussitôt.

– L2106, vous n'avez pas encore fini ?

– Excusez-moi, monsieur... J'ai presque terminé, répond-elle sans lever la tête.

– Dépêchez-vous, vous êtes la dernière.

Le professeur reste debout à côté d'elle, bredouille quelques mots, esquissant un geste, pour finalement renoncer. Il appelle d'une voix sonore :

– Le rang 2, à votre tour.

Comme Luce l'avait espéré, les élèves de rang 2 préfèrent s'agglutiner autour des mêmes bacs plutôt que de s'approcher d'elle. La répulsion qu'elle inspire en tant que protégée du bibliothécaire a du bon. En un instant, Meriem l'a rejointe.

– Est-ce que tu vas bien ? murmure-t-elle.

Luce se penche pour examiner un tournevis et, frôlant son amie, chuchote de façon presque imperceptible :

– Tout va bien.

Elle ne lui a pas accordé un regard. Un observateur extérieur pourrait croire qu'elle ne s'est même pas aperçue de sa présence. Meriem comprend aussitôt ce qui est en train de se jouer. Elle amène une paire de tenailles à hauteur de ses yeux et marmonne comme pour elle-même :

– Le bibliothécaire. Pourquoi tu as fait ça ? Il t'a forcée ?

– Non. Je...

Luce s'interrompt. Une fille de rang 2 s'est mise à explorer leur caisse à la recherche d'une clé plate. Tout en l'observant du coin de l'œil, Luce fait mine de s'absorber dans la comparaison de deux pinces coupantes. Ce n'est qu'une fois le danger éloigné qu'elle explique :

– Je le prends au piège, ne t'inquiète pas.

– Quel piège ?

– On va partir d'ici, Meriem. Moi, et d'autres. Et toi, si tu es d'accord.

Il n'en aura pas fallu beaucoup pour que Meriem accepte. Pas de grandes promesses, ni de mots de réconfort : il aura suffi à Luce d'ôter son masque de froideur et de regarder son amie droit dans les yeux. Une invitation, quelques explications succinctes. Presque rien vraiment, pour que Luce retourne à sa place le cœur plus léger et les poumons plus vastes, comme après une longue apnée.

Des outils et des matériaux qu'elle manipule pendant le reste du cours, elle ne retient rien. Elle n'entend même pas la sonnerie, obnubilée par le « oui » de Meriem qui ne cesse de retentir en elle, à la fois terrifié et confiant, empli d'une angoisse lumineuse. Ce n'est que lorsque ses voisines se lèvent que Luce comprend que le cours est fini. Elle se hâte à leur suite pour ranger son bureau dans le local de stockage adjacent.

Tandis que le professeur recompte les outils, les élèves des rangs 1 et 2 se vautrent sur les tapis au fond du gymnase. Les pensionnaires de rang 3 n'ont pas besoin qu'on leur en donne la consigne pour se diriger vers la remise. Elles en ressortent chargées de matériel de ménage. Sous les regards de leurs camarades privilégiées, elles nettoient à grande eau le sol du gymnase en prévision du cours de sport qui va suivre. Luce reconnaît la silhouette d'Avril parmi les balayeuses. Ses mouvements sont encore raidis par les blessures et elle ne cesse de jeter des coups d'œil nerveux autour d'elle.

Aussitôt, Luce dégringole en bas du tapis de gymnastique. Puis elle se souvient de la présence des autres filles et s'efforce de ralentir le pas. Elle traverse le gymnase en réfrénant à chaque seconde l'envie d'accélérer. Une décharge la parcourt quand elle croise le regard d'Avril. L'adolescente hoche la tête, imperceptiblement.

Une fois parvenue dans les toilettes, Luce en inspecte les moindres recoins et ouvre, une à une, les portes de chaque cabine. Elle compte les secondes. Cent vingt, très exactement, avant que son amie la rejoigne, son balai toujours à la main. Comme à son habitude, la jambe droite d'Avril tressaute nerveusement, mais un sourire espiègle colore ses yeux jaunes. Elle ne s'encombre pas des politesses d'usage.

– Je t'ai vue avec Meriem. Pas besoin de demander si elle a accepté.

– Ah bon ?

– Elle te suivrait n'importe où, c'est évident. Et puis tu verrais ta tronche béate, hein !

– Espérons que je cache mieux mon jeu avec le bibliothécaire, alors.

Aussitôt, le visage d'Avril se ferme. Elle l'interroge d'une voix sombre :

– Est-ce que ça va ?

– Oui. Il se tient à carreau, il attend sa récompense. Et toi, ton retour à l'aile I hier soir ?

– Comme prévu, les autres m'évitent. Elles ont peur de moi. En plus, Helena m'a donné un médicament pour retrouver mes forces plus vite. Un truc assez efficace, réservé aux équipes et au rang 1. Alors s'il faut bastonner, je bastonnerai.

Luce laisse échapper un sourire.

– Me voilà rassurée.

– Et moi donc ! On a vraiment eu la trouille quand tu n'es pas rentrée à l'infirmerie et que l'autre crevure est venue chercher tes affaires à ta place… Maintenant, je suis censée aller voir Helena tous les jours pour suivre ma guérison, parce que j'ai pas la santé d'une bulbeuse… Mais comme tu t'en doutes, on aura deux ou trois autres sujets de conversation ! Au fait, je t'ai rapporté ça.

Avril jette un regard autour d'elle avant de soulever son pull. Dans l'élastique de sa jupe, elle a coincé l'anthologie de la *Théorie éducationnelle de la survie.*

– T'avais oublié tes trouvailles sous ton matelas, alors avant de quitter l'infirmerie, j'ai voulu les planquer quelque part… Et puis je suis tombée sur un truc bizarre. Helena sait pas d'où ça sort non plus. Je me suis dit que c'était mieux de te le donner direct.

Joignant le geste à la parole, Avril feuillette le livre. Le défilement des pages s'accélère brusquement sous ses doigts et la reliure s'écarte autour d'un morceau de papier.

– Qu'est-ce que c'est ? demande Luce.

– Tu verras, Loupiote. Moi, je retourne dans le gymnase, sinon le prof risque de venir me chercher.

L'adolescente arbore un air grave qui ne lui ressemble pas. Elle ajoute :

– Surtout : on reparle de tout ça dès que possible.

Luce acquiesce et s'enferme aussitôt dans la cabine de toilettes la mieux éclairée. Le document, si fin qu'il semble prêt à s'effriter, est recouvert de caractères d'imprimerie. Certains ont cédé à l'usure et sont désormais illisibles. Juste au-dessus du titre, une image grisâtre représente un homme de dos, contemplant un ensemble de grands bâtiments entouré d'ouvriers minuscules. Luce reconnaît, confusément, l'immense édifice retrouvé en rêve deux jours plus tôt. L'Institut, avant même qu'il devienne l'Institut.

EXCLUSIF : Entrevue avec B. R., architecte repenti de la « Structure Hertz »

L'architecte, autrefois proche de Tadeusz Hertz, a récemment démissionné de son poste après avoir constaté des « aberrations gravissimes » sur le chantier de rénovation de l'ancien hôpital Saint-Vincent-de-Paul, dans le 14e arrondissement de Paris, destiné à accueillir un établissement scolaire. Aujourd'hui, B. R. entend lancer l'alerte sur les méthodes contestables et l'idéologie sous-jacente à la « Structure Hertz ».

Quand et comment avez-vous rencontré Tadeusz Hertz ?

B. R. : Nous avons été présentés par un ami qui connaissait nos préoccupations communes : dégradation de la nature, futur de l'humanité… C'était il y a une quinzaine d'années. Je réfléchissais déjà, à l'époque, aux manières d'adapter la ville et l'habitat aux catastrophes climatiques de plus en plus fréquentes. Tadeusz m'a fait part de son projet et j'y ai été très sensible.

Vous avez collaboré avec Hertz durant de nombreuses années, notamment pour la conception d'une ville survivaliste, la « Cité » située à Provins, à une centaine de kilomètres au sud-est de Paris. Pourtant aujourd'hui, vous avez

coupé tous les liens avec Hertz et ses adeptes. Comment ce changement drastique s'est-il opéré ?

B. R. : Comme beaucoup, j'ai d'abord été séduit par la vision de Tadeusz Hertz et l'espoir qui s'en dégageait. Cependant, le temps passant, j'ai remarqué une inflexion de son discours. Il n'était plus question de « sauver l'humanité », mais de « bâtir une humanité améliorée selon une gestion rationalisée des individus ». Cela m'a paru inquiétant.

Et le coup de grâce a été la rénovation de l'hôpital Saint-Vincent-de-Paul ?

B. R. : Oui. J'avais déjà des doutes, mais là, il s'agissait d'engager mon éthique professionnelle. J'ai toujours pratiqué ce métier dans un souci de confort et de sécurité des usagers. J'ai préféré me retirer du projet.

Que reprochez-vous précisément à Tadeusz Hertz sur ce chantier ?

B. R. : Tadeusz Hertz a fait des choix aberrants, extrêmement dangereux pour un lieu censé accueillir du public. À aucun moment, il n'a pris en compte mon expertise.

Pouvez-vous nous donner des exemples ?

B. R. : Je ne sais même pas par où commencer. Si nous avons veillé à ce que les bâtiments résistent à des catastrophes telles que des tremblements de terre, les dangers venus de l'intérieur des murs ont été complètement sous-estimés. Hertz a fait condamner toutes les issues que j'avais prévues, à l'exception d'une, obligatoire pour des raisons logistiques et de sécurité ! Ce sera largement insuffisant s'il faut évacuer les centaines d'enfants que le lieu doit abriter. Que se passera-t-il, par exemple, en cas d'incendie ? Seule la pièce qui contiendra les archives personnelles de Hertz est ignifugée, preuve de sa mégalomanie. D'autre part, il a souhaité relier les différents bâtiments par des passerelles, mais leur réalisation tient de l'amateurisme le plus total. Quelques parois retenues par des boulons et des écrous, rien de plus, pour une zone de passage majeure ! Certaines ont même été abandonnées en cours de construction… Je suis également inquiet du peu de soin apporté à l'isolation de la majorité des bâtiments. Même les toitures n'ont pas été révisées à la hauteur de ce qui était nécessaire. Et puis il y a cette lubie de faire condamner toutes les fenêtres, complètement absurde ! Je pourrais encore vous donner de nombreux exemples. Une chose est sûre : c'est un lieu criblé de failles, dont certaines pourraient se révéler mortelles.

Comment expliquez-vous un tel manque de prudence ?

B. R. : Je ne comprends pas ce qui s'est passé. Peut-être que les fonds ont commencé à manquer, puisqu'il s'agit du dernier jalon de la « Structure Hertz ». Il est aussi possible que…

Le bas du papier, dentelé de déchirures, avale la fin du texte. Luce s'apprête à refermer l'anthologie, quand les mots imprimés sur la page voisine accrochent son regard. Ils semblent répondre à ceux qu'elle vient de lire.

Dans un monde idéal, le désastre ferait l'objet d'une préparation réfléchie, de décisions politiques fortes et d'investissements consentis en amont. Dans un tel monde, l'Institut que nous désirons construire pourrait se modeler tout entier en fonction de ses besoins propres, libéré de toute contrainte financière et légale. Malheureusement, nous savons qu'aux cataclysmes environnementaux répondront bientôt les effondrements économiques et le déni collectif. C'est pourquoi le choix doit être fait dès maintenant de la revalorisation d'un patrimoine architectural existant, et de son adaptation aux contraintes de notre projet. […] On comprendra aisément que la présence de fenêtres représente un risque inutile. Celui-ci est triple : de la curiosité pour le monde extérieur d'abord, du vandalisme ensuite, de la défenestration enfin. En créant un univers en apparence autosuffisant, aveugle sur le monde extérieur, nous limitons ces dangers potentiels. De la même manière, nous minorons le concept d'« extérieur » pour nous resserrer sur le sentiment d'appartenance à un « ici et maintenant » unifié. [...] Ainsi, nous ne nous contentons pas de rendre les murs plus acceptables : nous les faisons disparaître du champ de pensée des élèves, pour faire de l'Institut du Nouveau Lendemain un lieu autosuffisant, un tout *pleinement cohérent et satisfaisant.*

[*T. Hertz, in* Théorie éducationnelle de la survie, Chapitre 15 : « Des murs ».]

Luce achève sa lecture, le crâne bourdonnant de questions. Elle coince le petit livre dans l'élastique de sa jupe et rejoint le gymnase d'un pas chancelant.

– Encore deux tours !

Tandis qu'elle s'élance, le souffle court et ardent, Luce utilise chaque impulsion de ses jambes pour ressasser les mêmes questions : d'où vient le mystérieux morceau de papier ? Qui l'a glissé dans l'anthologie, précisément à cet endroit ? Et surtout : pourquoi ? Le bibliothécaire s'en est-il rendu compte en la lui apportant à l'infirmerie ? La chaleur monte dans ses muscles et l'embrase tout entière. Le sang bat dans ses joues. Elle allonge encore sa foulée.

– Plus qu'un tour ! crie le professeur.

Et si Luce avait intercepté une information qui ne lui était pas destinée ? Et si les pages du manuel renfermaient ce secret depuis des années, un vestige innocent d'avant les cataclysmes ? Mais Luce a trop pratiqué les statistiques et les probabilités pour croire au hasard.

Une critique aussi franche des choix du fondateur, un inventaire des failles de l'Institut… Il s'agit forcément d'un acte de rébellion. Luce accélère et, dans un ultime effort, se propulse de l'autre côté de la ligne d'arrivée.

– Très bien, L2106 ! Vous pouvez vous arrêter.

Elle ralentit peu à peu jusqu'à retrouver l'immobilité. Avec une grimace, elle masse ses mollets endoloris. Puis, tandis qu'elle suit les étirements réglementaires, elle réfléchit à ce qu'elle a lu dans les toilettes : l'Institut n'est pas si hermétique que ça. Et si Hertz a tenu à effacer le monde extérieur des consciences, c'est parce que les murs regorgent de brèches qui n'attendent que d'être découvertes. L'ailleurs reste relié à l'Institut par un fil ténu ; c'est ce fil qu'il faut tirer.

La sonnerie retentit. Luce aperçoit Meriem et Avril qui quittent le gymnase, chacune en compagnie de filles de son rang. Elle veut leur faire signe, brûlant d'échanger avec elles autour de ces révélations. Mais les groupes de pensionnaires ne se désagrègent pas, si bien qu'elle ne peut tenter aucune approche sans avoir l'air suspecte. Luce s'éloigne donc à pas mesurés, les bras croisés sur son ventre pour replacer discrètement le livre délogé par la séance d'étirements. Alors qu'elle traverse le sas, elle découvre, immobile au milieu du couloir, une silhouette familière.

Luce ne demande pas à la messagère de l'Institut si c'est elle qu'elle attend. Le sourire mauvais qui flotte sur son visage est suffisamment éloquent.

– Qu'est-ce que tu fais là, B1803 ? Tu cherches des conseils pour que les filles de l'aile A arrêtent de te traiter comme une inférieure ? Il fallait y penser avant de trahir tout le monde.

– Tout de suite les grands mots… Moi qui m'apprêtais à te féliciter pour ton *rapprochement* avec le bibliothécaire, raille la petite rousse.

Luce ne lui fera pas l'honneur d'une réponse. Les deux adolescentes se toisent en silence, l'œil de plus en plus mauvais. Puis B1803 finit par lâcher :

– Tu es attendue par le comité de réévaluation.

– Quand ?

– Maintenant.

– Comment ça, maintenant ?!

– Main-te-nant, i-mmé-dia-te-ment, articule B1803. Je suis chargée de t'escorter.

Luce pense au livre coincé dans la ceinture de sa jupe, mais aussi à son dos poisseux de sueur, à la poussière métallique dont les outils ont souillé ses mains… Elle cherche désespérément une excuse, n'importe quoi pour se soustraire à cette obligation intempestive. Mais au regard de son interlocutrice, elle sait déjà que c'est peine perdue. Ce n'est sûrement pas un hasard si on est venu la cueillir maintenant, sans annonce ni préparation.

Elle hoche la tête et, sans un mot, emboîte le pas à la messagère.

37

La salle dans laquelle B1803 l'a menée est aussi spacieuse que le gymnase et aussi pentue qu'une montagne. En contrebas de l'amphithéâtre, une douzaine de personnes, toutes vêtues de blouses blanches, siègent derrière une longue table surélevée. Luce détaille l'assemblée : le bibliothécaire n'en fait pas partie. Devrait-elle se sentir soulagée ou y voir le signe d'une trahison ? Le cœur battant, elle descend les premières marches ; les rangées de bancs vides referment leur arc de cercle autour d'elle.

– Sur les gradins, L2106.

Luce s'empresse d'obéir et atterrit sur le premier strapontin venu. Du côté du comité, on lustre ses lunettes, on se racle la gorge. Malgré son extrême banalité, elle reconnaît le professeur 024R, puis le médecin barbu 092P, qui ensemble ont mené son examen de réévaluation, une dizaine de jours plus tôt. Les réminiscences de l'épreuve finissent de lui nouer le ventre.

– Nous vous avons convoquée pour vous livrer les conclusions du comité de réévaluation.

Le contact de l'anthologie contre sa peau moite ne fait qu'ajouter à l'angoisse de Luce. Et si le bibliothécaire avait changé d'avis ? Et s'il avait découvert ses projets et avait prévenu le comité ?

– Afin de mieux saisir votre parcours et pour cerner les problèmes que vous avez récemment rencontrés, il nous a semblé nécessaire d'étudier votre dossier en profondeur… depuis votre arrivée à l'Institut du Nouveau Lendemain. Nous allons vous donner lecture de certains extraits.

Pourquoi un tel cérémonial pour ce qui devrait être une simple formalité ? Luce se ratatine sur son siège. 024R se lève. Ses mains serrent une épaisse liasse de papiers.

– Le matricule L2106 a été recueilli à J+65. Le sujet se trouvait dans le secteur Denfert-Rochereau Nord 2 dans un état d'affaiblissement et de désorientation avancés. Âge estimé : sept ans.

D'une voix morne, le docteur 092P poursuit par l'énumération de ses mensurations de petite fille.

– Conclusion des premiers mois d'observation : le développement physique du sujet suit une courbe parfaitement satisfaisante et entre dans la moyenne supérieure des cas observés. Son évolution cognitive remplit les critères nécessaires à une affiliation définitive au rang 1. Seul un incident exceptionnel pourrait amener l'équipe éducative à solliciter une nouvelle expertise et à procéder, le cas échéant, à une réévaluation.

L'homme marque une pause lourde de sous-entendus, durant laquelle il fixe Luce droit dans les yeux. Puis il reprend sa lecture de la même voix égale :

– Les souvenirs pré-Institut semblent s'être estompés à une vitesse remarquable. Le sujet n'y fait jamais allusion, et quand mention est faite d'événements difficiles, elle ne manifeste aucune réaction. Note : une amnésie traumatique partielle pourrait expliquer les excellentes capacités d'adaptation du sujet à son nouvel environnement.

En entendant ces mots, Luce sent l'étau de la tristesse se refermer sur sa poitrine. Pour l'enfant terrifiée qu'elle était, pour son cœur et sa mémoire sectionnés, elle éprouve soudain une infinie tendresse. Luce l'imagine comme une autre version d'elle-même, un double… Presque une étrangère, bien plus facile à aimer et à pardonner.

– Fait inhabituel, continue le professeur, nous n'avons pas encore vu le sujet pleurer ; il conviendra donc de vérifier, au fur et à mesure de son développement, l'équilibre de sa psyché.

Tout ce qui est écrit sur ces pages est vrai. Pourquoi n'a-t-elle jamais versé de larmes pour la Luce des ruines ? Et pour la Luce déracinée, jetée entre quatre murs blancs ? 024R repousse le dossier et demande d'un air faussement concerné :

– Que s'est-il passé, L2106 ?

Elle se redresse et se force à répondre :

– Je ne sais pas, monsieur.

Un vague brouhaha se fait entendre du côté de la grande table.

– Vous faisiez partie de nos éléments les plus prometteurs, nous avions fondé de grands espoirs sur vous. En avez-vous conscience ? Comprenez-vous que vous avez déçu nos attentes ?

Deux semaines plus tôt, ces paroles l'auraient blessée plus sûrement que les ombres dans la forêt, plus sûrement que le métal tranchant des décombres. Mais pas ce soir.

– Vous auriez pu être un modèle pour vos camarades, vous aviez toutes les cartes en main pour devenir un symbole de réussite de l'Institut du Nouveau Lendemain…

Les larmes ont disparu, remplacées par une rage sourde. Devenir un modèle pour les autres… ? Un modèle qui se vautre dans l'oubli ? Un modèle qui se contente de suivre des règles absurdes parce qu'elle ne sait plus qui elle est ? Un modèle qui ne pleure pas, sauf dans le refuge du sommeil ? Toutes ces années bardée d'œillères qu'ils ont le culot de complimenter…

Le docteur a entamé une nouvelle logorrhée de statistiques incompréhensibles, un épais registre à la main. Luce bouillonne devant l'hypocrisie indifférente de ces juges qui ne lui ont jamais accordé la parole. Sa voix porte fort quand elle interrompt la litanie des chiffres :

– Je veux connaître le verdict.

Le dossier retombe avec fracas sur la table. La barbe tremblante de colère, le médecin se tourne vers ses collègues. Certains haussent les épaules, d'autres acquiescent : l'heure du dîner n'est plus très loin.

Luce est appelée à s'avancer près du comité. On lui tend une pile de papiers noircis de calculs et de courbes qu'elle parcourt à toute vitesse, en tentant d'ignorer les regards des juges qui pèsent sur sa nuque. Les nombres la traversent sans qu'elle puisse s'en saisir. Elle croit deviner qu'elle a excellé aux examens cognitifs, que ses notes aux épreuves physiques sont honorables. Et, bien qu'elle n'y comprenne presque rien, elle ne demande aucune précision sur les considérations médicales qui suivent. Ces résultats lui apparaissent comme les vestiges d'un temps révolu, où rien d'autre ne comptait que de plaire à l'Institut. Un temps où les murs n'avaient qu'un seul côté.

– Signez de votre matricule au bas de chacune des pages.

Elle s'exécute sans broncher. Lorsqu'elle arrive au dernier feuillet, on fait glisser vers elle une soucoupe où baigne une éponge gorgée d'encre. Elle presse son index noirci contre la feuille. Un tourbillon sombre et gras s'y dessine. L'un des professeurs se lève et dit :

– Nous allons maintenant passer au verdict final.

Il se perd encore quelques minutes dans des circonlocutions administratives. Luce aimerait se convaincre qu'elle n'a pas peur, que la fureur et la détermination ont avalé ce qui restait de ses rêves d'exemplarité. Mais elle retient quand même sa respiration : c'est le moment de savoir si le bibliothécaire a rempli sa part du marché.

– … Il est donc apparu que ces résultats excellents entraient en contradiction avec l'idée d'une rétrogradation, les capacités du sujet excédant encore largement les exigences du rang 1…

Luce ne peut retenir un sourire de victoire.

– Cependant…

Elle ne cille plus, suspendue à la menace. L'orateur s'interrompt, l'œil brillant d'un éclat inquiétant. Il la jauge un instant, avant de reprendre :

– Cependant, il a été jugé que les nombreux écarts de conduite récents du sujet sont les preuves d'un manque de loyauté inquiétant… Seul l'engagement, officialisé hier, avec le matricule 012V, membre de l'équipe éducative, a pu lever les sanctions temporaires du comité : à savoir la baisse des rations alimentaires et le déplacement à l'aile I, dans les quartiers du rang 3. La charge d'évaluer les fluctuations futures de son comportement est donc désormais dévolue au matricule 012V. Afin de faciliter ce suivi, la relation de *rapprochement* entre les matricules 012V et L2106 est requalifiée par le comité en *union.* Dans ce cadre, et sous réserve de rapports négatifs de la part de 012V, le comité reconduit le statut de pensionnaire du rang 1 du matricule L2106.

Sur ces mots, les juges se lèvent comme un seul homme pour rassembler les éléments éparpillés sur la table. Durant quelques secondes, Luce reste stupéfaite de soulagement. Puis l'air retrouve le chemin de ses poumons, elle s'empresse de remercier le comité avec des mots maladroits et se rue hors de la salle.

Elle avance de quelques pas chancelants dans le couloir. Elle a réussi son pari. Le bibliothécaire a tenu parole. Son cœur lance de grands battements joyeux : enfin libre de la peur, et bientôt libre tout court. Euphorique et incrédule, elle se répète chaque phrase du verdict, encore et encore… Et soudain, son bonheur s'effondre. « La relation de *rapprochement* entre les matricules 012V et L2106 est requalifiée par le comité en *union.* » Luce vient de comprendre, mais trop tard. Le bibliothécaire l'a délivrée de ses juges… pour mieux refermer son piège sur elle. Avril l'avait prévenue des dangers de l'*union* lors de leur première discussion à l'infirmerie. « La fille est foutue », avait-elle dit. Et peu après : « L'autre a tous les droits sur elle. »

Ce que Luce prenait pour un nouveau sursis est en fait la pire des sentences. Quoi qu'il arrive, son *protecteur* ne peut pas perdre. Au moindre refus, à la moindre protestation, il pourra agiter la menace de la sanction. Et elle sera tenue de se soumettre. Vérité ou chantage, qu'importe, le destin de Luce est désormais suspendu aux caprices de 012V. Nul doute qu'il saura en profiter de la manière la plus abjecte qui soit.

Alors que la panique la saisit à la gorge, elle remarque à peine la silhouette qui s'est approchée. Que faire maintenant ? Impossible de fuir ; tôt ou tard, il faudra rejoindre l'appartement de l'aile D…

– L2106…

À la seconde où elle passera la porte, le bibliothécaire saura ce qu'il a gagné, il connaîtra une impunité nouvelle. Toute résistance sera interdite. L'échéance de la grande terreur est pour ce soir et elle a fondu si vite sur elle que Luce ne l'a même pas vue arriver.

– L2106 ! L2106, est-ce que ça va ?

Lorsqu'elle fait volte-face, Luce découvre Clara, le visage noué par l'appréhension. Elle reçoit sa beauté comme un coup à l'estomac. C'est incroyable comme en quelques jours on peut oublier les traits, la présence, et perdre l'habitude du sublime. Les grands yeux verts de son amie la scrutent, emplis d'une sollicitude inquiète.

– Tu es toute pâle. Que s'est-il passé ? On m'avait pourtant dit que le verdict serait à ton avantage…

Au prix d'un immense effort, Luce confirme :

– Je ne suis pas rétrogradée.

– Ah, tu m'as fait peur ! J'aurais préféré te savoir de retour à l'aile A, mais… Oh, je suis tellement rassurée !

Sans que Luce ait pu s'y attendre, Clara noue ses bras autour de son cou et la serre fort contre elle. Elle se laisse faire, stupéfaite. Le visage enfoui dans son épaule, son amie murmure :

– J'étais certaine que tu y arriverais, tu sais. C'était certain. Même si c'est regrettable que tu doives t'*unir* au bibliothécaire, même si ce n'est pas dans les habitudes de notre rang… tout ira mieux, désormais.

Luce ne répond rien. Si elle commence à s'expliquer, il faudra aussi dire l'irruption de l'homme pendant sa convalescence, la liste des survivants réfractaires à la Structure Hertz arraché à son casier, la morte de l'infirmerie, l'affreux face-à-face de la réserve… Et si Luce raconte tout cela, la panique débordera pour de bon.

– Je suis vraiment désolée de ne pas être venue te voir à l'aile H, poursuit son aînée. J'ai essayé, mais le professeur Alpha m'a menacée à mots couverts. Il était au courant pour la boîte de conserve que j'ai récupérée pour toi… J'ai dû battre en retraite.

– J'ai cru que tu étais partie pour la ville sans me dire au revoir, avoue Luce à mi-voix.

– Oh.

Clara s'arrache brusquement à l'étreinte. Ses yeux se sont assombris.

– Tu n'as donc pas appris la nouvelle, dit-elle.

La doyenne du rang 1 garde le regard rivé au sol, comme envahie par la honte… mais c'est un sentiment que Luce ne lui connaît pas.

– Ils m'interdisent de partir. Ils me l'ont annoncé il y a quelques jours. Le poste d'assistante de l'intendante ne sera pas pour moi.

Luce oublie un instant sa peur et sa détestation de l'Institut, au profit d'une intense compassion.

– Mais ce n'est pas possible ! s'écrie-t-elle. C'était le poste rêvé pour toi, ils ne peuvent pas te le refuser !

– Le professeur Alpha a décrété qu'un poste d'assistante était indigne de mon potentiel, répond Clara dans un soupir. J'ai essayé d'argumenter, mais il n'a rien écouté. Ils veulent me garder ici, me nommer membre de l'équipe éducative, et me faire monter les échelons au fur et à mesure. Ils disent qu'à terme je deviendrai sûrement *la* professeure Alpha. Il ne sera pas éternel. Et d'après eux, je serai la mieux placée pour comprendre les besoins des pensionnaires…

Les néons basculent en mode crépuscule et font scintiller les larmes qui emplissent peu à peu les yeux de Clara. Dans l'obscurité qui s'amorce, les adolescentes restent face à face, immobiles et silencieuses.

– Ça t'ennuie si je t'accompagne à l'aile D ?

Luce accepte la proposition avec soulagement. Bientôt, il faudra affronter le bibliothécaire et son impunité. Bientôt. Mais pour le moment, une seule chose compte : elle a retrouvé Clara. Toutes deux cheminent à nouveau côte à côte, leurs épaules se frôlent dans le balancement de leurs pas. Peu à peu, Luce se sent un peu moins vulnérable, plus résiliente ; et elle sait que son amie ressent la même chose.

– Tu vas te plier à la décision d'Alpha ? demande-t-elle enfin.

– Bien sûr que non, répond Clara. Ça ne me suffit pas. Moi, je veux aller aussi loin et aussi haut que possible. Sinon, tous mes efforts n'auront servi à rien, ça n'a pas de sens. C'est ça qu'Alpha me refuse : la possibilité de donner un sens.

Dans la semi-obscurité des couloirs, Clara tremble sans discontinuer, ses traits délicats froissés par la colère. Les deux adolescentes empruntent le sas menant à l'aile D et le temps partagé se transforme en compte à rebours. Maintenant, elles frissonnent toutes les deux : de froid, de dépit, de rage… Et bientôt d'exaltation, quand Luce dit :

– On ne peut pas les laisser nous imposer des destins qu'on n'a pas choisis… Ce n'est pas possible, ils ne vont pas nous emprisonner indéfiniment.

– Je n'ai pas le choix ! Alpha a pris sa décision, personne ne s'opposera à lui. Pour tout te dire, je crois même qu'il a fait ça pour me garder près de lui. Il veut me maintenir ici et avoir… l'ascendant sur moi.

Clara a bégayé, comme si le terme adéquat refusait de prendre forme. Elle poursuit :

– Et maintenant qu'ils ont officialisé ton *union* avec le bibliothécaire, toi non plus tu ne pourras pas postuler. Tu ne pourras pas t'en aller. Toutes les deux, on va vieillir ici, prises au piège de leurs volontés. On deviendra des adultes dégoûtées de ne pas être allées aussi loin qu'on nous l'avait promis, alors qu'on a fait tout ce qu'ils nous demandaient, mieux qu'ils ne nous le demandaient…

– Clara, je vais partir d'ici. Viens avec moi.

Les mots sont sortis presque tout seuls. Foudroyée sur place, Clara la sonde de ses grands yeux blessés. Tout se joue maintenant, alors Luce oublie la peur, l'appréhension, le doute. Elle convoque tout ce qu'elle peut d'espoir et d'amitié, pour le faire passer dans sa voix :

– Dehors, tu seras qui tu veux.

Il n'y aura pas de deuxième chance, l'espace de confiance et de vulnérabilité qui s'est ouvert pourrait bientôt se refermer. Dans le silence du couloir, Luce prend les mains de son amie et insiste doucement :

– Dehors, on pourra inventer autre chose ensemble. On sera libres. Il n'y a plus rien à ta mesure ici. Échappe-toi avec moi, s'il te plaît.

Mais Clara ne répond pas. Son visage s'est figé dans une expression de stupeur. Les yeux écarquillés, elle fixe un point à l'autre bout du couloir. Et alors que Luce s'apprête à l'implorer de nouveau, à invoquer tous les arguments qu'elle est capable d'imaginer, la voix du bibliothécaire retentit :

– Bonsoir, L2106. Il est temps de rentrer à la maison.

38

Luce ne parlera pas la première. Elle s'est juré de garder le silence pour ne pas ouvrir la moindre brèche. Sa bouche reste serrée, autant que ses poings. Sitôt la porte refermée, le bibliothécaire a tiré une chaise et s'est assis face à elle, coudes sur les genoux, index joints sous le menton. Depuis, il la regarde. Elle restera là toute la nuit s'il le faut, sans rien livrer de plus que ce qu'elle a bêtement laissé échapper dans le couloir. Heureusement, elle n'a évoqué aucune de ses complices, et Clara n'a même pas eu le temps d'accepter sa proposition : Luce n'entraînera personne dans sa chute.

Son geôlier ne cesse de remonter ses lunettes sur son nez, dans un geste nerveux et compulsif. Elle garde les yeux rivés sur lui, à tenter de deviner les réflexions qui le traversent. Dans les mains qui se crispent et les paupières qui tressautent, elle cherche une explication. Pourquoi le bibliothécaire ne l'a-t-il pas dénoncée immédiatement ? Il lui aurait pourtant suffi d'une minute pour la ramener au comité. Il aurait également pu profiter de la situation pour lui infliger mille châtiments entre les murs de l'appartement. Mais au lieu de ça, il se tait, lui aussi. Il calcule, compte, et déduit.

Tandis qu'elle jauge son adversaire, Luce se raccroche à la seule arme qu'elle possède contre lui : le vol des boîtes de conserve. Si elle est encore sauve, elle le doit à ce qu'elle a surpris à l'aile F. Elle le doit au sac de toile alourdi par la nourriture dérobée et au regard coupable du bibliothécaire dans le faisceau de la lampe de poche. Alors pour tromper la peur, Luce se cramponne à cette pensée.

012V décroise les jambes et pousse un soupir hargneux. L'approche silencieuse est terminée.

– Il est temps de jouer cartes sur table, L2106. Pourquoi avez-vous décidé de réclamer ma *protection* ?

– Pour gagner les faveurs du comité de réévaluation, répond-elle du tac au tac. Je ne m'en suis jamais cachée.

Il fait claquer sa langue et rétorque :

– Je n'en crois pas un mot. Vous saviez très bien que vos résultats excluraient toute possibilité de rétrogradation et que votre séjour à l'aile I ne serait pas définitif. Le comité n'aurait jamais laissé les élèves de rang 3 vous abîmer de façon irréversible.

Dans sa voix, il n'y a aucune place pour l'hésitation ou la contre-attaque. Luce se concentre sur l'image de la réserve plongée dans la pénombre, sur la boîte de conserve luisant dans la main du voleur. Elle y puise le courage de protester :

– Non. Je ne savais rien de tout cela, je n'en avais aucune garantie.

– Allons, L2106, vous n'êtes pas naïve, et moi non plus. D'ailleurs, vous n'ignoriez pas ma sulfureuse réputation…

Il plante ses yeux dans les siens, l'agrippe du regard pour ne plus la lâcher.

– Je ne suis pas connu pour être inoffensif. J'étais pour vous le choix le plus dangereux, le plus destructeur. Celui qui vous *protégeait* le moins.

Un tremblement incontrôlable s'est emparé de Luce. Et tandis qu'elle frissonne tout entière, il poursuit :

– Je suis au courant des qualificatifs qu'on chuchote sur mon passage : prédateur, pervers, monstre… Vous les connaissez aussi bien que moi, n'est-ce pas ?

Le bibliothécaire se lève. Alors que son corps se déplie, long et menaçant, Luce combat à grand-peine la peur et la nausée.

– Et pourtant vous êtes venue vous jeter dans mes griffes. Aussi, je pense que vous aviez bien plus en tête que la simple question de la *protection* vis-à-vis du comité. Ce que j'ai surpris dans le couloir m'a donné une petite idée de vos projets. Mais je veux l'entendre de votre bouche.

Si elle desserre la mâchoire, Luce ne pourra plus empêcher ses dents de s'entrechoquer. Elle se force quand même à articuler :

– Je ne sais pas ce que vous croyez avoir entendu, mais de toute évidence vous vous trompez.

012V fait désormais les cent pas dans l'appartement. Ses chaussures de cuir battent le parquet. Lentement, coup après coup, elles martèlent ses conclusions.

– Vous allez partir d'ici, L2106. Vous avez senti la rébellion monter en vous au fil des jours, des semaines… Et vous n'avez pas su la cacher aux yeux de l'équipe éducative. Mon petit exposé à votre arrivée hier n'était pas assez éloquent ? Vous souhaitez vraiment que je recommence ?

Il s'immobilise face à elle, les pieds campés dans le sol, le menton haut.

– Il n'y a plus de dissimulation possible. Je sais ce qui vous anime, je sais ce que vous désirez réellement. Et vous voyez en moi un moyen d'y parvenir. Le moment est venu pour vous de l'avouer.

Luce est prête à affronter la douleur, à nouveau. Si sa peau doit se marbrer de nouvelles couleurs, elle les recevra. Tout, plutôt que d'obéir à l'injonction du bibliothécaire. Elle pense aux yeux jaunes d'Avril, à sa détermination sans faille… Elle se prépare à encaisser le coup.

Mais il n'arrive pas là où elle l'attendait.

– Sortez l'anthologie que je vous ai donnée à l'aile H, je vous prie.

Frappée de stupeur, elle porte la main à son ventre. La couverture de lin est imbibée de sueur. Avec des gestes lourds, elle dégage les pans du chemisier de l'élastique de sa jupe, plonge sous le vêtement pour en ressortir le livre. Le bibliothécaire ne la quitte pas des yeux. Il ne montre aucune réaction, ni d'impatience ni de victoire.

– Chapitre 15, je vous prie.

Elle voudrait ralentir ses mouvements jusqu'à suspendre le temps. Annuler ses multiples imprudences, faire disparaître l'ouvrage et ce qui y est dissimulé. Mais bientôt, la reliure se déploie autour du morceau de papier, grande ouverte sur sa compromission. Un lourd silence s'installe. Luce ne distingue plus rien, pas même le battement de son cœur. Une myriade de dessins lumineux grignote peu à peu ses mains, les pages du livre et tout ce qui l'entoure.

– L2106, cela fait des jours et des jours que j'essaie d'établir un lien avec vous.

Il fait un pas de plus dans sa direction. Luce sent l'évanouissement monter le long de son dos. La voix du bibliothécaire lui parvient, lointaine et étouffée.

– Des jours que je m'applique à vous envoyer tous les signaux possibles sans me compromettre. Je suis fatigué de faire semblant. Cessons ce jeu ridicule, je vous prie.

Luce n'a plus de jambes. Ses muscles se sont dissous dans l'angoisse, ce n'est plus qu'une question de secondes avant qu'elle ne s'écroule sur le parquet.

– Je vous ai entendue très clairement dans le couloir, je sais que vous voulez partir de l'Institut, et pas par les voies officielles. Je ne suis pas votre ennemi, L2106. Sinon, nous ne serions pas en train d'avoir cette conversation.

La pièce cesse de tourner autour d'elle. Luce relève la tête, interloquée. Un étrange sourire se dessine sur le visage du bibliothécaire tandis qu'il ajoute :

– Depuis que j'ai entendu parler de vous et de votre évolution atypique, je guette les indices. Ça n'arrive pas tous les jours, que les petites fiertés de l'Institut se retrouvent déménagées dans les dortoirs inférieurs... Alors, j'ai lu votre dossier, retracé chaque événement, de votre entrée à l'Institut jusqu'à vos récents déboires. Je vous ai vue descendre aux enfers, mais passer avec brio les examens de réévaluation. Je vous ai vue affronter les coups de l'aile I et les rendre, puis vous rétablir aux côtés d'une élève de rang 3... Et pendant ce temps, j'ai cherché les preuves que vous vouliez quitter cet endroit. Que vous attendiez juste le bon moment et la bonne manière pour agir. Depuis qu'on vous a chassée de l'aile A, je me tiens prêt, à espérer de tout cœur que mon intuition soit confirmée.

Tandis qu'il se compromet davantage à chaque seconde, Luce le scrute sans relâche, à la recherche du moindre indice qui attesterait sa sincérité. Et dans sa panique, elle oserait presque espérer. Alors, il n'y aurait plus de catastrophe, plus de danger...

Il désigne le manuel qu'elle tient dans ses mains.

– Quand vous êtes venue ici hier, j'ai cru que vous aviez compris. J'ai essayé de vous le demander à demi-mot, j'ai exposé tout votre parcours pour que nous en arrivions à la même conclusion...

Elle ne peut retenir la question qui passe ses lèvres :

– Vous aviez cru que j'avais compris quoi, exactement ?

– Que je vous avais apporté l'anthologie, ce jour-là à l'infirmerie, précisément pour pouvoir y glisser la coupure de journal. Qu'en vous la livrant, je faisais le premier pas pour vous aider à élaborer votre stratégie.

Luce peine à saisir ce que le bibliothécaire est en train de lui dire. Ses yeux naviguent jusqu'au document encore coincé entre les pages.

– Comment peut-on imaginer s'enfuir d'un endroit qu'on croit parfaitement infranchissable ? explique 012V. Par où commencer quand on ne sait même pas que des failles existent ? En vous offrant cet indice, je voulais vous signifier que vous et moi, nous allions vers un but commun. Relisez-le, voyez. L'architecte fait l'inventaire des brèches, il confirme que le fondateur n'a pas songé aux menaces intérieures…

Luce détaille de nouveau l'image presque effacée, les contours anguleux des bâtiments, les ouvriers suspendus dans le vide.

– C'est vous qui… ?

– Oui. Bien sûr que oui. Et je vous l'ai apporté à l'aile H dès que vous vous êtes retrouvée seule, pour que vous compreniez que je pouvais vous aider. C'était un risque que je prenais, mais il était à la hauteur de l'enjeu.

– Et pourquoi est-ce que vous vouliez m'aider ?

– Vous reconnaissez que vous voulez partir d'ici ?

– Je ne reconnais rien du tout. Je veux simplement comprendre pourquoi vous avez fait ça.

Le bibliothécaire se tourne vers le rideau au fond de la pièce, comme pour regarder par la fenêtre aveugle. Sa voix tremble quand il reprend la parole.

– L2106… Ça fait des années que j'espère. Des années que je scrute les élèves, que j'attends quelqu'un comme vous. Forcément, j'ai fini par acquérir une réputation de prédateur, à force d'observer jusqu'à l'obsession pour déceler le premier signe de rébellion larvée contre le système de l'Institut… La rumeur a grandi, mais on s'est fourvoyé sur les raisons de mon intérêt pour les pensionnaires.

Du plat de la main, il balaie la poussière accrochée au velours.

– Même si cette méprise me faisait horreur, elle me permettait de dissimuler mes véritables intentions. Je ne suis pas le monstre qu'on vous a décrit, L2106.

– Vous êtes le monstre qui m'a jetée à terre dans la réserve de l'aile F. Vous êtes le monstre à qui j'ai dû promettre de me soumettre quand je serais guérie.

La voix de Luce s'est brisée dans sa gorge. 012V fait un pas vers elle, le visage déformé par la culpabilité.

– Je ne pourrai jamais m'excuser assez pour ce geste. Je ne voulais pas vous agresser, L2106. Même pas vous effrayer.

Il tend vers elle ses mains vides, comme pour lui offrir un présent qu'il ne posséderait pas encore.

– Si j'avais eu le choix, jamais je ne vous aurais bousculée ainsi.

– Pourtant, vous aviez le choix. Et vous l'avez fait.

Luce tremble, mais elle se force à ne pas baisser les yeux, pour ne surtout pas récuser son audace à l'heure d'exiger réparation.

– Vous avez raison de m'en vouloir. Mais j'ai agi pour nous sauver.

– Vous avez agi pour votre plaisir.

Il secoue la tête et proteste d'un ton urgent :

– Non ! Quand j'ai entendu les pas dans le couloir, j'ai su que nous étions pris au piège. Ce… Cette agression, c'était la seule façon de justifier notre présence nocturne dans les réserves aux yeux du professeur 099Y.

Le bibliothécaire scrute le regard impitoyable de Luce. Ses explications prennent des airs de supplication :

– Il a jeté un coup d'œil, cela lui a suffi. Il ne s'est pas attardé, il n'a pas posé de questions, parce qu'il a cru que j'agissais comme lui et les autres. C'était notre seule issue, la seule solution pour nous sauver tous les deux ! Je ne voulais pas vous faire de mal.

Luce sait que l'avenir se joue ici. À cet endroit et cet instant précis, à ce moment où elle décide ou non d'accorder sa confiance. C'est à elle de choisir ; à sa peau et à aucune autre.

Elle scrute le visage du bibliothécaire, fébrile, implacable, le souffle court. Elle fouille les iris, les fossettes, le tremblement des lèvres. Son regard passe sur les mains de 012V, imagine leur innocence et leur culpabilité, entremêlées. C'est à la peau de décider. C'est à la peau de choisir qui incriminer et qui acquitter.

– Je ne vous pardonnerai pas, lâche-t-elle.

– Je ne vous demande pas de le faire. Et même si c'était la seule solution, moi non plus, je ne me le pardonnerai pas.

Le pincement au creux du ventre n'a pas disparu. Il faudra encore être courageuse, pour quelques minutes au moins. Dans le silence retombé, Luce laisse les mots résonner en elle, imparfaits et chargés de doute. Et elle finit par murmurer :

– Vous avez raison. Je vais partir d'ici.

Les polarités s'inversent, l'inconcevable devient inévitable. Les murs se retournent sur eux-mêmes et, à l'intérieur de l'Institut, dessinent un monde de liberté possible.

Le bibliothécaire s'avance. Elle le suit des yeux, incapable de prononcer une phrase de plus. D'une besace en cuir, il sort un objet qu'il dépose directement dans les paumes de Luce.

– Je crois que c'est à vous. Vous l'avez fait tomber dans la réserve.

Le contact du métal froid convoque une multitude de souvenirs. Avec la lampe de poche, c'est la faim de clandestinité qui se réveille. Luce fait glisser l'interrupteur et contemple, dans un émerveillement toujours neuf, le faisceau doré où volettent les particules de poussière. Elle enveloppe la torche dans sa main et, durant quelques secondes, laisse danser la lumière entre ses doigts. Enfin, elle relève la tête et dit :

– Merci.

– Vous n'avez pas à me remercier. Cette lampe vous appartient. Désolé de ne pas vous l'avoir rendue plus tôt. Comprenez : il fallait que je sois sûr.

Le masque de froideur de 012V a fondu. Sa mâchoire s'est détendue, l'ébauche d'un sourire a arrondi ses joues. Ses yeux marron brillent derrière ses lunettes, lui donnant soudain un air juvénile.

D'une voix vibrante, il formule un serment :

– Je vous jure que je ne vous ferai jamais de mal.

Luce laisse la promesse s'imprimer en elle. Elle le dévisage, tout baigné qu'il est d'attentes muettes. Pour la première fois, il s'est placé au même niveau qu'elle, sans surplomb. Peut-être même que c'est elle qui le contemple d'un peu plus haut, maintenant. Elle demande, la gorge nouée :

– Et ma part du marché ?

– Jamais. Jamais je ne vous toucherai, jamais je n'irai contre votre volonté.

Le soulagement la fauche dans une grande rafale. Luce s'écroule sur le matelas, aussi exténuée qu'euphorique. Tandis que l'épuisement se répand en elle, vertèbre après vertèbre, elle découvre ce que la peur a coûté à son corps. Les courbatures surgissent de toutes parts et il lui faut lutter pour ne pas se glisser sous les couvertures et s'endormir immédiatement.

39

Le bibliothécaire s'éloigne pour s'affairer en silence. Quelques cliquetis, le bruit d'une fourchette qui racle le métal… Quand Luce relève la tête, deux assiettes ébréchées attendent sur la table. En s'approchant, elle découvre une mixture rougeâtre, épaisse, où surnage ce qui ressemble à des morceaux de légumes.

Toute à sa curiosité, elle oublie de remercier 012V et plonge directement sa cuillère dans la sauce. C'est à la fois acide et sucré, doux et épicé. Une sensation de picotement se dépose sur sa langue, pour gagner peu à peu le reste de sa bouche. Bientôt, elle happe l'air, les joues brûlantes. Elle engloutit un verre d'eau, le feu s'apaise un instant avant de reprendre de plus belle. D'un ton contrit, 012V explique :

– Désolé, ce n'était peut-être pas un choix très judicieux.

Luce secoue la tête, empourprée et ravie. Elle engouffre une cuillerée, puis une autre. Le jeune homme laisse échapper un rire.

– Depuis des années, le chili con carne est mon repas des grandes occasions, précise-t-il.

– Une boîte de conserve, c'est une grande occasion en soi, rétorque Luce. Jusqu'à très récemment, je ne savais même pas qu'elles existaient encore.

– C'est un autre privilège des équipes. Elles nous sont distribuées tous les mois, même si les rations diffèrent selon notre place dans la hiérarchie…

Au-dessus de leurs têtes, les néons ont basculé en mode nocturne. 012V se penche pour allumer une lampe de chevet ; l'appartement ainsi réchauffé est propice aux confidences.

– Quand vous m'avez surprise à l'aile F… commence Luce.

Elle s'efforce de respirer calmement, de reconfigurer sa mémoire pour que cette évocation ne la heurte plus.

– Cette nuit-là, reprend-elle, j'étais venue voler des boîtes de conserve pour une malade de l'aile H, E1710.

Elle s'oblige à préciser :

– J'ai échoué. Elle est morte le lendemain.

La cuillère de 012V tinte quand il la repose au bord de l'assiette. Il joint ses mains devant son menton et dit :

– Je sais.

– On raconte que c'est vous qui vous occupez des mortes… poursuit Luce.

– C'est exact.

– Alors, où est-elle ?

– Je lui ai donné une sépulture.

Elle achoppe sur ce terme nouveau. Jamais elle ne l'a rencontré au fil de ses lectures et pourtant, elle en devine sans peine le sens. À voix basse, elle le répète pour le faire sien. Sépulture.

– C'est moi qui ai décidé seul, il y a longtemps, qu'il fallait enterrer les défuntes, précise son interlocuteur.

Il dissimule le tremblement de ses mains dans les manches de son pull, qu'il a étirées jusqu'à les déformer. Luce acquiesce lentement. La conversation interceptée juste avant l'examen de réévaluation lui revient en mémoire.

– C'est parce que vous les enterrez qu'on vous a agressé ?

012V la dévisage, stupéfait.

– Comment êtes-vous au courant ?

En quelques mots, Luce lui explique les circonstances de sa découverte.

– Vous avez été d'une discrétion remarquable, conclut-il en souriant. C'est une qualité précieuse pour une future évadée.

Et tandis qu'elle reçoit de plein fouet l'émotion de cette prédiction, il ajoute :

– J'imagine que ce que vous avez entendu ce jour-là a dû faire naître beaucoup de questions. Souhaitez-vous que j'y réponde ?

Depuis quelque temps, Luce n'a plus que ça, justement : des questions. Toujours plus d'interrogations venues balayer ses certitudes, à tel point qu'elle ne sait pas quoi demander en premier. Après une brève hésitation, elle choisit d'évoquer l'étrange liste découverte dans le casier fracturé.

– Évidemment… marmonne 012V. J'aurais dû me douter que c'était vous qui aviez visité mon bureau…

– Qui sont-ils ?

– J'imagine que vous connaissez déjà la réponse. Ce sont les clandestins du monde d'après. Ceux qui ont survécu aux cataclysmes sans se soumettre à la Structure Hertz. Ils n'ont pas intégré la Cité, ils ont rejeté son organisation. Depuis, ils survivent comme ils le peuvent, dans les ruines de Paris… Et ailleurs, sûrement.

012V s'interrompt pour boire une gorgée d'eau. Luce s'apprête à réclamer des précisions, mais il la devance :

– Officiellement, c'est l'Institut qui m'a chargé de recenser les survivants réfractaires dont je pourrais croiser le chemin, bien que les ordres arrivent de plus haut. L'intendante se méfie d'eux, elle préfère savoir qui se cache dans les ruines. Mais je ne consigne que des informations anodines, rien qui puisse les mettre en danger. À vrai dire, la liste que vous avez consultée est devenue pour moi une sorte de journal, pour garder le souvenir de ceux que je rencontre.

– Vous ont-ils vraiment agressé ?

Le bibliothécaire secoue la tête.

– Non. Les ruines abritent bon nombre de survivants belliqueux, que l'intendante a raison de craindre, mais j'ai eu la chance de ne pas avoir à faire à eux. Le groupe que je fréquente, les Ballasts, ne m'a jamais fait le moindre mal, au contraire. J'ai inventé cette histoire d'attaque, pour deux raisons. La première, c'est une côte fêlée qui peine à guérir. Il y a une dizaine de jours, je suis tombé sur une pensionnaire qui traversait l'aile D en courant au milieu de la nuit. J'imagine qu'elle fuyait les horreurs du gymnase… Et j'ai eu la bêtise de vouloir l'intercepter pour lui porter secours. Dans la panique, elle s'est débattue et m'a blessé.

Le cœur de Luce manque un battement. Le couloir défilant à toute vitesse, les mains serrées autour de ses épaules, ses jambes et ses bras frappant à l'aveugle… Toutes ces images remontent en elle en une fraction de seconde. Durant un instant, elle hésite à tout avouer, mais elle se contente de racler soigneusement son assiette.

– Quelle est la deuxième raison ? demande-t-elle d'un ton innocent.

– La nécessité d'une mise en scène. Ce n'est pas la première fois. De temps en temps, je m'arrange pour que les Ballasts interceptent les livraisons de l'Institut. Et pour dissimuler ma complicité, je les prie de m'amocher un peu au passage.

– Les livraisons… ?

012V esquisse un sourire énigmatique, avant de débarrasser la vaisselle maculée de rouge. Puis il sort deux bols propres, dans lesquels il verse une généreuse ration de fruits au sirop. Et enfin, il dit :

– Je suis le passeur, L2106.

Derrière ses lunettes, il observe Luce qui reste parfaitement interdite, car elle n'a aucune idée de ce que cette révélation signifie.

– C'est moi qui réceptionne les livraisons de la Cité, c'est-à-dire de la ville reconstruite de Hertz, précise-t-il. Tous les dix à quinze jours, ses émissaires transportent jusqu'ici des chargements de nourriture, de matériel et de médicaments. Les livraisons sont entreposées aux portes de l'Institut, dans des containers verrouillés. En tant que passeur, je suis chargé de rapatrier les colis à l'intérieur des murs. Nous ne serions pas trop de plusieurs hommes pour mener à bien cette mission, mais tout le monde s'est soustrait à la corvée. Ou peut-être ont-ils trop peur de sortir... Toujours est-il que cette tâche m'a été assignée. Et comme j'étais rarement surveillé pendant ces opérations de manutention, j'ai commencé à partager des denrées avec les Ballasts. Quand cela n'est pas possible, ou pas suffisant, je leur apporte des vivres chapardés à l'aile F.

Cette fois, la réaction de Luce ne se fait pas attendre. L'imagination encombrée de trésors dissimulés dans le sac de toile, de mains fébriles qui s'en emparent et surtout de ruines dévorées de soleil, elle l'interroge :

– Alors vous êtes libre ? Vous pouvez sortir comme bon vous semble ?

– Non, hélas. La clé du dernier sas est bien sûr en possession du professeur Alpha. Il est maître de mes allées et venues à l'extérieur.

La lumière du jour se retire brusquement de l'autre côté des murs, inatteignable. Luce retourne à son bol de fruits au sirop, le ventre noué.

– Mais pourquoi vous ? murmure-t-elle. Vous n'êtes pas le plus apte à... Je veux dire, vous êtes le bibliothécaire.

012V lâche un petit rire et étend les bras comme pour mieux signifier son manque d'envergure.

– Justement. Je suis insignifiant ! J'appartiens à l'Institut depuis mes douze ans, c'est pour ça qu'on m'a désigné volontaire, à l'époque. Comment imaginer que la trahison vienne d'un avorton comme moi ?

Désormais, quand le bibliothécaire sourit, une lueur enfantine, un peu timide, affleure dans ses yeux marron.

– L'équipe a pensé, aussi, que je serais épargné par les gens du dehors. Qu'ils n'oseraient pas faire de mal à un gamin. Et puis l'habitude aidant, nous avons poursuivi ainsi, même après que j'ai quitté l'enfance.

Il ponctue ce constat d'un rictus mélancolique. Puis, sans un mot de plus, il porte les bols et les cuillères jusqu'au lavabo de la salle d'eau. Tandis qu'il nettoie la vaisselle, Luce reste seule assise à table, désemparée, incapable de mettre de l'ordre dans la multitude de questions qui se bousculent dans sa tête.

Elle voudrait ne jamais s'endormir, ne pas céder la moindre minute de conversation au sommeil : il reste dix ans à rattraper, dix ans d'interrogations interdites, de réflexions muselées au seuil de sa conscience… Et 012V a promis d'apporter autant de preuves de sa bonne foi qu'elle en réclamera. Maintenant que les réponses sont à portée de main, Luce ne veut pas les laisser filer.

Mais peu à peu, elle se trouve forcée d'admettre que les épreuves de la journée, la terreur et le soulagement ont drainé toute son énergie. À contrecœur, elle se glisse sous les draps. Dans une torpeur cotonneuse, elle observe 012V qui étend sa couverture sur le canapé du fond de la pièce, avant de tapoter son oreiller pour le regonfler. Incrédule, elle songe à l'épouvante que son étrange colocataire suscitait chez elle il y a quelques heures encore. Devant le visage juvénile et serein qui s'offre à elle, métamorphosé, elle comprend que le monde a achevé sa bascule. Et qu'il faut sans attendre mettre à profit tous ces retournements inattendus.

Il dépose ses lunettes sur le guéridon, allonge le bras pour éteindre la lampe de chevet.

Demain, pense-t-elle en sombrant dans le sommeil. Demain sera le premier jour du départ.

40

Ce matin, Luce et le bibliothécaire partagent tranquillement le petit déjeuner, dans une volonté évidente de consolider les échanges de la veille. Et si leurs regards se détournent dès qu'ils se croisent, ça n'en reste pas moins une victoire.

– Alors, cette évasion, vous avez un plan en tête ? Par quoi commencerons-nous ? demande enfin 012V en se resservant une cuillerée de compote.

Luce laisse échapper un petit rire. L'enthousiasme naïf de son colocataire la touche et elle ressent une certaine fierté à se retrouver aux commandes. Difficile d'imaginer que, la veille encore, cet homme représentait pour elle la plus grande menace de l'Institut.

– Il faut d'abord réunir tout le monde, déclare-t-elle.

– Tout le monde ?

– Vous avez eu beau guetter, vous avez manqué quelques rebelles en puissance, désolée de vous le dire…

– Peut-être parce que c'est vous qui les avez transformées en rebelles ?

Luce, déjà absorbée dans ses réflexions, ne dément pas. Comment prévenir ses complices discrètement, malgré les différences de rang et d'activités ? Et surtout, où se retrouver à l'abri des regards ? Comme s'il lisait dans ses pensées, 012V suggère :

– Il y a des salles vides à l'aile D, elles seront parfaites pour une réunion clandestine. Sauf si vous avez levé une véritable armée, évidemment.

– À part vous et moi, il y a trois autres personnes.

L'image de Clara, les yeux exorbités d'angoisse dans le couloir de l'aile D, se rappelle à elle.

– Ou plutôt quatre, corrige-t-elle. Enfin, j'espère.

– Il y a une porte jaune, au deuxième étage. Je la laisserai déverrouillée au moment que vous jugerez opportun.

– Ce soir, répond Luce sans hésiter. Entre la fin des cours et le dîner, notre absence devrait passer inaperçue. Vous pourrez vous libérer sans que ça paraisse suspect ?

Un sourire illumine les traits du bibliothécaire.

– Je serai l...

Trois coups secs ont été frappés à la porte. Luce et 012V se dévisagent, muets de stupeur. Avec des gestes lents, il se dirige vers l'entrée, déverrouille le loquet... Et bientôt, il s'efface pour laisser passer Clara.

– Je viens chercher L2106, affirme-t-elle d'un ton impérieux qui masque mal les tremblements de sa voix.

La grande brune fait quelques pas dans l'appartement, ses iris verts tourbillonnant dans tous les sens. Son corps entier est tendu par le courage et la peur. Luce se lève d'un bond, épingle le badge sur sa poitrine et se contente de dire au bibliothécaire :

– À ce soir.

Sitôt qu'elles se retrouvent seules dans le couloir, Clara fond sur elle, l'examinant sous toutes les coutures :

– L2106 ! Tu es blessée ? Il t'a fait du mal ?

Elle n'a pas le temps d'articuler une réponse que son amie s'empresse d'expliquer :

– Je n'ai pas dormi de la nuit ! Hier, quand j'ai vu sa tête, j'ai tout de suite su qu'il t'avait entendue... J'ai eu tellement peur pour toi, je suis venue te chercher dès que j'ai pu ! Oh je craignais d'arriver trop tard et...

– Je vais bien.

Clara s'interrompt net, saisie d'incompréhension. Puis elle pousse un long soupir de soulagement et poursuit plus calmement :

– C'est normalement impossible, mais si l'*union* n'a pas encore été répertoriée dans les registres, je peux peut-être faire jouer mes contacts pour casser votre engagement.

– Clara. Tout va bien.

Son amie s'est figée en entendant son prénom. Luce insiste :

– Je vais bien, et tout ira bien. 012V n'est pas ce qu'il paraît. Il va m'aider.

– T'aider à quoi ?

– À m'évader de l'Institut.

Sa compagne la toise, les sourcils froncés, à la recherche d'un signal de détresse masqué derrière ces paroles rassurantes. Enfin, elle murmure :

– Ce qui compte, c'est que tu sois sauve. Et que tu le restes.

– Ce qui compte, rétorque Luce, c'est que tu me suives.

Accrochée au regard grave de Clara, elle y cherche un début d'étincelle. Mais elle n'y lit que l'effroi.

– Il n'y a plus rien pour toi ici, insiste Luce, tu l'as dit toi-même ! Ils vont t'enfermer dans une vie trop petite. Toi qui as tant espéré depuis l'enfance, tu finiras brisée. Viens avec moi, Clara, avant qu'ils ne détruisent tout ce que tu as construit.

D'abord, il ne se passe rien. Le visage blême de Clara frissonne sous la clarté des néons, ses lèvres articulent des réponses qui ne viennent pas. Des milliards de réflexions passent dans ses iris clairs, des calculs impossibles et terrifiants. Puis, très lentement, elle hoche la tête. Luce enchaîne aussitôt :

– Retrouve-moi après les cours. Aile D, deuxième étage, une porte jaune. Tu en sauras plus à ce moment-là. Je dois me dépêcher, à ce soir !

Sans laisser à son amie le temps d'hésiter, elle s'éloigne à grandes enjambées, un large sourire vissé sur sa figure. Maintenant que l'esprit le plus brillant de l'Institut s'est joint à la révolte, l'échec devient impossible. Néanmoins, il reste encore trois personnes à prévenir de la réunion : Meriem, Helena et Avril. Comment leur adresser la parole sans éveiller les soupçons ? Un instant, Luce pense à reporter ses plans pour les faire coïncider avec un nouveau cours commun de Vie pratique. Elle revoit Meriem, la veille, penchée sur les caisses à outils, les coups d'œil discrets d'Avril tandis qu'elle passait la serpillière… Elle se fige au milieu du couloir, avant de rebrousser chemin d'un pas vif. Une idée vient de germer, qui la mène tout droit dans les quartiers du rang 3.

Ce n'est qu'une fois arrivée devant la porte de la salle de cours que Luce s'aperçoit que son cœur bat la chamade. La pulsation du doute. Elle n'aura qu'un seul essai, il lui faudra être parfaitement convaincante. Les paupières closes, elle vide ses poumons. Puis elle ouvre de nouveau les yeux, prend une profonde inspiration et frappe.

– Entrez.

D'un coup sec, elle fait jouer la poignée.

Sitôt entrée, Luce balaie les lieux du regard. Elle s'efforce de rester impassible lorsqu'elle croise le sourire mi-amusé, mi-interrogateur d'Avril parmi les élèves. Les muscles raidis, la voix glaciale, elle demande :

– Qui, ici, est chargée du nettoyage de l'aile D ?

Au fond de la pièce, une main se lève : c'est l'une des assaillantes qui l'ont démolie à l'aile I.

– Vous savez qui je suis ? poursuit Luce d'un ton cassant.

Son interlocutrice bredouille, cherche les termes adéquats : c'est que, même dans le rang 3, les *unions* sont rares. Alors Luce précise :

– L2106, élève de rang 1, compagne officielle du bibliothécaire. Et par conséquent, résidente de l'aile D.

Un silence opaque s'est abattu sur la salle de classe. La honte devrait saisir Luce à cette évocation. Pourtant, elle choisit d'attraper ce sentiment à bras-le-corps. Elle l'étreint jusqu'à en faire une force qui tient son menton un peu plus haut :

– Je dois dire que j'ai été très choquée de l'état dans lequel j'ai trouvé les lieux en y emménageant. Mon partenaire a visiblement été laxiste sur le contrôle du ménage, mais cette époque est désormais révolue.

Le professeur, qui était jusque-là resté muet, paraît soudain retrouver l'usage de la parole. Il balbutie :

– Je… je veillerai à ce que l'élève soit sanctionnée…

– Je n'ai que faire de vos sanctions ! Le problème est ancien, cette élève n'est pas la seule responsable ! Il semble que, pour une raison obscure, l'aile D soit négligée par vos pensionnaires. C'est très grave. J'exige que le ménage soit fait de façon exemplaire.

– Je vous enverrai des élèves après les cours, je vous prie de m'excu…

– Non, tranche-t-elle d'une voix sans appel, je n'attendrai pas que les cours soient finis, c'est hors de question. Fournissez-moi quelqu'un de compétent dès maintenant.

Luce contient juste à temps un « s'il vous plaît » malvenu. Le silence qui suit son caprice lui paraît interminable. Les pensionnaires échangent des regards abasourdis. Il est clair, à la façon dont elles courbent le dos, qu'aucune ne souhaite s'acquitter de la corvée. Enfin, en parfaite comédienne, Avril lève lentement la main, une moue dubitative vissée sur le visage.

– Si j'y vais… je suis dispensée de cours pour la matinée ?

Le professeur s'empresse d'acquiescer. Il semble à la fois agacé et soulagé. Avec des gestes d'une mollesse exaspérante, l'adolescente regroupe ses affaires. Puis elle rejoint Luce d'un pas traînant et bientôt, la porte se referme derrière elles dans un grincement plaintif.

– Eh ben dis donc, Loupiote ! Quelle actrice !

– Je pourrai te retourner le compliment. J'ai eu peur que tu ne... Parfaitement, c'est répugnant ! Et encore, je mâche mes mots ! Vous devriez avoir honte de laisser l'aile D dans un état pareil !

Luce s'est reprise juste à temps en voyant approcher un membre de l'équipe éducative. Elle continue à ergoter d'une voix sonore jusqu'à avoir atteint le sas. Là, c'est au tour d'Avril de chuchoter :

– Tout va bien ? Tu as réussi à le tenir à distance ?

– Trop long à raconter, répond Luce, on n'a pas le temps.

Mais face au regard inquiet de son amie, elle tempère :

– Ne t'en fais pas, Avril, je vais bien. Je vais très bien, même.

Tandis qu'elles inspectent le placard qui abrite les ustensiles de ménage, Luce se hâte de transmettre toutes les informations concernant le rendez-vous du soir. Le parfum des détergents la prend à la gorge. Elle soupire :

– Je suis désolée de te donner autant de travail. Je me suis souvenue de ce que tu m'avais dit, que les élèves avaient tendance à bâcler le ménage à l'aile D... C'est la seule idée qui m'est venue pour te contacter.

– Tu me sauves du cours le plus soporifique du monde, Loupiote. Tant que le bibliothécaire garde ses pattes loin de moi, tout ira bien. Et sinon... Tu me connais, je saurai le recevoir.

Luce laisse échapper un sourire.

– Ça n'arrivera pas. Tu peux prévenir Helena pour ce soir ?

– Évidemment. Et Meriem aussi.

Avril brandit fièrement son balai et sa serpillière :

– Ça sera facile de l'approcher. Avec ça dans les mains, je suis invisible où que j'aille. Dépêche-toi de filer en cours. À ce soir.

Luce la remercie et se hâte de rejoindre l'aile C. Dans la salle de classe, ses camarades sont déjà à l'œuvre, le crâne recouvert d'électrodes.

– Pardonnez mon retard, j'avais des affaires domestiques à régler, dit-elle avec importance.

Le professeur hoche la tête et elle gagne sa place. La culpabilité assaille Luce de toutes parts tandis qu'elle tâche de se concentrer sur les calculs qui défilent sur son écran. Elle n'a pas eu le courage d'expliquer à Avril la vérité sur 012V. Il aurait fallu raconter, argumenter, promettre, peut-être même supplier face à son intransigeance… Luce a fui devant la difficulté, et désormais, elle redoute l'inévitable confrontation.

Mais ce n'est pas le moment de divaguer. Maintenant qu'elle a réellement quelque chose à cacher à l'équipe éducative – et que ce quelque chose détermine le destin de cinq autres personnes –, elle doit plus que jamais jouer l'exemplarité. Elle se met au travail comme si plus rien ne pouvait obscurcir ses raisonnements. Et la matinée se déroule ainsi, tant bien que mal, sans que la moindre phase de déconcentration ne soit signalée par la machine.

À l'heure du déjeuner, Avril a quitté l'aile D, mais le couloir qui mène à l'appartement exhale une puissante odeur de détergents. Le bibliothécaire accueille Luce, l'air penaud.

– S'il y avait un problème avec le ménage, il suffisait de me le dire, déclare-t-il, contrit. Une élève de rang 3 a passé la matinée à récurer l'étage…

Luce sourit et s'abstient de tout commentaire. L'appétit grondant, elle s'installe à la table déjà dressée, où trônent les conserves du jour : des bocaux remplis d'un liquide doré où flottent de petites boules rouges. Durant quelques minutes, on n'entend plus rien que le cliquetis des couverts. Puis c'est 012V qui rompt le silence :

– L2106… Concernant la réunion de ce soir… Je crains que vos complices ne voient d'un très mauvais œil mon implication dans le projet d'évasion.

– Votre présence va faire grincer des dents, c'est certain. Il faudra vous montrer très convaincant pour qu'elles passent outre votre réputation.

Il acquiesce sans un mot. Luce prend une grande inspiration.

– Il ne faut pas que nous apparaissions divisés. Je ne veux pas vous compliquer la tâche… Alors vous m'appellerez Luce.

Comme à chaque nouvelle mise à nu, Luce suffoque. Elle n'est toujours pas accoutumée à la vulnérabilité qui la submerge chaque fois qu'elle livre son prénom. Le bibliothécaire reste interdit quelques secondes. Elle lit dans ses yeux qu'il comprend le cadeau qu'elle lui fait. Et aussi, qu'il en prendra soin.

– Merci, Luce. Si vous êtes d'accord, j'aimerais beaucoup que vous m'appeliez Vincent.

Elle hoche la tête.

– Alors à ce soir, Vincent.

41

L'après-midi se déroule dans une fébrilité croissante. Dès qu'un éclat de voix résonne au détour d'un couloir, Luce s'attend à voir débarquer l'équipe éducative pour la punir de sa conspiration. À chaque heure de classe, elle doit déployer plus d'énergie pour apaiser ses angoisses. Elle croit déceler dans les paroles anodines de ses professeurs des menaces à peine voilées, des mises en garde en forme d'allusions grossières. Pourtant, la sonnerie de fin des cours retentit sans qu'aucune catastrophe ne soit advenue.

Malgré l'envie de courir jusqu'à l'aile D, Luce s'attarde à son poste de travail et décolle soigneusement les cheveux emprisonnés par les électrodes. Toute précipitation risquerait d'éveiller les soupçons. Du coin de l'œil, elle surveille la salle qui se vide. Elle entend une fille chuchoter :

– Tu m'étonnes, moi aussi je traînerais les pieds si je devais rentrer chez le bibliothécaire…

Quand Luce ne peut plus temporiser, elle rejoint le couloir, où elle se force à avancer au ralenti. Quelques pensionnaires la dépassent en marmonnant. Puis la rumeur s'éteint et elle se retrouve seule. Elle quitte alors l'aile C, incrédule d'être parvenue sans heurt jusqu'à l'heure du rendez-vous.

Elle vient tout juste de passer le sas quand la porte à double battant claque dans son dos.

– Tiens tiens, bonjour, L2106. Comment ça va ?

Luce blêmit en reconnaissant B1803. D'un ton glacial, elle rend ses salutations à la messagère, espérant dissimuler sa panique.

– Depuis quand ma vie t'intéresse ? rétorque Luce.

– Mais depuis qu'elle est devenue intéressante, depuis que tu *échappes* à toutes les attentes de l'Institut…

Luce sent son dos se tremper d'une sueur glacée. A-t-elle rêvé l'insistance de B1803 sur le verbe *échapper* ?

– Tu as l'air en forme. Visiblement, le bibliothécaire ne t'a pas encore détruite. C'est tout ce que je voulais savoir.

Sur ces mots, son interlocutrice lui adresse un petit sourire narquois et tourne les talons. Luce reste pétrifiée devant cette sortie énigmatique. Ce n'est que longtemps après la disparition de la petite rousse qu'elle ose se remettre en mouvement.

Le deuxième étage de l'aile D est parfaitement désert. Des portes multicolores aux étiquettes fanées défilent, Luce repère sans mal celle qui l'intéresse. Lorsqu'elle se coule à l'intérieur de la pièce, elle éprouve aussitôt un immense soulagement : Meriem, Avril et Clara sont déjà là.

La salle ressemble à celles où se déroulent les cours, si on excepte ses dimensions plus généreuses et son état de décrépitude avancée. Des écailles de peinture jaune tombent en lambeaux sur le linoléum et la plupart des néons ne fonctionnent plus. Quelques placards gisent çà et là, battants ouverts sur des étagères vides.

– Les autres ne vont pas tarder, dit Luce.

Elle arrache six chaises à l'équilibre précaire d'une pile poussiéreuse, puis les dispose en cercle. Elle s'assoit. Ses amies la rejoignent en silence. Luce fait mine d'ignorer les coups d'œil méfiants que toutes les trois se lancent.

Un grincement. Les adolescentes sursautent et rivent leur regard à la porte. Lentement, la poignée s'abaisse et bientôt, le visage d'Helena apparaît, les traits rongés par l'anxiété. Elle s'éclaire en reconnaissant ses anciennes patientes. L'entrebâillement s'élargit ; Luce découvre alors que la jeune femme n'est pas venue seule.

Les clandestines ont bondi sur leurs pieds. Si Helena est en train de les trahir, il ne faut pas lui laisser le temps de porter le premier coup. Mais alors que Luce se précipite au-devant de l'infirmière, elle se fige soudain. Quelque chose cloche : l'intruse reste recroquevillée derrière la soignante, un air de terreur imprimé sur sa figure pâle.

– Helena, ce n'est pas ce qui était prévu ! tonne Luce pour tromper la peur. Qui est-ce ?

– Quelqu'un qui a besoin de notre aide.

Helena s'efface pour révéler la nouvelle venue, un visage coulant aux joues pleines, entouré d'un rideau de cheveux sans couleur. L'élève, à peine plus âgée que Luce, lui rend l'angoisse de son regard.

– S'il vous plaît…

Luce a perçu l'anomalie. Une difformité qu'elle n'identifie pas précisément, mais qu'elle capte au premier coup d'œil. Avril, Meriem et Clara, elles, ont compris ; elles se sont approchées sans un mot, bouche bée. Durant quelques secondes, elles observent l'inconnue. Elles détaillent son corps de haut en bas, puis de bas en haut, muettes de saisissement. Enfin, Meriem tend une main timide :

– Je peux ?

La petite brune effleure le renflement à travers le pull de l'uniforme, ce ventre bizarrement rebondi qui déséquilibre la longue silhouette.

– Dans combien de temps ? demande simplement Clara.

– Un peu plus de deux mois, je pense. Je n'ai pas les moyens de le déterminer avec exactitude, répond Helena.

Un silence pesant s'installe, où chacune est renvoyée à la signification de cet abdomen arrondi et aux conséquences qu'il porte en lui. Luce peine à comprendre. Ses yeux naviguent de l'une à l'autre, à la recherche d'un indice ou d'une confirmation. Et puis peu à peu, les souvenirs d'un temps lointain se réveillent. Des images vagues de femmes alourdies, à la démarche fatiguée, les mains en soutien sur les reins. Les caresses sur les ventres distendus, les voix douces qui désignent les excroissances comme les « maisons des bébés ». Luce n'a jamais su s'il s'agissait d'une jolie légende pour enfants ou d'une vérité biologique. Et durant toutes ces années, cette question s'est trouvée reléguée dans les tréfonds de son esprit, rangée au chapitre des connaissances qui ne devaient plus jamais lui servir.

– Puisque personne ne le dit… grogne Avril, je vais m'en charger. C'est pas possible. On peut pas emmener une fille enceinte avec nous.

Elle fait face à l'inconnue, le menton haut, l'air menaçant.

– On *doit* l'emmener avec nous, rétorque aussitôt l'infirmière.

– Je suis désolée pour toi, vocifère l'adolescente en se tournant vers l'intruse, je sais pas ce qui t'est arrivé, mais regarde-moi ce ventre ! Il sera bientôt plus gros que toi ! Comment tu crois que ça va se passer, quand il faudra courir ? Quand il faudra grimper ? Quand ils nous attaqueront ? Tu seras navrée de nous ralentir, tu chouineras pour qu'on s'adapte à toi, hein ?

– Je ne réclame rien de la sorte, proteste la jeune fille, la bouche tremblante.

– Tu nous mets toutes en danger si tu viens avec nous. Helena, je comprends pas pourquoi vous la balancez dans nos pattes !

– Parce qu'il y a là deux vies à sauver. J2410 est ma condition *sine qua non*. Si elle ne vous accompagne pas, moi non plus. Et alors bonne chance quand vous aurez besoin de recoudre une plaie ou d'éviter une septicémie.

La pensionnaire au ventre arrondi contemple le linoléum comme si elle voulait qu'il l'engloutisse. Clara s'approche et demande :

– Tu portes l'enfant du professeur Alpha, n'est-ce pas ? Pourtant, à ce que je sache, tu n'es pas sous sa *protection*...

L'air de la pièce s'est encore refroidi. Tous les regards convergent vers la future mère.

– Il dit que j'y aurai droit quand il sera sûr que je lui ai fabriqué un fils viable. Ce sont ses mots.

Après une respiration, elle ajoute :

– Ce qu'il ne sait pas, c'est que je préférerais mourir que de lui laisser l'enfant.

La détermination sereine qui flotte sur son visage contraste avec la violence de ses propos. Luce fixe sans comprendre le ventre rond, essayant d'imaginer en quoi il peut bien concerner le professeur Alpha.

– Et le bébé ? demande Meriem d'une toute petite voix.

– Le bébé, on s'en occupera quand il sera là, répond la soignante, mais s'il ne naît pas dehors, ils nous le prendront. Et ça, c'est hors de question.

– Moi, je mettrai pas ma vie en jeu pour un enfant même pas né, décrète Avril. Si vous croyez que c'est une bonne idée, c'est que vous avez un sérieux problème.

Helena s'est dressée de toute sa stature, raidie par la colère et la détermination. Mais bien que l'infirmière la dépasse d'une ou deux têtes, Avril ne se laisse pas intimider et continue de la fixer de son regard orageux, les poings noués. Clara intervient :

– C'est L2106 qui nous a réunies, c'est son initiative. Alors ce serait juste que la décision lui revienne.

Dans un même mouvement, toutes se tournent vers Luce, qui reste abasourdie. En préparant la réunion, elle avait anticipé beaucoup d'imprévus, de complications et de dangers… mais rien de tel.

– Je… Je ne sais pas. C'est que… bredouille-t-elle.

Personne ne bouge. Personne ne s'avance pour la décharger de cette responsabilité nouvelle. Alors elle lâche d'une voix blanche :

– Helena a raison.

Avril retombe sur sa chaise. La soignante, elle, resserre ses mains autour des épaules de sa protégée. Luce s'éclaircit la gorge et reprend :

– On veut s'enfuir parce qu'on rêve de justice et de liberté. Or, si on refuse d'emmener J2410 sous prétexte qu'elle est moins forte que nous, on ne vaut pas mieux que l'Institut. On détermine sa valeur et son droit à être sauvée en fonction de ses performances. Et ça, je ne veux pas. Alors oui, ce sera plus compliqué, plus périlleux, il faudra adapter et précipiter notre plan…

– Je vous y aiderai, s'empresse de promettre J2410.

– Je suis sûre que tu auras énormément à nous apporter, la rassure Luce. Et même si ce n'est pas le cas, ça ne devrait pas être la condition de ta liberté.

Avril lève les paumes en signe de capitulation. Pour la première fois, il y a de la peur dans sa voix.

– J'espère qu'on aura pas à le regretter, dit-elle. Je veux pas crever à cause d'elle.

– Personne n'a autant envie que ça marche que moi, murmure J2410, j'ai deux destins entre les mains.

– Non. Maintenant, c'est tous nos destins que tu as entre tes mains, t'as intérêt à être à la hauteur.

En entendant cette menace, Helena lève les yeux au ciel. Puis elle raille :

– Vous découvrez tout juste que le projet d'évasion est risqué, c'est ça ? Eh bien, il va falloir s'y faire et cesser de tout mettre sur le dos de J2410. Vous croyez que je ne suis pas inquiète, moi, de voir ici C1501, l'élève préférée du professeur Alpha ?

– Je ne vois pas comment je serais moins digne de confiance qu'une personne qui a choisi de travailler pour l'Institut, rétorque aussitôt Clara, acide.

Avril laisse échapper un ricanement :

– Mouais... On en reparlera quand ce sera l'heure d'abîmer ton bel uniforme de bulbeuse. Moi, je pense plutôt que tu...

– Évite de trop penser, l'interrompt Clara. De toute évidence, ce n'est pas ta spécialité.

Dans un long soupir de découragement, Luce retombe sur sa chaise. Les regards se tournent vers elle. Alors elle parcourt le cercle, attentive à chacune, détachant chaque mot :

– Je comprends que vous soyez sur vos gardes : vous comme moi, nous devons notre survie au fait d'avoir été insoupçonnables durant des années. Mais je ne joue pas avec nos avenirs. Vous êtes là, toutes, parce que je suis sûre de votre sincérité et de votre détermination. Si on se concentre uniquement sur nos différences, si on laisse trop de place à la méfiance, rien ne sera possible. Se dresser les unes contre les autres, c'est assurer notre échec. Alors l'Institut n'aura pas grand-chose à faire pour nous détruire, on s'en chargera toutes seules.

Elle s'autorise un moment pour maîtriser les tremblements de sa voix, avant de conclure :

– S'il vous plaît, je vous demande de ravaler vos soupçons, pour qu'on puisse avancer. Accordez-vous le bénéfice du doute.

C'est sur ces mots exacts que la porte s'ouvre à nouveau. Toutes, autour de Luce, se sont glacées d'horreur.

42

– Entrez, Vincent, dit Luce.

Et à l'adresse des clandestines, elle précise :

– Ne vous inquiétez pas. C'est moi qui lui ai demandé de venir.

Avril, qui s'apprêtait à bondir sur le bibliothécaire, est fauchée en plein élan par cette information. Pétrifiée, elle articule :

– Je peux pas le croire…

Luce esquisse un geste, immédiatement repoussé par l'adolescente.

– Tu nous as piégées ?! J'avais raison, quelle comédienne… Et surtout, bravo pour ton grand discours sur la confiance !

La déception et le dégoût de son amie blessent Luce plus sûrement, plus profondément que tous les coups du rang 3. La gorge serrée, elle cherche dans les regards de ses complices un appui, le bénéfice du doute qu'elle prônait une minute plus tôt… Mais même Meriem s'est éloignée de quelques pas tremblants. Helena, elle, s'est placée devant J2410, qu'elle protège de tout son corps. Seule Clara n'a pas bougé de sa chaise.

– Écoutez… Il est là, lui aussi, parce que j'ai décidé de lui faire confiance.

Meriem laisse échapper un long gémissement, si déchirant que Luce s'en retrouve muette. Après une hésitation, 012V prend le relais :

– Je comprends. Luce a d'abord réagi comme vous. À cause des bruits de couloir, beaucoup ont imaginé que je me prêtais au jeu de l'Institut, que je me fondais dans ses règles souterraines les plus ignobles, mais…

– Foutaises. Vous êtes un prédateur, siffle Avril entre ses dents.

– Non. Je n'ai jamais fait de mal à personne. Mon seul tort aura été de ne pas démentir les ragots, mais à quoi bon ? Ils m'auront bien servi…

– Vous avez essayé d'agresser Luce dans la réserve !

Le bibliothécaire s'est décomposé. Il ouvre la bouche pour répondre, mais aucun son n'en sort. Avril exulte, prête à porter le coup final de sa démonstration, quand Luce s'interpose :

– Non, ce n'était pas une agression.

– Mais qu'est-ce que tu racontes… ?

Aussitôt, Luce comprend que la vérité ne suffira pas à convaincre sa camarade. Elle sent le rouge lui monter aux joues alors qu'elle échafaude de faux aveux :

– J'avais honte de ne pas avoir réussi à voler de boîte de conserve. J'ai inventé une histoire pour garder la tête haute. Je suis désolée.

Avril retombe brutalement sur sa chaise. Luce a la sensation, presque physique, de ce qu'elle vient de briser ; une douleur de fracture, quelque part du côté du cœur. Mentir pour donner plus de poids à ce qui est juste, sacrifier la confiance de son amie pour blanchir 012V… Le monde s'est bel et bien renversé. Mais à cet instant, le but est plus important que les faits. Elle observe la blessure qui se répand dans les grands yeux jaunes et se force à poursuivre :

– Mais c'est vrai, quand je suis partie demander sa protection, j'avais peur de lui. Jusqu'à ce que Vincent me montre son véritable visage, jusqu'à ce qu'il m'en donne les preuves.

– Oh, eh bien si « Vincent » a des preuves, alors ça change tout, raille Avril. Je te croyais plus intelligente que ça, mais en fait tu l'as laissé te raconter ce qu'il voulait.

Luce encaisse sans broncher. Puis elle se retourne vers le bibliothécaire et demande d'une voix sonore :

– Expliquez-leur. Qu'avez-vous caché dans l'anthologie ?

Son amie comprend immédiatement ce qui est en jeu et Helena se raidit sur sa chaise. 012V reprend la conversation au vol, s'adressant directement à Avril :

– Il s'agit d'un article de journal. Je ne sais pas si vous vous souvenez des journaux, on les lisait quotidiennement pour se tenir au courant des nouvelles du…

– Je sais ce qu'est un journal, interrompt-elle, acide.

– Pardonnez-moi. Eh bien, cet article de journal, je l'ai récupéré dans les archives de l'Institut. Il évoque les failles de sa construction. Je l'ai placé dans le livre que j'ai apporté à Luce, l'air de rien, dans l'espoir qu'elle le trouve et qu'elle comprenne mes réelles intentions.

L'adolescente lâche un soupir dédaigneux.

– Quoi, c'est tout ?

– Que voulez-vous dire ?

– C'est tout ce que vous avez comme preuves ? Un vieux bout de papier ? Parce que ça va pas suffire.

Meriem, qui s'était tenue silencieuse pendant l'échange, proteste :

– Luce, je te fais confiance, tu le sais, mais… Enfin, tu sais de qui on parle, tu n'as pas oublié quand même ?

C'est alors au tour de Clara d'intervenir. Un air de victoire pétille dans ses yeux verts.

– Justement, dit-elle, c'est intéressant. Être ici, à cet instant, incrimine 012V tout autant que nous… voire plus. Il prend un risque énorme, parce que nous n'hésiterions pas à construire toutes ensemble notre version des faits si cela s'avérait nécessaire.

Elle ponctue cette affirmation d'un sourire qui laisse deviner qu'elle a déjà tout échafaudé, au cas où. Le bibliothécaire ne relève pas la menace, mais il déclare :

– Je vous le redis, je comprends vos doutes. Cependant, je suis le seul capable de vous fournir des informations fiables sur l'extérieur. Pas seulement sur ce qu'il était hier, mais sur ce qu'il est aujourd'hui.

La signification de ces mots s'imprime lentement dans l'esprit des clandestines. Meriem et J2410 gardent les yeux rivés au sol, comme si elles ne voulaient surtout pas être impliquées dans les décisions à suivre. Luce dégage un espace au sein du cercle et y installe une nouvelle chaise. Elle désigne sa place au bibliothécaire qui ne réagit pas, figé dans une posture de malaise un peu gauche. Helena ne cesse d'entremêler puis de dénouer ses doigts, sourcils froncés. Elle finit par concéder :

– C'est vrai. Ça ne signifie pas pour autant qu'on peut lui faire confiance, mais cette partie-là est vraie. C'est lui, le passeur de l'Institut.

Une poignée d'émotions contradictoires passe sur le visage d'Avril, qui ne détache pas son regard de 012V. Clara, elle, observe la scène avec la curiosité polie de celle qui connaît déjà le futur verdict ; Luce lui envie sa certitude tranquille. Et c'est la gorge nouée qu'elle propose :

– L'enjeu est trop grand pour prendre des décisions à contrecœur, alors réfléchissez-y et on tranchera ensemble. Retrouvons-nous ici dans quatre jours, d'accord ?

Seule Meriem acquiesce, avant de déclarer d'une toute petite voix :

– Je voudrais dire quelque chose, moi aussi.

Le cercle se tourne vers elle. Elle poursuit, le menton tremblant :

– Je sais qu'on est toutes très inquiètes et très méfiantes. Pourtant, Luce a raison, ce n'est pas comme ça qu'on avancera. Alors moi, je voudrais vous faire confiance… en vous disant que je m'appelle Meriem.

D'abord, il ne se passe rien. Luce s'apprête à réconforter son amie, à lui jurer que ce n'est pas si grave, quand un deuxième prénom s'élève. Helena. Puis d'autres suivent : Avril, Clara. Un à un, les noms affleurent dans une transgression réparatrice. Vincent. Et Jade, qui résonne pour la première fois.

La sonnerie du dîner retentit ; le cercle s'évapore en un instant.

Une fois la porte de l'appartement refermée, Luce s'écroule sur le lit, épuisée. 012V reste d'abord hébété. Puis il murmure :

– Vous avez été parfaite. Vous n'auriez pas pu faire mieux.

Luce ne croit pas une seule seconde à cette validation bancale. Elle ferme les yeux pour échapper à la discussion. Mais dans le noir de ses paupières, elle retrouve le regard blessé d'Avril.

– Je pensais qu'il suffisait d'avoir un objectif commun, marmonne-t-elle. Mais je ne suis pas sûre qu'elles viendront à la prochaine réunion. D'ailleurs, même si elles sont là, elles risquent de passer leur temps à sortir les griffes… et vous en serez la première victime.

– Les choses s'arrangeront quand tout le monde apprendra à se connaître. Il y a quelques jours à peine, vous auriez eu la même réaction qu'elles et vous auriez eu raison. Réjouissez-vous, vous avez réuni des personnes prudentes.

Un sourire passe derrière les lunettes de 012V.

– Et puis, tout est toujours moins grave avec le ventre plein, conclut-il en se dirigeant vers le fond de la pièce.

Quelques minutes plus tard, d'étranges formes oblongues à la teinte métallique scintillent dans la boîte de conserve. Luce s'affale sur la table, la tête entre les bras, prête à s'endormir assise.

– Il faut manger, insiste 012V.

Du bout de sa fourchette, elle pique l'aliment inconnu. Celui-ci se délite doucement, laissant apparaître une armature blanchâtre, presque translucide.

– C'est du poisson, précise son colocataire. Des sardines.

– Du poisson, comme ceux qui vivaient dans l'océan ?

Il acquiesce. Luce contemple avec étonnement le contenu de son assiette. La peau des sardines luit à la lumière des néons. Elle s'attend presque à les voir sauter hors de leur conque d'huile et regagner la mer en frétillant. Ce drôle de vestige en plein cœur de l'Institut, à la fois porteur d'espoir et d'une menace sourde, la trouble. Elle demande sans relever les yeux :

– Je peux vous poser une question ?

– Allez-y.

– J'ai eu l'impression que vous ressentiez de l'aversion, voire du dégoût face à Jade. J'ai bien vu que vous évitiez de la regarder. Je ne comprends pas.

012V ne répond pas tout de suite. Il pousse un long soupir, passe une main nerveuse sur sa figure, avant d'admettre :

– Je ne suis pas dégoûté par Jade. Je suis dégoûté par ce qui l'a menée là. L'enfant qu'elle porte… C'est un enfant du gymnase.

Aussitôt, la discussion avec Avril et E1710, dans l'obscurité de l'infirmerie, se rappelle à Luce. Ses camarades l'avaient reprise sur son vocabulaire, avaient nommé le viol quand Luce parlait naïvement de « faire l'amour ». Mais jamais elles n'avaient évoqué cette conséquence-là : celle de la naissance d'enfants. Assommée par cette découverte brutale, Luce demande en choisissant bien ses mots :

– Mais alors, c'est à ça que servent les rendez-vous du gymnase ? Pour faire des bébés, il faut… un viol ?

Le bibliothécaire soupire de nouveau.

– J'oublie souvent à quel point l'Institut vous garde dans l'ignorance des faits biologiques les plus élémentaires. Dans le monde d'avant, on apprenait tout cela bien plus jeune…

Au prix de ce qui semble être un immense effort, il ajoute :

– Pour que naisse un enfant, il faut une rencontre sexuelle entre son géniteur et sa génitrice. Malheureusement, le ventre ne fait pas la différence entre un acte consenti et un viol.

Luce se sent rougir devant cette explication, sans savoir pourquoi. Elle baisse la tête, tourne et retourne ces nouvelles informations. Quelque chose résiste encore. Elle insiste :

– Mais pourquoi veulent-ils des enfants, Alpha et tous les autres ?

– Les grossesses sont un dommage collatéral. D'habitude, les hommes s'arrangent pour qu'il n'y en ait pas. Si on leur pose la question, ils récuseront le mot « viol », et puis ils diront qu'ils veulent juste ressentir du plaisir. Moi, je n'y crois pas. Dans le gymnase, ils ont trouvé un moyen de plus d'asseoir leur domination, de contrôler les corps. Ils y vont pour se sentir puissants et se persuader que les élèves ne sont rien.

Le visage de 012V s'est assombri. Il conclut dans un souffle :

– Je ne suis pas dégoûté par Jade, Luce. Je suis désolé si j'ai pu donner cette impression. Je suis dégoûté qu'on ne lui ait pas laissé d'autre choix, et qu'elle doive aujourd'hui risquer sa vie pour s'arracher à cette fatalité.

43

Les mots du bibliothécaire résonnent encore quand Luce, quatre jours plus tard, pousse la porte jaune du deuxième étage. Quelqu'un, avant elle, a pris soin de disposer les chaises en cercle. Sur les sept sièges, un seul est vide : le sien.

– Vous êtes toutes venues, murmure-t-elle, la gorge serrée.

Elle adresse un petit signe de tête à Vincent. Celui-ci tire de sa besace cinq conserves, qu'il distribue à Avril, Helena, Meriem, Jade et Clara. Tandis que cuillères et ouvre-boîte passent de main en main, il explique :

– En vue de l'évasion et pour mieux survivre au-dehors, vous avez besoin de prendre des forces. Mon statut au sein de l'Institut me donne accès à des rations importantes. Si vous êtes d'accord, je souhaiterais les partager avec vous.

C'est Luce qui lui a suggéré de commencer chaque réunion par une distribution, mais elle ne le révélera pas. Elle se contente de lui sourire : à la manière dont les clandestines fondent sur l'offrande, elle sait que le bibliothécaire vient de gagner leur confiance. Durant quelques secondes, tous deux contemplent les visages qui se métamorphosent sous l'effet du festin. Puis Luce s'éclaircit la gorge, se redresse : pour prononcer le discours qu'elle a répété toute la nuit, elle restera debout.

– Merci d'être là, commence-t-elle. Après la dernière réunion, je veux le dire de nouveau : personne ici n'est obligé de prouver son mérite ni ses capacités. Mais je suis persuadée que chacune, et chacun, a quelque chose à apporter au groupe. Une aptitude, une vision du monde essentielles à notre projet d'évasion. J'ai même quelques idées sur la question.

Elle s'arrête pour évaluer l'effet de son annonce. Le cliquetis des couverts sur le métal a ralenti, mais aucune objection, aucun signe d'impatience parmi le cercle. Luce prend une grande inspiration.

– Avril, commence-t-elle. Je sais que ça va te faire grincer les dents, mais… je voudrais que tu nous apprennes à réveiller nos corps. À les rendre puissants comme le tien. Et résilients aussi, pour que les coups ne nous détruisent pas.

Son amie, les joues gonflées de nourriture, esquisse une moue qu'elle déguise aussitôt en hochement de tête.

– Je me chargerai d'appuyer cette résilience en vous enseignant les gestes qui soignent et ceux qui sauvent, intervient Helena, devançant la suite. Je ferai de mon mieux pour vous transmettre un peu de mon savoir.

– C'est ce que j'espérais que vous diriez, Helena. Merci.

Alors que Luce se tourne vers Vincent, celui-ci s'empresse d'enchaîner :

– De mon côté, je vais fouiller les archives stockées à l'aile D, à la recherche de plans détaillés des infrastructures. Cela nous donnera peut-être des pistes de cachettes ou d'issues pour…

– Je m'en occupe, l'interrompt Jade. Si vous me fournissez les documents, je vous promets de les éplucher un par un. Je sais dessiner et j'ai une bonne mémoire : je serai capable de reproduire fidèlement les plans, ou même n'importe quelle image que je trouverai.

Luce assiste, médusée, à l'échange. Elle qui s'était imaginé devoir argumenter, exhorter, persuader… Elle sort de l'élastique de sa jupe l'anthologie à la couverture verte et la tend à sa camarade :

– Prends ça, dit-elle. L'article de presse sur la construction de l'Institut est caché dedans, ça te sera peut-être utile.

Puis, tandis que Jade et Vincent s'accordent sur les modalités pratiques de l'accès aux archives, Luce poursuit :

– Clara, nous avons besoin d'avoir toujours un coup d'avance sur l'Institut. Je voudrais que tu réfléchisses aux stratégies potentielles, que tu évalues les risques. Qui sont nos ennemis principaux au sein des équipes ? Comment réagiront-ils s'ils ont vent de notre projet ? Et surtout : comment s'en prémunir ?

La grande brune lève la tête de la boîte de conserve qu'elle déguste à gestes mesurés. Puis elle acquiesce et gratifie Luce d'un sourire radieux : un sourire qui ne doute pas de sa compétence. Enfin, c'est au tour de Meriem. Ses lèvres maculées de sauce tomate se tordent en une moue embarrassée. Avec beaucoup de douceur, elle déclare :

– Et toi, Luce… Tu es là pour nous tenir ensemble. Et tu as déjà fait des miracles en nous réunissant. Moi, en revanche, j'ai bien peur de ne rien avoir à nous apporter, ajoute-t-elle d'une petite voix.

Luce voudrait dire à son amie que sa tendresse indéfectible, son sens de l'espoir et sa sincérité sont peut-être les plus jolies aptitudes que compte leur cercle. Mais les regards rivés sur elle l'en dissuadent. Aussi se contente-t-elle de répéter les phrases qu'elle a préparées :

– Quand nous nous sommes rencontrées, tu m'as initiée aux trappes dissimulées de l'Institut. Ce que je te demande aujourd'hui, c'est d'être nos yeux, nos oreilles. Sois attentive aux revirements, aux regards et aux rumeurs parmi les pensionnaires… Tu feras ça mieux que personne.

Luce a mis dans sa voix toute l'amitié et la confiance dont elle est capable. Meriem se métamorphose : peu à peu, la honte s'évapore pour laisser place à une fierté timide, les joues roses virent au rouge vif… et Luce sait qu'elle a atteint son but.

Elle reporte son attention sur l'ensemble du cercle :

– Si chacune remplit son rôle, on devrait pouvoir s'enfuir avant l'accouchement de Jade. Je vous propose de nous retrouver ici dans une semaine pour faire le point sur nos avancées. Tout le monde est d'accord ? Des questions ?

Les marques d'assentiment fusent, bien plus chaleureuses que lors de la précédente réunion. Avril se lève d'un bond. Son âpreté contraste avec l'enthousiasme ambiant :

– Bon. J'ai accepté de vous apprendre à endurcir vos corps. Mais il va falloir vous préparer entre nos séances, sinon vous vous blesserez dès les premiers exercices. Je vais vous montrer quelques mouvements pour réveiller vos muscles et leur signaler que vous aurez bientôt besoin d'eux.

Sur ces mots, elle s'allonge sur le ventre. Dans une grande inspiration, son corps se soulève, raide et droit, mû seulement par les bras qui se tendent. Les coudes plient, il se rabaisse.

– Je vous préviens, ça va pas être agréable. Mais chaque jour, ce sera un peu moins dur. C'est pour ça qu'il faudra augmenter la dose peu à peu. Que ça soit jamais confortable.

– Comment est-ce qu'on saura si on progresse, alors ? demande Meriem.

– Ton corps te le dira. Tes muscles vont se développer, tu gagneras en substance et en solidité. Fais-toi confiance.

Elle poursuit sa démonstration sans faiblir :

– Bien sûr, faudra éviter d'attirer l'attention. Entraînez-vous dans la salle d'eau quand les autres dorment. Planquez-vous aux toilettes si nécessaire. Surtout, tendez les genoux. Appuyez toute la paume, répartissez le poids jusqu'au bout des doigts… Gardez le cou bien étiré.

Elle descend ensuite sur les coudes, maintenant son appui sur ses avant-bras, le bassin parfaitement droit.

– Comptez. Tenez. Serrez le ventre, serrez le nombril, serrez les fesses. Serrez tout. Faites la liste des trucs que vous voulez retrouver dehors, ou de ceux que vous voulez abandonner ici. Comptez-les jusqu'à plus pouvoir, jusqu'à vous écrouler. Faut pas s'arrêter avant.

Elle relâche son effort et se recroqueville, assise sur ses talons, la poitrine appuyée sur les cuisses. Sa voix s'échappe, étouffée :

– Respirez. Et recommencez.

Quelques minutes plus tard, les conserves achevées ont disparu dans la besace de Vincent et le cercle de chaises s'est vidé de ses occupantes, à l'exception de Jade, qui hésite encore entre détourner les yeux et encourager ses complices. Avril circule au milieu des silhouettes qui soufflent et qui peinent, corrigeant ici et là une posture ou un appui. Luce s'efforce d'ignorer la brûlure de ses muscles, mais le tremblement de ses avant-bras la trahit.

– C'est normal, la rassure son amie, ça ira de mieux en mieux. Continue, tu t'en sors bien.

Vincent semble plus en difficulté. Il ne cesse de relâcher la posture pour remonter les lunettes qui glissent le long de son nez. L'adolescente le frôle en ricanant, mais s'abstient de tout conseil. Enfin, elle rejoint Jade.

– Tu vois, t'es déjà à la traîne. Si tu peux pas entraîner ton corps, je vois pas comment tu peux espérer te…

– Je t'attendais, rétorque son interlocutrice. Alors montre-moi : comment est-ce que je prépare un corps comme celui-là à ce qui nous attend ?

Avril la dévisage, stupéfaite. Puis, passé le saisissement, elle ordonne :

– Lève-toi.

Jade s'exécute promptement malgré l'encombrement de son ventre, comme si elle cherchait à le faire oublier. Avril retire la chaise du cercle.

– Assieds-toi.

Jade esquisse un mouvement vers le siège voisin.

– Non, pas là. À ta place.

La jeune fille reste interdite. Elle scrute le visage d'Avril, qui ne lui oppose qu'une indifférence agressive. Enfin, un éclair de compréhension passe dans son regard. Elle plie les genoux, abaisse le bassin jusqu'à se poser sur un support invisible, suspendu dans l'air.

– Voilà, c'est ça. Maintenant, tu continues jusqu'à ce que tes jambes n'en puissent plus.

Sur ces mots, Avril se campe sur place, les bras croisés. À chaque signe de faiblesse, elle lâche de nouvelles consignes : « plus bas », « tends les bras devant toi » ou « repose tes talons au sol ». Le visage de Jade s'empourpre progressivement, son souffle se fait laborieux, de grosses gouttes de sueur roulent sur ses joues. Pourtant, elle obéit à chaque instruction, les poings serrés contre la tentation de l'abandon.

– Relâche, capitule Avril.

Elle se racle la gorge pour effacer le soupçon d'admiration dans sa voix et ordonne :

– Cet exercice-là, tu le referas autant que tu pourras, en cherchant toujours la douleur et le point de rupture. Parce qu'on le sait : toi, tu pourras pas frapper ni être frappée. Tu pourras pas grimper ni te faufiler. Tout ce qu'il te restera, c'est la fuite. Alors fais en sorte d'être armée pour ça.

La sonnerie du dîner est accueillie comme une bénédiction par le cercle. Tandis que les corps luisants de sueur se déplient dans un concert de gémissements, Vincent se poste à la porte pour surveiller la fréquentation du couloir. Avril se hâte de lancer quelques exhortations bourrues avant de quitter les lieux :

– Et surtout, étirez-vous après chaque session, sinon vous allez vraiment morfler ! Prenez soin des muscles que vous avez fait travailler !

Luce reste au sol, étourdie par l'effort, alors que la pièce se vide de ses occupantes. Ce soir, elle a pris conscience de tout un bataillon de muscles jusque-là oubliés… Et tous ont décidé de s'enflammer en même temps.

– Vous ne venez pas ? demande le bibliothécaire.

– Je crois que je vais rester encore un peu là, grommelle-t-elle sans bouger. Je vous retrouve tout à l'heure.

Il acquiesce et disparaît à son tour. Dans la salle redevenue silencieuse, Luce laisse échapper un long soupir de fatigue et de soulagement mêlés. Et enfin, elle se décide à se redresser. C'est alors qu'elle découvre qu'elle n'est pas seule.

– Je peux vous parler quelques instants ? demande Helena.

– Même si je refusais, je ne serais pas en état de vous fuir, marmonne Luce en se tenant les reins.

L'infirmière ne relève pas le sarcasme.

– Je voulais vous dire… Ce que vous avez fait en prenant le risque et la responsabilité de nous réunir est admirable, bien sûr j'ai confiance en vos choix…

– Mais ?

– Mais je ne suis pas tranquille. Je ne voudrais pas avoir entraîné Jade dans…

– Je vais parler à Avril pour qu'elle soit moins dure avec elle, l'interrompt Luce. Vous savez, je suis persuadée qu'elle comprendra toute seule qu'elle a eu tort.

– Ce n'est pas d'Avril dont il est question.

– De qui, alors ?

Helena se tord les mains. Elle hésite une seconde de plus et lâche :

– Oh, Luce… Je sais que vous êtes sûre de vous et persuadée que le fait d'être intacte est déjà une preuve en soi. Mais l'enjeu est trop important, je ne peux pas oublier la peur, ni les années de méfiance, et je ne veux pas laisser quelques boîtes de conserve endormir la vigilance du cercle. Alors s'il vous plaît, je vous en conjure, gardez un œil sur 012V. Vous ne savez peut-être pas tout de lui… On n'efface pas comme ça une telle allégeance à l'Institut. Vous savez qu'il est entré ici dès l'âge de douze ans ? Je ne devrais pas vous dire ça, mais fouillez, fouinez, retournez tout. Assurez-vous que rien ne vous échappe.

L'air de la pièce s'est refroidi. Une immense lassitude s'empare de Luce. La décision de faire confiance à son colocataire lui a coûté, certes, mais elle l'avait aussi libérée d'une vigilance épuisante. Et voilà que de nouveau le fardeau du doute pèse sur ses épaules.

– De quoi avez-vous peur précisément ? soupire-t-elle.

– Je ne sais jamais quoi penser des rumeurs, même quand celles-ci sont tenaces. Je sais simplement qu'on ne devient pas le passeur de l'Institut par hasard et que cette question mérite d'être creusée. Nous ne pouvons pas nous permettre d'être paresseuses, ni de nous satisfaire de ce qui conforte nos espérances. En tout cas, je n'aime pas l'idée qu'un homme adulte se mêle à nos plans… et encore moins que vous cohabitiez avec lui. Quoi qu'il arrive, gardez vos distances.

Luce étire ses muscles douloureux et se force à sourire :

– Je vous promets d'enquêter. Mais ne vous inquiétez pas : je suis sûre que tout ira bien. Bonne soirée, Helena.

– Bonne soirée, Luce, répond l'infirmière sans parvenir à lui rendre son sourire.

44

Il aura fallu une poignée d'heures pour que l'occasion de mettre sa promesse à exécution se présente. Le lendemain, lorsque Luce retrouve l'appartement pour le déjeuner, elle est accueillie par une note griffonnée à la hâte : Vincent a été convoqué à une réunion d'équipe, il s'excuse de ne pouvoir se joindre à elle. Alors elle se dépêche d'engloutir la boîte de conserve laissée à son intention, tout en préparant son plan d'attaque.

D'abord, la salle d'eau, ses amoncellements de poussière gonflée d'humidité, là où personne n'aurait envie de s'aventurer à fouiller… La meilleure des cachettes, donc. De la petite pièce carrelée, Luce inspecte tout. Ses mains se faufilent dans les interstices, ses ongles arrachent et décollent tout ce qui peut l'être. Dans une boîte en fer-blanc, elle déniche une lame de rasoir. Elle n'en a jamais vu auparavant, mais l'éclat du tranchant achève de la convaincre. Elle confectionne un écrin de papier avant de fourrer la trouvaille dans sa poche.

De retour dans la chambre, Luce ne ménage pas ses efforts, malgré les courbatures installées dans chacun de ses muscles après l'entraînement de la veille. Le matelas est soulevé, le sommier exploré, les coussins retournés, le faux plafond descellé… Mais rien. Elle s'agenouille et enroule le tapis élimé, qui proteste dans un grand nuage de poussière. Luce sonde le parquet du poing, latte après latte, comme si elle frappait à la porte d'un monde souterrain. L'oreille tendue, elle guette la moindre variation qui pourrait révéler une niche dissimulée. Toujours rien.

Mais elle ne s'avoue pas vaincue pour autant. Hissée sur une chaise, elle colle son corps à la commode pour ne pas perdre l'équilibre et, à bout de bras, retourne l'un des tableaux qui faisait face au mur. Le regard de Tadeusz Hertz s'abat sur elle, chargé de reproches et de menaces. Elle remet la toile en place, le cœur battant. Le cadre voisin représente un nourrisson vêtu de blanc et de dentelle. Son visage joufflu affiche l'air sérieux d'un adulte, figé dans une sévérité précoce tout à fait grotesque. Contrairement au portrait de Hertz, celui de l'enfant est marqué d'une sorte de voile flou, comme si le peintre s'était débattu avec un modèle trop remuant dont il n'aurait pas vraiment discerné les traits. Seuls les yeux ont conservé la netteté de petites billes brunes, froides et translucides. Luce a l'impression de les avoir déjà vues quelque part, mais elle ne parvient pas à se rappeler où. En revanche, elle comprend désormais le choix de Vincent de n'afficher que les châssis des deux œuvres…

Une fois les traces de son passage soigneusement effacées, elle s'affale sur le lit, dépitée. Où qu'elle regarde, de nouvelles idées de cachettes surgissent. L'appartement fourmille d'abris potentiels. Imaginait-elle vraiment trouver de quoi incriminer le bibliothécaire en une seule séance de fouille ? Après tout, l'aile D tout entière est à la charge de 012V… À cette idée, un vertige s'empare d'elle. Les longs rayonnages de la salle de lecture, le débarras derrière la porte jaune, bien sûr… Mais aussi le rez-de-chaussée, où elle n'a jamais mis les pieds ; et la salle des archives, dont elle ignorait l'existence jusqu'à hier. Combien de pièces, encore, que Luce n'a même pas soupçonnées ? Il faudrait être stupide pour dissimuler quoi que ce soit dans sa chambre avec un tel terrain de jeu à disposition.

Soudain, elle en veut à Helena de lui avoir mis pareille responsabilité sur les épaules : comment pourrait-elle être à la hauteur d'une tâche impossible ?

Les yeux dans le vague, Luce sombre dans le découragement. Mais lorsque son regard se pose machinalement sur la lourde commode, elle est prise d'une intuition. Elle se lève d'un bond.

D'abord, les tiroirs. Au milieu des tas de vêtements, Luce ne trouve rien, pas plus que dans le fatras de vaisselle ébréchée. Alors elle déboîte chacun des compartiments fouillés, puis se penche par l'une des ouvertures ainsi créées. La carcasse de bois reste plongée dans une obscurité dense. Réticente mais déterminée, Luce remonte la manche de son pull et allonge le bras, aussitôt englouti par l'ombre. Du bout des doigts, elle balaie le sol à la recherche d'une aspérité, d'un objet, d'un trou… N'importe quelle anomalie à laquelle se raccrocher. Seule la poussière répond à son appel, sous forme d'amas cotonneux aux dimensions ahurissantes.

Cédant aux éternuements à répétition, Luce abandonne son exploration. Tout en s'époussetant, elle considère l'amoncellement de papiers et de bibelots qui recouvrent le meuble, comme si elle le voyait pour la première fois. Elle soupire. Évidemment. Si elle devait dissimuler quelque chose, ce serait là, aux yeux de tous. Avec mille précautions, elle tente d'extraire une feuille pliée en quatre qui dépasse de la pile. L'ensemble se met à tanguer ; Luce suspend son geste. Si elle fouine par ici, il n'y aura pas de retour en arrière. Quand le bibliothécaire rentrera, il remarquera tout de suite que son équilibre précaire a été dérangé et devinera sans peine ce qui s'est passé. Elle évalue ses chances, ses risques. « L'enjeu est trop important », a dit Helena.

Elle s'empare du billet.

L'amas de documents dégringole dans un fracas de papier froissé. La lettre qui a déclenché l'effondrement n'est autre qu'une missive officielle confirmant son *union* avec le bibliothécaire. Luce la dépose à côté d'elle, la gorge nouée. Elle s'agenouille pour parcourir les autres pages qui jonchent le parquet. La majorité porte la marque de l'Institut : des messages administratifs sans grand intérêt. Néanmoins, ses yeux se rivent sur les ordres de mission qui concernent les sorties hors des murs. Malgré la menace sourde qui pèse sur sa fouille, l'évocation du dehors n'a rien perdu de sa puissance.

Elle examine ensuite quelques prises de notes brouillonnes, listes, résumés de réunions, gribouillis raturés… Mais elle finit par se rendre à l'évidence : il n'y a là aucun secret. Luce rassemble les documents en une liasse compacte, sur laquelle elle dépose l'horloge cassée en guise de presse-papiers. Ainsi, si le bibliothécaire lui demande des comptes, elle pourra prétendre qu'elle a voulu faire du rangement.

Alors qu'elle s'apprête à étudier les bibelots, une forme attire son regard vers le sol. Un morceau de papier jauni, quelques lignes griffonnées à l'encre presque effacée. Luce retourne le fragment. Deux yeux sombres la foudroient.

Sur le portrait lessivé par les années figure un préadolescent, vêtu d'un costume qui serait élégant s'il n'était pas trop large pour lui. Poupin et un peu gauche, il porte d'épaisses lunettes qui lui tombent sur le bout du nez. Malgré cet accoutrement démesuré, son allure ne prête pas à rire ; son visage pâle dégage une colère sourde mêlée de mélancolie. Tout, dans son attitude, exprime l'envie d'être ailleurs. Luce reconnaît le nourrisson qui la scrutait déjà depuis le tableau en haut de la commode.

À plus d'une décennie de distance, ce bébé grandi, cette version enfantine de Vincent, la toise sans desserrer les mâchoires. Elle le détaille encore et encore sans parvenir à y croire. L'image est identique à celle découverte lors de la maraude. Identique, à l'exception de la tache d'humidité qui grignotait alors les traits de la troisième silhouette. Aux côtés du jeune bibliothécaire, c'est le même Tadeusz Hertz et la même intendante qui la contemplent sans sourire. Peu à peu, une certitude monte en Luce. Une vérité qu'elle pressent sans vouloir l'accepter.

Cet après-midi-là, durant les cours, ses mains prennent le relais de son esprit. Elles pianotent, indépendamment de sa volonté, et maintiennent seules le simulacre d'une normalité insouciante. Pendant ce temps, Luce ne pense qu'à une chose : les vies mises en danger par son inconscience, par son envie dévorante de croire 012V. Elle revoit le visage inquiet d'Helena, le sourire de Meriem… Sa propre chute n'est rien, en regard de celles qu'elle entraîne avec elle.

Et puis, c'est sa grand-mère qui vient s'imposer à elle. Son air grave, à la lueur des lampes à huile, ses rides dansant dans le faisceau tremblant : « Mais, ma petite chérie, *toutes* les légendes ont un fond de vérité. C'est ce qui leur donne leur puissance. »

À l'heure où les néons ont amorcé leur crépuscule, elle l'attend. Assise sur une chaise au centre de la pièce, le dos droit, le portrait au creux des paumes.

La clé tourne dans la serrure. Luce ne sursaute pas, ne se redresse pas. Elle reste immobile, le regard ancré à la porte qui va s'ouvrir.

012V ne la remarque pas tout de suite, trop occupé à fouiller dans sa besace.

– Bonsoir, Luce, dit-il. Je viens tout juste de refermer la salle des archives derrière Jade… et Avril qui, à ma grande surprise, est venue nous aider.

Le jeune homme sort de son sac une missive administrative, qu'il pose sur la commode aux côtés des précédentes. Il suspend son geste en découvrant la pile de documents parfaitement ordonnée.

– Vous avez fait du rangement ? Ce n'était pas la peine, ce n'est pas à vous de vous occuper de ça…

Et comme elle ne répond pas, le bibliothécaire se tourne vers elle. Il comprend aussitôt que quelque chose ne va pas. Dévoré d'inquiétude, il s'approche et enfin, remarque le portrait. Ses yeux s'agrandissent sous le coup de la surprise. 012V remonte ses lunettes sur son nez et murmure sans détacher le regard du morceau de papier :

– Où avez-vous trouvé cela ?

Luce se lève.

– Le temps des secrets est terminé, Vincent Hertz.

Dans sa poche, ses doigts se referment sur la lame de rasoir.

45

En entendant son nom, le bibliothécaire n'a pas sursauté. Il n'a pas reculé, n'a pas pris peur. Mais son visage s'est déformé comme sous l'effet d'une profonde tristesse. Il baisse la tête et durant un long moment, il se tait, les yeux rivés sur le portrait jauni. Puis, dans un murmure à peine audible, il soupire :

– Je suis idiot de ne vous avoir rien dit.

Luce ne répond pas. Surtout, elle ne relâche pas sa pression autour de la lame de rasoir.

– Je voulais vous en parler, mais je ne savais pas comment faire.

Sur ces mots, 012V lève vers elle un regard embué de petit garçon. Une pulsion de violence traverse Luce, foudroyante : il n'a pas le droit de courber le dos, pas le droit de se présenter en victime… Elle oublie qu'elle s'était promis de rester silencieuse.

– Ça suffit. Vous êtes le fils du fondateur de l'Institut ! C'est une trahison, pas une bêtise insignifiante que vous auriez rechigné à avouer.

– Je savais que vous me verriez comme un ennemi.

Le ton employé par 012V est aussi misérable qu'insupportable. Elle rétorque entre ses dents serrées :

– Au contraire, si vous êtes vraiment de mon côté comme vous le prétendez, comment avez-vous pu me cacher une chose pareille ? Vous m'avez parlé de confiance, de révolte, vous, l'héritier de la Structure Hertz !

– Je vous l'ai caché parce que j'en ai honte, Luce !

Aussitôt, 012V semble s'en vouloir d'avoir haussé la voix. Il dépose le portrait sur la commode, le plus loin possible de lui, avant de reprendre plus doucement :

– Et puis je me doutais qu'une telle révélation entamerait votre confiance en moi, déjà fragile… J'ai voulu attendre pour mieux préparer l'aveu, mais chaque heure qui passait augmentait le poids du secret.

Luce se force à ne pas répliquer alors que 012V la scrute avec inquiétude. Et il insiste :

– Je vous dirai tout ce que vous voulez savoir, tout ce qui pourra réparer ce que j'ai brisé. Laissez-moi une chance.

– Je ne suis pas sûre que ce soit réparable, malheureusement.

Elle sort la lame de rasoir de sa poche, la maintient fermement dans sa main droite. Son interlocuteur lui adresse un pâle sourire.

– Si je ne vous convaincs pas, vous pourrez me dénoncer à l'aile E. Vous pourrez leur parler du vol de nourriture, des relations avec les survivants clandestins, des livraisons que je détourne. Alors, ils sauront se débarrasser de moi, ça ne fait aucun doute.

La détermination douloureuse avec laquelle il a prononcé cette dernière phrase a ébranlé Luce. La question lui échappe avant qu'elle ait pu la retenir :

– Ça ne vous fait pas peur ?

– Bien sûr que si, j'ai peur. Mais leurs sanctions ne sont rien comparées au renoncement. L'espoir de fuir un jour est la seule chose qui m'ait permis de tenir durant toutes ces années. Alors si je perds votre confiance, si je ne pars pas avec vous… Peu importe ce qu'il adviendra de moi.

Cette nouvelle réponse finit de la décontenancer, mais Luce s'efforce de ne pas laisser affleurer son émotion.

– Vous vous débrouillerez très bien sans nous, tranche-t-elle, il vous suffit de profiter de l'une de vos missions à l'extérieur pour ne plus revenir. Les clandestins vous accueilleront, j'en suis sûre. Ne faites pas peser votre destin sur moi.

– Je n'ai pas votre courage, Luce. Pourquoi croyez-vous que je ne me suis pas enfui jusqu'à maintenant ? Parce que tant que j'étais seul, j'étais pétrifié.

Luce se détourne du regard pathétique que lui lance le bibliothécaire. Surtout, n'offrir aucune prise à une éventuelle manipulation, ne laisser ni la flatterie ni la pitié gagner du terrain. Heureusement, elle connaît par cœur le masque glacial qu'elle a revêtu. Elle reprend, acide :

– Vous avez choisi le chemin tracé par votre père, vous avez marché dans ses pas en prenant des responsabilités au sein de l'Institut. Je ne vois pas pourquoi vous changeriez d'avis.

– Je vous en prie, ne laissez pas le ressentiment obscurcir votre jugement. J'étais bien plus jeune que vous quand j'ai emménagé dans cet appartement. Croyez-vous vraiment qu'on ait le choix, à douze ans ?

012V prend une longue respiration. Il tremble. Il ferme les paupières, y presse ses index frissonnants. Troublée, Luce le regarde faire ce geste dont elle a elle-même l'habitude. Elle devine les dessins lumineux qui se déploient dans le velours rougeoyant. Enfin, il débute son récit d'une voix lointaine, les yeux toujours clos :

– Quand je suis arrivé à l'Institut, j'étais un gamin en colère, mais surtout terrifié par sa propre impuissance. Mon père avait tout de suite voulu inclure dans son projet ses enfants…

Parce que la curiosité a commencé à grignoter la colère, Luce demande :

– Ses enfants… Alors c'est vrai ce qu'on raconte, l'intendante est… ?

– Sa fille, oui. Et ma sœur.

Derrière les lunettes de 012V, les iris marron refont leur apparition. Limpides et droits.

– Elle s'appelait Julia, avant de devenir l'intendante. Elle est mon aînée de huit ans. Nous sommes les deux seuls survivants de la famille Hertz.

– Continuez, ordonne-t-elle.

– Julia a été confiée à des amis de mon père qui devaient lui enseigner les grands principes politiques et économiques pour la préparer à son futur rôle d'intendante. Moi, j'ai hérité de la mission de veiller sur l'œuvre du patriarche : ses textes, ses archives… Je n'avais aucune admiration pour ses théories, aucune envie qu'elles scellent mon destin. Mais j'étais un enfant, alors j'ai obéi. Et quand il est décédé, je me suis retrouvé seul ici, déboussolé. Personne n'a songé à me chasser bien sûr, et j'étais déjà trop grand pour intégrer l'Institut des garçons…

Prise de vertige, Luce demande d'une voix blême :

– Il existe un Institut pour les garçons ?

– Je n'ai jamais eu l'occasion de le visiter, mais oui, il existe, évidemment.

012V a répondu à la question comme s'il la trouvait incongrue. Pourtant, Luce ne se l'était jamais posée.

– On l'appelle « Académie des Fils de l'Aube », précise-t-il.

Bientôt, l'image d'un univers parallèle se dessine dans l'esprit de Luce. Les mêmes couloirs, les mêmes rangées de néons, la même bouillie sur les plateaux du réfectoire. Le même désespoir docile. Un décor identique en somme, mais peuplé d'habitants différents. Et parce qu'elle se heurte aux limites de son imagination, chacun de ces doubles masculins adopte les traits, à peine modifiés, du jeune 012V. Il existe peut-être parmi eux un garçon à la main serrée sur une lame de rasoir, qui se demande comment échapper aux murs aveugles de sa prison. Un garçon qui rêverait de la lumière du jour…

– Quand les cataclysmes se sont accélérés, poursuit le bibliothécaire, j'ai participé au *recrutement* des pensionnaires. Malgré la colère, j'ai essayé de me convaincre que nous sauvions certaines d'entre vous d'une mort certaine. Je me suis investi autant que j'ai pu, mais les équipes ne m'ont jamais vraiment accueilli. Il faut les comprendre, j'étais un gamin perdu au milieu d'adultes qui avaient librement adhéré aux idées de mon père… Je suis resté coincé dans cet entre-deux et je n'en suis jamais sorti.

Son regard se tourne vers les châssis des toiles en haut de la commode. Il réprime un frisson.

– Surtout, ils se méfiaient de moi. Ils me regardaient comme si j'étais le fantôme de mon père, prêt à les fustiger à la première incartade. Ils oscillaient sans cesse entre l'envie de s'en prendre à moi et la crainte d'en subir les conséquences.

– C'est pour ça qu'ils vous ont autorisé à aller dehors…

– C'est pour ça qu'ils m'ont choisi comme passeur, oui. Parce que je ne pouvais pas trahir, ni m'enfuir. Mais aussi parce que ma disparition n'aurait attristé personne. C'était un faux honneur qu'ils me faisaient.

Cette dernière phrase résonne dans l'appartement. 012V l'a prononcée d'un ton presque anodin, mais Luce a senti la douleur réveillée par ce constat. Il s'éclaircit la voix et conclut :

– La suite, vous la connaissez, je vous l'ai déjà racontée.

Luce hoche la tête. L'envie de mordre, de nourrir sa méfiance, s'est progressivement effritée. Et tout en scrutant le bibliothécaire, elle se demande comment reconstruire ce qui vient d'être démoli. Comment se remettre à espérer, comment ne pas douter de tout et de tout le monde… Elle contemple celui qu'elle a accepté trop vite comme un allié sincère et transparent ; le découragement lui gèle le cœur.

– Je suis désolé de ne pas vous avoir raconté tout cela plus tôt, murmure-t-il. Mais ne me réduisez pas à cette faiblesse et ne vous arrêtez pas à mon nom : il n'est pas un héritage, mais un fardeau. Vous pourrez me juger sur les actes. Eux seuls me construiront une identité qui m'appartienne pleinement.

Dans un soupir, Luce déplie ses jambes. Elle range la lame de rasoir dans sa poche, se dirige vers la table, ouvre les conserves qui constitueront leur dîner. Et sans prendre la peine de se tourner vers lui, elle dit :

– Si je n'avais pas trouvé le portrait, si je n'avais pas compris... Vous ne m'auriez jamais avoué tout ça, n'est-ce pas ?

– C'est probable, admet-il.

– Alors je ne sais pas comment restaurer la confiance. Comment pourrais-je vous garder à nos côtés sans craindre pour ma vie, pour nos vies à toutes ? Je m'interroge, forcément : combien de découvertes de ce genre reste-t-il à faire ?

Elle demeure quelques instants silencieuse, pour que 012V s'imprègne de ses paroles. Et comme il ne dit toujours rien, elle fait volte-face pour exiger une réponse. Le jeune homme a la bouche tremblante de mots qui rechignent à sortir. Des reflets humides dansent dans ses yeux.

– Je... Je vous promets qu'il n'y aura plus de mensonges, plus d'omissions. Je vous demande juste une chose...

D'un geste, Luce renverse le contenu de la boîte métallique dans une assiette. Des éclats de sauce rouge éclaboussent son chemisier.

– Vous n'êtes pas en mesure de réclamer quoi que ce soit, 012V.

Pourtant, le bibliothécaire insiste, comme s'il ne l'avait pas entendue.

– Luce, tout à l'heure le professeur Alpha m'a chargé de récupérer une livraison. J'irai dehors dès cette nuit, je pourrais en profiter pour préparer l'évasion, d'une façon ou d'une autre... Laissez-moi vous aider.

Luce suspend son geste.

L'heure de réparer ce que les secrets ont brisé est venue, avec un peu d'avance même. Si elle ferme les yeux, elle peut déjà humer l'air frais de la nuit, sentir la caresse du vent. Il suffit de demander. Une poignée de mots à prononcer, pas de supplication, mais une simple requête.

– Je viens avec vous, dit-elle.

– Impossible. C'est trop risqué.

Une réponse en forme de gifle. Les images de clair de lune qui avaient envahi Luce s'étiolent en une seconde.

– Vous ne pouvez pas m'accompagner hors des murs. À l'approche de la visite de l'inten... de ma sœur, le professeur Alpha craint plus que jamais les tensions avec les survivants clandestins, explique le bibliothécaire. Il se tient sur ses gardes et surveille de près mes sorties. Il va m'escorter jusqu'au dernier sas et y attendra mon retour. S'il vous surprenait à mes côtés, nous perdrions définitivement nos chances d'évasion.

Luce doit mordre l'intérieur de ses joues pour ne pas céder à la déception.

– Je me ferai discrète, je vous le promets. Je n'ai pas peur des punitions ! ment-elle.

– Luce, nous ne sommes pas prêts. C'est impossible. Je suis désolé.

– Venez dîner et parlons-en ensemble...

– Non merci. Je n'ai pas faim.

012V s'éloigne pour échapper à la discussion ; Luce repousse son assiette encore intacte. Le jeune homme tire de sa besace un sac de toile grossier, qui révèle bientôt une paire de chaussures montantes maculées de boue séchée. Elle les contemple avec un sentiment proche de la vénération.

– Et puis au pire, insiste-t-elle, que risquons-nous ?

Dans les yeux de 012V passent la tentation d'une fuite puis l'amorce d'un mensonge. Mais il semble se rappeler à ses serments et explique :

– Ce serait à Julia de statuer, en tant qu'intendante. Mais vous vous en doutez, ce serait une situation inédite…

– Je suis sous votre protection, vous êtes son frère, elle serait sûrement magnanime !

012V gratte la croûte de terre qui recouvre les godillots, avant de les enfiler. Il secoue la tête dans un soupir.

– Je n'ai plus parlé à Julia depuis les funérailles de notre père, je n'ai aucune idée des sentiments qu'elle entretient à mon égard. Mais je suis sûr d'une chose : elle comprendrait immédiatement vos intentions. Et jamais elle ne prendrait le risque de garder un élément séditieux, encore moins s'il s'agit d'une élève de rang 1.

Luce s'est approchée tandis qu'il serre ses lacets, boucle après boucle, avec des gestes de plus en plus secs. Elle s'agenouille à sa hauteur, cherche son regard et conclut dans un souffle tremblant :

– La mort, donc… ?

Il baisse la tête.

– Elle vous ferait exécuter loin de tout témoin afin que vous ne suscitiez ni pitié ni vocations. Je suis désolé, Luce. Je ne peux pas vous emmener avec moi, le risque est trop grand.

Luce affronte la sentence tête haute et mâchoire serrée. Forcée d'admettre l'impasse, elle retourne à table et entame son dîner avec des gestes lents. Elle ne gagnera pas ce combat-là, elle ne sortira pas ce soir. Mais tandis qu'elle pique du bout de sa fourchette les cubes de légumes, Luce continue de chercher comment tirer profit de l'escapade de 012V. Enfin, elle dit :

– Jusqu'à aujourd'hui, c'est vous qui avez rendu service aux clandestins : vous les avez nourris, soignés… Maintenant, c'est à leur tour de vous aider. Ce soir, vous leur demanderez de partir en quête d'un refuge pour nous. Nous aurons besoin de chaleur, de sécurité, et si possible d'un accès à l'eau.

Le bibliothécaire la dévisage : confus, inquiet, bouleversé… ému. Et très lentement, il acquiesce.

– Vous voulez ma confiance, vous ne la regagnerez pas à moins. Et dès que nous aurons les détails de notre plan de sortie, ajoute Luce le cœur battant, vous les communiquerez aux clandestins pour qu'ils nous escortent dans les ruines le moment venu.

Porté par une énergie nouvelle, 012V se hâte de finir de se préparer. Un manteau, un bonnet, une écharpe. Luce le regarde faire, envieuse. Elle reste sur le seuil de l'appartement longtemps après que le jeune homme a disparu au bout du couloir.

46

Lorsque Luce se réveille le lendemain matin, sa première pensée est pour 012V. Elle ne l'a pas entendu rentrer cette nuit. Aussitôt, elle se redresse et découvre son colocataire assoupi sur le canapé, recroquevillé sur lui-même, le teint pâle et poussiéreux. Son air de mélancolie inoffensive le fait plus que jamais ressembler à un adolescent. Elle observe quelques instants la poitrine qui se soulève au rythme de la respiration du dormeur, régulière et apaisante. Vincent Hertz. Luce répète le nom à voix basse, jusqu'à ce qu'il la heurte un peu moins. Et au-delà de l'effroi, elle imagine les paradoxes et les colères, les injonctions et les révoltes.

C'est alors qu'elle remarque la note posée sur la table. Tout en ouvrant une boîte de conserve, elle déchiffre l'écriture brouillonne :

Tout s'est bien passé. Ils sont d'accord.

Aux abords de l'Institut, il y a du lierre qui part à l'assaut des murailles. Ses racines s'agrippent à la pierre, pour ne plus lâcher prise. Alors la plante s'épanouit jusqu'à recouvrir les ruines. C'est beau. J'ai pensé que ça vous plairait aussi.

V.

012V a accompagné sa missive d'un brin de lierre. Luce le saisit avec précaution, de peur qu'il ne se délite entre ses doigts. Elle avait fini par oublier la vivacité des couleurs du dehors. Émerveillée, elle le fait tourner devant ses yeux, se perd dans la contemplation des nervures plus claires qui déploient leurs arborescences sur le limbe sombre des feuilles. Elle les hume. La plante ne dégage aucune odeur, mais peu importe : Luce a décidé d'y déceler le parfum des murs qui se désagrègent.

Dorénavant, la liane ne la quittera plus. Elle reposera au fond de sa poche, tout contre la lame de rasoir. Et tandis qu'elle descend les escaliers de l'aile D cinq jours plus tard, Luce l'effleure doucement, pour se rappeler la promesse que la plante porte en elle.

Lorsqu'elle pousse la porte jaune, l'intégralité du groupe est déjà en train de dévorer les boîtes de conserve apportées par 012V. À la question silencieuse tapie dans le regard d'Helena, Luce répond par un sourire tranquille. La discussion qui a suivi la fouille de l'appartement ainsi que la découverte du lendemain matin ont achevé de la convaincre : l'heure n'est plus au doute.

– Les nouvelles sont bonnes ! annonce-t-elle en brandissant le lierre enroulé autour de son poing.

Aussitôt, le cercle abandonne son repas et se resserre autour d'elle dans un murmure fasciné. Luce savoure son effet.

– C'est Vincent qui l'a cueilli l'autre nuit, explique-t-elle, il était en mission dehors.

Un à un, les regards se détachent du végétal pour se tourner vers le bibliothécaire.

– J'ai profité de cette sortie pour informer les Ballasts de notre projet, commence-t-il, et surtout pour leur demander leur aide.

– Les Ballasts ? répète Meriem.

012V sourit et précise :

– Des survivants clandestins qui ont refusé la ville nouvelle, la « Cité », ainsi que l'autorité de l'intendante. Ils se terrent comme ils peuvent. Et, même si ce groupe n'est pas le plus agressif, les Ballasts sont farouches et remontés contre l'Institut… contre tout ce qu'a bâti Tadeusz Hertz, en réalité.

Luce ne peut s'empêcher de scruter le visage du bibliothécaire quand il prononce le nom de son père. Mais rien, pas le moindre tressautement pour trahir ses origines. Clara s'est penchée en avant et l'écoute attentivement. Luce l'a rarement vue si passionnée par une conversation ; la grande brune absorbe chaque bribe d'information, avide de toute cette nouveauté.

– Où vivent-ils ? demande-t-elle. Comment se prémunissent-ils contre la saison froide ?

– Je ne sais pas, admet 012V. Ils gardent leur campement secret, ce sont eux qui viennent à ma rencontre, jamais le contraire. Étonnamment, aucune de mes sorties ne leur échappe. Il faut dire qu'ils connaissent la ville effondrée mieux que personne…

Il poursuit sa description du peuple des ruines, raconte sa diversité, son ingéniosité, sa détermination. Enfin, il conclut :

– Et c'est pour toutes ces raisons, je crois, qu'ils ont accepté de nous aider. Ils préparent déjà un lieu pour nous abriter. Quand nous en saurons plus sur notre sortie, je les en informerai et ils se tiendront prêts à nous accueillir.

Cette fois, les murmures du cercle se sont changés en exclamations parfaitement audibles. Luce croise le regard de Meriem. Elle y lit la conscience émue que oui, l'évasion aura bel et bien lieu.

– Moi aussi, j'ai une bonne nouvelle, annonce à son tour Jade. Après avoir étudié les archives récupérées avec Vincent, et grâce à l'aide d'Avril, j'ai réussi à dessiner un plan de l'Institut ces dernières nuits.

Elle extirpe alors de sous son chemisier une grande feuille de papier pliée en quatre, qui a adopté la forme arrondie de son ventre. Tandis que 012V récupère les boîtes de conserve vides, Avril se hâte d'apporter une table au milieu de la pièce. Sous les regards émerveillés de ses complices, la jeune mère y déplie le plan qu'elle a dessiné. Les clandestines n'ont jamais rien vu de tel. Pour la première fois, elles découvrent une image concrète des lieux qu'elles parcourent tous les jours, mais qu'elles ne se représentaient qu'en pensée, et de façon lacunaire. Les îlots morcelés des différentes ailes se sont enfin unifiés en un Institut complet. Dans le croquis de Jade, les bâtiments et les couloirs familiers se dévoilent, faisant apparaître des escaliers, des sas et des passerelles jusqu'alors inconnus. Autant de chemins jetés entre des mondes étrangers. Bientôt, un crayon passe de main en main et chacune complète la composition des ailes et des étages de son propre quotidien, annotant des zones auxquelles les unes et les autres étaient toujours restées aveugles.

Puis 012V s'avance à son tour. Il indique l'emplacement de l'appartement, celui de la pièce à la porte jaune, de la salle de lecture, des archives… Et il conclut :

– Le sas des livraisons se situe au rez-de-chaussée de l'aile D. Pour l'atteindre, il faut emprunter l'escalier de secours. Il n'y a qu'un seul accès, dissimulé dans la salle des archives, à ce même étage.

Il marque la localisation d'une croix, avant de décomposer l'itinéraire jusqu'à la sortie en une série de flèches. Face à la voie qui se matérialise, Luce se sent tanguer. Sous ses pieds, à quelques mètres à peine, la porte de l'Institut l'attend. Il suffirait d'un rien pour la rejoindre ; si elle suivait le plan, si elle s'engouffrait dans l'escalier tout proche, elle rejoindrait en dix minutes à peine le seuil de la liberté…

– 012V, vous êtes sûr que c'est la seule issue ? demande Helena, les sourcils froncés.

– Hertz a fait condamner toutes les autres, confirme Luce, l'article de journal que Vincent nous a montré était très clair à ce sujet. Même si en réalité, Hertz n'aurait jamais imaginé que qui que ce soit veuille s'évader de son paradis.

– Faut croire qu'on est une belle bande d'ingrates, raille Avril.

Avant que Luce ait pu lister les autres défauts de construction soulignés par la coupure de presse, Meriem a bondi de sa chaise. La petite brune s'exclame, l'œil brillant :

– Mais c'est bon, on a la solution alors ! C'est par ici qu'il faut sortir. On a l'emplacement, on a quelqu'un qui connaît les lieux…

C'est à peine si elle vacille quand le bibliothécaire explique :

– Le professeur Alpha détient les clés du dernier sas, je dois en faire la demande à chaque livraison, tous les dix à quinze jours. Et il se montre particulièrement pointilleux en ce moment, avec la visite de l'intendante qui approche…

– Alors, il n'y a qu'à les voler, ces clés ! réplique-t-elle.

– Comme vous vous en doutez, elles sont enfermées derrière d'autres serrures, elles-mêmes sous haute surveillance.

Luce garde les yeux rivés au linoléum comme si, à force de volonté, le sol pouvait s'effondrer sous leurs pieds pour les mener directement vers la sortie. Les autres se sont saisies du plan, qu'elles inspectent sous tous les angles. Enfin, la voix de Clara s'élève.

– Ça me paraît simple à comprendre : l'Institut est fait pour que personne ne puisse en sortir. Personne à part vous, le passeur. Meriem a raison : puisque c'est la seule option possible, inutile de nous fatiguer à en chercher d'autres. Profitons de l'une de vos missions dès que la visite de l'intendante sera passée. Le professeur Alpha aura alors relâché sa vigilance. La commémoration annuelle de Tadeusz Hertz aura lieu dans un mois. Nous n'avons plus très longtemps à patienter.

– Le professeur Alpha a évoqué une livraison deux jours plus tard, complète 012V.

– Jade ne peut pas se permettre d'attendre un mois. Elle sera à une semaine du terme, et encore, je ne suis pas certaine de mes estimations… rappelle Helena d'une voix ferme.

– Certes, mais si nous n'attendons pas le moment idéal, il se pourrait bien que l'issue soit dramatique pour nous toutes, rétorque Clara.

Sur ces mots, le cercle tout entier se retourne vers la future mère. Celle-ci soupire, la main posée sur son énorme ventre.

– Peut-être qu'il serait plus simple que je renonce, déclare-t-elle. Peut-être que je vous demande un compromis impossible...

La chaise d'Avril se renverse avec fracas. Le dos raidi, les poings serrés, l'adolescente s'avance vers Jade d'un pas décidé, attrape son menton entre son pouce et son index pour la forcer à la regarder. Et au moment où Luce se lève pour intervenir, la voix de son amie claque dans l'air :

– J'ai été dure avec toi, Jade, et c'était nul de ma part. Je savais pas quoi faire de ma peur, alors je l'ai retournée contre toi pour pas avoir à l'assumer. Je suis désolée.

Autour du cercle, plus personne ne respire. Avril poursuit, ses grands yeux jaunes toujours plantés dans ceux de Jade :

– Maintenant écoute-moi bien : il est hors de question qu'on parte sans toi, je ne veux plus t'entendre dire ça. Tu es des nôtres et c'est tout.

– Avril... Il faut envisager que...

– Ça suffit. Quelles que soient les conséquences, on ne te laissera pas derrière. Je te le jure, d'accord ? On trouvera des solutions, après tout on est sept cerveaux ici... Enfin huit, parce que j'espère que ton bébé en a un aussi.

Le bibliothécaire rejoint le couloir, suivi de peu par Meriem, tandis qu'au fond de la salle Jade et Avril s'attardent encore. L'adolescente mime des postures plus ou moins acrobatiques, qu'elle encourage sa camarade à reproduire. Celle-ci l'imite avec beaucoup d'application, avant de grimacer et de porter la main à son ventre.

– Jade, tout va bien ? s'inquiète Helena.

Aussitôt, les traits de la jeune fille s'apaisent, elle est secouée d'un éclat de rire.

– Pardon, j'ai été prise par surprise ! C'était un véritable coup de pied de compétition, cette fois.

Elle soulève la chemise distendue de son uniforme, dévoilant son ventre. Luce, Helena et Clara s'approchent. Les regards convergent vers ce globe pâle, énorme. Soudain, une protubérance surgit, avant de disparaître en une fraction de seconde.

– C'était quoi, ça ? s'écrie Avril.

– Un autre coup de pied, répond Jade, hilare. S'il continue comme ça, il va finir par me transpercer le ventre et sortir directement par là !

Les autres s'esclaffent à leur tour, tandis que Luce se demande, horrifiée, si une telle chose est possible. Puis Jade encourage ses camarades à venir toucher, pour mieux sentir les petits pieds puissants de son bébé.

– Je me souviens de ma mère enceinte, murmure Clara, quand elle attendait ma petite sœur.

La peau de Jade est douce, tiède, striée de marques rougeâtres qui scintillent dans la lumière des néons. Son abdomen est ferme, mais suffisamment souple pour qu'on sente rouler sous les paumes le corps qu'il abrite. L'aînée poursuit, comme pour elle-même :

– Je n'arrivais pas à croire qu'un bébé puisse grandir *à l'intérieur* d'elle. Je ne comprenais pas comment on pouvait vivre à l'intérieur de quelqu'un d'autre.

Les mains forment un étrange ballet sur la chair offerte, comme si chacune déposait au bout des doigts mille promesses pour l'enfant à venir. Clara s'écarte lentement. Elle adresse à Jade un sourire doux et triste.

– Je me souviens aussi des coups de pied. J'avais à la fois l'impression que ma sœur me saluait et qu'elle me repoussait loin de ma mère, pour la garder pour elle toute seule.

Luce surveille le ventre du coin de l'œil, redoutant de le voir se bosseler de nouveau. Un étrange sentiment, mélange de fascination et de répulsion, s'empare d'elle à l'idée qu'il abrite un être vivant complet. Une personne à part entière qui débarquera bientôt dans un monde qu'elle n'a pas réclamé, dont elle ne connaît rien, mais dont elle espère peut-être tout. Luce songe à tout cela. Et la responsabilité de l'évasion lui donne brusquement le vertige.

– Vous savez, dit Jade d'une voix enrouée, je voudrais vous… vous remercier.

– Nous remercier de quoi ? demande Avril.

– De faire comme si mon urgence était la vôtre, de tout mettre en œuvre pour que j'accouche loin de l'Institut. Helena, j'imagine que vous me l'avez caché pour ne pas m'affoler, mais, dans les archives qu'on a récupérées, j'ai découvert ce qui arriverait à mon bébé si l'équipe éducative mettait la main sur lui…

L'infirmière baisse les yeux tandis que, le menton tremblant, Jade explique :

– Il existe un bâtiment supplémentaire, l'aile J. Je n'ai pas encore saisi comment on y accède, mais j'ai bien compris à quoi elle sert… C'est pour ça que je ne l'ai pas dessinée sur le plan, je ne voulais pas vous alerter inutilement. Tous les enfants de la Cité y sont amenés dès leurs premières semaines de vie. Là, on les classe en différents rangs et on décide de leur avenir en fonction de l'identité de leurs parents, des premières aptitudes qu'ils développent…

– Une sorte de deuxième Institut ? demande Clara, les yeux écarquillés.

– Un deuxième Institut, mais en pire, répond Helena. Parce que c'est un Institut sans mémoire. On déracine les nouveau-nés si tôt qu'ils ne peuvent pas acquérir d'identité propre : ils deviennent les enfants de l'aile J, exclusivement. Des enfants calibrés par l'administration…

– … et donc incapables d'imaginer la révolte ou l'évasion, complète Avril.

Le silence qui suit est tout entier empli de stupeur. Luce se force à promettre :

– Ça n'arrivera pas à ton bébé.

– Je voudrais le garder à l'intérieur de moi jusqu'à ce qu'on soit en sécurité. Je voudrais interdire à mon corps de lui ouvrir la voie, mais Helena m'a expliqué que c'était impossible. Alors on n'a pas le choix, on doit s'échapper d'ici… pour qu'il ait le droit de décider lui-même de l'existence qu'il veut mener.

47

– Macédoine de légumes, dit Vincent.

– On en a déjà quatre, signale Luce.

Il se penche par-dessus son épaule pour vérifier la liste qu'elle a établie. Dans la colonne de gauche, les conserves qui constitueront bientôt leur paquetage ; dans celle de droite, les vivres qu'ils consommeront jusqu'à l'évasion.

– Oh, effectivement, gardons celle-ci et tâchons de varier les aliments que nous emportons. Lait concentré ?

– Ce serait la première. Prenons-la.

Tandis que Luce ajoute les mots « lait concentré » à son inventaire, le bibliothécaire dépose la boîte sur l'imposante pile destinée au futur bagage.

– Vous savez, je pourrais encore subtiliser quelques conserves dans la réserve sans que les équipes s'en aperçoivent. Nous ne sommes pas obligés de tout rationner sur notre stock personnel… Il reste un bon mois à tenir.

Luce secoue la tête et attrape un nouveau bocal. L'heure n'est pas au débat. La réunion du soir a débusqué des peurs inédites ; si elle doit délibérer de nouveau, elles en profiteront sûrement pour déferler sur elle. Or, elle n'a pas la force de les affronter. Épuisée, elle n'aspire à rien d'autre qu'à ce recensement mécanique des provisions.

– Compote ? demande-t-elle.

– Le bébé de Jade en aura besoin quand il sera sevré. Emportons-les toutes.

Luce grimace. Sitôt que Vincent mentionne l'enfant à naître, la détresse de Jade lui revient de plein fouet. Et le cauchemar de l'aile J s'impose à elle, comme un deuxième Institut peuplé de petits êtres amorphes, dépourvus de toute volonté et de toute histoire.

– Tout va bien, Luce ?

Le bibliothécaire la scrute, le front barré d'une ride inquiète. Elle se mord les lèvres. Et elle lâche :

– Vous saviez, pour l'aile J ?

Vincent a un mouvement de recul. Les commissures de sa bouche s'affaissent.

– J'en ai entendu parler… Je n'y suis jamais allé. Seul le personnel de l'aile J est habilité à y circuler. Ainsi que le professeur Alpha, bien sûr.

– C'est vrai, ce que Jade dit ? C'est là-bas qu'ils comptent amener son bébé ?

– Ils la forceront à le sevrer au bout de deux semaines, répond-il, et ensuite oui, ils l'emmèneront. À l'aile J, tout sera mis en œuvre pour effacer les traces de leur lien, afin que quoi qu'il arrive, Jade perde tout espoir de récupérer son enfant… et lui, de la retrouver. Si c'est une fille, elle intégrera l'Institut d'ici quelques années, quand les premières pensionnaires auront libéré des places en allant travailler à la Cité.

– Et si c'est un garçon ?

Le jeune homme baisse la tête et fait passer de l'autre côté de la table un nouveau lot de compotes. Il marmonne :

– Voilà, je crois que j'avais aussi de la purée de légumes quelque part…

– Et si c'est un garçon, insiste Luce, où ira-t-il ? Dans l'autre Institut ?

Vincent soupire. Il inspecte un pot au contenu difficilement identifiable. La mixture sombre brille à la lumière des néons.

– J'imagine qu'on l'enverra à l'Académie des Fils de l'Aube quand il saura parler et marcher, oui… Dans tous les cas, Jade ne reverra jamais son bébé.

À ces mots, Luce sent monter un sentiment brûlant d'injustice, mêlé d'une urgence absolue d'agir. Pas seulement pour Jade et son bébé, mais aussi pour tous les enfants à venir. Elle ordonne plus qu'elle demande :

– Que peut-on faire pour empêcher ça ?

Le bibliothécaire repose le bocal et réajuste ses lunettes sur son nez.

– Vous l'avez dit vous-même, il est capital de nous enfuir avant que Jade accouche et qu'ils lui prennent son bébé. Pour les autres… il n'y a rien à faire.

– Comment se rend-on à l'aile J ? insiste Luce.

– Il n'y a que deux options : les sous-sols de l'Institut et… une sorte d'accès extérieur.

Les yeux de Luce s'écarquillent à cette révélation. Le jeune homme poursuit :

– Mon père avait prévu de construire une passerelle entre l'aile J et le reste de l'Institut, mais les cataclysmes ont eu raison du chantier. J'imagine que l'intendante relancera les travaux bientôt, en prévision des futurs transferts d'enfants d'un bâtiment à l'autre.

– Mais alors, s'écrie Luce, pourquoi ne pas emprunter cette deuxième sortie, plutôt que le dernier sas ?

– Parce qu'il ne s'agit pas d'une sortie à proprement parler, mais d'un casier pivotant encastré dans le mur. On appelle cela une « tour d'abandon ». Elle permet à l'équipe de l'aile J de récupérer les nourrissons, sans pour autant communiquer ni voir le monde extérieur.

Luce ne se laisse pas décourager.

– Il y a bel et bien une ouverture, donc ? reprend-elle. Ça signifie qu'une fois dehors, nous pourrons la forcer et réussir à…

Vincent chasse la fin de sa phrase d'un revers de main.

– Réussir à quoi ? Évacuer toutes les petites filles de l'aile J ? À supposer que nous en soyons capables, elles refuseraient certainement de nous suivre. Ces enfants n'ont rien connu d'autre, c'est leur normalité à elles. Peut-être même qu'elles se sentent heureuses là-bas…

Luce s'apprête à protester, mais il ajoute :

– Sans compter qu'elles ne survivraient pas dans les ruines. Vous ne pouvez pas projeter vos aspirations sur cette nouvelle génération, vous ne pouvez pas décider que ce qui est bon pour vous le sera nécessairement pour elles. Le monde a changé, cela m'attriste autant que vous, mais il n'y a rien à faire.

Refusant d'en entendre davantage, Luce quitte la table alourdie de boîtes de conserve. Elle se dirige vers le rideau de velours moutarde, qu'elle écarte d'un geste sec. Le carré de béton se révèle, gris et froid. Pourtant, juste derrière la niche borgne, le monde extérieur existe encore… De l'autre côté, le soleil darde ses rayons, le ciel crache ses humeurs quand bon lui semble… et la vie s'écoule librement. Luce contemple la paroi minuscule qui se dresse entre elle et cette existence longuement rêvée. Le choc sourd du plâtre qui se fend, le fracas des parpaings qui se disloquent… Elle pense à tous les murs semblables que les cataclysmes ont abattus. Et elle se demande pourquoi celui-ci résiste encore.

– C'est une conclusion insupportable, lâche-t-elle enfin.

– Malheureusement, c'est la seule possible. Notre projet d'évasion est déjà très ambitieux, Luce. Nous serons les premiers depuis la fondation de l'Institut… Concentrons-nous plutôt sur le fait d'arriver dehors sains et saufs.

Il plonge ses yeux dans les siens. Une vague de mélancolie mêlée de tendresse submerge Luce. Et une certitude nouvelle l'étreint : au-delà de la peur, au-delà de l'angoisse, quelle que soit l'issue de l'évasion, il restera toujours un goût d'échec. La douleur d'un abandon.

Vincent range les boîtes de conserve dans la commode, en prenant soin de séparer celles qui seront du voyage et celles qu'ils laisseront à l'appartement.

– Le seul espoir que nous puissions garder, déclare-t-il doucement, c'est celui d'un changement du système une fois que nous serons à l'extérieur. Je vous promets que nous essaierons, ensemble, de faire ployer le régime mis en place par mon père et ma sœur. En attendant ce jour, nous n'avons pas d'autre choix que de sauver notre modeste groupe et peut-être, ainsi, d'ouvrir la voie à de nouvelles rébellions. Mais pour l'aile J, aucune action frontale ne suffira à éveiller les consciences des petites filles… On ne peut pas les forcer à la libération.

– Alors on ne fait rien ?

– Alors on soustrait, pour la première fois, un bébé à l'aile J. Je n'appellerais pas cela *rien*, répond-il dans un sourire.

Luce passe la majorité de la nuit à se retourner dans son lit, tandis que la respiration tranquille du bibliothécaire emplit l'obscurité. Elle ressasse chaque mot, sans parvenir à donner tort à son compagnon, ni à accepter la réalité de son impuissance. Et lorsqu'elle cède à l'épuisement, ses rêves sont peuplés de gamines aux visages flétris dans des couloirs en ruine, qui récitent d'une voix atone les maximes de la *Théorie éducationnelle de la survie*. Puis leurs traits fondent et se mélangent, pour adopter ceux d'une petite fille de sept ans aux yeux azur. Le sol se tapisse d'aiguilles de pin, les figures vacillent et se déchirent, Luce se réveille. Elle aussi vacillante et déchirée.

Dans la pénombre de l'appartement, elle rejoint d'un pas hésitant la salle d'eau, avec l'espoir que la fraîcheur des lieux l'aidera à s'apaiser. Luce sait ce que racontent les petites filles vieillies de ses cauchemars : qu'elle et ses complices ne pourront sauver leur vie et leur avenir qu'au détriment des autres pensionnaires. Clara, Meriem, Avril, Helena, Vincent… chaque membre du cercle a fissuré l'indifférence de Luce et désormais, elle ne peut plus ignorer qu'elles laisseront derrière elles une ribambelle de victimes. Et que toutes – enfants, adolescentes et adultes – leur ressemblent.

Dans le miroir au-dessus du lavabo, Luce devine les traits de celle qu'elle a été. Derrière les iris de glace, derrière les lèvres fines qui ne sourient pas, elle débusque la Luce reconnaissante d'autrefois. La gamine perdue à qui l'Institut a donné un toit, de la nourriture, des vêtements. Elle se souvient du soulagement quand l'équipe éducative l'a congratulée en épinglant le badge du rang 1 sur sa poitrine. Luce n'a eu ni froid, ni faim, ni peur pendant plus de dix ans. Elle n'a pas non plus eu besoin de se poser de questions, tandis qu'on courait vers elle les bras chargés de vérités préfabriquées.

Elle contemple son visage adolescent, et cette question la hante : qu'est-ce qui a changé ? Pourquoi ce confort ne lui suffit-il plus ? Les autres filles ont-elles aussi muté derrière leurs masques d'élèves modèles ?

Mais la nuit s'est vidée de ses réponses, alors Luce éteint la lumière et rejoint son lit à pas feutrés.

48

– **L2106 obtient le score de sauvegarde le plus élevé. Vous** pouvez quitter la salle.

Combien de fois Luce a-t-elle entendu ces mots depuis son entrée à l'Institut ? Des centaines ? Des milliers ? Ils continuent pourtant de la surprendre à chaque cours. Et aujourd'hui plus que jamais, quand les cauchemars qui peuplent ses nuits devraient faire dérailler ses performances… Sous les murmures envieux de ses camarades, elle s'empresse de remballer ses affaires, tête baissée pour se soustraire aux regards.

Luce en est persuadée : la clandestinité a forcément apposé sa marque sur elle. Mais où, comment ? Et pourquoi personne ne l'a encore repérée ? Elle fouille un instant le brouhaha du couloir, y traque le soupçon… et constate que rien n'a changé. L'Institut déroule une nouvelle journée identique à toutes les autres, où professeurs et élèves la frôlent sans la regarder, aveugles à la révolte qui monte en elle. Et le masque d'exemplarité de Luce tient bon, heure après heure.

Pourtant, il suffirait de l'observer d'un peu plus près. Il suffirait de remarquer ses paupières, chaque jour plus bouffies par le manque de sommeil. On pourrait surveiller les commissures de ses lèvres qui se tordent face au professeur Alpha, la surprendre à guetter Meriem et Avril lors des cours de Vie pratique. Ou alors, on pourrait s'étonner de l'empressement de Luce à rejoindre l'aile D à la fin de la journée.

Ainsi, lorsque Helena convoque une nouvelle réunion cinq jours plus tard, elle accueille l'initiative avec une incrédulité émue... soulagée, surtout, que le poids de l'évasion se répartisse désormais sur d'autres épaules que les siennes. À l'abri derrière la porte jaune, l'infirmière extrait d'un sac en toile flacons, bandages, seringues, ustensiles et médicaments.

– Voilà ce que contiendra chacun de nos paquetages, annonce-t-elle. Aujourd'hui, je voudrais vous expliquer comme utiliser tout cela. Au cas où... au cas où il m'arrive quelque chose.

Les clandestines accueillent ces derniers mots dans un silence inquiet. Le sujet a déjà été effleuré, mais personne ne l'a encore abordé frontalement. Pourtant, elles le savent : il est possible que l'évasion réclame son lot de sacrifiées.

– D'abord, les piqûres. Avril, votre bras, s'il vous plaît.

Helena pince un muscle situé en haut du membre de l'adolescente et explique :

– Pour l'injection intramusculaire, on privilégie le deltoïde. Mesurez la largeur de trois doigts en partant de l'épaule et vous le trouverez facilement. Mettez-vous en binôme.

Jade et Avril se rejoignent aussitôt. Meriem et Clara s'approchent d'un pas hésitant de Luce. Mais elle choisit de les ignorer et de se diriger vers le bibliothécaire : aucune de ses amies ne le prendrait comme partenaire, alors elle ne lui fera pas subir l'humiliation d'un rejet collectif.

Helena distribue une compresse, que Luce fait mine d'imbiber d'alcool. Puis une seringue sans aiguille passe de main en main. Tour à tour, chaque membre du cercle apprend à chasser des bulles d'air imaginaires et à piquer à angle droit avant d'appuyer sur le piston qui relâchera le médicament.

Une fois que la soignante s'est assurée de la bonne maîtrise de l'injection, elle aborde l'art de la suture. Luce se souvient du minuscule uniforme qu'il lui avait fallu raccommoder lors d'un cours de Vie pratique. Tout en promenant son aiguille dans le vide, elle tâche d'imaginer l'épaisseur d'une peau humaine, sa résistance contre le morceau de métal. Elle ne peut réprimer un frisson.

Helena passe rapidement en revue le reste du kit de survie et promet d'y revenir plus tard. Quand elle annonce qu'il est désormais temps de s'atteler à la théorie, elle guette les signes d'impatience ou de dissipation dans son auditoire, mais toutes l'écoutent attentivement.

À mots choisis, Helena décrit les infections qui guettent au coin des ruines, les menaces tapies dans la rouille ou l'eau croupie… Dans sa bouche, une myriade d'expressions inconnues surgissent : hémorragie, réduction de fracture, légionellose, garrot, fémorale… Autant de noms nouveaux qui pourraient s'avérer poétiques si elle ne s'empressait pas de définir les réalités qu'ils recouvrent. Seule Clara s'autorise à rompre le silence de l'assemblée à intervalles réguliers, réclamant des précisions toujours plus rigoureuses.

– Si je comprends bien, intervient-elle, en cas de brûlure profonde il faut refroidir la plaie, idéalement sous un flux d'eau… Mais l'eau que nous trouverons dehors sera certainement insalubre. Le risque d'infection est élevé, comment savoir si le remède n'est pas pire que le mal ?

– C'est une très bonne question. L'eau sera de toute façon un enjeu majeur pour notre survie. Heureusement, il existe plusieurs moyens de la purifier…

Dans un bourdonnement, les néons se tamisent : l'heure de conclure n'est plus très loin. L'infirmière accélère le rythme, sans pour autant abandonner la précision à l'urgence. La sonnerie du dîner l'interrompt en pleine explication du principe d'asepsie. Les premières clandestines disparaissent alors au compte-gouttes de l'autre côté de la porte jaune. Au moment où elle s'apprête elle aussi à partir, Luce entend Jade demander :

– Helena, concernant mon bébé, j'ai sûrement beaucoup à apprendre. Il faudrait que je sache me débrouiller, si jamais vous… Enfin, si je…

– Vous avez raison. Je devrais commencer à vous y préparer, mais mes collègues risquent de trouver suspect que je ne sois pas de retour pour le repas… Vous n'avez qu'à me raccompagner à l'aile H, nous en profiterons pour faire votre consultation de contrôle.

Aussitôt, Luce les rejoint. Elle fait signe au bibliothécaire qu'elle rentrera plus tard à l'appartement. La perspective de se retrouver désemparée face à un nourrisson en détresse lui est tout aussi insupportable, alors elle réclame :

– Apprenez-moi aussi.

L'infirmière se mord la lèvre. Elle hésite un instant, puis concède :

– Très bien. Venez, je vous expliquerai quelques bases sur le chemin.

Dans la cage d'escalier, les élèves qui montent hâtivement vers le réfectoire semblent à peine remarquer le trio qui descend les marches. Quelques regards, seulement, s'attardent sur le ventre rond de Jade. Des chuchotements leur succèdent. La future mère rougit, mais ne baisse pas la tête.

Ce n'est qu'une fois dans l'aile H qu'Helena s'autorise à parler. Bien que les lieux soient déserts, sa voix a l'épaisseur d'un murmure :

– La première règle, ce sera de toujours maintenir votre bébé au chaud. Il a été habitué à la température de votre corps, il ne saura pas se réguler.

Luce s'apprête à demander des précisions, mais l'infirmière s'est figée sur place. Une porte a claqué plus loin dans le couloir. Des pas résonnent, de plus en plus fort, et une panique inhabituelle semble s'emparer d'Helena. Mais avant qu'elle ait pu trouver une cachette adéquate pour son sac de toile rempli de matériel médical, l'intrus apparaît.

– Quel étrange convoi, constate-t-il en guise de salutations.

Luce reconnaît 092P, le médecin barbu qui avait conduit son examen de réévaluation. Il les dévisage une à une de ses yeux glaçants.

– 315H, J2410 et L2106, récite-t-il distinctement. Si je ne m'abuse, l'une devrait avoir rejoint ses collègues, l'autre ses camarades à l'aile F et la dernière l'appartement de 012V. J'espère que vous avez une bonne explication.

Helena a alors un mouvement de recul involontaire, qui fait s'entrechoquer les flacons en verre dans son paquetage. Le docteur lève un sourcil.

– Donnez-moi cela, infirmière.

Sans attendre qu'elle obéisse, il se saisit du bagage et en inventorie le contenu. Ses mains se mettent à trembler.

– De la contrebande ! s'exclame-t-il.

Sous la barbe, son visage est devenu écarlate, presque violet.

– Tadeusz Hertz a tant sacrifié pour que ceux qui le méritent aient accès à du matériel médical… et vous, vous le marchandez sous votre blouse !

Helena n'a jamais paru si petite, si fragile. Son dos s'est affaissé et c'est d'une voix à peine audible qu'elle bredouille :

– Pas du tout, il ne s'agit pas de ça… Je n'ai pas…

La menace qui émane du médecin est rampante, gluante. Luce a soudain la sensation qu'ici, loin des regards et des protocoles de l'Institut, l'homme serait prêt à donner à sa rage les formes les plus sinistres. Alors, dans un élan désespéré, elle avoue :

– 315H nous apprend à soigner.

Trois paires d'yeux effarés se tournent aussitôt vers elle. Mais avant que quiconque ait pu intervenir, elle précise d'une voix ferme :

– Le professeur Alpha a demandé que les élèves préparent leur avenir, c'est exactement ce que nous faisons ici. J2410 et moi souhaitons travailler à l'aile H quand nous aurons fini nos cycles. 315H nous forme à son métier pour que nous puissions rendre à l'Institut du Nouveau Lendemain ce qu'il nous a donné.

Jade, une main inquiète posée sur son ventre, s'empresse de hocher la tête. Luce continue d'improviser :

– Regardez mieux, docteur, je vous en prie. Les seringues n'ont pas d'aiguilles. Difficile de faire commerce d'un matériel incomplet, non ? En revanche, je peux simuler sur vous une injection intramusculaire, vous jugerez ainsi de la qualité de l'enseignement reçu.

092P jette un coup d'œil plus appuyé au matériel médical.

– Dans le deltoïde, insiste-t-elle, ça vous convient ?

Il fait claquer sa langue, referme le sac et conclut :

– Ce ne sera pas nécessaire, L2106.

Luce s'efforce de ne pas laisser transparaître son soulagement. Et tandis qu'elle prépare une nouvelle salve d'arguments, elle garde le menton haut de l'élève irréprochable accusée à tort. Mais c'est Helena qui prend le relais :

– Je... J'enseigne des rudiments à quelques élèves, c'est vrai. L'accouchement de J2410 approchant, c'est... un bon moment pour...

– Vous avez raison, infirmière.

092P lui tend le paquetage, qu'elle se hâte de récupérer. La soignante relève vers le docteur un regard plein d'espoir. Mais il précise d'un ton glacial :

– Cependant, ce projet aurait dû faire l'objet d'une déclaration à l'aile E.

– Je... Je m'apprêtais à le faire, plaide-t-elle, j'irai dès demain.

– Je n'en doute pas. Et je suis certain que le professeur Alpha approuvera votre idée. Néanmoins, j'ai bien peur de devoir punir cette omission, ajoute-t-il d'un air faussement navré.

Helena s'est mise à trembler. Ratatinée sur elle-même, elle se confond en excuses et en supplications. Luce la dévisage, médusée. D'où vient la terreur qui habite la soignante, habituellement si fière ?

– À genoux.

Avec des gestes maladroits et hâtifs, Helena s'exécute. Luce résiste difficilement à l'envie de se précipiter pour la relever.

– 315H s'est excusée, proteste-t-elle, l'erreur sera…

– Si vous saviez, l'interrompt l'homme, comme j'exècre les étourdies qui oublient d'informer l'administration de leurs *initiatives*… Imaginez un peu, si tout le monde se permettait de telles libertés : le chaos, rien de moins ! Et maintenant, me voilà forcé d'infliger une souffrance que 315H aurait pu s'épargner…

Sur ces mots, il sort de la poche de sa blouse un scalpel. Jade vacille. L'infirmière a cessé de supplier, mais des larmes roulent déjà sur ses joues.

– Ne bougez pas, il serait dommage que je dérape.

Le médecin se courbe sur l'infirmière et, de sa main libre, lui agrippe le menton. À son sourire, elle répond par un sanglot étranglé. Il appose la lame sur la tempe de la jeune femme et, très lentement, dessine un arc de cercle. De la pommette au menton, la peau sombre éclate autour d'un épais flot de sang. Helena happe l'air ; Luce ferme les yeux.

– Allons, allons. Ce n'est qu'une coupure symbolique, tempère 092P, mais j'ose espérer que la cicatrice vous servira de rappel. Ainsi, vous n'oublierez plus le règlement.

Il s'écarte, essuie l'instrument sur la blouse de la soignante et ajoute :

– Je suis sûr que vos apprenties sauront vous coudre une jolie suture.

Aussitôt, Jade et Luce se pressent aux côtés d'Helena pour la rassurer et éponger sa plaie. Le médecin barbu les observe. Il semble réfléchir intensément. Puis il soupire et lâche à mi-voix :

– Le professeur Alpha m'en voudrait certainement d'abîmer la matrice de son futur enfant. Vous avez de la chance, J2410. Quant à vous, L2106…

– Quant à moi, réplique Luce, je suis sous la protection de 012V. Je vous suggère donc de le consulter avant toute *initiative* sur ma personne.

Un tic nerveux passe sur le visage de l'homme, qu'il balaie de la main. Il tourne les talons sans un mot de plus.

Helena s'écroule.

49

À la réunion suivante, quatre jours plus tard, les clandestines ont consommé les boîtes de conserve du bout de la cuillère, leurs regards abandonnant souvent le repas pour converger vers l'épais pansement qui barre le visage d'Helena. L'infirmière a rapporté, à mots couverts, l'agression de 092P… et Avril a décrété qu'il était temps de se former au combat.

La colère du cercle a nourri l'entraînement ; les coups de poing, de pied, de coude ou de genou qu'elles auraient voulu infliger au médecin barbu ont été lancés dans le vide, de plus en plus agiles, de plus en plus rapides. Il a ensuite fallu apprendre à estimer l'envergure de chacune, alors elles se sont à nouveau divisées en petits groupes pour porter des assauts indolores, mais d'une précision redoutable. Avril, refusant que Jade participe à l'exercice, est restée à ses côtés. Luce a aperçu leurs mains qui se frôlaient tandis que les deux adolescentes encourageaient leurs camarades.

Dans le chuintement des essoufflements, la voix de Clara s'élève, nette et tranchante :

– Luce m'a donné la charge d'évaluer les risques… Voilà mon avis : nous devons envisager la possibilité d'un affrontement meurtrier avec l'Institut. S'ils nous surprennent à nous évader, ils n'hésiteront pas à nous éliminer sur-le-champ. Regardez comment ils punissent un simple oubli administratif !

– 092P est réputé pour sa perversité, tempère l'infirmière face à elle. Nombre de mes collègues en portent les cicatrices. Nous sommes tombées sur lui par malchance, c'est tout… J'ai fait ma déclaration à l'aile E, ça n'arrivera plus.

Luce interrompt un instant son combat contre Vincent pour dévisager la soignante. Dans son regard résigné, elle cherche les traces de la terreur qui l'avait saisie en reconnaissant le médecin. Mais l'humiliation de la blessure a éteint toutes les autres émotions.

– Pour le moment, on mise tout sur le fait de s'enfuir en douce pendant une mission de Vincent, avec l'appui des Ballasts. C'est un plan simple, mais… il serait naïf de croire que tout se passera comme prévu, insiste-t-elle.

Sur ces mots, elle reprend l'assaut de plus belle. Vincent n'ose pas riposter et, tout en esquivant les coups, il essaie de rassurer ses complices :

– Une fois le dernier sas franchi, nous n'aurons plus besoin de craindre Alpha et ses hommes. Ils ne nous poursuivront pas dans les ruines, ils savent que ce terrain-là ne leur appartient pas, ce serait trop risqué…

– Mais avant que nous atteignions la sortie, ils auront mille occasions de nous frapper, martèle Clara. Et ça peut être suffisant pour faire tomber plusieurs d'entre nous.

Un frisson parcourt les clandestines. Joignant le geste à la parole, Avril intervient :

– En visant bien, c'est possible de les amocher sérieusement. La gorge, par exemple : si on tape assez fort…

– … on brise la trachée et on coupe la respiration, complète Helena d'un air sombre.

– Oui ! Et avec un lacet bien robuste, n'importe laquelle d'entre nous sera capable d'étrangler un homme.

L'adolescente, tout en mimant un affrontement épique, cherche du regard l'adhésion de l'infirmière. Celle-ci hésite un instant, puis ajoute comme à regret :

– Sans compter la possibilité de trancher la carotide pour entraîner une hémorragie fatale.

Avril lui répond d'un sourire victorieux. Dans la poche de Luce, la lame de rasoir dont elle a failli se servir contre Vincent semble soudain peser très lourd.

– Voilà, conclut Clara. Nous ne sommes pas impuissantes. Il va falloir dépasser notre peur de blesser… ou pire. Et surtout, réfléchir aux armes potentielles à notre disposition.

Meriem, elle, a cessé de se battre. Elle fixe tour à tour les membres du cercle, les bras ballants.

– Je croyais qu'on avait décidé de fuir discrètement, à un moment où personne ne fait attention ? souffle-t-elle. Notre but est de nous évader, pas de nous venger… On n'est pas obligées d'en venir à la violence…

– Et on se contenterait de prier pour que tout se passe bien ? Pour qu'ils ne se doutent de rien ? Pour que le hasard ne joue jamais contre nous ? rétorque Clara.

– Je ne veux pas faire de mal à qui que ce soit, c'est tout, marmonne la petite brune.

L'entraînement s'achève de lui-même, balayé par les délibérations. Luce croise le regard d'Avril, brûlant et déterminé. L'adolescente a glissé sa main dans celle de Jade ; leurs doigts entremêlés semblent protéger une promesse secrète.

– Personne n'a envie de se transformer en meurtrière, dit Luce, mais à partir de maintenant, on n'a plus le luxe des scrupules. Il va falloir commencer à penser comme des survivantes.

Ce soir-là, les clandestines sont silencieuses quand elles disparaissent dans le couloir. Agitée par les mêmes questions obsédantes, chacune reste enfermée en elle-même, avec l'espoir que jamais elle n'aura à mettre en application les enseignements d'Avril et Helena.

Le dîner avec le bibliothécaire est plus morose qu'à l'accoutumée, lui aussi. Tout en se resservant une portion de raviolis à la sauce tomate, Luce demande :

– Vous vous souvenez de la première fois que vous avez rencontré un survivant clandestin ?

Elle s'est efforcée d'adopter un ton léger. Pourtant, cette question lui a souvent brûlé les lèvres… Mais elle n'a jamais osé la poser avant ce soir. Vincent la dévisage et, après une hésitation, avance prudemment :

– Ce n'est pas une histoire très joyeuse…

– La vie ne m'a pas habituée aux histoires joyeuses, vous savez. Et je veux entendre celle-ci.

Le jeune homme soupire. Il tourne et retourne sa fourchette, traçant des sillons tumultueux dans la sauce rouge.

– C'était au moment du premier cadavre, il y a onze ans.

Un frisson parcourt Luce. Elle ancre son regard aux étranges dessins qui se forment dans l'assiette de son colocataire, tandis qu'il poursuit :

– Lorsque l'équipe éducative a découvert la morte, elle a été prise de panique. Si invraisemblable que ça puisse paraître, mon père n'avait pas traité cette question dans ses écrits. Je crois que personne n'avait envie de réfléchir à celles et ceux que nous perdrions encore après les cataclysmes. Aucun de mes collègues n'a voulu se saisir du problème…

– Alors ils se sont tournés vers vous.

– J'étais le lien avec l'extérieur. Cela leur a paru logique… et sûrement plus facile. Ils m'ont demandé d'abandonner le corps dehors. J'ai mis un temps infini à mener son brancard jusqu'au dernier sas. Une fois sorti, je l'ai portée jusqu'à un carré d'herbes folles, à une cinquantaine de mètres de l'Institut. J'ai déposé son corps à terre. J'ai voulu rentrer, la laisser, mais elle était encore tellement… réelle…

L'image d'E1710 s'impose à Luce, dépouille vide aux lèvres roses… Elle veut encourager Vincent à poursuivre, mais sa voix reste bloquée dans sa gorge.

– Alors j'ai essayé de creuser. D'abord à mains nues, puis en m'aidant de ce que je pouvais récupérer aux alentours. Mais ça n'a pas suffi, je n'avais jamais fait cela auparavant. J'ai fini par m'écrouler de fatigue à côté du cadavre, le sol à peine entamé. Quand je suis revenu à moi, un Ballast avait pris le relais, armé d'une pelle. Puis, sans un mot, il m'a aidé à déposer le corps au fond du trou avant de le recouvrir de terre.

– Il vous a dit qui il était ?

– Non. C'était notre premier contact. Il en a fallu beaucoup d'autres avant qu'un dialogue puisse s'établir.

– Beaucoup d'autres… répète Luce.

Elle comprend alors que Vincent parle de toutes les mortes qu'il a dû mener dehors et enterrer, année après année.

– Je me souviens de chacune d'elles, vous savez.

Désormais, Luce sait reconnaître les larmes dans la voix du bibliothécaire. Elle retient sa respiration tandis qu'il murmure :

– Je me souviens des matricules, mais aussi des visages. Je les porte en moi, toujours. Parce que je suis leur dernier rempart avant l'oubli. Parce que si je ne me souviens pas d'elles, personne ne le fera.

Il réprime un sanglot et, dans un effort supplémentaire, lâche sourdement :

– Elles auraient pu vivre, Luce.

Luce le dévisage, désarçonnée.

– Ces morts étaient évitables. Elles relevaient toutes d'un choix économique ou politique de l'Institut. Si elles avaient été de votre rang, si le professeur Alpha n'avait pas décidé de réprimer violemment la moindre contestation, ces pensionnaires auraient vécu. Toutes : celles qui ont pris froid, celles qui ont dit non… Celles, même, qui ont décidé de mourir.

Luce ne détache pas le regard de son compagnon tandis qu'elle laisse ses paroles s'imprimer en elle. Puis elle avance une main hésitante jusqu'au bras de Vincent. Il ne se dégage pas.

– Rien de tout ça n'est votre faute. Il faut vous libérer de ce fardeau.

– Je ne saurais pas comment…

Luce se force à sourire. À mi-voix, elle dit :

– Je me souviens de votre liste, dans le casier de la salle de lecture. Je me souviens de vos descriptions, des visages qu'elles ont fait naître en moi. Vous savez donner une présence aux gens par vos mots.

Elle fait quelques pas, extirpe une feuille froissée prise au piège de l'horloge brisée.

– Vous portez les mortes de l'Institut en vous depuis trop longtemps. Il est temps de les déposer sur le papier et d'enfin vous pardonner.

Mais Vincent, les yeux remplis de larmes, repousse la proposition.

– Je ne suis pas prêt.

Et dans un souffle, il ajoute :

– Luce, je ne mérite pas ce genre de pardon.

50

Les rêves sont revenus. Plus puissants, plus réels, ils ne s'embarrassent plus de détours métaphoriques ni de figures monstrueuses tandis qu'ils rejouent, sur l'écran de ses paupières closes, une histoire déjà bien connue. Nuit après nuit, le corps de Luce rétrécit pour redevenir celui d'une petite fille de sept ans. Une enfant muette, trimballée de couloir en couloir, ses grands yeux bleus dévorant chaque morceau du nouveau monde pour mieux le comprendre.

Au cœur des bâtiments éclatants, elle s'agrippe aux bribes d'information qu'elle glane dans les bouches des adultes, quand ils pensent qu'elle n'écoute pas. Ils sont immenses, tous, forts et en bonne santé. Ils ont les dents blanches et les joues rouges. Ils ne sentent ni la faim ni la peur, comme s'ils appartenaient à une nouvelle branche de l'humanité, plus parfaite et plus solide. Ici, il n'y a plus de ruisseaux ni de trouées de lumière, plus de pluie soudaine ni de villes en ruine. Ici, tout est debout et tout est égal. Il n'est plus nécessaire de chercher à manger, car la nourriture se présente invariablement, à heures fixes, sous forme d'une bouillie qui a toujours le même goût. Les premiers temps, Luce se jette dessus, cramponnée à un plateau dont elle engloutit le contenu en quelques minutes à peine. Et puis, au fur et à mesure des repas, elle se redresse, ralentit ses gestes.

Au réfectoire, toutes ont de quoi s'alimenter. Les visages de ses semblables se dessinent alors pour ce qu'ils sont : non pas des menaces imminentes, mais simplement d'autres gamines éprouvées par la vie. Peu à peu, Luce oublie la terreur… Et la faim. Les caresses sur ses tempes sont désormais celles des électrodes. Il n'y a plus de questions, plus de promesses : seulement la certitude, jour après jour, de voir se dérouler le même emploi du temps. Rassurant, prévisible. Les règles du jeu ne varient pas et la petite fille commence à comprendre qu'elle sera capable d'y exceller. L'équipe éducative le lui a dit dans un souffle admiratif, on l'a congratulée, on l'a déplacée dans le dortoir de celles qui en valent la peine. On lui a donné un joli badge, elle bataille un peu pour l'épingler à sa poitrine, mais il y brille plus fort que mille soleils.

À l'abri de l'incertitude et de la vie qui tangue, Luce connaît enfin l'apaisement de nuits qui ne sont plus syncopées, où jamais il ne faut fuir à toute allure, dans un demi-sommeil, les jambes réveillées longtemps avant l'esprit. Alors elle oublie. Elle oublie la violence du monde extérieur, sa menace constante… Mais aussi sa beauté.

Chaque réveil cueille Luce le cœur serré. À l'aube des retrouvailles avec le dehors et sa part d'inconnu, l'adolescente de dix-sept ans se retourne vers la petite fille silencieuse qui s'attarde dans ses yeux embrumés. Et elle voudrait s'excuser auprès d'elle de bientôt trahir ce qu'elle a cru être, pendant si longtemps, un refuge.

Depuis que la stratégie s'est échafaudée, Luce observe la moindre routine en se demandant combien elle en vivra encore de semblables. La perspective de la libération teinte chaque rituel quotidien d'une étonnante nouveauté et d'un sentiment de rareté. Tout a le goût du presque fini, comme si cette existence-là était déjà révolue.

Car les préparatifs avancent. À l'aile H, Helena réunit tous les remèdes et outils qui leur seront utiles et, à la faveur de la nuit, Vincent chaparde les boîtes de conserve qui manquent encore à leur inventaire. Toutes ont compris qu'une fois sorties, il faudra rapidement se mettre en quête de nourriture et d'eau. Mais Luce n'a pas peur. Elle saura retrouver les gestes et les réflexes d'une enfant des ruines.

Jour après jour, elle observe les changements de son corps sous l'effet de l'entraînement strict imposé par Avril. Luce y devine la silhouette d'une clandestine, d'une adolescente taillée pour la survie. La fatigue a reflué, la douleur des efforts physiques aussi, pour laisser affleurer une puissance dont elle ne se croyait pas capable. Parfois, elle révise les gestes qui blessent, ceux qui défont une étreinte… Elle se les rejoue comme une danse protectrice, pour tenir loin d'elle toutes les angoisses.

Les bénéfices de son changement d'alimentation commencent également à apparaître. Le miroir lui présente désormais un reflet aux joues rosées, à la peau transparente et aux iris lumineux. Une version plus vivante d'elle-même… Comme un avant-goût de celle qu'elle pourra être à l'extérieur des murs.

Cette dernière semaine, la vie auprès du bibliothécaire s'est révélée étonnamment harmonieuse. Maintenant, il est de plus en plus rare que Vincent quitte l'appartement avant elle le matin. Lorsqu'elle s'éveille avant lui et qu'elle l'observe, endormi sur le petit canapé, le corps replié pour ne pas dépasser de la couverture, elle éprouve un étrange vertige. Elle se hâte de détourner le regard quand il manifeste les premiers signes de conscience.

Chaque repas partagé est l'occasion de nouvelles questions, d'anecdotes en cascade réveillées au détour d'un mot. Il y a, chez Vincent, un enthousiasme juvénile à enfin raconter ses années de solitude. Luce découvre le rire de son compagnon, et c'est ainsi qu'elle s'aperçoit qu'elle est, elle aussi, capable de légèreté.

Au fil des jours, tous deux se surprennent à veiller de plus en plus tard pour prolonger la conversation. Dans l'obscurité de la chambre, longtemps après que les néons ont enclenché leur mode nocturne, il continue de lui parler. À voix basse, sans attendre de réponse, sans s'assurer qu'elle est toujours éveillée. Luce ne sursaute plus quand il l'appelle par son prénom. Et c'est toujours à contrecœur qu'ils cèdent au sommeil.

Au cours d'une de ces nuits, Luce l'entend murmurer :

– Finalement, si je ne me suis pas évadé plus tôt, c'est que je n'étais pas encore prêt, au fond de moi… Il manquait l'étincelle.

Vincent se retourne sur le canapé et, pendant quelques secondes, le frottement de l'étoffe remplit le silence de l'appartement. Il poursuit, d'une voix plus basse encore :

– Et cette étincelle, c'est toi qui as réussi à l'allumer.

Pour la première fois, il la tutoie. Luce accueille, troublée, cette nouvelle marque de proximité. Pourtant, elle ne se sent pas encore capable de lui rendre la pareille. Elle proteste doucement :

– Vous avez tort, je n'ai rien fait du tout.

– Tu as fait un pas de côté face au confort et à la facilité. Tu t'es sabordée, peut-être malgré toi. Mais ce faisant, tu as déplacé le monde tout autour.

Parfois, Luce surprend sur elle des regards qu'elle n'avait pas remarqués jusque-là. Alors, elle se rend compte qu'elle aime la manière dont il la considère. Il y a, dans les yeux marron du bibliothécaire, une admiration profonde et une confiance absolue.

C'est vers ce refuge que Luce se hâte à la fin de la journée de cours. Mais ce soir-là, B1803 se dresse en travers de son chemin. La messagère la toise, comme d'habitude, de son sourire mauvais. Et cette fois, elle ne se fait pas prier pour justifier son apparition :

– Tu es attendue à l'aile H. Il paraît que c'est urgent.

Luce a un regard pour la porte de l'appartement, toute proche.

– Est-ce que je peux juste…

– Non, il faut que tu y ailles immédiatement.

À contrecœur, elle emboîte le pas de la petite rousse. Bien que B1803 ne se soit pas départie de son expression sarcastique, il se dégage d'elle une tension inhabituelle. Les couloirs de l'Institut défilent en silence, de moins en moins familiers, jusqu'au rez-de-chaussée de l'aile H. Elles font halte devant une large porte bleue.

– C'est là, je te…

La fin de sa phrase est engloutie par une longue plainte venue de l'intérieur de la pièce. B1803 esquisse une révérence nerveuse et disparaît en une seconde. Luce reste seule, sans savoir ce qui l'attend de l'autre côté du double battant. Le cri qui a retenti quelques secondes plus tôt l'a tétanisée. Et tandis que les pires suppositions s'échafaudent dans son esprit, un nouveau sanglot s'élève, aussitôt suivi d'une voix qu'elle reconnaît comme celle d'Helena :

– Là, là, ça va aller…

Luce prend une grande inspiration et s'engouffre dans la pièce. Sur le lit d'examen, Jade est allongée, en nage, le visage rouge. Elle semble à la fois terrifiée et déterminée. Autour d'elle, Avril, Clara, Meriem et Helena forment une assemblée silencieuse et inquiète. L'infirmière se précipite vers Luce.

– Jade voulait que vous soyez toutes là… Elle a perdu les eaux, les contractions se rapprochent. Le bébé ne va pas tarder à arriver.

– Mais… proteste Luce, vous aviez dit que… non, c'est beaucoup trop tôt ! Il reste au moins cinq semaines, c'est ce que vous avez annoncé…

Helena lui tend une blouse, une charlotte et un masque de papier.

– Je me suis trompée, je n'ai pas les outils pour déterminer le terme avec précision. Ou alors le bébé en a décidé autrement. Ce n'est pas ce qui importe maintenant. Équipez-vous, Luce.

Tandis qu'elle revêt la tenue fournie par la soignante, Luce veut adresser à Jade quelques mots rassurants, mais ils se perdent dans sa gorge. Ses amies sont très pâles, elles aussi. Et chacun de leurs visages porte la même certitude : le projet d'évasion vient de prendre une tournure infiniment plus compliquée.

51

Jade, que Luce a toujours vue si sûre de cet enfant, si sûre de cette maternité, Jade, au sourire tranquille et au ventre doux, tremble. Elle tangue. Haletante, les mains serrées sur son ventre, elle répète, dans des phrases sans cesse interrompues, inachevées, recollées, elle répète qu'elle n'est plus sûre, que non vraiment, Helena, il faut l'aider, que cet enfant, dans ce monde-là, avec ce père-là, et même avec cette mère-là... Il faut tout arrêter maintenant, c'est une erreur, ce n'est pas elle et surtout pas ici. Jade le crie désormais : que rien d'elle ne sera mère, qu'elle n'est qu'une gamine, une gamine inconséquente. Mais que s'il vous plaît Helena, il faut tout arrêter.

Et c'est le front plein de sueur, les cheveux qui collent et le corps qui s'arc-boute ; et ce sont les coups invisibles, soudains, qui la plient en deux dans des gémissements qui ont oublié la pudeur et la retenue. Ce sont, pense Luce du fond de sa mémoire, les soubresauts d'un animal.

Helena va et vient dans la pièce comme si elle obéissait à un ballet appris par cœur et que rien ne pouvait mal se passer tant qu'elle respecterait sa chorégraphie. Pourtant, Luce la connaît maintenant, elle repère ce petit rictus, la légère crispation des phalanges autour des linges mouillés qu'elle apporte à sa patiente. Ce qui se joue là n'est ni gagné d'avance, ni parfaitement maîtrisé. Mais c'est leur rôle à toutes de tenir sur leurs jambes pour aider Jade à traverser ce grand inconnu.

– Je... ne... peux... pas !

– Bien sûr que si, vous pouvez. C'est inscrit dans votre corps, faites-lui confiance. Il va vous aider à trouver les gestes, les positions, la respiration. Toutes ces femmes, depuis la nuit des temps, Jade. Vous êtes l'une d'entre elles, vous êtes forte, et votre corps aussi. Vous allez y arriver.

Luce ne peut s'empêcher d'admirer la sérénité dans la voix d'Helena, sans écho avec sa propre terreur. L'événement auquel elle assiste lui paraît tout sauf naturel, justement. Elle pourrait presque deviner, à travers la peau diaphane de Jade, le corps qui se fracture, se déforme, se fissure pour laisser venir l'enfant. Malgré la nausée qui monte, Luce s'attache à ne pas détourner les yeux. Un bref regard vers Meriem l'informe que son amie est en proie à la même difficulté. C'est sûrement le cas des autres aussi, mais toutes se sont fait la promesse d'assister Jade et de la rendre invincible. Alors elles tiennent bon.

Jade pleure, bien sûr. Ses cheveux s'emmêlent sur son front, collés par la sueur. Elle demande qu'on l'autorise à mourir, ramasse sa force de conviction pour faire ployer Helena. Son être entier est tendu vers cette seule nécessité : que la douleur s'arrête.

Mais bien sûr, Helena n'écoute pas. L'infirmière n'a de cesse d'imprimer à la future mère le rythme de la bonne respiration, tout en passant des linges humides sur sa peau frissonnante. Avril, Clara, Meriem et Luce ne peuvent que murmurer des paroles de réconfort qui franchissent à peine le masque en papier. Et chacune, sans se le dire, pense à cette cavité terrifiante en elle, ce pouvoir qu'elle ne ressent même pas, cette potentialité d'être un jour à la place de Jade, avec la vie qui chahute les entrailles.

Luce a perdu toute perception du temps. Tout ce qu'elle sait, c'est que les phases d'accalmie, où Jade rejette sa tête en arrière et ferme les yeux, se font de plus en plus rares. Ses muscles endoloris et les crampes qui commencent à apparaître la renseignent sur les nombreuses heures déjà écoulées. Et en même temps, tout est suspendu. Le reste de l'Institut n'existe plus.

Une contraction plus violente que les autres arrache un cri mêlé de sanglots à Jade. Helena se penche sous le drap, puis déclare, d'une voix toujours aussi sereine, que le bébé arrive.

Brusquement, c'est comme si les clandestines se souvenaient que ce long épisode de souffrance avait un but. Jade émet le souhait de s'accroupir. Plus qu'un souhait, c'est un grognement, un mouvement presque involontaire.

– Soutenez-la, leur intime Helena.

Elles l'encerclent, passent leurs bras autour d'elle pour la porter, ensemble, et la libérer de la gravité de son corps. Luce sent le souffle de ses amies, mêlé aux tremblements compulsifs de Jade qui ne parle plus, ne réclame plus qu'on abrège son supplice : sa chair a pris le relais et lui impose sa nécessité.

Les contours de la salle d'accouchement se perdent. Luce ne sait plus où se situent les limites de sa personne. Une grande masse haletante habite désormais la pièce, contractée, resserrée, une boule de chaleur et de muscles, concentrée vers un seul but.

Il y a du sang. Des fluides inconnus. Des cheveux. Une tête chiffonnée, des cils déjà.

Ce long cordon de chair, boursouflé, sans fin. Le cri et les larmes.

Les pleurs de chacune et de toutes. Les étreintes et le soulagement, entremêlés, indistincts.

Quand le regard de Luce se désembue enfin, elle voit le visage de Jade, apaisé. Et son bébé, recroquevillé, le ventre contre la poitrine de sa mère.

La tempête a fait place à l'évidence.

– Ma mère disait souvent que l'arrivée d'un bébé charrie des milliards de questions. Mais aussi, qu'il apporte avec lui toutes les réponses.

Clara a chuchoté. Jade sourit, les yeux toujours clos. Devant tant de douceur, tant de calme soudain, on ne peut que parler à voix basse. Personne n'a envie de briser la bulle qui s'est instaurée, après la douleur, les cris et la peur. La jeune mère semble déjà avoir oublié ses camarades, rien ne compte plus que la chaleur de ce nouvel être, l'odeur de son minuscule crâne et ses petites mains délicates.

La porte s'ouvre, l'air glacé du couloir s'engouffre aussitôt dans la salle d'accouchement. Avril se place en bouclier devant le lit de Jade.

– Je viens voir mon enfant.

Si la haine pouvait tuer, le professeur Alpha serait pulvérisé en une fraction de seconde.

52

Alpha s'est avancé de quelques pas, les yeux rivés sur l'enfant que Jade tient contre sa poitrine. De faibles vagissements montent de la petite boule de chair, encore couverte de sang et de viscosités. Il pose une main jaunâtre sur le bébé, et toutes frissonnent. Il ne les voit pas, bien sûr, silhouettes indistinctes habillées de blouses, matricules interchangeables, simple décor logistique autour du nourrisson vers lequel son regard s'aimante. Les plaintes se transforment en véritables pleurs. De plus en plus sonores, de plus en plus urgents.

– Ciseaux, je vous prie.

Helena le toise, et si tout son corps refuse d'obéir, elle se souvient qu'elle n'a pas encore le choix. Elle tend au professeur Alpha un plateau argenté, sur lequel se trouvent quelques ustensiles. Il se saisit des ciseaux, qu'il approche de l'enfant. Un bruit sec retentit, le cordon de chair tombe au sol. Puis l'homme se penche sur le giron de Jade. Les commissures de ses lèvres tressautent. Il remonte ses lunettes sur son nez, soulève un morceau du drap.

– Un garçon. C'est parfait.

Un sourire satisfait sur le visage, il fait volte-face et marche vers la porte, sans un regard ni une parole pour la jeune mère. Juste avant de s'engouffrer dans le couloir, il déclare d'une voix sonore :

– Néanmoins, cette naissance arrive avec quelques semaines d'avance. Attendons de voir s'il survit. Je consulterai ensuite l'administration pour lui attribuer un matricule.

Les battants bleus claquent.

Pendant une longue minute, toutes restent immobiles, frappées de stupeur, glacées par l'irruption. Seuls les cris du bébé semblent ignorer le silence qui s'est imposé dans la salle d'accouchement.

– Il faut qu'on se casse dès que possible, dit Avril, on peut pas abandonner l'enfant à cette ordure, il va bientôt revenir lui tourner autour. La livraison de Vincent est prévue dans deux semaines, je refuse d'attendre aussi longtemps.

Jade a baissé la tête vers son petit, qu'elle essaie de calmer en le berçant. Elle formule alors la vérité redoutée de toutes :

– Maintenant que j'ai accouché, c'est fichu. On ne parviendra pas à s'enfuir avec un nouveau-né.

Elle a parlé tout doucement, sans relever les yeux, d'une voix presque anodine. Comme pour ne pas effrayer son bébé et pour lui soustraire le sens des paroles qu'elle vient de prononcer. Luce la regarde le manipuler avec des gestes tendres, le guider pour le mettre au sein. Et elle se demande comment, en l'espace de quelques heures de douleur, sa camarade a pu se transformer en mère. En adulte qui connaît les gestes, qui a fait sienne cette responsabilité vertigineuse… Luce contemple Jade et cette évidence la bouleverse.

Son regard glisse ensuite vers le nourrisson, vers son visage parfaitement modelé, ses joues piquées de rouge et son torse qui palpite au rythme de sa respiration. Hormis son gabarit minuscule, rien ne laisse deviner l'avance avec laquelle il est venu au monde. Dans chacun de ses soupirs, la vie déborde jusqu'à emplir la pièce.

Luce murmure :

– Ne t'en fais pas, tu ne partiras pas d'ici sans lui.

– C'est trop tard, je ne partirai pas du tout.

– Non !

Avril a crié. Toutes se retournent vers elle et la découvrent bouillonnante, les mains crispées autour des barreaux du lit. Le nouveau-né s'arrache du sein qu'il tétait une seconde plus tôt et sa plainte reprend de plus belle. Tout en tâchant de l'apaiser, la jeune mère explique :

– Je ne peux pas prendre le risque de tout faire rater. Il suffirait qu'il pleure un peu fort… On se ferait repérer en un rien de temps. Et même… je suis épuisée, je suis incapable de courir, comment est-ce qu'on va faire ?

– On va trouver un moyen, martèle Avril entre ses dents serrées, tu vas vite te remettre, on vous laissera pas derrière nous !

– Je continuerai à vous aider, ne t'en fais pas. Et après, quand tout sera fini… Alpha m'a promis sa *protection*. Peut-être qu'il m'accordera un travail à l'aile J, je pourrai voir grandir mon enfant les deux ou trois premiers cycles…

– On vous abandonnera pas ici, Jade ! répète Avril, hein, Luce ?

Mais Luce ne sait plus. Elle reste quelques secondes interdite, la bouche entrouverte, à articuler une réponse inaudible. Puis elle finit par murmurer :

– C'est Clara qui a la mission d'évaluer les risques, et…

Sa voix meurt dans sa gorge. Clara, elle, s'est approchée du lit. Elle contemple la mère et le nourrisson, ses épaules retombent et elle répond, brisée :

– Je ne peux pas.

L'harmonie qui s'était créée pendant l'accouchement se morcelle peu à peu. Luce lit la confusion sur les visages, le doute qui monte… La peur, aussi. Et tandis que la tension s'accroît jusqu'à en devenir suffocante, elle sent l'indécision la submerger. L'idée de mettre en péril leur évasion lui est insupportable. Mais sans Jade, le groupe sera toujours incomplet. Vaut-il mieux amputer le cercle plutôt que de le condamner ? Elle croise le regard jaune, brûlant, implorant, d'Avril. Le seul regard à ne pas douter dans la tempête. Sa flamme lui redonne confiance.

– On ne partira pas sans vous, Jade. Avril a raison, on trouvera une solution.

L'air s'est allégé, soudain nettoyé de la souillure du professeur Alpha. La décision de Luce délie les visages. La conviction d'avoir fait ce qui est juste s'accompagne d'une vague de chaleur, qu'elle sent monter dans tout son corps. Elle se tait et se laisse porter par le soulagement général. Helena s'engouffre dans cette respiration.

– Je vais gagner du temps en demandant à étendre le sevrage à trois semaines au lieu de deux, en raison de la naissance prématurée. D'autre part, nous ne pouvons plus nous permettre de nous réunir comme nous le faisions jusqu'à maintenant. S'il y a urgence, nous nous retrouverons ici, autour de Jade.

– Nous y parviendrons, promet Luce, chaque fois que ce sera nécessaire.

Toutes s'empressent d'acquiescer à la proposition de l'infirmière. Seule Meriem se tord les mains, mal à l'aise. Luce l'encourage d'un petit signe de tête, et elle demande d'une voix embarrassée :

– Le professeur Alpha nous a vues. Ça ne risque pas de poser problème ?

– Non, répond Helena, je crois qu'il n'a rien vu du tout, pour tout dire, à part son *héritier*. Et puis j'ai fait ma déclaration à l'aile E tout à l'heure, selon le protocole… Vous n'étiez donc que des apprenties recrutées pour m'aider à accoucher Jade.

Dans un geste mécanique, la soignante porte la main au pansement qui couvre encore sa joue. Celui-ci s'est teinté de rouge.

Luce sent une immense fatigue l'envahir. La tension des dernières heures se rappelle à elle au plus profond de ses muscles.

Une pointe de culpabilité la traverse alors que son regard se pose sur Jade : si elle se sent épuisée, elle n'ose imaginer ce qu'il en est pour la jeune mère.

– Jade, est-ce que ça va ?

– Ça va très bien, grâce à vous. Merci à toutes de m'avoir accompagnée, je crois que j'ai besoin de me reposer maintenant.

Comme si elle attendait ce signal, Meriem abandonne la chaise sur laquelle elle avait fini par s'écrouler. Avril et Clara restent debout tout près du lit, les yeux rivés sur le nourrisson endormi. Helena appuie la demande de Jade d'un ton un peu plus ferme :

– Revenez demain si vous le souhaitez. Pas toutes en même temps, sauf en cas d'urgence. Mais je vous inventerai des excuses pour rendre visite à ce petit tout neuf, ne vous en faites pas.

Et tandis que toutes se dirigent vers la porte, la voix faiblarde de Jade retentit dans leur dos, nouée par l'émotion :

– Et merci à toutes… Merci, pour tout.

Luce rejoint l'aile D dans un état de semi-conscience. Bientôt, l'angoisse et la peur reviendront l'assaillir. Mais pour le moment, elle flotte de couloir en couloir. À l'entrée de l'appartement, le bibliothécaire l'accueille avec un sourire doux.

– Alors ça y est… murmure-t-il.

Luce acquiesce et, sans un mot, s'assoit à table. La tête posée sur ses avant-bras, les yeux clos, elle s'affale jusqu'à faire corps avec la chaise. Vincent lui apporte son dîner.

– Mange, l'encourage-t-il. Tu en as besoin après toutes ces émotions.

Au prix d'un immense effort, Luce se redresse et porte la cuillère à sa bouche. Des saveurs à la fois acides et sucrées s'y répandent et ravivent peu à peu sa lucidité. Elle ne s'était pas rendu compte qu'elle avait si faim. Ce n'est qu'une fois le repas terminé que son compagnon annonce :

– Luce, j'ai une mauvaise nouvelle.

Luce lève vers le bibliothécaire des yeux hagards, incrédules. Quelle mauvaise nouvelle pourrait-il lui donner ? Le monde aurait-il continué de tourner pendant qu'un nouvel être humain naissait à l'aile H ?

– Le professeur Alpha a estimé qu'il était désormais trop dangereux pour moi de sortir. Les réserves de l'Institut permettront de tenir au moins un mois, alors… jusqu'à nouvel ordre, les livraisons sont annulées.

Luce s'effondre. Sous le regard paniqué du bibliothécaire, des sanglots brûlants la transpercent, inarrêtables. Il aura suffi d'une fraction de seconde pour que l'énergie apportée par la nourriture soit tout entière absorbée par cette brusque crise de larmes.

– Non, non, non, je… ! Luce, c'est un simple contretemps…

– Ils vont… prendre son bébé… à Jade, hoquette-t-elle. Un mois… On ne… sortira pas… à temps…

– Ne dis pas cela ! Rien n'est perdu ! Pour l'enfant, je suis sûr qu'Helena pourra inventer un prétexte médical afin d'étendre le sevrage d'un mois. Quant à nous, nous allons trouver une solution, il faut juste adapter le plan d'évasion…

Les pleurs de Luce redoublent, explosant tous les barrages érigés par la pudeur et l'orgueil. Alors, le bibliothécaire comprend que les mots ne feront rien ce soir. Très lentement, dans un geste en forme de question, il approche ses mains des siennes. Luce continue de sangloter, la vision brouillée, mais elle ne se dégage pas. Il attrape sa paume entre ses doigts, y promène son pouce pour la masser. Sa peau est chaude, rassurante, enveloppante. Durant un long moment, il s'applique à dénouer chacune des tensions logées en Luce. Le temps s'étire, s'arrête, disparaît, et tout se tient dans ce fil tendu entre les larmes et la caresse.

Enfin, Luce se sent émerger au milieu de sa détresse. Elle retire sa main et adresse à Vincent un sourire un peu tremblant. Puis, avec des mouvements apaisés, elle se prépare pour la nuit et gagne son lit. Il éteint la lampe de chevet peu après. Dans l'obscurité, elle lui raconte la soirée à l'aile H. Elle n'omet rien : ni la terreur devant le corps tordu de douleur, ni le premier cri qui a fendu l'air, ni l'émotion qui l'a submergée quand les yeux sombres du bébé ont brillé pour la première fois sous les néons. Elle n'oublie pas, non plus, l'incursion du professeur Alpha.

– Il avait l'air si satisfait que l'enfant soit un garçon… murmure-t-elle. Si cette découverte l'a mis de bonne humeur, peut-être qu'il serait plus disposé à vous laisser sortir ?

– Je ne pense pas, malheureusement. Il s'est montré particulièrement ferme ce matin.

À cette réponse, Luce sent un atroce pressentiment monter en elle. Les mots lui échappent malgré elle, à sa plus grande horreur :

– Est-ce que… Est-ce que vous croyez qu'il sait ?

– Que veux-tu dire ?

– Et s'il se doutait que quelque chose se trame ? Et si cette interdiction était une réaction à notre projet d'évasion ?

– Bien sûr que non, Luce. Comment pourrait-il être au courant ?

Pourtant, la voix du bibliothécaire sonne faux. Luce le sait aux aigus qui montent en fin de phrase, juste un peu trop, et au tremblement des consonnes. Et tandis que Vincent s'efforce de la rassurer, elle laisse sa terrible intuition infuser en elle. Bientôt, elle ne répond même plus aux paroles apaisantes de son compagnon. Son esprit s'est enfui ailleurs, plongé dans des limbes obscurs où elle ne distingue rien, sinon un profond malaise, inexplicable.

53

Luce n'a pas résisté longtemps. Le lendemain, dès la fin des cours, elle rejoint l'aile H. La douceur comme rempart contre le doute et la peur, elle n'a rien trouvé de mieux pour le moment.

Lorsqu'elle pousse la porte de la chambre, elle est étonnée de voir Avril au chevet de Jade. Le bébé s'est endormi contre l'adolescente. Les yeux jaunes s'agrandissent de surprise à chaque nouveau borborygme que le nourrisson lâche dans son sommeil. Quant à la jeune mère, elle contemple cet improbable duo tout en griffonnant dans un vieux livre, le sourire aux lèvres. En s'approchant, Luce reconnaît la couverture de lin verte.

– J'avais oublié de te rendre l'anthologie après avoir étudié l'article de journal, explique Jade. J'espère que ça ne te dérange pas que je m'en serve comme carnet.

Luce secoue la tête et se penche par-dessus l'épaule de son amie. La scène entre Avril et le nouveau-né s'étale sur le papier jauni en nuances de gris d'une richesse impressionnante, à peine chahutée par les lignes de préceptes hertziens. Luce n'a jamais vu un dessin pareil. Il suffirait d'un rien, semble-t-il, pour que les poitrines monochromes se gonflent d'air, éparpillant la poussière du graphite.

– C'est incroyable, murmure-t-elle sans détacher le regard du croquis.

– Ce n'est pas grand-chose, répond Jade en ajoutant quelques traits épars sur le crâne du bébé. Il suffit de prendre le temps de regarder…

Elle étend alors les bras pour contempler son œuvre d'un peu plus loin, plisse les yeux à la recherche de détails manqués ou de contrastes à appuyer. Puis, avec un sourire, elle dépose le manuel sur sa table de chevet et demande :

– Tout va bien, Luce ?

– Rien à signaler. Je venais simplement aux nouvelles.

C'est un mensonge, elle le comprend à l'émotion qui l'étreint quand Jade reprend son enfant contre elle.

– Il va parfaitement bien. Helena n'a trouvé aucun signe préoccupant. Elle pense qu'elle avait mal évalué la date du terme et qu'il n'a pas eu tant d'avance que ça. Mais on va quand même utiliser ce prétexte pour retarder le sevrage.

À ces mots, Luce sent un poids quitter sa poitrine. Et, bien que les sujets d'inquiétude ne manquent pas, elle respire soudain plus librement.

– Quant à moi, poursuit la jeune mère, je n'ai pas le temps de m'ennuyer, j'apprends un tout nouveau langage. Je dois percer le mystère de chaque pleur, chaque mouvement… J'avance lentement sur la traduction de tout ça. Et puis il y a les visites…

– J'ai compris le message, soupire Avril, tu veux que je te laisse toute seule ?

Jade lui répond d'un regard amusé où flotte une certaine tendresse. Puis elle reporte son attention sur le bébé, qui a serré ses petits poings et les agite mollement en l'air, les paupières toujours closes. Durant quelques instants, plus personne ne parle et toutes sont suspendues à cette chorégraphie comme s'il s'agissait de la chose la plus importante du monde.

– Tu as décidé comment tu allais l'appeler ? demande Luce.

– Oui et non. J'attends que son visage se déplie, pour voir si le prénom auquel j'ai pensé lui va bien. Impossible de savoir tant qu'il est tout froissé.

Avril se penche vers Jade et dépose un tout petit baiser sur son front. Puis elle lâche, laconique :

– J'en reviens pas que tu aies sorti de toi un machin aussi gros.

– Il valait mieux le sortir pendant qu'il n'était pas trop gros, justement. Tu imagines, si j'avais attendu ?

Helena, qui vient de pénétrer dans la pièce, lève les yeux au ciel en réponse à cet échange. Une fois que les trois pensionnaires ont fini de rire, elle soupire :

– Mince, j'ai encore oublié de ramener des langes. Luce, vous m'accompagnez à la réserve ?

Sans même attendre la réponse, la soignante a rejoint le couloir. Luce la suit jusqu'à une salle attenante peuplée d'armoires métalliques, elles-mêmes garnies de matériel médical et de draps aux fragrances de lessive. Tandis que la montagne de linge propre grandit dans les bras de Luce, l'infirmière demande :

– Vous êtes venue en visite, ou vous avez quelque chose à nous dire ?

– Vincent n'a pas osé se joindre à moi, mais…

La mâchoire d'Helena s'est contractée. Sans lui laisser le temps de finir sa phrase, elle s'assure d'un ton pressant :

– Il garde toujours ses distances, j'espère ? Et vous, vous restez prudente ?

Luce, qui s'apprêtait à relayer la mauvaise nouvelle annoncée par le bibliothécaire la veille au soir, détourne aussitôt les yeux. Car dans son regard, son interlocutrice risquerait de lire les sourires de Vincent, les discussions qui se prolongent tard dans la nuit et le pouce qui parcourt lentement sa paume. Et quels que soient les mots qu'elle emploierait pour raconter cette proximité sereine, Luce devine qu'Helena n'approuverait pas.

– Bien sûr, marmonne-t-elle, je ne vois pas pourquoi ça changerait.

– Je sais que vous me trouvez trop méfiante, Luce. Je sais aussi que vous considérez Vincent comme un membre du cercle à part entière, que vous ne voulez faire aucune différence entre lui et vos amies. Mais quoique vous en pensiez, c'est un homme adulte, il a un ascendant sur vous, et…

Cette fois, c'est au tour de Luce de couper la parole :

– Il m'a surtout chargée de vous dire que s'il peut faire quoi que ce soit pour aider aux soins de Jade et de son bébé, ce sera avec plaisir.

La soignante garde les dents serrées pendant quelques secondes encore. Puis elle cède :

– J'ai fait une demande de boîtes de conserve quotidiennes pour aider Jade à se remettre… Pas de nouvelles pour l'instant, et impossible de prendre sur ma réserve personnelle : les infirmières sont régulièrement oubliées dans la distribution, ça fait des mois que je mange la même bouillie que les élèves. Si Vincent peut faire quelque chose…

– Je transmettrai, promet Luce en se fustigeant de ne pas y avoir pensé d'elle-même.

Toutes deux regagnent ensuite la chambre. Sous le regard attentif des trois adolescentes, Helena s'occupe de changer le nourrisson en murmurant des mots qu'elles ne distinguent pas, mais dont la tendresse leur parvient quand même. Puis, après une caresse sur le crâne de l'enfant, la soignante se tourne vers Avril.

– Tiens, et si on vous installait un lit de camp ici ? Je pourrais faire une demande auprès de l'administration pour que vous soyez chargée de la surveillance de nuit. Si Jade est d'accord, bien entendu…

– Je… Avec plaisir.

Jade et Avril ont rosi, toutes les deux. Helena les considère quelques instants avec un sourire malicieux, puis elle entreprend d'ausculter le nouveau-né. Luce le sait, c'est maintenant qu'il faudrait annoncer la mauvaise nouvelle… Mais plus encore que l'éternelle réticence d'Helena à l'égard de Vincent, c'est la douceur suspendue dans l'air qui l'en empêche.

Luce observe, comme à travers une vitre opaque, le petit être qui déplie ses doigts minuscules sous les regards attendris d'Avril et de Jade… Elle entend les exclamations admiratives, les diagnostics optimistes, aussi, mais aucun ne parvient à se frayer un chemin jusqu'à elle. Alors, avec un sourire contraint et une vague parole affable, elle prend congé.

Elle met quelques instants à remarquer Clara, qui s'avance du fond du couloir de l'aile H. Sitôt qu'elle la reconnaît, la brume qui encombrait Luce est remplacée par un étrange malaise, que les banalités qu'elles échangent ne dissipent pas. Tandis qu'elle cherche l'origine de cette sensation, elle est soudain traversée d'une douloureuse intuition. Et c'est presque malgré elle qu'elle conclut la discussion :

– Clara, tu ne peux pas aller voir Jade et son bébé. Helena a limité les visites. Elle veut que ça reste secret, je compte sur toi pour ne le dire à personne, mais… l'enfant ne va pas bien. Il est très malade, parce qu'il est né trop tôt. Ce n'est pas sûr qu'il survive.

Un instant après avoir prononcé son mensonge, Luce comprend la réalité insupportable qu'il porte en lui. L'inquiétude qu'elle lit dans les grands yeux verts de Clara finit de la faire vaciller. Et c'est ensemble qu'elles titubent jusqu'au sas de sortie de l'aile H.

Si on lui avait demandé d'imaginer, à l'époque de l'aile A et de l'exemplarité, à quoi pouvaient ressembler les nuits sans sommeil, Luce se les serait figurées toutes semblables, dans un continuum confus et indistinct. Aujourd'hui, elle sait qu'il n'en est rien. Les yeux grands ouverts dans l'obscurité du petit appartement, elle songe au visage singulier de cette nouvelle insomnie, tout entière baignée du regard de Clara.

Le mensonge échappé, sa déflagration qui s'étale peu à peu dans les iris verts, le soupçon qui salit même les amitiés les plus anciennes… Telles sont les images et les pensées qui tournent en boucle dans l'esprit de Luce cette nuit-là. La respiration tranquille du bibliothécaire les berce, sans pour autant en atténuer la portée douloureuse.

Alors qu'elle se retourne pour la énième fois dans son lit, Luce remarque un accroc dans le souffle régulier de son compagnon. Elle hésite une seconde, avant de chuchoter son nom. Un « hmmm » embrumé lui parvient de l'autre bout de la pièce.

– Vous êtes réveillé ? demande-t-elle.

– Je crois.

– Écoutez, le professeur Alpha sait quelque chose. J'en suis persuadée. Je ne peux pas vous dire comment, ni pourquoi, mais je le sens.

Aucune réaction, ni d'encouragement ni de dénégation. Elle poursuit :

– On ne peut pas se permettre de l'ignorer, il faut chercher d'où vient la fuite. Je crois que j'ai commencé, mais je ne sais pas si j'ai eu raison…

Alors qu'elle s'apprête à vérifier que Vincent n'a pas été englouti par le sommeil, il murmure :

– J'ai l'impression que tu sais déjà ce que tu dois faire, Luce. Ton choix sera le bon, parce que tu ne laisseras rien au hasard. Je te suivrai quoi qu'il arrive.

Pas de conseils, pas de vérité dévoilée, rien sinon cette responsabilité sans cesse renouvelée qui vient peser sur ses épaules. Ce ne sont pas les mots qu'elle attendait. Luce déglutit et pose la question qui la hante depuis un mois déjà :

– Je ne comprends pas… Pourquoi est-ce que vous me faites confiance ?

Et avant qu'il ait pu réagir, elle laisse la peur se déverser :

– Je veux dire : d'où vous vient cette certitude ? Moi, je ne suis rien, je ne suis personne, je n'ai aucune idée de ce que je fais… Pardon si j'ai pu donner l'impression du contraire, mais c'est trop grand pour moi, tout ça, je ne suis pas capable de mener à bien une évasion !

Les larmes, encore, montent et se mêlent au vertige. Luce les refoule avec colère. La voix endormie de Vincent lui parvient à travers les palpitations de son cœur, lente et étouffée :

– Je te fais confiance parce qu'en nous réunissant, tu as déjà réussi l'impossible. Je te fais confiance parce que tu es courageuse. Je te fais confiance parce que l'Institut t'a construite pour être son arme et que tu as quand même choisi de te retourner contre lui. Je sais que tu es faillible, je sais que tu doutes, et c'est pour ça que je te suivrai : parce que tu as choisi d'être humaine, quand rien ne t'obligeait à cette douleur.

Luce reste interdite, foudroyée par ces paroles. Et tandis qu'elle cherche désespérément comment protester, comment se débarrasser enfin de toutes ses angoisses, la respiration profonde de Vincent emplit de nouveau l'appartement. L'insomnie s'est teintée d'une nouvelle couleur : celle de l'imposture. Que se passera-t-il quand ses complices comprendront qu'elle n'a aucune idée de ce qu'elle fait, qu'elle n'est pas digne de cette foi qu'elles ont placée en elle… Et pire que ça, qu'elle peut les mener à leur perte ? Elle se pelotonne sous ses couvertures, le ventre noué, persuadée qu'elle ne pourra plus jamais fermer l'œil.

Pourtant, quand elle se redresse quelques poignées de minutes plus tard, la bouche pâteuse, elle réalise qu'elle s'était bel et bien endormie.

Sur le canapé à l'autre bout de l'appartement, le bibliothécaire vient lui aussi d'émerger du sommeil. Il a allumé la lampe de chevet et fixe la porte d'entrée d'un air ahuri.

Luce suit son regard et soudain, de grands coups retentissent, insistants, pressants. Elle comprend que c'est ce qui les a tous deux réveillés. Elle s'extirpe de sous les couvertures, fait basculer le verrou et ouvre. Sur le seuil, elle découvre une Avril échevelée, essoufflée, l'œil brillant. Les néons n'ont pas quitté leur mode nocturne.

– Alpha a débarqué… à l'aile H, halète-t-elle. Il a exigé de voir… le bébé tout de suite. Il a dit qu'il était au courant pour… la maladie.

– Et Helena ? demande Luce d'une voix blanche.

– Elle a rien démenti. Elle l'a pas laissé entrer. Je me suis dit… que tu voudrais savoir.

Avril tente d'apaiser sa respiration affolée. Et voyant que Luce ne dit toujours rien, elle fronce les sourcils et demande :

– J'ai pas rêvé… ? Le bébé va bien, non ? Vous me l'auriez dit si… ?

Luce hoche la tête, tandis que l'inévitable conclusion monte en elle. Elle se tourne vers Vincent et articule simplement :

– Clara a trahi.

PARTIE 4

Aux vivantes, la vengeance

54

Le lendemain midi, Luce pénètre dans l'aile F d'un pas hésitant. Sitôt qu'elle passe le sas du réfectoire, elle reconnaît l'odeur de la bouillie, la rumeur sourde des bavardages, le carrelage où collent les semelles des chaussures… Un arsenal de sensations oubliées, abandonnées derrière elle avec ses illusions d'exemplarité. Tout lui semble à la fois étrange et familier, comme une vieille comptine dont on aurait modifié les paroles entre deux couplets.

Elle n'a pas su, lors de son précédent repas ici, que ce serait le dernier. Pas plus qu'elle ne comprend aujourd'hui pourquoi elle se tient là, au milieu des pensionnaires grouillantes et surexcitées. La convocation collective est tombée ce matin même, B1803 a fait le tour des salles de classe pour annoncer que les élèves seraient attendues au réfectoire à l'heure du déjeuner et qu'aucune absence ne serait tolérée. Alors Luce est venue, malgré l'appréhension.

Elle avise d'un œil vague la table au coin de la pièce, qui a été la sienne durant toutes ces années. La leur, plutôt. C'est avec un hoquet de stupeur qu'elle y rencontre le regard de Clara, très droit, très clair, soutenu d'un léger sourire. Luce se souvient, juste à temps, qu'elle ne doit surtout pas l'esquiver. Elle s'avance et s'efforce de faire taire l'urgence de ses jambes, prêtes à prendre la fuite. Maintenant, ce n'est qu'un masque de plus à endosser. Elle s'installe face à la grande brune, lui rend son sourire. Elle s'applique à desserrer les mâchoires, les poings, chaque muscle susceptible de la trahir ; car rien n'échappe à la morsure des yeux verts.

– Tu sais pourquoi ils nous ont convoquées ici... ? demande-t-elle d'un ton détaché. En tout cas, il est hors de question que j'avale la moindre cuillerée de bouillie maintenant que j'ai droit aux boîtes de conserve.

Clara lui répond d'un rire cristallin. La trahison n'a rien froissé sur son visage : aucune trace de honte ni de regret... Ni de soupçon d'ailleurs, au grand soulagement de Luce.

– J'ai ma petite idée sur cette convocation, et ça ne va pas beaucoup te surprendre. Je suis étonnée que tu n'y aies pas pensé toi-même...

Un nouvel éclair de panique traverse Luce de part en part. Et si on les avait réunies pour dénoncer à l'assemblée des élèves le projet d'évasion ? Et si ce moment était celui du jugement ? Elle cherche ses complices du regard, mais ne rencontre qu'une marée étincelante de badges de rang 1. Le professeur Alpha s'est avancé parmi les pensionnaires. Il réclame le silence, bien que sa seule apparition ait suffi à l'obtenir. La même injonction se répète, d'une salle à manger à l'autre. Quand il juge le résultat satisfaisant, il commence d'une voix sonore :

– Bonjour à toutes. Dans dix jours aura lieu la commémoration annuelle de notre fondateur Tadeusz Hertz. Vous vous rappelez certainement qu'à cette occasion, l'intendante viendra nous rendre visite. Il est temps de vous en dire plus sur le déroulement de cette journée exceptionnelle.

Un concert d'exclamations ponctue cette annonce. D'un bref haussement de sourcils, Clara signifie à Luce que son pronostic personnel était exact.

– Dans les jours à venir, nous attendons de vous une implication accrue dans les travaux d'entretien de l'Institut du Nouveau

Lendemain. Sur la base du volontariat, vous repeindrez les couloirs et remédierez aux éventuels dysfonctionnements matériels, comme vous avez appris à le faire pendant les cours de Vie pratique. Adressez-vous à vos professeurs pour obtenir les outils nécessaires et soyez assurées que chaque initiative sera remarquée et consignée dans votre dossier.

Cette fois, les réactions du rang 1 sont plus modérées. Le professeur Alpha ne s'attarde pas sur le manque d'enthousiasme de ses troupes et poursuit :

– La journée se déroulera en plusieurs étapes, je compte sur vous pour veiller à ce que chacune d'elles se passe au mieux. L'intendante nous rejoindra en fin de matinée et prononcera elle-même le discours d'hommage à Tadeusz Hertz, à l'aile G. Nous nous efforcerons de contenir tous les effectifs dans le gymnase, mais la priorité sera bien entendu donnée aux élèves du rang 1. Dans tous les cas, nous attendons de vous que vous vous comportiez avec discipline et savoir-vivre.

Il balaie la salle de son regard sévère, comme s'il pouvait déceler à l'avance les mauvaises volontés. Toutes se tiennent immobiles, le souffle court, dans l'attente de ce qui va suivre.

– Après cela, l'intendante se restaurera avec les équipes, et vous regagnerez l'aile F comme à votre habitude. Vous aurez quartier libre jusqu'au dîner, comme pour chaque jour de commémoration. Vous pourrez profiter de ce temps pour étudier la *Théorie éducationnelle de la survie* ou rédiger un témoignage de votre gratitude envers notre inestimable fondateur, par exemple. Veuillez néanmoins noter que dès la fin du déjeuner, les entretiens commenceront. L'intendante s'est engagée à rencontrer chacune des candidates au poste d'assistante. Mais bien sûr, l'équipe éducative se réserve le droit de refuser, en amont, une postulante inadéquate : le temps de l'intendante est précieux, elle nous fait déjà un grand honneur en venant jusqu'à nous. Pour solliciter une entrevue, je vous invite à vous rapprocher de vos professeurs référents.

Des murmures fébriles jaillissent, ici et là, bientôt interrompus par la suite du discours. Clara et Luce n'ont pas détaché les yeux du professeur Alpha.

– À l'issue de ces entretiens, il y aura une seule élue. Et un grand nombre de déçues. Je vous demande cependant de garder à l'esprit que, quelle que soit la part que vous prendrez dans ce recrutement, cette journée doit se dérouler de façon exemplaire. Faites honneur à l'éducation que vous avez reçue à l'Institut du Nouveau Lendemain. Et peut-être que votre bonne volonté vous ouvrira de nouvelles opportunités dans le futur.

L'ombre de sa barbe frémit. Il a tenté de sourire, de se montrer aimable. Mais il est si peu rompu à l'exercice qu'il ne parvient à produire qu'une grimace inquiétante et tordue. Son visage retrouve son habituelle raideur quand il ajoute d'une voix plus forte :

– Une chose est sûre. Tout manquement disciplinaire, tout relâchement vis-à-vis de nos valeurs sera sévèrement sanctionné. Je préfère ne pas vous révéler la nature des mesures envisagées, car il serait dommage d'entacher l'esprit de fête par cette menace. Souvenez-vous que l'équipe éducative voit, entend… et punit.

Luce serait prête à jurer que le professeur Alpha lui a adressé ces derniers mots. Il s'est tourné dans sa direction et les commissures de ses lèvres ont tressauté. Elle lui oppose son plus beau masque d'indifférence. Des applaudissements retentissent dans le réfectoire, auxquels elle se joint avec tout l'enthousiasme qu'elle est capable de feindre. Elle n'a désormais qu'une seule pensée en tête : quitter les lieux le plus vite possible. Mais Clara ne semble pas décidée à la laisser partir.

– Ils ont l'air bien nerveux, ricane-t-elle, ils se sentent obligés de brandir leurs menaces… Tu crois qu'ils ont deviné qu'ils n'étaient pas si invulnérables que ça ?

Luce reste médusée devant l'aplomb de son aînée. Un instant, elle en vient même à douter des conclusions de son enquête. Mais elle sait ce qu'elle a à faire.

– Ils commencent à comprendre que nous avons grandi et qu'ils ne pourront pas toujours avoir l'ascendant sur nous, nos décisions, nos opinions… continue Clara.

– Ils vont surtout être d'autant plus à l'affût de tout comportement louche. Alors pour le moment, on met tout en pause. De toute façon, Vincent ne peut plus sortir jusqu'à nouvel ordre, Alpha veut éviter les confrontations avec les clandestins dehors… On reprendra les préparatifs après la visite de l'intendante.

– Et Jade ? Et son enfant ? On risque de le lui enlever si on attend trop longtemps…

Luce n'avait pas anticipé cette question. Alors qu'elle sent la panique l'envahir, le mensonge qui a permis de révéler la trahison de Clara lui revient en tête. Le cœur battant, elle improvise :

– Non. La maladie nous permet de gagner du temps : l'Institut attendra forcément que le bébé soit guéri pour le sevrer et l'emmener à l'aile J.

Son interlocutrice acquiesce, avant de la gratifier d'un sourire tranquille. Sa déception n'a duré qu'une fraction de seconde.

– Tout ira bien, Luce.

– J'en suis persuadée, répond celle-ci sur le même ton.

55

À l'ombre des néons nocturnes de l'infirmerie, ce soir-là, cinq silhouettes se dessinent autour du lit de Jade, immobiles et graves. Luce sent les regards peser sur elle, dans un silence alourdi d'angoisse.

– Clara nous a trahies.

Elle a parlé d'un ton factuel, détaché, mais ses jambes se sont mises à trembler. Vincent pose une main hésitante sur son épaule, geste aussitôt ponctué d'un haussement de sourcils d'Helena. Pourtant, à la grande surprise de Luce, ce contact l'apaise. Il l'encourage même à poursuivre :

– Je ne sais pas précisément ce qu'elle a raconté à Alpha, mais ça a été suffisant pour qu'il annule toutes les sorties de Vincent. C'est ce qui m'a alertée et m'a poussée à mentir à Clara pour vérifier mes soupçons.

À travers les mouvements des corps et le frémissement des visages, Luce essaie d'interpréter les réactions de ses complices. Meriem reste recroquevillée sur sa chaise, Helena se tient parfaitement immobile… Après un soupir, Jade cale un oreiller dans son dos pour mieux se redresser et déclare :

– La bonne nouvelle, c'est qu'elle n'a visiblement rien révélé de trop compromettant, sans quoi nous ne serions pas en train de discuter en ce moment même.

Agrippée à la jeune mère, Avril ne cesse de tressauter. Luce secoue la tête pour chasser le sentiment d'impuissance qui monte en elle.

– Ça signifie que Clara a certainement prévu d'aller plus loin dans sa dénonciation, dit-elle, même si nous ne savons pas encore comment. Ce dont je suis sûre, c'est que si elle comprend qu'elle a été découverte, elle passera à l'offensive. Il faudra attendre le dernier moment pour abattre nos cartes. Et d'ici là, lui donner l'impression que tout est normal.

Le plus difficile reste à formuler. Elle prend une grande inspiration et poursuit à tâtons :

– Je me charge de la communication avec elle, je ne veux faire subir ça à personne. Et puis… après tout, c'est ma faute. J'ai fait confiance à Clara pour de mauvaises raisons et je vous ai entraînées avec moi. J'ai eu tort, et ça aurait pu nous coûter très cher. Ça aurait pu tout nous coûter, même. Je suis vraiment désolée. J'espère que vous pourrez me pardonner.

Pendant quelques secondes, il ne se passe rien. Elle scrute l'ombre des visages, à la recherche du moindre signe. Et puis Meriem se lève d'un bond. Sans s'encombrer de paroles inutiles, elle se jette au cou de Luce. La chaleur de l'étreinte se répand partout dans son corps, atténuant peu à peu le tremblement de ses jambes. Son amie ne desserre pas les bras, elle la maintient contre elle, le souffle court. La confiance, tout doucement, revient se frayer un chemin.

– Bon, si Alpha sait que quelque chose se trame du côté du sas de Vincent… on n'a pas le choix, il faut qu'on trouve une nouvelle sortie. Au boulot, décrète Avril.

Le plan de l'Institut est à nouveau déplié et toutes s'y penchent, les sourcils froncés par la concentration. Tandis qu'elles balayent chaque zone, Jade énumère les nouveaux éléments glanés aux archives :

– Les souterrains sont impraticables pour la plupart. Ils sont inondés, les installations électriques ne sont pas entretenues… Et on sait déjà que sortir par l'aile J est inenvisageable.

Luce enregistre l'information à regret, imaginant le vaste réseau qui court sous l'Institut pour relier un bâtiment à l'autre. Quand soudain, l'évidence s'impose à elle :

– Les passerelles !

– Quoi, les passerelles ? s'impatiente Avril.

– L'article de journal mentionnait un défaut de construction !

Jade hoche la tête et se remémore :

– L'architecte estimait qu'elles n'étaient pas assez solides, qu'elles avaient été assemblées grossièrement… Certaines ont même été abandonnées en cours de chantier.

Un silence médusé s'empare du cercle.

– Il fait toujours plus froid quand on les traverse… souffle Meriem.

– Ça voudrait dire que ce qu'on sent à cet endroit-là, c'est l'air du dehors qui s'infiltre ? demande Luce sans parvenir à y croire.

Elle se tourne vers le bibliothécaire, qui hoche la tête.

– Oui, elles ont été conçues pour relier les bâtiments sans que les pensionnaires ne s'aventurent dehors. On les distingue très bien depuis les ruines. De l'autre côté de ces parois, c'est l'extérieur…

– Et si ces passerelles sont si mal isolées et si fragiles, complète Helena, en détruire une au rez-de-chaussée serait donc bien plus facile que d'abattre un mur…

Le visage du professeur Alpha apparaît soudain dans l'esprit de Luce, mêlé au parfum de bouillie du réfectoire.

– Qui parle de la détruire ? Il suffirait simplement de la déboulonner… Souvenez-vous, ils veulent que tout soit parfait pour la venue de l'intendante. Ils sont même prêts à nous prêter des outils pour que nous réparions le bâtiment.

– Vraiment trop généreux, répond Avril en souriant de toutes ses dents.

– Ça pourrait marcher ! s'exclame Jade. Mais comment être sûres qu'on ne se fera pas surprendre par les équipes ?

– Il faudrait trouver un moyen de faire diversion. Qu'il se passe quelque chose de suffisamment spectaculaire pour que…

Mais Luce est bientôt interrompue par trois coups retentissants frappés à la porte de la chambre de Jade.

Les pensées se succèdent à toute vitesse. Avant même que Meriem ait ouvert, elle a déjà envisagé une multitude de dangers : l'affrontement avec Clara, avec les équipes venues en renfort, les armées de l'intendante fondant sur le cercle… Son corps, en une seconde, s'est préparé à faire face et ses complices ont bondi sur leurs pieds. Avril s'est placée devant le lit de Jade, prête à la défendre quoi qu'il en coûte.

– Entre, dit Meriem d'une voix tranquille, on a à peine commencé.

Une tignasse rougeoyante apparaît dans le scintillement des néons et Luce reconnaît, avec un sursaut horrifié, la messagère de l'Institut.

– Je lui ai demandé de nous rejoindre, parce que tu dois lui parler, Luce.

Meriem s'est exprimée d'un ton inhabituellement ferme. Elle fait volte-face et soutient son regard, l'œil brillant. Luce devine qu'elle a dû se préparer pour cet instant, travailler son assurance pour ne pas ployer le moment venu. Une foule d'hypothèses la traverse, toutes plus terribles les unes que les autres. Des trahisons tentaculaires se dessinent dans son esprit, aux conséquences dévastatrices. Et alors qu'elle cherche une issue à cette nouvelle catastrophe, Meriem déclare simplement :

– J'ai confiance en toi.

Luce sent la panique resserrer sa poigne autour de sa gorge. Singeant la voix de Meriem, B1803 soupire :

– Quel manque de discrétion, *Luce*.

La petite rousse s'avance dans la chambre, détaillant d'un air nonchalant les boîtes de conserve qui jonchent les meubles métalliques.

– L'équipe éducative est un peu trop sûre de sa supériorité, poursuit-elle, alors elle n'a encore rien vu. Pourtant, ça crève les yeux. Depuis le début, j'ai lu en toi comme dans un livre ouvert. Plus tu croyais te dérober, plus c'était facile de comprendre ce qui t'animait. Après ça, il a suffi de suivre les indices semés sur ton chemin. Et me voilà, ici.

Telle l'intendante patrouillant au milieu des pensionnaires, B1803 examine Luce et Vincent d'un œil réprobateur, puis elle jauge chacune des clandestines de haut en bas, en prenant tout son temps. Sous le regard horrifié de Jade, elle approche son visage de celui du bébé endormi, à quelques centimètres à peine. Elle l'observe durant une poignée de secondes, avant de reprendre :

– Il faut dire que tu t'es choisi de sacrées complices, pas plus douées que toi dans l'art de la dissimulation. Tu peux remercier M0809 et son besoin compulsif de faire confiance, de balancer tous ses secrets à la première personne prête à lui sourire…

Meriem a blêmi. Pourtant, quand Avril s'apprête à bondir, elle la dissuade d'un geste. Luce reste figée sur place, fouillant son esprit à toute vitesse, à la recherche de la stratégie salvatrice. Mais elle ne rencontre que la peur, qui lui susurre ses atroces prédictions.

– Alors voilà, j'ai tous les éléments en main, ou presque. Je sais qui vous êtes, toutes… et tous. Je sais que vous prévoyez de vous enfuir d'ici, le plus tôt possible, en emmenant l'enfant d'Alpha avec vous. Je peux vous dire qu'il ne va pas aimer ça. Enfin, vous venez de perdre un de vos atouts majeurs : C1501, le cerveau du groupe. En bref, vous êtes affaiblies et je viens vous proposer une porte de sortie.

Luce la dévisage sans comprendre. La petite rousse s'empresse de préciser :

– Enfin non, pas une porte de sortie, justement… Le terme est mal choisi ! Je viens vous offrir un dénouement.

La messagère laisse échapper un rire enfantin, presque joyeux.

– Je vous propose de devancer la dénonciation de C1501 ! Je vous donne même le choix : soit L2106 me suit gentiment jusque chez Alpha et confesse qu'elle a essayé de vous embrigader, soit on se contente, toutes ensemble, de lui livrer l'infirmière et le bibliothécaire. Dans tous les cas, j'épargnerai le reste du groupe. Ce sera notre petit secret, en quelque sorte !

– B1803, attendez, vous ne… commence Vincent.

Mais il tremble trop pour parler. Alors il se tait et encaisse l'ultimatum, les bras ballants. Le silence qui s'abat sur le cercle a la violence d'une déflagration. Les regards en coin se multiplient, de plus en plus insistants. Le soupçon et la peur ont créé un mélange dévastateur ; bientôt, il aura empli la pièce de ses vapeurs toxiques et contaminé chaque pensée. Luce, Vincent, Helena… Et s'il s'agissait d'un sacrifice raisonnable ? Luce elle-même se prend soudain à chercher la solution du moindre mal. Mais la voix d'Avril s'élève du fond de la chambre :

– Moi aussi, je te donne le choix, messagère. Je t'éclate la tête maintenant ou dans cinq secondes ?

– B1803, implore Meriem, ce n'est pas ce qu'on… Tu m'avais dit que…

– Ne sois pas naïve, M0809. C'est l'Institut, ici. Souviens-toi que j'ai trouvé le moyen d'être déplacée à l'aile A. Toi, tu n'y es jamais parvenue : ce n'est pas un hasard. Le comité de réévaluation n'a pas encore décidé de me promouvoir au rang 1, mais ça ne saurait tarder… Grâce à vous.

Avril s'est arrachée à l'étreinte de Jade. En une fraction de seconde, elle a plaqué la messagère contre le mur et la tient sous la menace de son poing brandi.

– Tu devrais te calmer, A0504, ce serait dommage de devoir te dénoncer aussi. Il paraît que l'Institut n'est pas tendre envers les traîtresses du rang 3, tu sais ?

– Avril, arrête !

Luce a retrouvé le chemin de son corps et de sa voix. Sa main fermement enroulée autour de celle d'Avril, elle l'incite à relâcher sa poigne. Les yeux dans les yeux, elle murmure :

– Pas comme ça. S'il te plaît. Laisse-moi essayer l'autre langage, d'accord ?

Le regard jaune vacille, la flamme se balance. Puis, très lentement, Avril bat en retraite. Dans un sanglot, Jade l'accueille au creux de ses bras.

Dans le silence retrouvé, le bébé lâche un soupir. Mais Luce ne l'entend pas. Le cercle n'existe plus, la chambre n'existe plus. Elle se concentre sur la sensation fantôme de la main de Vincent sur son épaule, se répète les mots de sa grand-mère dans la pénombre du refuge… et elle dit :

– J'étais comme toi, tu sais.

B1803 lui jette un regard suspicieux, tout en massant sa nuque endolorie par l'attaque d'Avril. Luce poursuit :

– Moi aussi, j'étais persuadée qu'il fallait tracer mon chemin seule. Que si les autres rampaient, ce n'était pas mon problème. Après tout, j'avais mérité mon rang, je m'étais montrée plus intelligente, et tant pis si les autres vivaient dans le froid et dans la peur.

Elle s'interrompt, s'attend à ce que la petite rousse proteste. Mais voyant que celle-ci ne réplique pas, elle ajoute :

– Et comment ne pas le croire ? Après tout, c'est ce que l'Institut t'a enseigné. Mais tu n'obtiendras rien en jouant selon leurs règles. Tu te flétriras peu à peu, avec peut-être, un jour, l'intuition que tu as eu tort. Et quand cette intuition t'étreindra, tu seras seule, sans personne pour alléger ta peine.

B1803 s'est redressée, ses épaules se sont arquées, elle siffle entre ses dents :

– Je suis la messagère de l'Institut, j'ai réussi à être déplacée à l'aile A, je…

– Mais tu l'as dit toi-même, c'est l'Institut. Il n'y a pas de rédemption possible ici. La survie, oui, mais jamais la victoire. Tu vas t'épuiser à espérer quelque chose que ces murs ne peuvent pas te donner. Tu vas nous dénoncer, me dénoncer, dénoncer le bibliothécaire et l'infirmière… Et puis quoi ? Tu crois qu'Alpha va te porter aux nues ? Que l'Institut va t'offrir ce qu'il t'a refusé durant tous ces cycles ? Tu penses que ça va réparer toutes les blessures et toutes les humiliations ?

Son interlocutrice garde les lèvres serrées. Dans ses yeux, la tristesse a gagné du terrain sur la rage. Luce s'arrime à cette faille.

– Tu as été déplacée à l'aile A, oui, et comment ça se passe là-bas ? Ton lit est plus confortable, mais dis-moi : les élèves de rang 1 t'ont-elles accueillie ? T'ont-elles reconnue comme l'une des leurs ? Est-ce que vraiment, un dortoir mieux chauffé, c'est tout ce que tu attendais ?

Luce avance de quelques pas. Se dépouillant de tous les masques que l'Institut l'a forcée à revêtir, elle imprime à chaque mot une sincérité absolue.

– Pourtant, je sais que tu as de la ressource, ça se voit. Dehors, tes qualités te seront utiles à chaque instant. Tu seras libre et les possibles seront ouverts.

Un murmure paniqué parcourt le cercle.

– Luce, tu t'es déjà trompée avec Clara, tu vas pas recommencer ! s'écrie Avril.

Luce ne répond pas. Vincent pose de nouveau la main sur son épaule. Elle ne se demande pas si c'est un encouragement ou une mise en garde. La voix de B1803 tremble un peu quand elle demande :

– Et pourquoi j'aurais envie de vous suivre, hein ?

– Parce que tu as pris le risque de nous proposer un marché impossible à accepter, affirme Luce. La confrontation ne pouvait pas tourner en ta faveur et je pense qu'au fond, tu le savais. Tu ne t'en es peut-être pas rendu compte, mais quelque chose en toi a déjà décidé à ta place.

Elle ancre ses yeux dans ceux de B1803, elle y lit le vacillement, le doute. L'ombre d'une blessure. Et elle conclut :

– Et surtout, je veux te dire que tu n'es plus obligée de te murer dans ta solitude. Si c'était un mécanisme de survie ici, dehors, ce sera le contraire. Si tu nous aides, si tu te joins à nous, je te promets qu'on fera corps avec toi. On passera outre tes erreurs et tes trahisons, parce que tu n'es pas la seule d'entre nous à t'être trompée.

La messagère ne répond pas. Pour la première fois depuis qu'elle a croisé sa route, Luce la découvre sans voix, sans sarcasme et sans aplomb. Elle se cramponne à la fêlure naissante et s'apprête à l'étendre encore, quand Meriem s'interpose. Le visage empourpré de colère, elle martèle :

– Elle a dénoncé Z1911, tout ça pour une maraude de rien du tout ! Moi aussi, j'ai cru qu'elle pouvait changer quand elle est venue m'amadouer, mais c'est faux ! Elle m'a menti pour mieux nous piéger !

Vincent ajoute dans un souffle :

– J'ai enterré le corps de Z1911, Luce. Par sa faute.

Un cadavre de plus. Luce se détourne, prise de nausée. Ainsi, l'Institut a puni de la pire des façons la meneuse de maraudes… Helena s'approche à son tour, un index accusateur pointé sur la messagère.

– Justifiez-vous, B1803 ! Vous avez la mort d'une pensionnaire sur la conscience, vous saviez très bien ce qui arriverait si vous la dénonciez, et pourtant vous n'avez pensé qu'à votre confort !

B1803 ne cesse de tourner sur elle-même pour affronter chaque nouvelle accusation, les poings serrés. Mais les mots ne viennent pas. Ses yeux se sont agrandis de stupeur et bientôt, ils se remplissent de larmes. Depuis son lit, Jade l'a remarqué, elle aussi. Elle se faufile dans un interstice de silence.

– Ou au contraire. Peut-être qu'elle ne savait pas. Peut-être que c'est la plus grosse erreur de sa vie. Et peut-être qu'il n'y a qu'une seule rédemption possible.

La messagère arrête son regard sur la jeune mère, les sanglots débordent.

– Je voulais juste… vivre mieux ! Juste pour une maraude, je croyais qu'ils… Je ne pensais pas que…

– Elle est morte par ta faute, rétorque Avril. Tu as fait crever une de tes camarades, tout ça pour avoir un lit plus confortable. Et t'es prête à recommencer en nous dénonçant.

– Je croyais… qu'ils l'avaient juste emmenée.

Vincent fait quelques pas jusqu'à la messagère, se plante devant elle et se redresse de toute sa stature. Il dit :

– Ils l'ont emmenée, oui. Pour l'exécuter…

La voix de B1803 se brise quand elle complète :

– … Par ma faute.

Un gémissement, d'abord, presque indistinct. Puis, peu à peu, la plainte grandit, pour se transformer en sirène stridente. Le bébé hurle, ses petits yeux plissés, la peau cramoisie, le corps tremblant. Jade se précipite, chantonne quelques paroles d'apaisement. Elle caresse le crâne du nouveau-né, embrasse son front brûlant de rage et de détresse. Avril accompagne ses gestes tandis que la jeune mère guide l'enfant jusqu'à son sein. Quelques gémissements encore et le silence revient.

B1803 baisse la tête.

56

Le passage des néons en mode diurne les a cueillis sur le chemin du retour. Alors, sans échanger un mot, Vincent et Luce se sont mis à courir. Une course trébuchante, haletante, mais une course joyeuse. La percussion de leurs pas sur le carrelage s'est perdue en échos, partout autour d'eux, mêlée de quelques éclats de rire. Chaque fois que Vincent devançait Luce, il faisait mine d'être terrassé par un point de côté pour la laisser regagner du terrain. Ils sont ainsi parvenus, hors d'haleine, à la porte de l'appartement. Et lorsque celle-ci s'est ouverte, ils se sont écroulés, les joues brûlantes et le souffle court, sur leurs lits respectifs.

Vincent s'est assoupi en un instant ; la salle de lecture ouvrira un peu plus tard, ce matin. Luce, elle, n'a pas le temps pour le sommeil. Bientôt, il faudra se mettre en route pour l'aile C et les premiers cours de la journée. En attendant, baignée d'une euphorie douce qui ignore la fatigue, elle se rejoue les événements de la nuit et surtout, la capitulation de la messagère. Cet instant, au milieu des pleurs du bébé et des frémissements du cercle, où B1803 est devenue Beca. Luce se répète le prénom nouveau, stupéfaite et enivrée.

Dans les heures qui ont suivi sa reddition, Beca a multiplié les preuves d'une foi avide. Ensemble, elles se sont acharnées à traquer les failles et les menaces inhérentes à l'Institut, puis à chercher comment en tirer parti. Luce savoure le miracle. Au fil de la discussion, pas à pas, chaque membre du groupe a contribué à élaborer le nouveau plan, de plus en plus solide, de plus en plus crédible.

Luce se le répète, étape par étape, tandis qu'elle arrose son visage d'eau froide pour effacer les traces de cette nuit sans sommeil. Pendant ses heures de nettoyage obligatoire, Avril examinera de près les lieux choisis pour l'évasion : la passerelle qui relie l'aile D et l'aile G, moins fréquentée que les autres et située au rez-de-chaussée de l'Institut. L'adolescente établira la liste exhaustive des outils nécessaires à son démontage. Luce et Meriem, qui se sont portées volontaires pour les travaux d'entretien préalables à la visite de l'intendante, se chargeront de dérober lesdits outils : petit à petit et jamais au même endroit, afin que personne ne se doute de rien.

Ensuite, il leur faudra se tenir prêtes pour la révolte soudaine qui détournera l'attention des équipes. C'est la mission qui a été confiée à Luce et Vincent par le cercle : trouver le moyen d'embraser les esprits le jour de la commémoration, faire éclater une mutinerie dans les basses sphères de l'Institut au moment même de la visite de l'intendante… afin de leur offrir la plus belle diversion.

Le groupe se précipitera alors pour récupérer les outils dissimulés dans la salle des archives, déboulonnera la passerelle et rejoindra, enfin, l'extérieur. Vincent n'a pas pu avertir les Ballasts de l'imminence ni des détails de leur évasion, mais qu'importe : les survivants clandestins sauront trouver eux-mêmes le bibliothécaire, comme ils l'ont fait à chacune de ses sorties. Il n'y aura plus qu'à se laisser conduire jusqu'au nouveau refuge et ainsi, le cercle abandonnera derrière lui l'Institut du Nouveau Lendemain. Pour toujours.

Un sourire rêveur aux lèvres, Luce pioche quelques cuillerées dans une boîte de conserve entamée. Une liasse de papiers oubliés sur la table attire son regard ; elle reconnaît l'écriture de Vincent. D'un geste distrait, elle se saisit du document. C'est une liste, semblable à celle dénichée dans le casier fracturé de la salle de lecture. Mais au lieu des prénoms et des âges des clandestins, ce sont des matricules de l'Institut qui s'offrent à elle.

Vincent a tout inventorié : la couleur des yeux, la forme du visage, les grains de beauté et cicatrices… Et même quelques indications plus vagues : « la face cachée de la lune » ou encore « l'air d'un félin endormi ». Quand Luce comprend ce dont il s'agit, elle éprouve soudain la sensation d'une terrible indiscrétion. Après l'avoir repoussé, Vincent a finalement suivi son conseil. Les mortes de l'Institut sont là, entre ses mains, pas plus épaisses que quelques feuilles de papier. Une émotion complexe la submerge, mélange de fierté, de colère et d'infinie tristesse.

Le regard de Luce se pose sur le jeune homme, profondément endormi sur le canapé. L'a-t-elle déjà vu si apaisé ? Cette vision l'emplit d'une chaleur douce, mais elle n'a pas le temps de s'y attarder. À la hâte, elle enfile un uniforme propre, puis quitte l'appartement sans faire de bruit.

Arrivée en cours juste à temps, elle tâche de dissimuler son manque de sommeil tandis qu'elle prend place au milieu de ses camarades.

De retour à l'aile D pour le déjeuner, Luce trouve le bibliothécaire attablé, le dos courbé et le crayon à la main. Il lève la tête en l'entendant rentrer. Avec des gestes précipités, il veut lui cacher le document sur lequel il était en train de travailler, avant de se raviser.

– Bonjour, Vincent.

Elle hésite une seconde, avant d'ajouter :

– J'ai vu votre liste, ce matin.

Le jeune homme marque un temps d'arrêt. Puis il tire la chaise à côté de la sienne pour inviter Luce à s'asseoir.

– Je suis en train de la compléter, explique-t-il. Tu avais raison, cela m'allège… Je vais continuer de noter tout ce dont je me souviens.

L'inventaire s'est enrichi de mentions griffonnées dans l'urgence, se recouvrant parfois les unes les autres, dans une profusion de détails. Penchée par-dessus l'épaule de Vincent, Luce émet des suggestions à mi-voix, l'interroge sur ce qu'elle ne parvient pas à déchiffrer. Il acquiesce, précise, corrige, sans jamais prononcer plus de quelques syllabes. Enfin, elle surmonte son appréhension et dit :

– Vincent… Je crois que votre liste pourra nous être utile.

Le regard qu'il lui lance est rempli d'incrédulité.

– Utile… ?

À mots choisis, Luce lui expose l'idée qui lui est venue pendant la matinée. Un pari risqué, mais qui pourrait déclencher une révolte… et par conséquent leur fournir la diversion dont ils ont besoin pour leur évasion.

– Je n'en ai pas encore parlé à Jade, mais je suis sûre qu'elle sera d'accord, conclut-elle.

Vincent la dévisage longuement, avant de reporter son attention sur la liste.

– Tu crois que ce sera suffisant ?

– Pour leur rendre hommage ? Rien ne sera suffisant. Pour attiser la colère du rang 3… bien sûr.

Le même sourire ténu se dessine maintenant sur leurs deux figures.

– Alors c'est d'accord. Tu peux porter mes notes à Jade.

Luce sent battre en elle la pulsation de la certitude. Elle l'a appris, l'oubli ne suffit pas à refermer la blessure que les morts infligent aux vivants. Alors elle arrachera ce pansement, pour exhiber la plaie coûte que coûte.

Le bibliothécaire repose son crayon et se dirige vers leur réserve personnelle. Un étrange silence s'est installé entre eux. Sans que Luce puisse en identifier la raison, ils évitent soigneusement de se regarder. Vincent saisit une conserve, déchiffre l'étiquette, la repose. Puis une autre. Il recommence ainsi plusieurs fois, comme s'il était soudain indécis quant à la composition de leur repas.

– Vincent… Je suis désolée d'avoir douté de vous si longtemps.

La phrase a échappé à Luce, elle l'a prononcée avant même de la penser. Vincent suspend son geste. Son dos s'est raidi. Un instant plus tard, il reprend son examen des provisions comme si de rien n'était et déclare d'une voix atone :

– Tu n'as pas à t'en vouloir, Luce. Vraiment. Ta réaction était normale et parfaitement logique.

Il choisit finalement une boîte qu'il a déjà considérée puis reposée et regagne sa place à table. L'ouvre-boîte coulisse autour du cylindre de métal.

– J'ai perdu tellement de temps à croire aux rumeurs, à dresser un portrait de vous à charge, poursuit Luce. Je le regrette profondément. Maintenant que je…

Elle ne parvient pas à finir sa phrase. Une boule est apparue dans sa gorge, qui bloque les mots qu'elle voudrait prononcer. Elle baisse les yeux. Le bibliothécaire lâche un long soupir, avant de répondre :

– Je ne reproche à personne d'avoir cru aux légendes qui courent à mon sujet. J'en suis en partie responsable, je n'ai jamais su m'intégrer à l'Institut…

Il verse la moitié du contenu de la boîte dans son assiette, avant de servir une part égale à Luce. Et il ajoute, pensif :

– Et puis, être craint ou susciter le dégoût, quelque part, c'était l'assurance qu'on me laisserait tranquille, qu'on ne m'approcherait pas.

– Vous ne vouliez pas qu'on s'approche de vous ? demande-t-elle, incrédule.

– Non.

– Pourquoi ?

Vincent ne dit rien. Il contemple ses mains dépliées devant lui, comme si la réponse à cette question s'y trouvait inscrite.

Depuis trois jours, Jade dessine des visages sur les pages de l'anthologie. Feuillet après feuillet, par-dessus les mots de Hertz, les pensionnaires disparues reprennent chair. Les chevelures s'étalent de paragraphe en paragraphe, les bouches de graphite tressaillent comme si elles s'apprêtaient à livrer enfin leur témoignage ; les pupilles brillent, tantôt de défiance, tantôt de détresse, et toutes transpercent Luce quand elle s'y plonge.

Il y a des matricules griffonnés, des traits dédoublés, des essais avortés et des annotations dans les marges… Pourtant, chaque portrait est une vie qui déborde du papier.

– Jade… C'est un miracle.

Les mains de Vincent tremblent. Doucement, Luce lui retire le livre, le referme. Le regard qu'il tourne vers elle est mouillé de larmes.

– Elles… Elles sont là, souffle-t-il.

Jade acquiesce tranquillement et demande :

– Vous ne voyez rien à changer ? Je peux encore modifier certains portraits.

– Elles sont là, répète Vincent.

– Vos descriptions m'ont bien aidée. Et puis Avril se souvenait de certaines d'entre elles, elle m'a corrigée quand je faisais fausse route.

Aux côtés de la jeune mère, Avril est en train de bercer le bébé. Elle décoche à Vincent un sourire féroce.

– Je donnerais cher pour voir la tronche d'Alpha quand ses disparues ressurgiront.

Vincent ne répond pas. Il reprend l'ouvrage des mains de Luce, le feuillette de nouveau, s'attardant sur chacun des trente-deux portraits. Son menton tremble.

– Nous agirons cette nuit, déclare Jade.

Elle récupère l'anthologie, la dissimule sous son matelas comme Luce l'a fait autrefois. Et elle ajoute :

– Une fois le travail terminé, je vous rendrai le livre. Luce et vous pourrez les revoir chaque fois que vous en éprouverez le besoin.

Le bibliothécaire hoche la tête sans parvenir à prononcer le moindre remerciement. Alors les néons bourdonnent et le mode crépuscule s'enclenche.

– Allez, c'est l'heure de la corvée, décrète Avril en se levant.

– Ça ne leur a pas paru louche que tu te portes volontaire ? demande Luce.

– Tu parles. Je rejoins juste l'armée des désespérées qui pensent qu'elles y gagneront des privilèges. Et ils sont surtout soulagés qu'on passe un coup de blanc sur leurs murs moisis pour la venue de l'intendante…

Sur ces mots, l'adolescente se glisse hors de la chambre. Vincent et Luce lui emboîtent le pas jusqu'au seuil de l'aile I. Avant que leurs chemins se séparent, Luce l'interroge :

– Et on peut savoir comment tu vas te débrouiller pour voler de la peinture ?

– Non, Loupiote. Ça, c'est ma petite affaire à moi, répond Avril avec un ricanement de conspiratrice.

Luce esquisse une protestation, pour la forme, puis Vincent et elle prennent la direction de l'aile D. Le bibliothécaire disparaît dans la salle de lecture, tandis qu'elle s'empresse de rejoindre le groupe de pensionnaires qui attendent les instructions au milieu du couloir. Elle s'efforce de ne rien trahir lorsque son regard croise celui de Meriem.

Les volontaires aux réparations de l'aile D sont peu nombreuses – moins d'une dizaine – et toutes appartiennent aux ambitieuses du rang 2. Elles jettent à Luce des œillades curieuses. Sûrement qu'elles guettent, sur son visage et sur son corps, les stigmates de sa vie avec le bibliothécaire… Luce serre plus fort le fragment de lierre au fond de sa poche pour résister à l'envie de fuir. Les chuchotements enflent jusqu'à ce qu'un professeur âgé, qu'elle ne connaît pas, leur assigne à chacune une mission. Affectée au revissage de poignées de portes que l'intendante ne touchera même pas, elle laisse échapper un soupir de déception. Meriem, elle, est chargée de vérifier les boulons de la passerelle vers l'aile A, en compagnie de trois camarades.

– Venez choisir vos outils, dit le professeur en faisant basculer le couvercle de la caisse en ferraille.

– Hors de question que je m'occupe de la passerelle de l'aile A ! s'écrie une fille de l'équipe de Meriem. Toutes les bulbeuses qui passent vont se moquer de nous ! Je veux changer de mission.

– Elle a raison, n'importe où, mais pas là ! renchérit sa voisine. Et si elle n'y va pas, je ne vois pas pourquoi moi, je le ferais.

Alors que Luce s'apprête à proposer d'échanger sa place, le professeur réprimande les deux pensionnaires avec le peu de verve que lui permet son apathie naturelle :

– Allons, mesdemoiselles… Votre comportement ne fait pas honneur à notre fondateur… Pas de contestation, je vous prie.

Luce profite de l'incident pour se servir dans la caisse, aux côtés de Meriem. Le professeur, trop occupé à gérer la dispute, s'est un instant détourné des outils. Avec un sourire radieux, Meriem s'empare d'une clé de serrage et la coince dans l'élastique de sa jupe. Les deux amies exultent : elles pourront rayer l'outil de la liste établie par Avril.

Jusqu'à l'heure du dîner, les pensionnaires s'affairent, tournevis, marteaux et pinceaux en main. Le professeur, négligemment appuyé contre un mur, perd bientôt tout intérêt pour le ballet qui se déroule devant lui. Ses yeux fatigués errent dans le vague et les élèves doivent répéter trois fois chaque question qu'elles lui posent. Après s'être assurée que personne ne faisait attention à elle, Luce tâte la pince coupante qu'elle a à son tour cachée dans sa manche. Le contact du métal froid contre sa peau lui rappelle celui de la lampe de poche. Elle décide d'y lire le meilleur des augures.

Luce rentre à l'appartement le cœur gonflé d'espoir. Après un bref compte rendu à son compagnon, elle se laisse gagner par un sommeil réparateur et sans cauchemars, le premier depuis longtemps.

Vincent et Luce s'éveillent peu avant le matin. D'un regard, ils comprennent la nécessité partagée. Alors ils se lèvent, enfilent un pull pour contrer la fraîcheur qui s'annonce et se coulent hors de l'appartement. Sans un mot, ils traversent l'Institut endormi, passent les sas successifs et se recroquevillent quand le froid les mord au détour des passerelles.

L'odeur de la peinture fraîche a presque recouvert les effluves rances caractéristiques de l'aile I. Luce et Vincent pénètrent dans les quartiers du rang 3, la gorge serrée.

Elles sont là.

De part et d'autre du couloir, les mortes forment une haie d'honneur solennelle.

Sur toute la hauteur du mur, les visages s'étendent, yeux grands ouverts sur les vivantes qui parcourront bientôt les lieux. Jade n'a négligé aucun détail : les fossettes dessinent des sourires mutins, les cernes racontent les nuits difficiles, les cils se déploient autour d'iris clairs et droits. Peinture blanche sur murs jaunis, les fantômes des disparues s'imposent avec plus de présence, peut-être, qu'elles n'en ont jamais eu. Leurs matricules les surplombent, balafres numériques sauvées de l'oubli… à défaut de mieux.

– Comment Jade a-t-elle réussi à… ? commence Vincent.

– Avril l'a aidée, répond Luce. Et la colère les a portées.

Leurs mains se joignent. Un pas, puis un autre. Sous les yeux lourds des géantes, ils avancent dans l'aile I avec la sensation d'avoir découvert un continent inconnu. Les prunelles implacables les suivent, les enveloppent, les défient. Elles les obligent.

Luce s'astreint à soutenir chacun de ces regards. A-t-elle autrefois frôlé certaines de ces mortes ? Lui ont-elles paru invisibles du haut de son piédestal ? Soudain, elle se fige. Au bout du chemin, tout près de la porte du dortoir, elle reconnaît les visages qui la fixent. La meneuse de maraude, Z1911. Et la troisième patiente de l'infirmerie, E1710.

C'est d'une main tremblante que Luce se saisit du pinceau abandonné par Jade sur le sol.

– Il faut que les filles du rang 3 pensent à la commémoration du fondateur, martèle-t-elle. Il faut qu'elles se disent que ce sera le moment idéal pour frapper l'Institut.

Sous le regard médusé de Vincent, Luce écrit sur la porte du dortoir en grandes lettres blanches :

« Aux mortes, pas de commémoration : aux bourreaux, pas de pardon »

– Tu penses qu'elles comprendront ? demande-t-il.

– Je l'espère de toutes mes forces. Parce que si elles ne comprennent pas, on perdra notre diversion. Et donc notre chance de nous enfuir.

Alors elle ajoute une nouvelle balafre de peinture, plus vaste encore :

« Aux vivantes

La vengeance »

57

Les jours qui suivent se déroulent dans un mélange constant d'euphorie, de fatigue, d'exaltation et de peur. Les préparatifs se sont concrétisés. La majorité des paquetages a déjà été constituée, puis dissimulée dans la salle des archives. Dès que possible, le cercle se réunit dans la chambre de Jade et du bébé ; Helena et Vincent rappellent les mille précautions qu'elles devront transformer en réflexes, là-bas dans les ruines. Avril, elle, a intensifié l'entraînement. Elle n'hésite pas à inspecter ses troupes et à dispenser ses consignes pour renforcer tel ou tel muscle trop faible à son goût.

Quand Luce croise l'une de ses comparses au détour d'un couloir, elle murmure un encouragement, une bribe d'information, une allusion soigneusement dissimulée… Mais si elle sent la foule des pensionnaires exemplaires l'entourer, alors elle se contente d'un regard rempli d'amitié, le plus discret possible.

C'est que les rumeurs courent, d'aile en aile. On cherche qui a peint la galerie de visages de l'aile I, on inventorie les suspectes… sans que les véritables coupables soient démasquées. Sous les matricules des mortes, des prénoms ont fleuri. Grattées directement dans le béton, bariolées de pigments ou parfois même de sang, les identités des disparues s'affichent à la vue de tous… Et personne ne se porte volontaire pour repeindre les murs. Celles qu'on a forcé à s'en charger ont saboté le travail, prétextant des produits inefficaces ou s'arrangeant pour renverser les pots de peinture durant le transport. Alpha a multiplié les sanctions collectives, mené un violent interrogatoire parmi les fortes têtes du rang 3, sans succès. Alors, faute de mieux, il a fait dégonder les portes sur lesquelles était inscrit l'appel à la révolte. L'inquiétude a creusé une ride sur le front du professeur, pour la plus grande satisfaction de Luce.

Afin d'échapper à la vigilance accrue des équipes, les protocoles de communication du cercle ont évolué. Après chaque demi-journée de cours, Luce se glisse dans la dernière cabine des toilettes de l'aile F, passe la main derrière le tuyau de canalisation pour y récupérer un éventuel message de ses complices. À de rares occasions, des informations précieuses l'y attendent : annonce d'une fouille surprise dans les dortoirs, rumeurs de conspiration dans le rang 3… Mais la plupart du temps, elle découvre dans la cachette tantôt un petit mot rédigé à la hâte, tantôt un dessin griffonné par Jade. Quelle que soit la nature des billets, elle se hâte de les détruire dans la cuvette après avoir imprimé leur contenu dans son esprit.

Luce visualise souvent le secret partagé comme une immense machine dont chacune détiendrait un engrenage, dispersant dans les couloirs de l'Institut sa véritable nature. Lorsqu'elle pense à cette mécanique et à ses rouages, elle n'a plus qu'une seule hâte : l'assembler enfin, lui donner corps et voir se déployer devant elle toute sa force libératrice.

Pourtant, il arrive que l'angoisse revienne l'étreindre. Alors Luce redoute soudain que de nouvelles trahisons ne fassent dérailler la machine, jusqu'à la détruire complètement. Elle ne peut s'empêcher de craindre Beca et son allégeance toute neuve. Elle l'imagine susurrer ses secrets à l'oreille du professeur Alpha, répandre les manigances du cercle d'aile en aile… Mais le quotidien aux côtés de la messagère fait mentir ces appréhensions. Chaque jour, Luce mesure avec une incrédulité grandissante le rôle capital que Beca joue dans leur évasion.

Grâce à elle, les clandestines sont devenues maîtresses des murmures de couloirs ; pas une missive ne traverse l'Institut sans qu'elles n'en connaissent le contenu exact. À plusieurs reprises, des catastrophes sont évitées, des patrouilles de l'équipe éducative contournées… La machine a gagné un élément essentiel, dont personne n'avait anticipé le manque.

La seule ombre au tableau de ces jours fiévreux prend les traits de Clara. Scrupuleusement, jour après jour, Luce lui transmet les dernières nouvelles – bien sûr factices –, lui assure que le plan est toujours d'actualité, qu'il sera mis en place après la visite de l'intendante lorsque les équipes auront relâché leur vigilance. Elle déplore avec elle la fresque de l'aile I et ses répercussions trop bruyantes, quand le cercle aurait rêvé de discrétion… Surtout, Luce s'efforce de conserver ce masque tranquille et confiant, alors que son sang bouillonnant l'exhorte à punir la trahison. Dans les grands yeux verts, elle se prend souvent à chercher la trace d'un remords ou d'un aveu prêt à sortir. Mais elle y rencontre toujours la même assurance et irrémédiablement, son cœur se morcelle. Luce se remémore la boîte de conserve offerte, le récit de la sororité perdue, l'émotion devant le bébé de Jade… Et elle se demande quelle vérité débusquer dans ces souvenirs, désespérément, furieusement, sans jamais parvenir au moindre début de réponse.

Au milieu de la tristesse, il y a la honte, tenace, de s'être trompée en faisant confiance à Clara. Et cette culpabilité muselle Luce. Personne, sinon Vincent, ne peut entendre la douleur qui l'habite encore. Soir après soir, il ressasse les mêmes phrases, jusqu'à ce qu'elle puisse les entendre… et se pardonner.

– Parfois, quand on choisit vraiment dans quelle direction on veut grandir, les liens avec nos proches se distendent jusqu'à se rompre, martèle le bibliothécaire. On ne peut pas faire grand-chose contre ça, ça ne veut pas dire que votre proximité n'a pas existé. Ça veut simplement dire que tu as été fidèle à qui tu voulais être, au fond de toi. Tout comme Clara.

Pour une fois, au lieu de ruminer les signes qu'elle n'a pas su voir et les paroles qu'elle aurait dû prononcer pour convaincre son aînée, Luce laisse son esprit prendre un autre chemin. La question qui franchit ses lèvres la surprend tout autant que Vincent.

– C'est ce qui est arrivé pour vous, avec votre sœur ?

Passé les quelques secondes de stupéfaction, un sourire admiratif se dessine sur le visage de son compagnon.

– En partie, oui. Quand Julia a commencé à se préparer à son futur rôle d'intendante, quelque chose s'est fêlé. Ou plutôt non, c'est l'inverse : elle a comblé la jolie fêlure qui la rendait humaine. Je ne sais pas si c'est très clair...

– Ça l'est, confirme Luce dans un souffle.

Alors Vincent poursuit :

– Elle s'est métamorphosée, jour après jour, pour mieux épouser le moule que mon père avait choisi pour elle. Peu à peu, les choses que nous avions partagées, les rires, la tendresse, la complicité... tout cela s'est retrouvé englouti, pour finalement se transformer en souvenirs d'une sœur disparue. J'ai dû apprendre à faire le deuil d'une jeune fille qui n'était pas morte. Et je me suis éloigné, jusqu'à éteindre tout mon amour pour elle... Et jusqu'à la craindre, comme tout le monde.

– Vous la craignez ?

– Bien sûr. Et à raison. Tu l'as vue et tu sais le pouvoir qu'elle détient. Il faudrait être bien inconscient pour ne pas avoir peur d'elle.

Luce repense aux brèves apparitions de l'intendante, à l'air glacial qu'elle semblait charrier avec elle et aux joies enfantines qui fanaient dans son sillage. Elle acquiesce lentement, tandis que de nouvelles questions naissent des réponses de Vincent. Elle hésite un instant à formuler celle qui s'impose maintenant, mais elle sait que si c'est si difficile, c'est justement parce que c'est important.

– Vous m'avez répondu que c'était *en partie* ce qui s'était passé. Quelle est l'autre partie, alors ?

– Rien ne t'échappe, Luce...

Il la dévisage longuement, comme s'il puisait en elle le courage d'accepter une décision déjà prise : celle de tout lui livrer, y compris le plus douloureux.

– Tu as conscience que ce que je te dis là, je n'en ai jamais parlé à personne ?

Luce hoche la tête. Elle n'ose plus prononcer la moindre phrase, de peur de briser l'élan de Vincent et de le voir ravaler sa confidence. Il prend une profonde inspiration.

– Moi, je n'étais pas en accord avec la doctrine qui les liait tous les deux. J'étais un enfant féru de lecture, je passais ma vie à explorer des rayonnages de bibliothèques qui ne m'étaient pas destinées. Ce n'est pas un hasard si mon père m'a placé à la tête de l'aile D, pour veiller sur son œuvre... Je lisais, donc, tout ce qui me tombait sous la main, quel que soit le sujet. J'imagine que ce n'est pas évident à concevoir pour toi, puisque les rayonnages de l'Institut sont entièrement consacrés à la *Théorie éducationnelle de la survie*. Mais à l'époque, les bibliothèques regorgeaient d'ouvrages de toutes sortes, il y en avait tellement que je savais que je n'aurais pas assez de toute ma vie pour les lire et pour découvrir les mondes alternatifs qu'ils me proposaient...

Il lui sourit et reprend :

– Dans les pages des livres, je me dessinais un univers idéal. Et plus son décor se précisait, plus je comprenais que ce monde-là n'avait rien à voir avec l'empire que mon père était en train d'ériger.

Il s'interrompt, esquisse un mouvement pour délasser son corps engourdi. Puis il se met à feuilleter l'anthologie à la couverture de lin. Tandis qu'aux portraits dessinés succèdent les chapitres de théorie mortifère, Luce détaille le trajet des iris, la crispation apparue au coin de la mâchoire de Vincent. Il repose le livre, ferme les paupières et y appuie ses index. C'est les yeux clos qu'il déroule la suite de son récit :

– La colère est montée. La révolte aussi. Je savais que je n'étais plus tout à fait un enfant et je me sentais épaulé par les nombreux livres que j'avais lus. J'ai entrepris de m'opposer frontalement à mon père.

Luce laisse échapper une exclamation de surprise. Le regard brillant de Vincent refait son apparition derrière les lunettes.

– Je sais. Il est difficile d'imaginer ma rébellion quand on me connaît aujourd'hui, calme et effacé. Mais je n'ai pas toujours été comme ça. À l'époque, je croyais qu'à moi seul je pouvais faire une différence… et j'ai essayé.

Quelque chose a changé dans sa voix. Son corps, lui aussi, s'est raidi.

– Les premières fois, il a balayé mes objections d'un petit rire méprisant. Mais j'y suis revenu, jour après jour, de plus en plus virulent, avec des arguments de plus en plus construits… Et une colère de plus en plus destructrice. Un jour… Le dernier jour… Le ton est monté, et les mots ne suffisaient plus…

Vincent laisse échapper deux ou trois respirations syncopées, comme si l'air lui manquait. Une minute passe. Luce l'encourage, d'une voix presque inaudible :

– Vincent… Que s'est-il passé… ?

Il relève les yeux vers elle. Et il répond sans ciller :

– Je l'ai poussé.

Le bibliothécaire guette sa réaction, le souffle coupé par l'aveu. Et comme elle ne dit rien, il finit par ajouter :

– Pas pour le blesser. Je l'ai poussé… parce qu'il n'entendait pas mes arguments et que j'étais en colère devant tant de mauvaise foi.

Luce voudrait se lever, tendre une main, prononcer la bonne parole pour balayer la douleur qui en quelques phrases a envahi l'appartement. Mais l'histoire n'est pas complète. Il flotte dans l'air une nécessité impérieuse, que Vincent livre le récit jusqu'au bout, que le secret se déploie jusqu'à ce qu'il n'y ait plus de retour en arrière possible.

– Ou peut-être que si, reprend enfin le jeune homme.

Sa voix n'est plus qu'un mince filet désormais. Luce devine les syllabes plus qu'elle ne les entend.

– Peut-être que j'avais l'intention de le blesser, dit-il. Je ne sais pas. Je ne l'ai pas poussé très fort, mais il a dévalé les escaliers… La suite, tu la connais.

Vincent vacille, il n'arrivera pas tout au bout des mots. Pas seul. Alors Luce complète :

– C'est comme ça qu'il est mort.

Il secoue la tête.

– C'est comme ça que s'est éteint Tadeusz Hertz, fondateur de l'Institut du Nouveau Lendemain, de l'Académie des Fils de l'Aube et de la Structure Hertz, auteur du *Traité de civilisation post-effondrement et* de la *Théorie éducationnelle de la survie*… C'est comme ça que j'ai tué mon père, avant qu'il ne puisse voir advenir le grand projet de sa vie.

Vincent ferme de nouveau les yeux et bascule la tête en arrière, libéré de sa confession, drainé de son énergie mais pas de sa honte. Ignorant les larmes silencieuses qui perlent encore aux cils de son compagnon, Luce laisse quelques instants à la vérité pour s'insinuer en elle. C'est à son tour de prononcer les bonnes paroles, mais toutes celles qui lui viennent sont trop anodines, incomplètes, imparfaites.

Le bibliothécaire lutte toujours contre les sanglots muets qui lui secouent la poitrine quand il conclut :

– Tu comprends pourquoi je ne peux blâmer personne de voir en moi un prédateur. Je t'ai laissée t'approcher de moi, je l'ai appelé de mes vœux, même, et je jure que je ne te ferai jamais de mal. Mais voilà, maintenant, tu sais tout. Et c'est à toi de décider ce qu'il faut faire de tout ça.

Luce voudrait dire à Vincent qu'elle est fière de lui, qu'il a fait ce qu'il pouvait pour stopper la folie de son père, qu'il était important que quelqu'un s'oppose au tout-puissant Hertz. Mais en même temps, elle voudrait s'excuser, compatir à cette blessure, à la culpabilité enfin dévoilée. Et tandis qu'elle s'échine à chercher les mots justes, il reprend :

– Et si j'ai peur d'être face à l'intendante, aujourd'hui, Luce, c'est parce que je suis persuadé qu'une partie d'elle sait ce que j'ai fait. À la première occasion, elle vengera ce patriarche qui lui a tout donné et dont je l'ai privée.

Cette nuit-là, Luce ne trouve pas le sommeil. Et elle sait que Vincent non plus : l'appartement s'est vidé de sa respiration tranquille de dormeur, elle l'entend qui se retourne sous ses couvertures. Pourtant, elle ne parvient pas à briser ce silence épais pour faire un pas vers lui. La confidence partagée la bouleverse et la suffoque chaque fois qu'elle l'effleure en pensée. Heure après heure, elle ne peut s'empêcher de visualiser l'enfant du portrait, campé sur ses jambes maigres, arguant et vociférant face à son père. Et le geste fatal, l'emportement de trop. Et le corps qui dévale les escaliers comme les statues effondrées des cataclysmes, monument dérisoire, livré aux cahots des marches. Elle imagine le bruit de la nuque qui se brise, les vertèbres qui éclatent comme le marbre, le monstre sacré soudain immobile. Et puis cette conscience rampante qui se fraie un chemin à l'intérieur de Vincent. La certitude pas encore acceptée... Le parfum de la mort, tragique et libérateur. Luce traverse tout cela en pensée, à plus d'une décennie d'écart, avec une violence intacte.

Elle songe aux yeux tristes de son compagnon, à la mélancolie qui se tient toujours à l'affût... Elle pense, aussi, à toutes ces années sans courage, à attendre prostré dans le marasme de l'Institut qu'une main se tende vers lui. Un début de lumière, un pardon, peut-être. Toutes ces années à espérer la libération sans se l'autoriser.

Alors Luce comprend pourquoi Vincent n'a pas voulu être approché de qui que ce soit. Elle comprend cette honte chevillée au corps, la terreur d'être découvert et celle, au moins égale, de détruire à nouveau. Elle comprend tout cela et un nœud se délie quelque part, très profond en elle. Son cœur s'est réveillé dans sa poitrine. Il lui imprime désormais une pulsation furieuse, impérative.

Tout doucement, Luce dégage ses couvertures et pose le pied à terre. Elle ne frissonne pas au contact du parquet, ne marque pas de temps d'hésitation. Vincent l'a entendue se lever. Il se redresse dans le canapé. Il s'apprête à dire quelque chose, mais finalement, il se tait. Peut-être que lui aussi a compris.

Lentement, très lentement, Luce lui retire ses vêtements. Ce faisant, elle découvre un corps profondément étranger, si dissemblable du sien et de ceux qu'elle a frôlés durant toutes ces années.

Elle s'est résignée à suivre cette brûlure de fond de ventre, à assumer le désir mêlé de curiosité qui est le sien. Il n'ose pas un geste. Elle a décidé elle-même de ce qu'elle venait chercher et, après s'être assurée que les yeux de Vincent le lui confirmaient, paisiblement, elle s'est engouffrée dans cette brèche nouvelle. Alors qu'elle explore, les sourcils froncés, il flotte sur son visage une forme de sévérité, aussitôt contredite par sa bouche entrouverte, abandonnée. Sans interrompre ses mouvements, elle tremble. Lui aussi. Peut-être parce qu'ils pressentent tous deux le bouleversement du grand inconnu. Peut-être parce qu'ils savent que cet instant de beauté furieuse qu'ils arrachent à l'Institut sera rare et fragile. C'est qu'ils mesurent leur chance que tout les ait menés intacts à cet instant.

Ils ne parlent pas. Ils ne disent pas, de peur de souligner l'imperfection et l'impermanence. Leurs bouches se cherchent et se heurtent. Le choc de leurs dents, incisives contre incisives, les étourdit tous deux. Et ils plongent ensemble dans ce vertige où se fond la chaleur de leurs peaux. Ils s'agrippent l'un à l'autre tandis qu'ils chutent, leurs respirations mêlées s'enrayent. Ils ne se posent pas la question de savoir si c'est agréable, mais ils savent que c'est fébrile. Et un peu désespéré, comme tout ce qui est beau.

Ils ne connaissent pas les gestes, alors ils écoutent les corps et les réponses charriées par les soupirs. Les ondulations et les brusques revirements. Les draps autour d'eux n'en finissent pas de dégringoler en cascade. Les odeurs se mélangent et inventent de nouvelles alchimies. Ils ne s'arrêtent pas, ne reprennent pas leurs esprits : c'est à leur souffle de courir derrière eux pour les rattraper. Les doigts de Luce se perdent dans les cheveux de Vincent, les mains happent et les omoplates se hérissent.

C'est autre chose que la faim, autre chose que l'urgence. Mais ils savent tous deux que leurs corps ont trouvé une forme de vérité, une évidence brute dans laquelle ils basculent ensemble.

58

Luce ne sursaute pas lorsqu'elle découvre, au réveil, le corps de Vincent blotti contre le sien. La nouveauté s'est assortie d'une évidence sereine et les draps forment autour d'eux un cocon parfait. Pour la première fois, elle contemple cette peau neuve contre la sienne, sa façon de s'iriser au contact de la lumière, son odeur discrète et entêtante. Luce observe le souffle qui s'échappe des lèvres entrouvertes, l'abandon des paupières closes, le ventre qui se soulève et s'abaisse au rythme des soupirs. Les grains de beauté inconnus dessinent des itinéraires sur la peau de Vincent, ici et là sur les épaules, les clavicules, le torse…

Et tandis qu'elle parcourt tout cela des yeux, lentement, le jeune homme s'éveille. Son visage se meut, ses mains se déplient, son corps chavire. Luce scrute et enregistre chaque détail, comme s'il fallait tout savoir et tout retenir de cet autre être humain qui s'est fondu dans ses bras.

Par-dessus les conserves du petit déjeuner, ils sourient tous deux. Les yeux dans le vague, dépourvus de mots, débordés de plénitude. Tout ce qu'ils ne se disent pas, ils le reçoivent pourtant, ils l'entendent et le transforment, déjà, en souvenirs. Luce se prépare avec des mouvements distraits, débarrassés de la pudeur vigilante qu'elle affichait la veille encore. À ses côtés, elle découvre les gestes quotidiens de Vincent. Les boutons de la chemise, du haut vers le bas. Le coup de peigne dans les cheveux, la main qui décoiffe, le peigne de nouveau. Les lunettes essuyées à la hâte dans un coin du pull.

Les premiers mots de la journée la cueillent alors qu'elle s'apprête à passer le seuil de l'appartement.

– C'est demain, Luce.

– Oui. C'est bientôt fini.

Elle lui adresse un sourire tendre, un sourire qui s'attarde, un sourire qui voudrait se transformer en promesse.

Luce se dirige vers l'aile C et chaque mouvement, chaque parcelle de son corps témoigne du chamboulement, de cette faille que la nuit a ouverte, comme un avant-goût de liberté arraché à l'Institut. Demain. Demain, le soleil regagnera ses quartiers sur sa peau. Demain, le vent ébouriffera les cheveux de Vincent. Demain, ils s'avanceront dans la lumière du jour. Ensemble. Libres.

Les instructions des professeurs, l'agitation de ses camarades, cet Institut englué dans sa routine, ignorant les bouleversements advenus comme ceux à venir… Tout cela a quelque chose d'irréel. Luce assiste au déroulement des cours dans une sorte d'incrédulité rêveuse. Tandis qu'elle analyse, sur son écran, les points de couleur qui grouillent, tandis que les formes géométriques se dressent et se métamorphosent, tandis qu'elle pianote et que défilent scores et statistiques, Luce a le sentiment de se tenir à la frontière du monde. Et plus rien ne compte, désormais, que l'inconnu qui s'étend devant elle.

C'est à peine si elle prête plus d'attention aux professeurs qui énumèrent les règles de bonne conduite pour la visite de l'intendante. Pendant qu'ils déclinent le programme des festivités du lendemain, elle rejoue son propre emploi du temps et celui de chacun des membres du cercle. Puis, lorsque l'équipe éducative évoque le soir qui suivra, l'heure du bilan, Luce sait qu'elle ne comptera plus parmi les effectifs de l'Institut, que cette vie dénuée de sens continuera sans elle, jour après jour, dans une répétition éternelle. Ce à quoi son existence ressemblera, elle l'ignore encore. Mais il y aura la douceur de la peau de Vincent et pour l'instant, cette certitude lui suffit.

Le soir, Luce rejoint le petit appartement, où ils dînent tous deux en silence, les jambes entremêlées sous la table. Les mots ne sont pas encore revenus, alors la peau a pris le relais.

Puis, dans le bourdonnement des néons nocturnes, échevelés et ivres l'un de l'autre, Luce et Vincent se dirigent main dans la main vers l'aile I. Ils n'ont pas résisté. Avant leur départ, une dernière fois, ils veulent saluer les mortes géantes qui peuplent les quartiers du rang 3. Les remercier, leur jurer encore qu'il n'y aura ni oubli ni pardon. Mais l'odeur de solvant frais les cueille dès qu'ils passent le sas. Aussitôt, ils comprennent l'inévitable : Alpha a réussi à faire recouvrir la galerie de portraits. Qui sait ce qu'il a promis à celles qui profaneraient l'hommage aux disparues ? Les récompenses – ou les menaces – étaient certainement à la hauteur de l'enjeu.

Des gouttes de peinture épaisses maculent le sol d'une constellation poisseuse, de grandes coulures dégoulinent du haut du mur, trahissant l'urgence du camouflage. La blancheur du couloir paraît complètement importune, accolée à la moisissure du plafond et au linoléum troué.

– Ils ont réussi à les faire disparaître une fois de plus, dit Luce.

Difficile de définir l'émotion qui l'emporte : la colère, la tristesse, le fatalisme ? Sa voix est un mélange de tout ça, mais la main qui serre celle de Vincent, elle, raconte la rage qui monte.

– Ils n'ont rien fait disparaître du tout, rétorque-t-il. C'est trop profondément inscrit. Il n'est plus possible d'oublier maintenant.

Ses doigts se détachent de ceux de Luce pour s'entremêler, très délicatement, autour de son poignet. Il la guide jusqu'au mur.

D'abord elle effleure la peinture fraîche et pâteuse, y laisse l'empreinte d'un majeur et d'un index. Puis elle perçoit un accroc dans le mur, que Vincent l'invite à suivre. Le creux se prolonge, se bosselle, tourne et vire sur toute la hauteur du mur, rejoignant d'autres sillons qui se séparent en embranchements multiples. À la pulpe du pouce, Luce redécouvre chacun des trente-deux portraits.

– Elles les ont gravés, comprend-elle, le souffle coupé.

– Oui, dit Vincent. La colère du rang 3 est telle qu'elles ont devancé l'Institut. Alpha n'avait pas prévu de quoi contrer une telle dégradation de ses murs. Les mortes resteront là pour la visite de l'intendante. Cela se verra encore plus une fois le mode diurne activé.

Luce plisse les yeux. Elle distingue mieux, désormais, les irrégularités du béton. Dans la lueur tamisée des néons, elle déchiffre à nouveau les matricules et les prénoms. Et aussi quelques symboles grattés maladroitement ici et là : des cœurs, des croix, le relief d'une fleur même… Pour chacun de ces actes de vandalisme et de courage, elle formule un serment. Une fois la liberté conquise, une fois l'équilibre trouvé et les ruines apprivoisées, elle cherchera le moyen de sauver cette humanité-là. Cette humanité qui écorche les murs, qui proteste contre l'ensevelissement et chérit le nom de ses disparues. Cette humanité que l'Institut avait cru effacer, mais que des visages peints auront suffi à réveiller.

Elle sort la lame de rasoir de sa poche et grave, en toutes lettres :

« Aux vivantes

La vengeance »

Ils quittent l'aile I le cœur rempli et les doigts maculés de peinture. Mais au lieu de se diriger vers l'appartement, le bibliothécaire poursuit sa route en direction de l'infirmerie.

– Vincent… ? demande Luce.

Il se tourne vers elle.

– Tu verras.

Ils ne sont plus qu'à quelques mètres de la chambre de Jade. Mais alors qu'elle croit enfin comprendre, Luce voit son compagnon bifurquer. Elle abandonne aussitôt les hypothèses à peine échafaudées. Vincent finit par s'immobiliser quelques couloirs plus loin, devant une porte semblable à toutes les autres.

– Qu'est-ce que… ?

Avec un sourire énigmatique, il actionne la poignée, avant de chercher à tâtons l'interrupteur. Les néons bourdonnent. La voix tendre du bibliothécaire résonne sur les murs carrelés :

– C'est la dernière nuit, Luce. J'ai fait jouer mes privilèges en prétextant que nous voulions nous montrer à l'intendante sous notre meilleur jour.

Elle reconnaît enfin les lieux, une vague de chaleur monte dans sa poitrine. Vincent fait quelques pas et actionne le robinet de la douche.

– On a de la chance. Elle est tiède.

Luce s'avance dans la salle d'eau. Elle a déjà retiré ses chaussettes. Il la dévisage.

– Je… Je peux t'attendre dehors, si tu veux.

Alors, elle laisse échapper un petit rire. Un rire joyeux, cristallin. De toute sa vie à l'Institut, le premier rire d'insouciance et d'envie.

Lorsqu'ils passent la porte pour retrouver le couloir, une vague de vapeur s'en échappe avec eux. Ils la regardent s'évanouir avec un sourire tranquille, encore enveloppés de l'instant de félicité qu'ils viennent de partager. Mais leur euphorie est de courte durée. Dans le couloir vide, des pas résonnent bientôt. Des pas qui claquent et se rapprochent à toute vitesse. Ils n'ont pas le temps de se cacher dans la salle d'eau que l'intrus est déjà sur eux.

– Mais qu'est-ce que vous faites là ?

Le soulagement que Luce éprouve en reconnaissant Avril est aussitôt chassé par l'angoisse. Les grands yeux jaunes, exorbités, ne cessent de rouler sur eux-mêmes, comme s'ils s'attendaient à voir surgir une menace à tout moment. Avril balaie le début de réponse de Vincent d'un geste de la main :

– Non, en fait, on s'en fiche de ce que vous faites là, on a pas le temps.

Elle reprend d'une voix plus pressante :

– Alpha et ses équipes viennent de débouler chez Jade.

Il faut quelques secondes à Luce pour comprendre ce que son amie vient de dire.

– Mais… et ils…

– Ils ont pris le bébé.

Un vertige glacé s'empare de Luce. Et sans un mot de plus, tous les trois se mettent à courir, à en perdre haleine.

59

Au bout du couloir, la porte de la chambre est restée entrouverte. Béante d'absence. Avril, Vincent et Luce se dévisagent, le cœur lourd. Les échos de leur course s'évanouissent peu à peu pour laisser place à un silence chargé de doutes, vidé des habituelles berceuses et babillements de nouveau-né.

Le bibliothécaire saisit la main de Luce, il serre ses doigts entre les siens et l'entraîne avec lui à l'intérieur. Les draps du lit, défaits, dessinent une blessure très blanche au centre de la pièce. Le couffin de fortune est vide, lui aussi. Adossée dans un coin, une forme prostrée et secouée de sanglots laisse échapper des gémissements déchirants. Avril se précipite sur elle, tente de dégager la chevelure de son visage pour mieux capter son regard. Elle dépose de petits baisers fébriles sur sa peau tout en répétant :

– Jade, je suis revenue, tout va bien… J'ai trouvé Luce et Vincent… On va tout arranger, t'inquiète pas… Tout va bien, on est là…

Luce s'agenouille à leurs côtés. Jade est recroquevillée contre le mur, la figure tuméfiée, la main gauche resserrée autour de son épaule droite.

– Jade, ils t'ont fait du mal ?

Pour toute réponse, la jeune mère lève vers elle des yeux rougis de larmes. Vincent se hâte de redresser les chariots renversés, de rabattre les couvertures du lit et de redonner à l'endroit un semblant d'ordre.

Tandis qu'il s'affaire à ramasser les ustensiles éparpillés sur le sol, il demande :

– Est-ce qu'ils ont dit où ils l'emmenaient ?

– Je… Je ne sais pas. Il l'a pris, c'est tout.

– Je crois que… bredouille Avril, ils… Ils parlaient de l'aile J.

En entendant ces mots, Jade laisse échapper une longue plainte, que personne ne songe à bâillonner. Elle hurle longtemps, sans se soucier d'attirer à elle l'équipe médicale, comme s'il fallait s'alléger de toute sa douleur avant de pouvoir agir. Enfin, quand sa voix finit par s'éteindre, Luce dit :

– Ça va aller, Jade, on va trouver une solution. Déjà, on va t'aider à te lever…

– Non !

De nouveau, Jade a crié, et ses sanglots ont redoublé. Elle se force à prendre quelques respirations plus profondes avant d'expliquer :

– On a essayé de les empêcher de l'emmener, tu sais… Ils ont éjecté Avril hors de la pièce, tout de suite, elle n'a pas pu nous défendre. Elle a couru chercher de l'aide… Et moi… Je crois qu'ils m'ont démis l'épaule.

Luce se laisse glisser contre le mur. Ses jambes ne pourront pas la porter plus longtemps. Les limites de la chambre se brouillent sous l'effet de la panique. Elle sent le souffle chaud de Vincent sur sa nuque.

– Tout va s'arranger, dit-il. Nous allons trouver une solution…

Il s'efforce de ne pas fléchir, lui aussi. Alors Luce prononce les mots qu'il n'a pas le courage d'ajouter :

– Avant toute chose, il faut remettre l'épaule de Jade en place.

Un silence embarrassant suit cette affirmation. Avril fait quelques pas dans la pièce, se saisit d'un linge qu'elle humidifie, avant de le passer sur le visage tuméfié de la blessée. Celle-ci ferme les yeux et soupire. Le tissu se teinte rapidement de rouge.

– Je m'en occupe.

Luce s'est levée.

– J'étais partie chercher Helena, proteste Avril, je peux…

– On ira chercher Helena après. Jade souffre, c'est maintenant qu'il faut la soulager.

Luce tremble, bien sûr, mais il est hors de question de faiblir ou de perdre du temps. Elle s'efforce de se souvenir des enseignements d'Helena, place ses paumes le long du bras de la blessée, resserre ses doigts autour du triceps. Lentement, elle fait le vide dans sa tête, pour que plus rien d'autre n'existe, pas même la peur d'échouer. Jade laisse échapper un gémissement. Luce échange avec elle un long regard, dans lequel elle finit par lire une autorisation à agir. Alors, dans une puissante expiration, elle tire d'un coup sec sur l'épaule.

Un horrible craquement retentit dans la chambre. Avril lâche un juron, Vincent chancelle.

– Merci.

Les larmes qui coulent sur les joues de Jade sont cette fois celles du soulagement et derrière l'épuisement, une lueur d'espoir s'est allumée. Luce demande d'une voix dont elle ne parvient pas à chasser l'effroi :

– Ça va aller ?

– La douleur est encore là, mais maintenant, c'est supportable. Merci.

Jade tourne les yeux vers son épaule, qui a retrouvé sa forme initiale.

– Helena sera fière de toi.

Luce sourit faiblement et interpelle Vincent :

– Donne-moi de quoi faire une écharpe, tu veux bien ?

Le bibliothécaire se précipite vers un placard auquel il arrache une taie de traversin, dont il se hâte de nouer les extrémités. Luce la passe autour du cou de Jade.

– Maintenant que ce problème-là est réglé, il faut trouver comment récupérer ton bébé.

– Y a pas à discuter, proteste Avril, on va à l'aile J et puis c'est tout.

– Avril…

– Non, Loupiote, y a pas d'Avril qui tienne ! On y va maintenant, on l'embarque et puis on s'enfuit demain, comme prévu. On a tous les outils, on est prêtes, il n'y a plus qu'à attendre que les 3 mettent le bordel dans tout ça. C'est juste un contretemps.

Le bibliothécaire pousse un soupir.

– Luce a raison, tout cela me paraît précipité. Je pense qu'on devrait aller chercher Helena et attendre d'avoir prévenu Meriem et Beca. Il faudrait en…

– Oui, vous avez raison, on pourrait aussi relire toute la *Théorie éducationnelle de la survie* et si on a deux minutes en plus, on se fera un petit casse-croûte avec les boîtes de conserve qui vous restent, et après avoir bien papoté, on décidera de ce qu'il faut faire, pourquoi pas ! Avec un peu de chance, d'ici là, le bébé sera presque parvenu à l'âge adulte et il sera capable de se libérer tout seul !

Tout en vociférant, Avril s'est hissée sur une chaise et a descellé une dalle du faux plafond. Elle glisse le bras dans la trouée et en extrait le plan complété par le cercle, qu'elle déplie à la hâte. Une seconde plus tard, elle est accroupie aux côtés de Jade et demande d'une voix pressante :

– Montre-moi, par où est-ce qu'on accède à l'aile J ?

Jade tend l'index, s'apprête à désigner une zone sur le plan, mais retient son geste.

– Je ne suis pas sûre, j'ai lu des choses aux archives, mais… Luce et Vincent ont raison, c'est trop dangereux, tu ne…

– Arrête, tu crois pas à ce que tu dis. Et laisser ton bébé entre leurs mains, c'est pas dangereux peut-être ? Allez, montre-moi.

– Avril, tu agis sous le coup de la colère, je ne veux pas risquer qu'ils te fassent le moindre mal… J'ai besoin de toi, et tu le sais.

Avril se redresse, les joues brûlantes de rage. Elle les dévisage un à un, les incendie chacun de son regard, avant de décréter :

– Je m'en fous. Si vous êtes lâches, si ce bébé vous intéresse pas, moi, j'irai toute seule. Je laisserai pas Jade sans son enfant. Je vous demande rien d'autre que de me montrer l'accès à l'aile J.

Luce fait quelques pas vers elle, paumes ouvertes.

– Ça nous importe autant qu'à toi, Avril. Mais y aller comme ça, sans préparation, alors qu'on sait de quoi l'Institut est capable… J'ai peur que les conséquences soient terribles.

– Ah oui, et depuis quand on a choisi d'écouter la peur ?

Avril prend les mains de la blessée dans les siennes et supplie :

– Montre-moi, Jade. Avant que les néons s'allument et que les couloirs grouillent de monde, montre-moi par où je dois passer. Laisse-moi le sauver, s'il te plaît.

Jade hésite encore un instant. Puis, d'un geste lent, elle désigne le rez-de-chaussée de l'aile H.

– Il faut longer les salles d'examen, du côté opposé à la passerelle du gymnase… Il y a une porte en fer, plus lourde que les autres. Je crois qu'elle est à moitié dissimulée sous l'escalier.

– J'ai déjà vu cette porte, confirme Vincent. Elle ouvre sur l'escalier qui mène aux souterrains.

Jade conclut, presque à contrecœur :

– Si j'en crois les archives, après, il faut suivre des marques rouges jusqu'à l'aile J.

Avril scrute le plan quelques secondes de plus, avant de le replier et d'ordonner :

– Loupiote, passe-moi la lampe de poche.

– Avril… Est-ce que tu es sûre ?

– J'ai jamais été plus sûre. Mais je force personne à me suivre. Passe la lampe.

Luce esquisse un mouvement vers la manche où elle a dissimulé la torche électrique. Puis elle se ravise, le ventre noué, et rétorque :

– Tu dis n'importe quoi. Je viens avec toi, évidemment.

– Je vous accompagne, souffle Vincent.

Aussitôt, elle voudrait se jeter à son cou, le supplier de rester en sécurité, mais elle surprend le regard inquiet de Jade, la façon dont sa bouche accroche celle d'Avril pour ne plus la lâcher. Alors elle se contente de dire :

– Ça me paraît plus prudent de dissimuler notre identité, on ne sait jamais qui on peut croiser. Je propose qu'on se serve dans les stocks d'Helena.

Joignant le geste à la parole, elle extirpe du placard trois blouses, ainsi que des coiffes en plastique, des chaussons de papier et des masques chirurgicaux. Elle les distribue à ses complices.

– Ça ne suffira pas, proteste Vincent, les infirmières de l'Institut ne sont pas autorisées à…

Luce l'interrompt :

– On n'a pas le choix, on n'a rien de mieux sous la main. Au moins, ça nous permettra de cacher nos visages.

Elle se tourne ensuite vers Jade :

– Écoute-moi. Je ne veux pas que tu restes seule. Après notre départ, va réveiller Helena, explique-lui ce qui vient de se passer, et demande-lui de t'examiner pour voir si tu n'as pas d'autres blessures. Nous, on vous retrouve à l'aube à la salle des archives pour les derniers préparatifs. Avec le bébé.

Luce n'ajoute pas « si tout va bien ». Elle ne dit rien de la terreur qui la dévore, des certitudes funestes qui rampent en elle. Elle ne parle pas de ses cauchemars, des petites filles aux visages flétris qui lui tendent les bras. Elle se force à sourire, et articule simplement :

– Allons-y.

60

– C'est là !

Luce, Avril et Vincent ont traversé les couloirs à toute allure sans se soucier du martèlement de leurs pas dans la nuit de l'Institut, ont descendu les escaliers quatre à quatre, ont manqué de perdre l'équilibre à mi-palier et se sont réceptionnés de justesse à l'étage inférieur. La lourde porte leur fait désormais face, semblant les défier. De l'autre côté s'étend l'inconnu, les confins d'un Institut étiré encore et encore par Tadeusz Hertz.

Vincent se tourne vers Luce, la respiration courte. Son regard est empli d'une interrogation muette. Mais Avril, elle, n'attend aucune réponse. Elle se jette presque contre la barre métallique qui traverse la porte. Celle-ci bascule, révélant une volée de marches qui plongent dans le noir.

– J'oblige personne à me suivre, répète l'adolescente.

Et elle s'engouffre dans la pénombre.

Après une dernière hésitation, ils lui emboîtent le pas, main dans la main, le cœur battant à l'unisson. L'odeur de poussière détrempée saisit Luce à la gorge.

Tranchant l'obscurité, le faisceau de la lampe de poche se disperse en une multitude de reflets : de l'eau tapisse le sol à perte de vue. Sans un mot, Avril se débarrasse de ses chaussettes. Elle les fourre ensuite dans sa manche, avant de plonger ses pieds nus dans la nappe poisseuse. Luce et Vincent l'imitent. L'eau est glaciale, gluante, chargée d'immondices visqueuses qui collent aux mollets. Luce s'efforce d'ignorer les formes pâteuses contre lesquelles ses orteils butent à intervalles réguliers. Surtout, ne pas imaginer ce qui se passe sous la surface des flaques noirâtres. Elle se concentre plutôt sur la chaleur de la main de Vincent, sur la régularité de son souffle, parfaitement calé sur le sien.

Ils longent un entrelacs de tuyaux aussi épais qu'un corps, assortis de grandes vannes à la peinture écaillée. À la lueur de sa torche, Luce détaille sans comprendre les aiguilles qui oscillent dans les cadrans, les indications griffonnées sur des étiquettes rongées de moisissures… et finit par débusquer, sur les murs à demi effrités, une suite de croix, de mires et de flèches qui ont dû autrefois guider la construction des souterrains. Tous sont tracés à la peinture ocre.

– Jade a dit de suivre les marques rouges, rappelle-t-elle.

Un des repères indique qu'il faut bifurquer dans un second couloir. Luce éclaire les lieux et découvre un dédale de galeries, dont l'eau sombre frissonne à leur approche. Des ombres menaçantes semblent ramper à la lisière du halo, pour disparaître sitôt qu'elle les braque avec la lampe. S'y ajoutent bientôt des sons à la provenance inconnue, mélange de cliquetis mouillés et de murmures diffus. Elle serre plus fort la main de Vincent.

Soudain, à quelques dizaines de mètres d'eux, un bruit sourd retentit. Il résonne de mur en mur, puis de tunnel en tunnel. Luce comprend la première. D'un geste, elle entraîne Avril et Vincent dans un renfoncement. Clic. La torche éteinte, la nuit se répand dans le souterrain. Mais presque aussitôt, une nouvelle lueur glisse sur le flux noirâtre, ténue et lointaine. Les trois clandestins se plaquent contre le mur, comme si les boyaux de l'Institut pouvaient les aspirer jusqu'à effacer toute preuve de leur passage. Des voix d'hommes montent.

De plus en plus fortes, de plus en plus proches, tout comme les éclaboussures de leurs pas.

– … Opération parfaitement menée, je vous l'avais dit, et cela permettra à l'intendante de vérifier les derniers aménagements de l'aile J…

La flaque, dont chaque nouveau remous réveille des odeurs pestilentielles, se couvre d'une multitude de rides. Luce retient un haut-le-cœur.

– Je l'escorterai moi-même, demain, à l'issue des entretiens avec les postulantes.

Les paroles du professeur Alpha, démultipliées par l'écho, emplissent le tunnel d'une vibration douloureuse. Avril tremble. Elle bout, même, prête à bondir et à attaquer. Luce pose la main sur son poignet, sans oser le moindre mot. Le faisceau de la lampe des intrus continue de gagner du terrain sur l'obscurité. Dans la clarté qui s'avance, elle découvre la moue implorante de son amie, mélange de colère et de désespoir. Luce retient son souffle. Elle fait non de la tête.

– Ce sera l'occasion de la convaincre de la nécessité d'une passerelle entre l'Institut et l'aile J, on ne peut pas continuer à patauger éternellement…

Alpha et son escorte les dépassent sans les voir. Le caoutchouc des bottes dégoulinantes brille encore un instant dans la lueur déclinante de la torche et, peu à peu, le clapot s'apaise. La pénombre recouvre ses quartiers. Quelques chocs sourds, les marches qu'ils montent au loin, le gémissement de la porte. Clac. Et puis plus rien.

Luce attend une bonne minute de plus avant de bouger.

– On y va.

Sa main a quitté celle de Vincent, c'est elle qui ouvre la voie maintenant. De nouveau, elle lutte contre les agrégats visqueux qui lui agrippent les jambes, mais elle ne ralentit pas. L'orée d'un nouvel escalier se dessine au loin. Luce presse le pas, les vagues grandissent jusqu'à venir lui lécher les genoux. Enfin, ses pieds nus rencontrent un îlot de béton sec. Elle gravit une marche, puis une deuxième, avant de revêtir sa tenue de soignante. Blouse, masque chirurgical, chaussons de papier, charlotte en plastique. Elle s'applique à y coincer chaque mèche de cheveux : que surtout rien ne dépasse. Vincent ne la quitte pas du regard. Il demande d'une voix qui peine à sortir :

– Vous êtes sûres que vous ne voulez pas...

– On a besoin que tu montes la garde dans le souterrain. S'ils reviennent, gagne du temps, ou mieux, neutralise-les. Par tous les moyens. On compte sur toi.

Luce lui fourre la lampe de poche dans les mains. Elle veut lui voler un baiser, mais elle sait qu'il porterait l'aveu de sa terreur et se chargerait aussitôt d'une prédiction sinistre. Luce n'embrasse pas Vincent, parce qu'elle a décidé qu'elle reviendrait. Elle place ses paumes sur les joues du bibliothécaire, colle son front au sien et répète, les yeux dans les yeux :

– On compte sur toi.

Le couloir de l'aile J ressemble à s'y méprendre à celui de l'aile H. La même odeur de détergents, omniprésente. La même blancheur immaculée. Du visage d'Avril, Luce ne distingue plus qu'une fine bande, deux iris jaunes encadrés de plastique et de papier. Mais elle y lit une détermination féroce, que rien ne pourra faire basculer ; une détermination qui fait flancher sa propre peur.

Les deux adolescentes avancent au hasard des couloirs déserts, à la recherche d'une indication... mais rien. Tout est lisse, lisse et vierge, vierge et vide. Elles longent une succession de portes aveugles, toutes semblables. Elles tournent sur leur droite, reviennent sur leurs pas après avoir rencontré un cul-de-sac et choisissent aléatoirement une nouvelle direction. Et tandis qu'elles progressent dans le bâtiment, un parfum douceâtre vient se mêler à celui des détergents.

– Ça sent le lait… murmure Avril.

Luce acquiesce, tous les sens à l'affût. Au milieu de ce silence assourdissant, il lui semble entendre quelque chose. Un bruit lointain, impossible à identifier. Une sorte de plainte nasillarde et aiguë, tantôt hachée, tantôt lancinante… Elle pourrait croire à une alarme sur le déclin, si le son n'était pas si irrégulier. Peu à peu, le cri s'intensifie, il s'étire et grossit et enfin, elle le reconnaît.

Elle presse le pas. Elle court, presque. Autour d'elle, elle glane les visions fugaces d'alignements de berceaux en Plexiglas, sous la lumière aveuglante des néons. Elle bifurque, suit les pleurs du bébé, et finit par déboucher sur un nouveau couloir. Elle repère aussitôt la porte restée entrouverte.

61

Cette chambre-là ne ressemble pas aux autres.

Pour atteindre l'unique berceau qui étincelle au centre de la pièce, Luce et Avril doivent d'abord repousser les assauts des grandes guirlandes de papier coloré qui dégoulinent du faux plafond. La salle en est couverte : suspendues au-dessus de leurs têtes, punaisées de toutes parts… Même le lourd lavabo d'émail a été décoré. Sur le tableau noir qui occupe l'un des murs, une main enfantine a tracé en boucles rondes : « Jour de commémoration du fondateur ».

Avril finit par perdre patience et arrache une ribambelle de demilunes écarlates qui lui barrait le passage. Elle se précipite sur le lit du nouveau-né.

– C'est lui, Loupiote !

Elle abaisse son masque, gazouille quelques mots rassurants à l'adresse du nourrisson, dont les pleurs se tarissent presque aussitôt. Luce s'avance à son tour, et c'est alors qu'une voix retentit derrière elle.

– Vous n'êtes pas habilitées à pénétrer dans cette zone.

Les clandestines font volte-face. Dans l'encadrement de la porte, un groupe d'une trentaine de petites filles, le dos très droit, les toisent sans l'ombre d'un sourire. Vincent avait pourtant prévenu Luce que le déguisement d'infirmière ne serait pas un camouflage suffisant.

– Il doit y avoir erreur, bredouille-t-elle, nous avons été…

– Vous n'êtes pas habilitées.

Celle qui a répété l'ordre, et qui les scrute de ses immenses yeux bleus aux cils interminables, ne doit pas avoir plus de six ou sept ans. Son uniforme trop grand pour elle porte les marques de multiples raccommodages. Luce la dévisage, le souffle raccourci, comme si la petite main de l'enfant s'était refermée sur son cœur. Elle ne peut détacher son regard de ces joues pleines, de ce nez en trompette, de ces mèches blondes échappées de la tresse… Et puis il y a ces genoux gauches, légèrement rentrés vers l'intérieur ; elle les imagine maculés de terre, rincés à l'eau du ruisseau. Le vent s'engouffre dans les cheveux pour chasser les restes d'aiguilles de pin, les iris fouillent le ciel à la recherche des derniers oiseaux… Luce sent l'air lui manquer.

– Non… murmure-t-elle.

À ce signal, les petites filles se mettent en branle. Dans un ballet parfaitement réglé, elles encerclent le berceau et les intruses. Le dos de Luce se trempe d'une sueur glaciale, plus poisseuse que l'eau noire du souterrain. Elle tente encore une fois :

– Ce n'est pas… Nous pouvons…

– Vous n'êtes pas habilitées, répètent-elles en chœur.

Devant ce cauchemar de gamines aux uniformes rapiécés, aux manches trouées et aux regards vides, Luce comprend. Elle avait cru, naïvement, que les pensionnaires de l'Institut ne seraient qu'une parenthèse dans la reconstruction de l'humanité. Mais Luce et ses semblables seront les premières d'une lignée. La pierre fondatrice, la validation du projet de Hertz. Après elles, d'autres viendront, vierges du vent et du soleil, coquilles creuses dans lesquelles bourrer tous les préceptes de Tadeusz Hertz jusqu'à ce que rien, plus rien d'autre ne puisse y prendre racine. Luce, Avril, Meriem, Jade, Beca… Elles avaient cru être les seules, elles seront simplement les pionnières. Génération après génération, elles s'empileront, des cohortes de jeunes filles marchant au pas, avides de validation, de réponses toutes faites et de justice illusoire. Des endoctrinées modèles, qui n'auront plus la moindre chance d'imaginer des fenêtres dans le béton, puisqu'elles ne sauront pas que ces fenêtres ont existé un jour.

Sans s'en rendre compte, Luce s'est avancée en direction du groupe.

– Vous n'êtes pas habilitées à pénétrer dans cette zone.

Mais que pourrait-elle leur dire ? Comment pourrait-elle leur faire comprendre, la vie au-dehors, les restes des ruisseaux et de forêts grillées, la beauté de l'estuaire débordé, les derniers oiseaux ? Comment pourrait-elle résumer la chaleur dans la voix de sa grand-mère, le feu qui crépite et les fruits au sirop ? Elle plonge une main tremblante dans la poche de sa jupe, esquive le fil du rasoir et sent ses doigts se refermer autour du brin de lierre offert par Vincent.

Dans un élan de supplication muette, elle exhibe la liane, brandit à bout de bras ce minuscule témoignage du monde extérieur. Elle retient son souffle. Le vert des feuilles rejaillit dans la chambre immaculée. Luce guette le choc de la reconnaissance, l'instant de bascule. Mais c'est à peine si les yeux des fillettes se posent sur son offrande.

Avril lui arrache le lierre, qu'elle empoche d'un geste nerveux.

– Laisse tomber, Loupiote.

Luce a perdu la ressemblance. Ces enfants n'ont rien à voir avec celle qui parcourait autrefois les chemins calcinés. Derrière les matricules qui se pressent autour d'elle, aucun prénom n'existe. Aucune syllabe n'éveillera l'émotion et le souvenir. Tout a été balayé, confisqué par le grand rêve de la *Théorie éducationnelle de la survie*.

Avril se penche à nouveau vers le bébé, l'effleure.

Aussitôt, les gamines se jettent sur elles.

C'est une tornade qui déferle sur les deux clandestines, une tornade de mâchoires qui se referment sur la peau tendre, ce sont les douleurs qui se succèdent, se mélangent, se recouvrent les unes les autres. Luce se bat de toutes ses forces pour rester debout, le dos alourdi de petites filles agrippées, les ongles dans la chair, les mains cramponnées aux cheveux découverts par la charlotte en plastique arrachée. La masse grouillante des enfants se faufile, s'ancre à ses jambes, se heurte à ses hanches, étire, presse, bouscule. Elle se sent tanguer, mais elle tient bon. Toute son énergie est concentrée vers ce seul but : ne pas tomber. À ses côtés, Avril hurle, se cabre, lutte pour échapper aux assauts qui surgissent de toutes parts. Elle ploie, se tord, mais ne rend aucun des coups qu'elle reçoit. Sitôt qu'elle peut libérer l'une de ses mains, Luce tente de récupérer la lame de rasoir au fond de sa poche. Profitant de cette seconde d'inattention, la meneuse du groupe s'abat sur elle et enfonce ses pouces dans ses orbites. La chambre disparaît, recouverte d'arabesques lumineuses, immédiatement suivies d'une douleur fulgurante. Luce rue, ses jambes et ses bras cherchent à l'aveugle à se saisir de son attaquante. Un rebord de Plexiglas lui meurtrit le dos.

– Attention, le bébé ! crie Avril.

Les contours des lieux réapparaissent, Luce découvre le berceau qui oscille dangereusement. Dans un sursaut, elle parvient à s'éloigner vers la porte et aussitôt, la horde de gamines s'élance à sa suite. Avril, elle, a attiré ses assaillantes vers le fond de la pièce. La petite fille blonde s'est accrochée à sa taille et essaie en vain de l'immobiliser. Et puis un éclair passe dans le regard de l'enfant. Elle se détache de quelques pas, se redresse, et décoche un coup de pied précis, pile derrière le genou.

Les yeux jaunes s'écarquillent de surprise tandis qu'Avril cherche l'équilibre déjà perdu. Les autres fillettes se jettent sur elle, en grappe, pour appuyer la dérobade de ses jambes. Elle bascule.

Le choc sourd du crâne d'Avril contre le carrelage résonne si fort que Luce se demandera plus tard si elle l'a rêvé. L'étrange rebond de sa tête. Son corps bientôt recouvert d'une meute de gamines piaillant, arrachant, piétinant.

Avril va se relever.

Son visage s'écrase contre le sol, le masque chirurgical et la coiffe en plastique gisent à côté d'elle, réduits en copeaux par les chaussures vernies. Le brin de lierre projeté hors de la poche se transforme aussitôt en bouillie. Luce se débat, elle hurle le prénom d'Avril et d'autres choses dont elle ne se souviendra pas. Sûrement qu'elle promet, qu'elle jure, qu'elle supplie. Les grands iris jaunes s'accrochent aux siens, emplis de stupeur.

Avril va se relever.

La plupart des gamines ont abandonné Luce pour se jeter dans la mêlée. La bouche d'Avril happe l'air, elle cherche le souffle, son râle recouvre les cris stridents des petites filles. Sa peau s'empourpre. Des veines épaisses que Luce ne connaissait pas apparaissent sur son front. Elles enflent, enflent encore. Les lèvres continuent à se tendre, dans une expiration qui n'en finit pas.

Et soudain, la bouche s'affaisse, les yeux se figent, grands ouverts. Les mains se déplient. Avril ne se relève pas.

Luce fouille le feu jaune de son regard.

Éteint.

Ce qui se passe ensuite n'existe pas. Luce ne sait plus, Luce ne voit plus. Il ne reste que ses propres hurlements, lointains, étouffés par le choc. Le bébé qui pleure dans le berceau. La douleur fulgurante, la poitrine prête à exploser. Ses poings, ses pieds, elle ne sait plus, qui battent l'air. Ses dents qui mordent, ses mains qui arrachent. Les voix qui répètent « Vous n'êtes pas habilitées ». Les gamines qui s'effondrent, celles qui renoncent. Le goût du sang sur ses lèvres. Et ses jambes qui courent.

Luce rejoint les souterrains, son pouls ralentit, l'eau l'engloutit.

Son cœur s'est creusé. Il n'en reste plus rien.

62

De son foyer, il ne reste plus rien.

Debout sur le rivage, Luce ne comprend pas encore. Quelque chose en elle résiste, persuadé que si elle refuse assez fort, la douleur s'en ira, le drame deviendra réversible et la vie regagnera ses contours habituels. Peut-être que si elle ne pleure pas, rien de tout cela n'aura eu lieu. Le ciel s'est chargé d'orage et elle reste là, les bras ballants, à contempler la tourmente du fleuve boursouflé de toutes parts, en remous beuglants et menaçants.

Elle se souvient des jours joyeux, du soleil dans les vaguelettes, des éclaboussures et des rires qui les accompagnaient. Comment l'eau de ses étés a-t-elle pu s'épaissir ainsi ? Elle la regarde charrier sa boue, sa laideur… sa fin. Les maisons flottent dans le courant, elles surnagent comme elles le peuvent, transformées en bateaux de fortune. Les murs ne s'effondrent pas, les habitations restent tout d'un bloc, mais elles ont muté en monstres amphibies, qui s'éloignent irrémédiablement. Jusqu'à aujourd'hui, Luce ne savait pas que les maisons pouvaient nager.

– On ne peut pas rester ici, ma petite chérie. C'est dangereux.

La voix de sa grand-mère est pressante. Elle lui serre la main pour ne plus la lâcher, essaie de l'entraîner plus loin. Mais la petite fille résiste. Elle ne peut détacher les yeux de son foyer qui s'éloigne au fil de l'eau, du toit qui tangue, du premier étage léché par les vagues. Derrière les fenêtres, elle devine sa propre chambre et l'imagine intacte. Le couvre-lit fleuri, le joli cadre sur la commode. Ses jouets, ses peluches. Les livres qu'elle ne sait pas encore déchiffrer.

– *Ne regarde pas ! Viens.*

La paume ridée la happe, recouvre bientôt ses paupières de son voile parfumé. Mais Luce se dégage et regarde. Rien ne pourra l'empêcher de regarder. Là-bas au loin, de minuscules taches noires, mouvantes, se sont extirpées des habitations-vaisseaux. Elles s'agitent dans tous les sens. Le vent porte leurs voix par à-coups : leurs cris insignifiants, le tumulte des flots qui tantôt les accompagne, tantôt les recouvre. Ces silhouettes n'ont pas de substance, pas de réalité vivante. La petite fille pense à ces fourmilières dispersées, dont elle aime tant orchestrer le chaos. Elle reconnaît les trajectoires erratiques des créatures, leurs efforts vains pour survivre à un sort déjà décidé, leurs élans soudain entravés de nouveaux cataclysmes.

Un arbre, encore couvert de feuilles, descend le lit du fleuve à toute vitesse. Il tourbillonne un instant avant de disparaître. Les rives n'en finissent pas de plonger, de couler dans l'eau brunâtre, de se dissoudre pour redessiner le paysage. Et l'enfant y trouve une certaine beauté ; le goût de l'inédit, le début d'une vie inexplorée. Luce sait qu'elle assiste à la naissance d'un nouveau monde. Et tant qu'elle ne pensera pas à ceux que la tempête a précipités au fond de l'eau, elle sera sauve.

Sa grand-mère pose la main sur son épaule et murmure, la gorge nouée de larmes :

– *Luce… Il faut y aller.*

– Luce… Il faut y aller.

Il faut passer la porte de la salle des archives.

D'abord, avancer la main jusqu'à la poignée, peser sur elle jusqu'à libérer le pêne de l'encoche. Faire quelques pas, lever la tête. Et énoncer la vérité.

Luce ne peut pas.

Avril s'est absentée du monde, l'Institut leur a repris le feu et Luce ne dira rien de tout ça, parce que le dire, ce serait mourir un peu à son tour.

Elle s'immobilise sur le seuil, chavirée au milieu du couloir.

– Luce… l'exhorte Vincent.

Mais Luce n'entend pas, non plus. Du monde extérieur, rien ne lui parvient : rien sinon le long râle d'Avril, rien sinon le choc de son crâne contre le sol, encore et encore. C'est un miracle que ses pieds l'aient portée jusque-là.

Elle n'ira pas plus loin, n'affrontera pas le regard de Jade, Jade qui porte encore l'odeur d'Avril sur elle, Jade à qui Luce n'a pas pu ramener son enfant.

– Il faut y aller, répète le bibliothécaire.

Ses bras l'entourent, ils pressent sa peau de tendresse et de confiance. Mais quelle confiance ? Quelle confiance, quand Luce a laissé Avril agoniser sous le poids des petites filles de l'aile J ? Elle parvient tout juste à murmurer :

– S'il te plaît, non.

Vincent n'écoute pas, et déjà la poignée bascule. La porte de la salle des archives s'ouvre sur le cercle réuni.

– Vous voilà enfin ! s'exclame Helena. On a fini de cacher les paquetages, mais on commençait à s'inquiéter de…

Elle s'immobilise en découvrant le visage livide de Luce. Vincent ouvre la bouche pour prendre le relais, mais aucun son n'en sort. Jade, elle, a compris. Sa voix se fraie un chemin difficile jusqu'à ses lèvres :

– Ça ne s'est pas passé comme prévu, c'est ça… ? Vous ne l'avez pas récupéré ?

Luce s'arrache à sa stupeur pour articuler :

– Non.

Elle ne baisse pas les yeux, ne dissimulera ni les larmes ni l'effroi.

– Luce… Vincent… Où est Avril ?

Se réveiller. Se réveiller maintenant, annuler le cours du temps, rendre le monde et les révoltes réversibles. Avaler la lumière du jour, la reléguer tout au fond de soi, jusqu'à l'oublier, la digérer, ne plus jamais la laisser affleurer. Rejoindre le rang, la caresse des électrodes sur les tempes. Ne plus interroger, ne pas désirer. Reboucher toutes les failles jusqu'à ce qu'elles n'aient jamais existé. Luce se change en pierre, ses muscles ont pris la solidité froide du béton.

Pourtant, de nouveau, elle fait non de la tête.

Cette fois, Jade ne crie pas. Elle n'émet pas le moindre son tandis que, lentement, elle s'effondre. Aussitôt, des mains se tendent, soutiennent, attrapent les jambes, les poignets, le dos, le cou. On la couche au sol, dans un murmure paniqué. On lui tapote la joue, on vérifie sa respiration, son pouls.

Luce, elle, ne bouge pas.

« Elles n'ont pas compris », se dit-elle.

Et à son tour, elle se laisse engloutir.

L'odeur de poussière et de papier usé la saisit à la gorge. Et bientôt, la salle des archives réapparaît au-dessus de Luce. Pour la première fois, elle détaille les étagères qui montent en rangs serrés jusqu'au plafond, alourdies de livres désordonnés et de boîtes en carton de toutes tailles. Elle cligne des yeux. Vincent lui enserre le visage de ses paumes brûlantes. Il murmure quelques mots qu'elle ne comprend pas. Luce se réveille, et pourtant, le monde n'a pas changé. Son cœur se déchire. L'Institut ne lui a pas rendu Avril.

Elle se rassoit à grand-peine. Le vide ouvre une douleur béante dans sa poitrine. À ses côtés, Jade est toujours allongée au sol, le corps parcouru de sanglots incontrôlables. Les autres se pressent autour d'elle, répètent des paroles vaines, forcément insuffisantes. Les larmes de ses amies dégoulinent de toutes parts, s'écrasent et se mêlent sur le visage de la jeune mère. Personne ne songe à les essuyer.

Luce ne s'excuse pas. Elle n'explique pas. Pas encore. Son regard erre jusqu'à une lourde porte métallique au fond de la pièce, si semblable à celle qu'Avril a ouverte cette nuit. La porte qui mène au dernier sas… et à la sortie de l'Institut qui leur est désormais interdite.

D'ici une heure, deux tout au plus, l'intendante traversera ces mêmes lieux, chargée du parfum du dehors. Elle ne devinera rien des paquetages cachés dans les cartons d'archives, ni des pleurs versés à l'aube sur la mort d'Avril. Mais elle saura, par ses paroles, refermer de nouvelles cages sur les avenirs des pensionnaires.

Luce s'entend dire :

– On n'a pas le temps.

Ces mots, qu'elle ne reconnaît pas comme siens, lui arrachent le ventre. Elle voudrait se rabougrir sur sa douleur, pleurer jusqu'à s'en abrutir, plonger dans la folie et puis l'oubli, tout plutôt que ce désir et cette culpabilité qui se fracassent en elle. Pourtant, c'est vrai : elles n'ont pas le temps pour le deuil.

Ses amies se retournent vers elle, Luce ne distingue qu'une pluie de sanglots.

– On n'a pas le temps, répète-t-elle.

Si seulement elle pouvait étreindre Vincent. Sa chaleur, sa vie qui reviendrait irriguer la sienne, tout ça donnerait à Luce le courage nécessaire pour poursuivre… Mais les clandestines ne comprendraient pas. Il faudrait expliquer la passion au milieu des larmes, raconter l'amour face à Jade qui vient de perdre Avril… Alors Luce résiste à la peau de Vincent et se force à ajouter :

– Moi aussi, je voudrais pouvoir pleurer Avril, lui rendre l'hommage qu'elle mérite, mais le temps presse. Il faut agir.

C'est Helena qui, la première, se redresse. Elle plante ses yeux dans ceux de Luce.

– Je croyais que tu avais un minimum de décence. Comment peux-tu oublier que…

– Je ne suis pas en train d'oublier !

Le cri a fendu l'air de la salle des archives. Un à un, les visages se lèvent vers Luce. Où trouve-t-elle la force, mot après mot, de continuer ? Tout en elle se déchire, pourtant elle plaide :

– Je vous supplie de m'écouter. Je n'oublie pas ce qui est arrivé à Avril. Croyez-moi, jamais je ne pourrai oublier ce que j'ai vu cette nuit. Mais maintenant, on n'a plus d'autre choix que d'accepter et d'avancer quand même.

Son regard s'ancre à celui de Meriem. Sur le visage hagard de chagrin de son amie, derrière ses paupières boursouflées, l'ombre d'un doute est en train de naître.

– Meriem, c'est toi qui m'as appris à faire ça, à reconfigurer le monde à l'aune de ce qui nous a blessées. Mais pas pour s'immobiliser. Pour avancer malgré tout et choisir une vie qui nous ressemble, en connaissance de cause, même si ça fait mal.

Meriem laisse échapper un violent sanglot. Luce poursuit :

– C'est le choix qu'on a fait en montant ce projet d'évasion, non ? On savait qu'on n'en sortirait pas indemnes. Avril le savait.

À travers les larmes, Vincent lui sourit. Un sourire très doux, en forme d'encouragement. Il passe une main tendre dans son dos. Mais aussitôt, Helena fond sur Luce, éjectant le jeune homme au passage :

– Une morte, ça ne te suffit pas ? Il faut que combien d'entre nous y passent ?

– Mais la mort d'Avril n'est pas un avertissement ! s'écrie Luce. Il n'y a aucune leçon à en tirer !

L'infirmière s'est immobilisée à quelques centimètres d'elle et la foudroie de ses yeux sombres. Il émane d'elle une colère brûlante, si semblable à celle d'Avril. Luce se force à poursuivre sur un ton plus calme :

– C'est bien pour ça que c'est si dur, Helena : la mort d'Avril n'a aucun sens, elle ne sert à rien. C'est insupportable. On a toutes besoin de croire qu'il y a une signification derrière notre perte. Mais ce n'est pas le cas.

Avec des gestes hésitants, elle s'arrache au regard de la soignante pour s'agenouiller aux côtés de Jade.

– En revanche, si on choisit de ne pas partir, si on renonce à tout ce qu'on a construit ensemble, ça voudra dire qu'Avril s'est battue pour une illusion. Et qu'elle est morte parce qu'elle a eu le tort d'y croire.

Les sanglots de la jeune mère se sont calmés. Elle fixe désormais le vide d'un air indifférent, son bras en écharpe serré contre elle.

– On n'a pas pu sauver mon bébé. J'ai perdu Avril. En ce qui me concerne, partir n'a plus de sens, conclut-elle d'une voix atone.

– N'abandonne pas ! Ton bébé, on le sauvera, maintenant, ou plus tard. S'il le faut, on reviendra pour lui, on trouvera un moyen… Mais toi, c'est ta seule chance, c'est aujourd'hui ! On ne va pas te laisser derrière nous… Avril t'avait promis que…

– Luce, je ne peux pas.

Jade a les yeux noyés d'absence. Les larmes ont tracé de longues griffures sur ses joues tremblantes.

– J'ai atteint mes limites de douleur. Je n'en supporterai pas une de plus. Je ne suis pas comme toi, pas comme vous. Je ne suis pas courageuse.

Sur ces mots, elle se redresse lentement, à l'aide de son bras valide. Ses cheveux sans couleur lui tombent sur le visage.

– Je me débrouillerai, poursuit-elle, comme je l'ai toujours fait. Je demanderai la protection d'Alpha. Et quand j'aurai l'âge, j'irai travailler à l'aile J pour être près de mon enfant.

À pas lourds, Jade longe les étagères en direction de la porte d'entrée. Luce se traîne derrière elle, le corps arc-bouté, suppliant. Tout pour que Jade reste, tout pour qu'elle ne trahisse pas les serments d'Avril. Ensemble, elles ont décidé de protéger la jeune mère et de la mener vers la sortie. Le cercle ne peut pas fuir cette promesse.

– Tu ne les as pas vues comme moi, je les ai vues, il n'y a rien pour toi à l'aile J, pas d'humanité, pas de douceur ! Ces gamines qui appartiennent à l'Institut, ces gamines qui ont tué...

– Luce. Je ne peux pas, répète Jade sans se retourner. Merci de m'avoir donné de l'espoir tant que c'était possible.

Et elle s'évanouit dans le couloir. Helena reste tournée vers la porte après sa disparition. Puis, sans un mot, elle franchit à son tour le seuil. Luce dévisage les trois complices qui sont encore là : Vincent, Meriem et Beca. Les deux premiers semblent trop bouleversés pour bouger, tandis que la messagère de l'Institut s'est mise à faire les cent pas.

– Ce serait trop dangereux de continuer comme si de rien n'était ! rugit-elle. La découverte du corps d'Avril va accentuer la vigilance d'Alpha, il n'est pas si bête que ça, il va comprendre que quelque chose se trame. Et puis qui sait ce que ta petite copine de bulbeuse a encore prévu de raconter à l'équipe éducative ? Hors de question que je prenne un tel risque.

La petite rousse secoue la tête.

– Je n'aurais jamais dû accepter de vous suivre.

La porte de la salle des archives se ferme une nouvelle fois. Luce tangue quand elle se retourne et demande d'une voix faible :

– Meriem... ?

Jamais la lumière des néons n'aura été si douloureuse aux yeux de Luce. Quand le mode diurne s'enclenche ce matin-là, tout est perdu. Les rayons du jour se sont retirés au loin, hors de sa portée à tout jamais. Elle sait désormais qu'Avril est morte pour rien et que d'autres suivront, sans ouvrir la moindre brèche.

Alors que les restes du cercle s'étiolent dans l'Institut, alors que les dernières volontaires se pressent dans les couloirs pour achever les réparations avant l'arrivée de l'intendante, Luce voudrait se laisser engloutir. Que le fleuve de son enfance l'avale. Que dans le velours de ses paupières, elle trouve son ultime refuge.

C'est à peine si Meriem et Beca ont un sursaut quand elles jettent, dans la première caisse ouverte, les outils qu'elles avaient volés en vue de l'évasion. Ni les travailleuses ni leur superviseur ne s'en aperçoivent. Le cliquetis des tournevis et des pinces qui s'échouent fissure le cœur de Luce, mais Vincent passe un bras dans son dos pour l'empêcher de ralentir. Et au fur et à mesure qu'elle s'éloigne, leur scintillement s'éteint à la lueur des néons, jusqu'à ce qu'il n'en reste plus rien.

La passerelle qui relie l'aile D à l'aile G ne sera pas déboulonnée.

Personne ne s'enfuira de l'Institut.

Et Avril est toujours morte.

63

Luce est rentrée dans le rang juste à temps. Elle jette un coup d'œil à son uniforme froissé, qu'elle lisse du plat de la main sous le regard méprisant de sa voisine. Si ce jour ne peut plus être celui de sa liberté, qu'au moins son sentiment d'inadéquation se tienne tranquille pour les heures à venir. Tandis que les derniers bavardages s'éteignent, elle s'efforce de copier l'impeccable garde-à-vous des pensionnaires du rang 1. Il faut tromper la fatigue d'une nuit de crise, oublier les paupières gonflées et les larmes qui menacent à tout moment ; redevenir, une fois de plus, la Luce exemplaire de l'aile A.

– Mesdemoiselles, l'intendante !

Aux côtés de ses camarades, Luce entonne l'hymne de glorification de Tadeusz Hertz, qui inaugure chaque jour de commémoration. La chanson, autrefois anodine, dissone désormais d'une façon insupportable.

Tadeusz Hertz, bien-aimé fondateur,
Ensemble nous remercions
La bonté pure de ton cœur.

De l'autre côté de la haie d'honneur, Vincent a dû rejoindre l'équipe éducative. Est-ce qu'il se tient lui aussi très droit, l'air imperturbable ? Est-ce qu'il frémit quand son regard croise celui de sa sœur ?

Tadeusz Hertz, flambeau d'humanité,
Grâce à toi toutes nous vivons
Dans l'abondance et dans la paix.

Les bruits de talons gagnent en intensité, secs et menaçants. Bientôt, l'intendante apparaît, superbe, puissante... Impériale.

Tadeusz Hertz, ton esprit est lumière,
Nous sommes de ta vision
Les plus fières héritières.

Luce se sent manquer d'air. Elle jurerait que Julia Hertz a ralenti le pas, imperceptiblement, pour la scruter. Dans ses yeux sombres, elle découvre le fantôme du regard de Vincent ; comme une rémanence du visage aimé, mais dépouillée de toute humanité. Sans cesser de chanter, Luce soutient ce regard autant qu'elle le peut, détaille la peau diaphane et les fines veines bleues qui s'y dessinent, les cils à la courbure impeccable, les sourcils hauts et droits, les perles brillantes au coin des oreilles. Et tout, dans cette perfection, l'écrase et la broie.

Tadeusz Hertz, père de nos futurs,
Ici est notre maison,
Nous les filles de la Structure.

La respiration de Luce ne s'apaise qu'une fois l'intendante disparue au bout du couloir. Même le parfum qui s'attarde dans son sillage a quelque chose de vénéneux : une menace olfactive à l'adresse de quiconque oserait s'opposer à l'autorité établie, il y a de cela plus d'une décennie, par la dynastie Hertz.

Tadeusz Hertz, toi notre seul sauveur,
Nous chantons à l'unisson
La mémoire de ta grandeur.

Dès l'entrée dans l'aile G, les épaules se heurtent, les pieds des unes sont écrasés sous les semelles des autres, qui piétinent à la recherche du meilleur point de vue ; les filles les plus hardies se hissent sur les pointes dans l'espoir de culminer au-dessus de la masse grouillante. Des protestations étouffées s'élèvent ici et là, certaines montrent leur badge d'un air autoritaire, pour justifier qu'elles ne lâcheront pas un pouce de terrain. Et bientôt, tandis que le discours commence, une odeur aigre de sueur monte dans le gymnase bondé.

– Ce jour de commémoration de Tadeusz Hertz n'est pas comme les autres, annonce l'intendante. Il marque en effet le début d'une ère nouvelle. Bientôt, l'une d'entre vous abandonnera sa condition de pensionnaire pour devenir mon assistante. L'heureuse élue sera la première ici à achever ses cycles, la première d'entre vous à accéder au rang d'adulte. Et à quitter l'Institut du Nouveau Lendemain pour rejoindre la Cité, le grand projet de Tadeusz Hertz pour le monde d'après. Vous êtes certainement nombreuses à espérer être choisies aujourd'hui. Mais si vous n'êtes pas retenues, ne soyez pas déçues, car une autre vie vous attend vous aussi, très prochainement. Une vie que nous avons pensée sur mesure pour chacune d'entre vous, en fonction de ses aptitudes, au sein de la Structure Hertz. Soit entre les murs de l'Institut du Nouveau Lendemain, où vous pourrez suivre le bel exemple donné par nos équipes, soit à la Cité…

Les rangs se sont mis à bouillir. Des exclamations montent, tandis que la bousculade reprend de plus belle. Julia Hertz esquisse un sourire condescendant, avant de poursuivre :

– Oui, mesdemoiselles, nous continuerons à veiller sur vous une fois vos cycles terminés, car vous êtes les enfants de l'Institut du Nouveau Lendemain. Les « filles de la Structure », comme le dit si bien votre hymne. Lorsque cet endroit est né, certains lisaient dans le projet de Tadeusz Hertz l'ambition de construire un nouveau foyer, une véritable famille pour ses pensionnaires…

Luce se laisse ballotter par la foule, apercevant entre deux remous le visage impassible de Vincent, qui a pris place auprès du reste de l'équipe éducative sur l'estrade. Elle s'amarre à lui pour résister à l'envie de fuir.

– Pourtant, ce serait une erreur de croire que l'Institut est une famille. Ce serait sous-estimer ce que nous avons réussi à construire ensemble. Car les familles étaient faillibles, perverties par les imperfections, le laxisme, la tolérance face à la médiocrité. Dans les familles, on laissait proliférer le pire, sous prétexte d'amour inconditionnel. Dans les familles, on n'osait pas pointer du doigt la lâcheté, le manque d'exigence. Je crois, au contraire, que nous pouvons être fiers d'avoir bâti une communauté dont les bases ne reposent que sur le mérite et le labeur. Tout ce que vous gagnez ici pour votre avenir, mesdemoiselles, vous ne le devez qu'à vous-mêmes… et aux théories visionnaires de Tadeusz Hertz.

Les têtes qui s'alignent devant elle empêchent Luce de distinguer le bibliothécaire, mais elle sait qu'il a blêmi en entendant les paroles de sa sœur.

– Nous ne sommes pas une famille, mesdemoiselles, car nous ne tolérerons aucune défiance, aucune remise en question de nos valeurs, aucune mise en péril de ce que nous avons si durement acquis.

À la faveur d'une éclaircie dans l'assemblée compacte, Luce aperçoit une infirmière penchée sur le professeur Alpha, à l'extrémité de l'estrade. L'homme se redresse sur sa chaise, de plus en plus rigide, au fur et à mesure qu'elle chuchote dans son oreille.

– Elle vient lui annoncer que le corps d'Avril a été trouvé à l'aile J.

Luce se retourne et découvre Beca à ses côtés. Elle ne lui demande pas comment elle a réussi à se frayer un chemin jusqu'à elle, ni comment elle connaît la nature de l'annonce. Au lieu de ça, elle se contente de hocher la tête, les yeux rivés au sol pour empêcher les larmes de déborder. Elle murmure :

– Il faudra aller la peindre avec les autres, à l'aile I.

La messagère acquiesce. Sous les taches de rousseur, son visage s'est empourpré.

– La fresque est en train de rendre Alpha complètement fou, dit-elle. Ses hommes ont arraché des filles de rang 3 à leur dortoir ce matin. Personne ne sait où on les a emmenées.

Luce enregistre l'information, le ventre de plus en plus noué. Elle ne trouve pas la force de répondre. Pendant ce temps, l'intendante a continué son discours sans s'apercevoir de l'agitation d'Alpha. Elle conclut d'un ton triomphal, les mains battant l'air comme pour agripper un ennemi invisible :

– Si nous ne sommes pas une famille, que sommes-nous ? Eh bien, nous sommes un socle. Une communauté qui n'hésitera jamais à traquer ses mauvais éléments, à les écarter pour mieux poursuivre notre dessein commun ! Et c'est, soyez-en sûres, notre plus grande force.

D'intarissables applaudissements suivent ces mots. Luce les reçoit en plein cœur. Incapable d'écouter le reste du discours, elle se laisse envahir par des images lancinantes. De l'autre côté du souterrain, le corps d'Avril a maintenant dû perdre ses couleurs. Bientôt on demandera à Vincent de la déposer dehors, on lui dira que le vent et la pluie feront leur œuvre pour la réduire en poussière… et il deviendra si facile d'oublier que l'adolescente aux yeux jaunes a un jour existé. Finalement, Avril sera la première du cercle à quitter les murs de l'Institut, mais elle n'en saura jamais rien. Telle est la promesse contenue dans les paroles de Julia Hertz.

Des applaudissements, encore : Luce comprend que l'allocution est désormais terminée. Une partie des filles du rang 3 a déjà commencé à se diriger vers la sortie. Quelques ambitieuses de rang 2, au contraire, tentent d'atteindre l'estrade, devant laquelle les pensionnaires de rang 1 restent fermement campées sur leurs positions, à se concurrencer en acclamations et battages de mains effrénés.

Profitant de cette foule aux itinéraires contraires, Luce joue des coudes pour se retrouver aux premières loges… À la place qui aurait été la sienne, il y a quelques semaines encore. Clara trône devant, en plein centre. Bien sûr. Alors Luce se fait toute petite, se fondant dans la cohue pour ne pas avoir à affronter celle qui fut, il y a une éternité, son amie. Ce matin, elle n'aura pas la force de faire semblant. Heureusement, Clara ne l'a pas remarquée, plongée dans l'observation d'une scène invisible. Une lueur inhabituelle palpite dans ses beaux yeux verts. Une émotion vivante, brûlante : un feu, à sa manière.

En suivant son regard, Luce reconnaît la silhouette du professeur Alpha. Il s'est éloigné en direction des toilettes et tamponne à l'aide d'un gros mouchoir grisâtre son visage ruisselant. La grande brune se détache de la masse fiévreuse des élèves et le rejoint en quelques enjambées. Après une seconde d'hésitation, Luce lui emboîte le pas. Appuyée nonchalamment contre le tapis de gymnastique qui la dissimule à leurs yeux, elle tend l'oreille pour ne pas perdre une syllabe de la discussion.

– Le message que j'ai reçu m'intimait la plus grande discrétion, alors je ne le dirai qu'à vous, déclare Clara. Promettez-moi de ne l'évoquer devant personne, mais… l'intendante m'a donné rendez-vous à l'amphithéâtre juste avant le début officiel des entretiens.

Luce accueille la nouvelle comme un nouveau coup au cœur.

– On lui a montré mon dossier, poursuit la jeune femme, il faut croire que tout le monde ici n'a pas été aveugle à mes qualités. Bref, il semblerait que je vous quitte bientôt, cher professeur Alpha.

– Vous… Vous m'en voyez ravi, C1501.

Il y a dans la réponse d'Alpha la peur d'une sanction à venir. En d'autres circonstances, s'il ne s'agissait pas de l'amie qui l'a trahie, Luce se réjouirait sûrement de ce renversement du pouvoir.

– Soyez tranquille, je ne vous ferai pas payer cette tentative d'entraver mon destin. Lors de notre dernière entrevue, je vous avais proposé de nouvelles révélations. Vous avez refusé le marché. Mais je vous en ferai quand même part lorsque ma nomination sera annoncée. Considérez cela comme un cadeau de départ… Après tout, nous serons sûrement amenés à travailler ensemble à l'avenir, autant entamer notre collaboration sur de bonnes bases. Mais souvenez-vous : jusqu'à l'officialisation de mon nouveau poste, tout cela reste entre nous.

Luce s'arrache aux tapis de gymnastique, le cœur battant. Il faut vite rejoindre Vincent et lui rapporter ce qu'elle vient d'entendre. Elle le trouve finalement sur l'estrade où il continue d'applaudir, très pâle, les mâchoires serrées. Sa sœur n'a pas eu un regard pour lui.

64

Lèvres serrées, peau blême et mains glacées, Luce contemple les rangées de sièges vides. Ses pas résonnent étrangement dans l'amphithéâtre désert ; ou peut-être est-ce la peur qui leur donne de l'écho. Tandis qu'elle descend les marches menant à l'estrade centrale, elle se répète que c'est sa dernière chance. Et surtout, qu'elle le doit à Avril.

Écrasée par les gradins qui s'élèvent face à elle, elle prend place derrière le bureau dévolu à l'intendante. Paumes à plat contre le bois, elle s'applique à respirer profondément, le regard rivé à la porte d'entrée en contre-haut. Elle attend, jusqu'à perdre toute notion du temps, jusqu'à ce que les contours des strapontins se troublent, jusqu'à ce que leurs dossiers se confondent en une assemblée fantomatique. Et si elle frissonne, elle ne vacille pas.

Enfin, la porte pivote sur ses gonds. Clara a son visage des meilleurs jours. Il y a dans ses yeux l'éclat de la victoire toute proche, la certitude du monde revenu à sa juste place. Sitôt qu'elle aperçoit Luce, toute cette beauté se fige. Lentement, très lentement, les jolies pommettes s'affaissent, le sourire se mue en une moue belliqueuse. Clara a compris en une fraction de seconde.

– Tu devrais partir avant que l'intendante arrive, conseille-t-elle. Tu n'as pas idée des sanctions que tu encoures.

La colère froide qui teinte sa voix dit tout de sa future revanche sur les années de vie trop étriquée qu'elle laissera bientôt derrière elle. Clara s'approche à pas lents, une myriade d'émotions se succèdent dans son regard : la honte – fugace – de sa trahison dévoilée, le mépris pour la rébellion du cercle, l'espoir d'une nouvelle destinée, l'orgueil d'avoir été choisie par l'intendante… Luce lit tout cela et elle demande :

– Pourquoi ?

La question, sèche et tranchante, sonne comme un ordre. La grande brune soupire, passe une main sur son visage, avant de lâcher d'une voix glaciale :

– Parce que je suis redevenue raisonnable.

Lorsqu'elle profère ces paroles en forme de sentence, Clara ressemble à s'y méprendre à l'intendante. Le même charme cruel, la même menace caressante. Mais Luce ne se laissera pas impressionner par son surplomb tranquille.

– Il n'y a plus rien pour toi ici, Clara. Tu me l'as dit toi-même.

– Ici, non. Mais dehors, si. Et le chemin le plus court pour y parvenir, ce n'est pas toi, ce n'est pas ce projet d'évasion complètement loufoque. Le chemin le plus court, c'est celui que ma réussite à l'Institut du Nouveau Lendemain va m'ouvrir. Ça fait dix cycles que j'y travaille. Je ne sais même pas comment j'ai pu m'égarer au point de l'oublier.

Il n'y a pas la moindre trace de doute dans la façon dont Clara s'exprime. Le ton sévère qu'elle emploie est celui des évidences qu'on s'agace d'expliquer encore et encore.

– Tu vas quitter une prison pour en rejoindre une autre, ça n'a pas de sens !

– Et toi, tu t'acharnes à croire que tu peux tordre le monde pour qu'il épouse tes petites rébellions. Mais tu ne peux pas oublier les lois de l'Institut, ni celles de la Cité. Il est encore temps de tout annuler, L2106.

Elle a prononcé son matricule comme un rappel à l'ordre. Dans un souffle, elle ajoute :

– Ne va pas imaginer que ça me fait plaisir de me mêler de tes affaires. J'aurais préféré que tu retrouves la raison toute seule.

Luce s'est redressée, le corps brûlant de colère. Le fracas de sa chaise contre le parquet résonne dans l'amphithéâtre vide. Pendant un instant, elle oublie qu'elle s'était promis de rester calme. Dès l'entrée de Clara, elle aurait pu lui sauter à la gorge et prendre le dessus comme Avril lui a si bien appris à le faire. Pourtant, Luce a décidé de jouer sur le même terrain que son ancienne amie. Alors elle se force à canaliser la rage qui menace dans ses poings et elle articule :

– Tu comptes nous vendre à Alpha et à l'intendante, n'est-ce pas ?

Clara, qui n'a pas bougé d'un cheveu, la toise d'un air las.

– Vendre, quel vilain mot… Je vais simplement donner au professeur Alpha l'identité des éléments séditieux qui gangrènent son Institut. Sur mes recommandations, il a déjà limité l'utilisation du sas de livraison, mais je me doute que sa vigilance ne suffira pas à vous faire renoncer. Tu es brillante, tu trouveras d'autres issues, malheureusement.

C'est que Clara ignore encore tout des événements de la nuit : la mort d'Avril, la défection du cercle et les espoirs anéantis… À cette pensée, Luce est suffoquée de détresse. Mais cette émotion est aussitôt ensevelie par la colère, car son interlocutrice poursuit :

– Ne crois pas que je te dénonce de gaieté de cœur, tu as été ma seule amie ici, je t'ai sincèrement aimée… avant toute cette folie. Si tu abandonnes tes projets, je ferai mon possible pour que tu me rejoignes. Une fois en poste, j'aurai besoin de personnes comme toi à mes côtés. Je m'assurerai que tu sois traitée avec tous les honneurs. Et je ne dirai rien de cet égarement qui t'a pris… Il est encore temps.

– Qu'y a-t-il de si beau, là-bas à la Cité, pour que tu envisages de me trahir sans le moindre remords ?

Clara a blêmi. Son expression de sévérité confiante s'est fêlée.

– Ma petite sœur est là-bas.

Luce a pressenti la réponse avant de l'entendre. Elle comprend aussitôt que rien ne pourra concurrencer cette résurrection.

– Le professeur Alpha a lâché cette information peu de temps après que je vous ai rejointes... ajoute Clara. Je lui ai alors parlé du sas de livraison, je lui ai promis plus d'informations sur ce qui se tramait dans l'Institut s'il me laissait postuler comme assistante... mais il n'a pas cédé, il voulait me garder ici. Heureusement, l'intendante a entendu parler de moi. Alors je m'en vais quand même... et je retrouverai ma petite sœur.

Ses yeux se sont perdus dans le vide, ils ne s'accrochent plus à Luce. Ils errent, au-delà de l'amphithéâtre, à la poursuite de fantômes presque effacés. Ce qu'Alpha offre à Clara, Luce le sait, c'est la suture d'une blessure toujours à vif. La grande brune continue, presque pour elle-même :

– Je ne suis pas naïve, je sais que les années ont passé, qu'elle ne voudra peut-être plus du tout entendre parler de moi, qu'elle ne me reconnaîtra peut-être même pas, mais...

Elle ne laisse plus échapper maintenant qu'un petit filet de voix.

– ... Mais ensuite, J2410 a eu son bébé. Quand je l'ai vu, je me suis souvenue. Et j'ai su que j'avais pris la bonne décision.

Luce n'entend pas les mots qui suivent, trop occupée à chercher ceux qui pourront contrer la décision de Clara. Est-ce que cette petite sœur existe vraiment quelque part ? Est-ce un leurre du professeur Alpha, ou attend-elle encore son aînée, dans les ruines ou à la Cité ? Est-ce qu'elle se répète son nom quand vient le soir, est-ce qu'elle recherche sa trace dans chaque nouveau visage ? Ou est-ce qu'il ne lui en reste plus qu'une voix aux traits polis par le temps, dépourvue de toute identité ?

– On la retrouvera, promet Luce. On fera tout ce qu'on peut, et on y arrivera. Elle viendra vivre avec nous si tu veux, elle fera partie du cercle ! Tu n'as pas besoin de les rejoindre, pas besoin de te plier à…

– Le chemin de l'intendante est plus court et son issue bien plus certaine.

Clara a parlé d'un ton catégorique, sans appel, comme si la moindre concession risquait de l'engloutir. Et tandis qu'elle se cramponne à ses certitudes, des larmes commencent à apparaître au bord de ses yeux. Elle baisse la tête, s'efforce de les refouler. Luce se penche vers elle pour, au contraire, la convaincre de les accepter, d'aller au bout de sa douleur. Clara se dégage de son étreinte et enfouit son visage dans ses mains.

– Clara, peut-être que…

– Elle est là !

La porte de l'amphithéâtre s'est ouverte à la volée. Clara a à peine eu le temps de crier. La surprise dévore ses grands iris verts.

Les gradins de l'amphithéâtre se couvrent en un instant d'une masse grouillante, hérissée de bouches hurlantes et de poings brandis. Sous le regard halluciné de Luce déferlent des hordes de pensionnaires de tout âge, les yeux emplis de rage. Un badge frappé du chiffre 3 brille sur chaque poitrine. Contournant les allées remplies, certaines se meuvent de strapontin en strapontin, bondissantes et inarrêtables ; le bois gémit sous les assauts de leurs chaussures usées. Et la masse grandit, toujours plus, tandis qu'elle se précipite sur l'estrade.

Bientôt, les premières attaquantes sont sur Luce, mains tendues, prêtes à la happer. Elle a à peine le temps de reconnaître la blonde qui l'avait agressée dans le dortoir de l'aile I, avant que celle-ci hurle :

– C'est l'autre ! L'assistante de l'intendante, c'est la brune !

Les griffes qui s'apprêtaient à déchiqueter Luce agrippent aussitôt Clara, qui tourne vers elle des yeux épouvantés. Des yeux en forme de question, en forme d'ordre aussi. Imagine-t-elle que Luce a orchestré tout ça ? Pense-t-elle qu'il suffirait d'un mot pour que les assaillantes regagnent tranquillement leurs quartiers ? Impossible de le dire, car Clara disparaît sous la masse des adolescentes. Son corps ne fait presque pas de bruit en heurtant le sol, mais son hurlement de terreur remplit tout l'amphithéâtre. Un cri haut perché, si étranger à son élégance naturelle… Un cri si inadéquat qu'il se transforme en vertige.

Les coups pleuvent de toutes parts, les pensionnaires du rang 3 ont fusionné pour engendrer un monstre tentaculaire, tout de bras et de jambes, qui s'applique à démolir Clara morceau par morceau. La créature ne s'arrêtera qu'une fois son œuvre achevée. À ses grondements se mêlent bientôt les craquements d'os et soudain, une rigole de sang se met à serpenter sur l'estrade.

Luce observe, incrédule, le flot rouge qui souligne les nœuds du parquet, pour finalement les déborder. Face à la brèche écarlate, toutes les douleurs se réveillent, se confondent : les siennes et celles des autres. Oubliées, les trahisons. Oubliés, les projets de grandeur et les menaces de délation. Celle qui se tord sous les coups de la foule n'a plus de visage, elle est Clara, elle est Luce… Elle est Avril et il faut qu'elle se relève. Tant pis si Luce n'en ressort pas victorieuse, elle ne laissera personne d'autre expirer aux mains du groupe. Il n'y a plus ni calcul ni stratégie quand elle s'élance vers l'amas d'adolescentes enragées ; mais ce qu'elle entend alors la transperce de part en part.

– Aux vivantes, la vengeance ! scande une fille.

– Aux vivantes, la vengeance ! reprennent les autres en chœur.

Luce a voulu ces mots. Par deux fois, elle les a inscrits sur les murs de l'aile I, attisant la fureur des laissées-pour-compte. Mais elle n'avait pas imaginé la forme que prendrait la révolte ; naïvement, elle pensait que l'Institut serait la seule victime. Le sang ruisselle et Luce comprend que la faute est sienne, entièrement.

La mort d'Avril a tout balayé, les rêves d'évasion et l'espoir de la diversion avec eux. Maintenant que tout est perdu, Luce n'a plus besoin du rang 3. Mais les pensionnaires de l'aile I, elles, ont attaqué quand même. Et Luce, glacée d'horreur, le corps verrouillé, doit désormais assister à l'anéantissement de celle qui fut son amie. Pour rien, pour un projet de fuite déjà obsolète. Les articulations se tordent, la peau se déchire, la plainte de Clara finit par mourir dans sa gorge. Et Luce ne bouge pas.

Enfin il ne reste plus rien à détruire. Alors, comme elle est arrivée, la vague des assaillantes se retire et le silence envahit les lieux. C'est à peine si Luce perçoit les éclats de voix qui s'éloignent dans le couloir. Retrouvant l'usage de ses muscles, elle se précipite vers le petit tas de chair échoué au centre de l'estrade.

Un iris vert pleure encore sous une paupière boursouflée. Comment peut-on abîmer à ce point, et en si peu de temps, un être humain ? Une gerbe de sang jaillit de la bouche qui articule :

– Aide…

– Clara, pardon, pardon ! Je ne pensais pas que… Je ne voulais pas… hoquette Luce.

Mais l'œil se révulse et Clara s'affale dans ses bras. Hagarde, Luce contemple le corps inconscient, si semblable à celui d'Avril la nuit précédente. Elle cherche l'air, l'amphithéâtre disparaît derrière un rideau de larmes.

Un grincement étouffé, lointain, retentit. Luce ne se retourne pas vers la porte qui vient de s'ouvrir. Elle accepte le ressac. Si la horde est revenue pour la démolir à son tour, elle ne luttera pas, elle s'abandonnera au déferlement de violence qu'elle a elle-même engendré. Les paupières closes, elle attend le premier coup.

– Luce !

Elle rouvre les yeux. Le souffle court et les joues brûlantes, Beca se tient devant elle, talonnée de près par Meriem. C'est à peine si les adolescentes semblent remarquer Clara. Les mots se bousculent aux lèvres de la messagère :

– Luce ! Alpha vient de partir en douce pour l'aile J ! Il va récupérer le bébé tout seul pour l'amener à l'intendante !

Luce la dévisage sans comprendre.

– Récupérer le bébé… ? répète-t-elle lentement. Mais non… l'intendante doit visiter l'aile J avec lui tout à l'heure… Pourquoi est-ce que… ?

– C'est évident, non ?? Il veut lui cacher les traces du passage d'Avril, c'est pour ça qu'il part seul ! On peut avoir le dessus sur lui ! trépigne Beca.

– C'est l'occasion qu'on attendait, celle de récupérer le bébé ! insiste Meriem.

Luce pose un regard hébété sur le corps inconscient de Clara. Sa peau barbouillée de rouge a pâli, des hématomes noirs y éclatent peu à peu. Le sang dégouline de sa bouche, dans un flot toujours plus sombre. Luce bredouille :

– Non, je… Elle… Elle est blessée. Il faut qu'on l'aide, sinon elle va…

– Pas le temps ! tranche Beca. De toute façon, les 3 sont en train de parader dans les couloirs, à brailler leurs histoires de vengeance ! Ça va mobiliser les équipes, tout le monde va débarquer ici.

– Luce, dépêche-toi, supplie Meriem, c'est notre chance !

– Notre chance de quoi ?

Dans une étreinte puissante, son amie la force à se relever. Et elle s'exclame :

– Mais notre chance de nous enfuir, bien sûr !

PARTIE 5

D'un gouffre à un autre

65

Il y a très longtemps, Luce aimait semer le trouble aux abords des fourmilières. De ses mains d'enfant, elle déclenchait des cataclysmes : un barrage érigé d'une simple brindille, une pierre lâchée au milieu de la masse grouillante, le tsunami d'un verre d'eau renversé… Et tandis que la trajectoire des minuscules taches noires se déformait, qu'elles grimpaient, plongeaient, rebroussaient chemin, la petite fille songeait avec orgueil qu'elle seule était à l'origine de tout cet affolement, qu'elle seule connaissait ses véritables intentions… apocalyptiques ou miséricordieuses, selon les jours.

Mais Luce a grandi. La culpabilité a trouvé où ancrer ses racines et déjà elle sait que plus jamais provoquer le chaos ne lui apportera la moindre joie. Elle s'efface pour laisser passer l'équipe médicale. C'est la première fois qu'elle voit les infirmières courir. Dans leurs bras, les bouteilles d'antiseptique cliquettent, le matériel tangue ; un brancard est dépêché, des ordres aboyés, tout ce que l'Institut compte de personnel soignant afflue vers l'amphithéâtre.

Sa faute. Tout est sa faute. C'est elle qui a imaginé les portraits peints dans le couloir de l'aile I, elle qui a rêvé la mutinerie du rang 3 comme diversion, elle qui a trouvé les mots pour que la rage déborde au bon moment. Luce a instrumentalisé la douleur de ses semblables. Et en châtiment de son inconséquence, Clara, qui fut autrefois son phare dans l'Institut, a été détruite sous ses yeux.

Un visage noir au milieu des blouses blanches. L'urgence force Luce à recouvrer ses esprits. Elle fait signe à Helena de s'écarter de ses collègues pour la rejoindre avec Meriem et Beca. À mots fébriles, elle lui expose la situation, lui intime d'aller chercher Jade et de la mettre en sécurité dans la salle des archives.

– Si elle résiste, ne lui laissez pas le choix. Dites-lui qu'elle va pouvoir partir avec nous. Et son fils aussi. C'est leur dernière chance. Meriem, je veux que tu restes ensuite avec Jade aux archives, il ne faut pas la laisser seule. On vous y retrouve une fois le bébé récupéré.

La petite brune s'empresse d'acquiescer.

– Je pars avec Beca. Helena, dès que vous êtes prête, rejoignez-nous devant la porte métallique du passage vers l'aile J, termine Luce.

– J'y serai, promet Helena.

Luce et Beca se précipitent dans les couloirs en direction des souterrains, manquant de bousculer Vincent qui talonne de près l'équipe médicale. Son regard attrape celui de Luce et aussitôt, les larmes montent derrière ses lunettes.

– J'étais en chemin pour te demander comment ton face-à-face avec Clara s'était passé, quand j'ai entendu que… Oh, Luce, j'ai cru qu'elles t'avaient attaquée aussi !

Le sanglot de Vincent meurt dans le cou de Luce et, pendant un instant, plus rien d'autre ne compte. Les soignants continuent d'aller et venir, les professeurs courent en tous sens à la recherche des agresseuses, mais qu'importe. C'est à peine si les deux amants entendent le conciliabule à quelques pas d'eux :

– Ces garces se sont éparpillées dans l'Institut ! Fouillez tout, ordonne l'un, on ne s'arrête pas tant qu'on n'a pas mis la main sur toutes les filles du rang 3 !

– Elles l'ont prise pour cible en pensant que l'intendante la choisirait comme assistante, répond l'autre. Où est le professeur Alpha ?!

– Introuvable. Jusqu'à son retour, pas un mot à l'intendante. Mettez-la en sécurité et retardez les entretiens avec les postulantes.

Les hommes en blouse blanche se séparent en hâte ; Luce et Vincent se blottissent un peu plus fort l'un contre l'autre. Elle pourrait rester là pour toujours, dans la chaleur de ces bras aimés, dans ce refuge si bien taillé pour elle… mais Beca la rappelle à l'ordre :

– Qu'est-ce qui vous prend, tous les deux ?! Le temps presse !

Luce se souvient soudain que ses amies ne savent rien de ce qui la lie à Vincent. Le moment est mal choisi pour s'expliquer, alors elle s'arrache à l'étreinte et expose le changement de plan à son compagnon.

– Le problème, conclut-elle, c'est qu'on n'a plus les outils pour démonter la passerelle, je ne sais pas où les équipes les ont emportés.

Le bibliothécaire comprend immédiatement ce qu'elle attend de lui. Dans un sourire très doux, il demande :

– Alors on va sortir par la grande porte, hein ?

Luce hoche la tête. Puis elle plonge son regard dans le sien, y cherche la trace du doute, le refus du risque inutile… Mais Vincent n'a pas cessé de sourire. Il répond :

– Je m'occupe de la clé du dernier sas. Je trouverai un moyen. À tout à l'heure.

Il n'y a ni baisers ni promesses. Luce ne lui souhaite pas bonne chance, ne lui rappelle pas la responsabilité qui est la sienne. Elle le laisse disparaître au coin du couloir, sans rien dire de l'appréhension qui lui tord le ventre.

66

Une fois ses complices réunies devant la lourde porte métallique au rez-de-chaussée de l'aile H, Luce fait signe à Beca et Helena de se tenir silencieuses. L'oreille collée à la paroi, elle s'efforce de se projeter de l'autre côté, là-bas, dans le souterrain. Mais elle ne distingue rien. Ni bruits de bottes ni éclats de voix. Et si c'était trop tard ? Et si elles avaient manqué le professeur Alpha ? Luce retire à la hâte ses chaussettes et les fourre dans la manche de son pull, comme elle a vu Avril le faire quelques heures plus tôt ; cette image la mord en plein cœur. Sans un mot, elle se laisse engloutir par la flaque noirâtre.

Peut-être que Luce n'aura jamais connaissance des éléments qui vont suivre. Peut-être qu'elle finira par s'en faire une idée plus ou moins fidèle au fil du temps. Peut-être que des légendes franchiront un jour les murs de l'Institut pour parvenir jusqu'à ses oreilles. Ou peut-être qu'elle se réveillera chaque nuit en se demandant ce qui s'est réellement passé.

Toujours est-il que tandis qu'elle s'enfonce dans l'obscurité, elle demeure parfaitement aveugle aux événements qui se dérouleront bientôt dans les bureaux de l'aile E.

Vincent s'avance dans les couloirs de l'Institut, le cœur battant. À chaque pas, il martèle le couplet de ses terreurs pour mieux les apprivoiser. Il voudrait pouvoir accueillir ses angoisses comme de vieilles connaissances, mais ces peurs-là sont nouvelles et terriblement concrètes. Parce que aujourd'hui, pour la première fois, il a quelque chose à perdre.

Dans le gymnase vide, les échos du discours de sa sœur s'étiolent lentement. Vincent se remémore les paroles glaçantes, comme autant de coups de poignard sans destinataires, mais aux victimes toujours plus nombreuses. Et tandis qu'il s'avance dans ce lieu dont les nuits ont abrité tant de laideur et de détresse, il ressent avec une acuité douloureuse l'odieuse empreinte que son père a laissée dans ce monde. Il songe avec un mélange de soulagement et d'orgueil qu'enfin, il s'y arrache. Dans une heure tout au plus, il quittera l'Institut et emportera avec lui la seule beauté qu'il aura pu débusquer entre les murs. Un miracle aux yeux azur.

La salle commune de l'aile E baigne dans un silence inhabituel. Personne pour s'avachir dans le velours des fauteuils, pas de glose au coin des bibliothèques d'acajou… Vincent n'a jamais vu l'endroit aussi désert. Toutes les équipes sont occupées à pourchasser les mutinées du rang 3 et à préserver l'intendante. Tant mieux. Il se hâte vers le bureau du professeur Alpha, où se situe l'armoire à clés.

Vincent connaît le protocole par cœur, pour y avoir assisté un nombre incalculable de fois : avant toute chose, il doit trouver le code du premier cadenas, celui qui donne accès au placard. Le bibliothécaire cherche l'usure des crans, examine la couleur du métal altérée par le frottement des années… Il se remémore les dates importantes, celles des anniversaires, des commémorations, des inaugurations… Et il les teste, l'une après l'autre, l'oreille aux aguets pour capter les cliquetis du mécanisme. Sans succès. Après une hésitation, il entre le matricule du professeur Alpha. 002A. Un petit clic retentit et le cadenas s'ouvre.

Une armoire transparente apparaît, garnie d'une multitude de clés quasi identiques. Elles ne comportent ni étiquette, ni signe distinctif pouvant renseigner sur leur usage : seuls ceux à qui elles sont destinées ont le droit de savoir, les autres devront se contenter de les observer à travers la paroi.

Vincent repère aussitôt la sienne.

Maintenant, reste à ouvrir la serrure sertie dans la vitrine de Plexiglas et pour cela, il doit en dénicher la clé. Vincent passe la main en haut des meubles, vérifie le fond des tiroirs, le dessous des tapis… Il fouille la pièce comme, un mois plus tôt, Luce a retourné son appartement. Ce faisant, il tâche de faire abstraction du temps qui s'écoule et des périls qu'il charrie avec lui. En vain. Et si la confrontation de Luce, Helena et Beca avec Alpha ne se déroulait pas comme prévu ? Et si quelqu'un décidait de faire un tour à la salle des archives ? Vincent vérifie les étagères, sonde les bibelots et les ornements… Ses mains commencent à trembler. Et si l'un de ses collègues revenait soudain à l'aile E ? Et si on le surprenait à fouiller dans les affaires du professeur Alpha ? Il se hâte, examine les coussins des fauteuils, feuillette les cahiers, retourne les tableaux… mais il finit par se rendre à l'évidence : la clé de la vitrine reste introuvable.

Sur le bureau d'Alpha trône un presse-papiers en or terni par les années. Il en émane une sorte d'autorité latente. Vincent soupèse l'accessoire, le contact de la masse froide et compacte lui arrache un sourire. Le bibliothécaire se place face à l'armoire à clés, les jambes légèrement écartées, les pieds bien ancrés dans le sol. Il a spontanément adopté la position de garde qu'Avril leur a enseignée lors des entraînements. Une profonde respiration, et il projette son arme de toutes ses forces. Le presse-papiers s'abat contre la vitre, qui tangue. Un impact est apparu, un minuscule trou qui brouille la transparence du Plexiglas. Vincent lève à nouveau la main. Un bruit sec retentit, de fines ramifications en étoile apparaissent. Il prend son élan encore une fois. Le presse-papiers heurte la surface dans un grand fracas ; un premier morceau tombe au sol.

Alors Vincent n'hésite plus. Il ne reprend plus sa respiration, ne recule plus pour constater les dégâts. Il frappe, frappe encore, furieusement, comme il n'a jamais frappé de sa vie. Il frappe pour blesser l'Institut, pour ébranler les certitudes de la famille Hertz, pour ouvrir la voie à toutes les pensionnaires qui rêvent de lumière du jour. Il frappe comme si c'était l'unique chose qui ait jamais compté, le Plexiglas vole, se tord, se décroche... Les clés sont presque à sa portée. Plus qu'un seul coup et la voie sera libre. Vincent se prépare à attaquer une dernière fois, déterminé, exalté, plus vivant que jamais... quand une main attrape son poignet.

Il fait volte-face. Sous le coup de la surprise, il a laissé échapper le presse-papiers, qui s'écrase au sol dans un bruit sourd.

– Bonjour, Vincent.

67

Quelque part au loin, un bébé gémit.

Ou peut-être que Luce l'a seulement rêvé, à force d'espérer. De nouveau, le berceau de Plexiglas oscille au fond de sa mémoire, Avril hurle… Luce appuie sur ses paupières pour chasser la réminiscence de la veille. Pas maintenant. Elle prend une profonde inspiration, rouvre les yeux. Ce n'est qu'une fois les arabesques lumineuses dissipées qu'elle s'aperçoit que le tunnel s'est éclairci. Elle se jette dans le renfoncement d'un boyau. L'eau glaciale leste peu à peu le tissu de sa jupe, elle lui laboure les cuisses, mais Luce n'y prête plus attention. Dans le souterrain, un son d'éclaboussures régulier monte, presque recouvert par les pleurs de l'enfant.

Soudain, les pas s'arrêtent.

– Il y a quelqu'un ? aboie Alpha.

Le faisceau d'une lampe balaie les alentours, Luce doit se recroqueviller pour l'éviter. Elle devine le professeur qui scrute l'obscurité derrière ses lunettes d'acier.

– Qui est là ?! insiste-t-il.

La porte métallique s'ouvre en grand, inondant la galerie de lumière. Une voix claire retentit :

– Professeur Alpha, l'intendante a demandé que l'enfant soit amené à l'aile H pour un examen médical complet.

– B1803 ? Qu'est-ce que c'est que cette histoire ?

Le professeur Alpha s'est immobilisé, visiblement contrarié. Son pantalon, remonté au-dessus des genoux, dégouline dans ses bottes d'une substance noire et visqueuse. En haut des marches, Helena et Beca lui sourient avec déférence. La messagère reprend :

– Voici 315H, c'est elle qui a mis au monde le bébé et s'en est occupée durant ses premiers jours de vie. Elle va se charger de la suite.

Les mains d'Alpha se crispent maladroitement autour de l'enfant. Les vagissements redoublent. Aussitôt, des hordes de gamines déferlent dans l'esprit de Luce, leurs chaussures usées martèlent le sol et les vertèbres et les côtes. Le râle d'Avril s'élève, assourdissant, l'exhortant à venger sa mort indigne. Son crâne heurte le carrelage, encore et encore, son visage s'empourpre…

– Je n'ai pas été prévenu, rugit Alpha.

– Bien sûr, nous le déplorons, l'ordre vient juste de tomber. La situation est assez chaotique dans les étages.

Helena avance de quelques pas, les bras tendus vers le nouveau-né.

– Laissez-moi vous aider, nous allons en discuter ensemble.

L'intendante se tient face à Vincent, rigide dans son uniforme à la coupe impeccable. Elle ne cille pas. Aussitôt, il sait qu'elle a tout vu et tout compris, et les mensonges qu'il avait préparés restent coincés dans sa gorge.

– Vincent… Qu'est-ce que tu as encore fait ?

Son ton est celui d'une grande sœur. Elle le réprimande comme autrefois, comme s'il l'avait mise face à la bêtise de trop. Il bredouille un début d'excuse, qu'il abandonne sitôt que Julia s'approche de l'armoire. Agenouillée pour ramasser les plus gros morceaux de Plexiglas, elle déroule la litanie des reproches :

– Papa disait toujours qu'on ne pouvait pas te faire confiance, que tu avais de la graine de rebelle en toi… Je te défendais, tu sais ?

Elle se retourne vers lui avec un sourire déçu, les mains chargées d'éclats.

– Et toi, regarde ce que tu as fait…

La jeune femme ne cherche même pas à savoir pourquoi, peut-être a-t-elle définitivement rangé son frère parmi les idiots inoffensifs. Vincent s'était attendu à tout, sauf à ça. Il s'était préparé à affronter les sanctions, les coups, les insultes… mais pas ce mépris tranquille venu du fond de l'enfance, pas cette humiliation déguisée en tendresse. Julia, toujours accroupie au milieu des débris, poursuit :

– Dire que l'équipe éducative m'a envoyée ici pour me délasser avant le début des entretiens… Voilà qui semble compromis. Tu sais à quel point ça va être difficile de faire réparer tout ça ? On n'est plus dans le monde d'avant, Vincent, on ne peut plus faire n'importe quoi sans réfléchir aux conséquences…

Le bibliothécaire ne répond pas. C'est son premier échange avec sa sœur en onze ans et pourtant, il a repris sa colère exactement là où il l'avait laissée. Le tremblement de ses poings gagne peu à peu le reste de son corps.

– Je ne devrais pas avoir à t'expliquer tout ça. Tu es un adulte maintenant. J'ai entendu dire que tu t'étais trouvé une compagne, ici ? C'est une bonne chose, j'espère qu'elle…

– Je t'interdis de parler de Luce.

Julia s'est redressée. Elle toise son frère avec un mélange de surprise et de mécontentement.

– Tu n'as pas à m'interdire quoi que ce soit, je te rappelle que je suis l'intendante.

Et elle ajoute, comme si elle ne pouvait pas se retenir :

– Et toi, tu es le bibliothécaire. Ce sont les rôles que papa avait décidés pour nous.

Vincent la dévisage. Les rides nouvelles entre les sourcils, les lèvres affinées, les cernes creusés… Il ne peut s'empêcher de traquer les traits enfantins sous le fard. Mais rien en elle ne rappelle plus la petite fille d'autrefois. Julia a fini par ressembler aux portraits du fondateur de l'Institut et de la Structure Hertz. Ce sont les traits d'une vie sans amour, pense-t-il. Une vie sacrifiée à la doctrine et au pouvoir, non par obligation, mais par choix. Alors, il dit simplement :

– Papa, je l'ai tué.

Et soudain, la réalité de son intention lui apparaît pour la toute première fois. En prononçant ces mots, Vincent précipite à nouveau Tadeusz Hertz du haut des escaliers. Ses mains ne tremblent pas. Il sait que cet élan sera fatal, qu'il vient de décider seul de l'inflexion de son monde. Et enfin, il s'en libère.

Son dos, qui n'avait cessé de se courber depuis les cataclysmes, s'est redressé. Son regard s'est durci, il n'est plus l'enfant, le petit frère, l'éternel adolescent pénible. Il n'est même plus le bibliothécaire, ni le passeur. Il est Vincent, assassin de Tadeusz Hertz. Il est Vincent, compagnon de Luce et futur évadé de l'Institut.

Le visage de Julia se fissure. À la manière de la vitre de Plexiglas, à partir d'un minuscule impact, la douleur rayonne et s'étend peu à peu à tout son être. D'un regard, Vincent suit la contamination qui s'avance en elle. Et puis, tout cède en même temps : les larmes, la rage, la violence, le désespoir. Le masque aimable de l'intendante a disparu, tous deux le piétinent jusqu'à le réduire en miettes tandis qu'ils s'empoignent, trébuchants, hurlants, au milieu des débris de l'armoire à clés.

68

Luce n'a pas pu attendre. À peine le bébé a-t-il rejoint les bras d'Helena qu'elle se jette dans le dos d'Alpha. Ensemble, ils roulent dans la flaque noirâtre. Et tandis qu'elle cogne à n'en plus finir, enfin, les gamines de l'aile J disparaissent, le visage d'Avril cesse de s'écraser sur le sol, son râle d'agonie s'interrompt.

Luce agrippe tout ce que ses mains peuvent rencontrer de cheveux, d'os et d'ongles. Elle bascule et l'eau s'engouffre dans son nez, déposant son goût de pourriture dans sa bouche, maculant ses cils d'une pellicule épaisse et visqueuse. Alors elle crache, se relève, son pied frappe sans répit, il broie et piétine. Luce convoque tous les enseignements d'Avril, toutes ses colères, aussi. Chaque coup porté est un hommage supplémentaire, un éloge funèbre prononcé dans une langue longtemps ignorée.

Les hurlements d'Alpha se perdent en bulles gluantes dans la flaque où elle le maintient, de plus en plus faibles, de plus en plus éteints. Luce ne s'arrête pas, mais elle prend maintenant le temps de viser au plus douloureux et au plus vulnérable ; elle ne frappe plus pour se défendre, elle frappe pour venger les siennes. Couché à plat ventre, étendu de tout son long dans l'eau sombre du boyau, son adversaire sombre lentement. Elle lui agrippe les cheveux, le force à relever la tête. De sa main libre, elle fouille fébrilement dans la poche de sa jupe. Ses doigts rencontrent le métal froid.

Luce s'empare de la lame de rasoir et l'approche du cou du professeur Alpha.

Le sang qui coule sur le visage de Vincent lui obstrue la vue. À travers ce rideau écarlate, il voit Julia reprendre son élan, haletante et furieuse. Elle ne renoncera pas. La colère qu'il a allumée puise son carburant au plus profond d'un deuil refoulé des années durant. Il essuie du plat de la main le liquide rouge et tiède qui goutte de ses cils. Arc-bouté vers l'avant, le corps tout entier contracté pour se dresser en armure, il se prépare à accueillir le choc. Sa sœur a ramassé le presse-papiers échoué au sol. Alors Vincent se souvient du poids dans ses paumes, du fracas de la masse précipitée contre la vitre de Plexiglas. Il imagine le craquement de ses os, si semblable à celui de la nuque de son père en bas de l'escalier.

– Luce, non !

En une fraction de seconde, Helena l'a rejointe et a vidé le contenu d'une seringue dans le cou du professeur. Dans une éclaboussure fétide, le corps d'Alpha retombe. La messagère l'adosse à la paroi la plus proche.

– Tu n'as pas besoin de faire ça, Luce.

Elle administre une petite gifle à l'homme pour vérifier qu'il est bien inconscient et l'abandonne là, à demi immergé dans la flaque sombre et épaisse.

– Allez, Jade nous attend, dit l'infirmière.

À la sortie du souterrain, les clandestines découvrent que les équipes parties à la recherche des assaillantes de l'amphithéâtre sont tout près. En se concentrant sur leur foulée lourde et les ordres fébriles que les hommes hurlent d'un couloir à l'autre, Luce parvient à bâtir un itinéraire jusqu'au deuxième étage de l'aile D qui les contourne de justesse. Beca ferme la marche. Pendant ce temps, Helena serre le bébé contre elle, le comble de caresses et de prières murmurées pour qu'il se tienne tranquille.

Par le hublot d'un sas, elles aperçoivent soudain une poignée de filles du rang 3. Les troupes d'adultes ont fondu sur elles, ils multiplient les coups, traînent leurs proies par les cheveux en criant des promesses funestes. Certaines se défendent tant bien que mal, d'autres se sont roulées en boule et supplient qu'on les épargne. Les uniformes se déchirent, les nez saignent et surtout : les cris recouvrent tout. Luce, Helena et Beca se mettent à courir, portées par la même terreur.

Elles rejoignent finalement la salle des archives, tremblantes, maculées de boue. De l'autre côté de la porte, l'obscurité règne : pour préserver les documents qui y sont stockés, les néons ne connaissent que le mode nocturne, c'est ce qu'a expliqué Vincent. Dans le calme soudain retrouvé, Luce scrute la pénombre à la recherche de son compagnon. Mais seules Meriem et Jade s'avancent. Les yeux écarquillés de cette dernière se remplissent de larmes quand Helena dépose le bébé dans le creux de son bras valide.

Tout se mélange : les comptines, les mots d'amour, les baisers. Beca, Helena et Meriem se rejoignent autour de Jade, les sourires le disputent aux larmes. Le cercle se referme dans un écrin de douceur et en cet instant, plus rien d'autre n'existe. Ni la peur, ni les murs, ni l'urgence. Sauf pour Luce, qui ne peut détacher son regard de la porte, pas plus qu'elle ne parvient à éteindre l'intuition douloureuse qui s'est allumée en elle.

– Vincent va bientôt arriver, murmure-t-elle, sans savoir si elle s'adresse aux autres ou seulement à elle-même.

Vincent balaie la pièce d'un regard fébrile à la recherche d'une arme, d'un bouclier, n'importe quoi pour résister aux assauts de sa sœur. Mais il ne rencontre que paperasse effondrée et bibelots inoffensifs. Alors il recule à pas lents, attentif au moindre mouvement esquissé par Julia.

Et soudain, elle s'élance vers lui, le buste tout entier jeté en avant, les bras levés très haut pour mieux brandir le presse-papiers. Il esquive juste à temps, trébuchant sur un coin du bureau, le corps à la renverse. Avant qu'il comprenne ce qui se passe, il est à terre, le dos meurtri par les éclats de Plexiglas. Julia bondit sur lui. Les doigts de l'intendante, rougis du sang de son frère, enserrent l'arme en une poigne solide.

La masse s'abat tout près de la tête de Vincent. Il se débat, roule, se cabre et, dans un effort aussi brutal que désespéré, dégage son bassin. Il parvient à désarçonner sa sœur juste avant le choc. Julia bascule sur le dos, le presse-papiers s'échoue sur le parquet ; le plancher gémit quand il se fend.

Vincent n'attend pas, il se rue sur Julia et pèse de tout son poids pour l'immobiliser. Les seuls sons qui passent sa gorge sont des grognements de douleur et de peur. Le bibliothécaire sait qu'il se bat pour sa vie, car rien ne pourra contrebalancer l'aveu qui a déclenché cette furie destructrice. Et tandis qu'il s'acharne à contrer les ripostes de l'intendante, il entrevoit déjà le dénouement de l'affrontement. Il comprend que cette issue-là ne pourra pas être heureuse.

69

– **Pourquoi c'est si long ? Il devrait déjà être là...**

– Il va arriver, Luce, ne t'en fais pas, chuchote Meriem.

À ces mots, le bébé se met à gémir, comme s'il avait saisi avant les clandestines le véritable sens de l'attente. Beca bondit sur ses jambes, ses yeux balaient la pièce. Et tandis qu'elle s'approche de la porte, les gémissements se transforment en pleurs stridents et saccadés.

– Chuuut, chut… implore Jade.

La jeune mère déboutonne son chemisier à la hâte. Elle amène l'enfant à son sein et, à voix basse, le supplie de se taire. Il la repousse vigoureusement, hurlant de plus belle.

– Je ne comprends pas, qu'est-ce que tu as… ? Tiens, mange… Chut, là, là… Sois sage, s'il te plaît… C'est bientôt fini…

Luce s'est levée et a rejoint Beca. Elles échangent un regard anxieux, avant de coller l'oreille à la paroi de la porte. Meriem s'est installée à côté de Jade pour fredonner une berceuse dans une langue inconnue :

– *Nenni nenni ya becha…*

Mais l'urgence qui point dans la voix de la petite brune ne fait que redoubler l'angoisse du nourrisson. Helena, elle, s'affaire à vérifier qu'il ne présente aucun signe de détresse physique. Elle examine la raideur de la nuque, la température du front…

– Tout a l'air normal… Je ne comprends pas ce qu'il a…

– Silence ! ordonne Luce.

Son corps a repris ses réflexes de combat. Elle darde sur Beca des yeux exorbités par la vigilance. Et d'un ton inquiet, presque agressif, elle lui demande :

– Tu as entendu la même chose que moi ?

Toute la vie de Vincent tient dans cette étreinte qu'il ne doit surtout pas relâcher. Pourtant, il le sent, il pare de moins en moins bien les attaques. Il bloque le bassin, attrape les avant-bras, évite les coups de tête et les morsures, sans réussir à maîtriser sa sœur.

Tandis qu'elle se débat et que ses mains balaient fébrilement le sol, Julia déverse sur lui des tombereaux d'injures, s'échinant à le blesser par tous les moyens possibles. Et plus sa fureur se déchaîne, plus Vincent se rend à l'évidence : elle n'entendra pas raison, ne lui pardonnera pas. Elle ne lui proposera pas, non plus, de procès équitable. L'intendante ira jusqu'au bout de cette rage toute-puissante, quelles qu'en soient les conséquences.

Alors le bibliothécaire pense à Luce. Il l'imagine cloîtrée aux archives, pétrie d'angoisse en ne le voyant pas revenir. Et cette vision le blesse, au plus profond de lui-même. La terreur de cette lutte acharnée n'est rien, face à l'image de la jeune fille à qui elle l'arrache. Suffoqué par cette pensée, il n'a pas vu la main de Julia se resserrer autour d'un éclat de Plexiglas. Il comprend son erreur quand le poignard transparent s'abat sur lui.

– Fouillez toute l'aile, pièce par pièce !

Cette fois, Luce a distingué chacun des mots prononcés dans le couloir. Elle se tourne vers ses amies, glacée d'effroi, incapable de leur répéter ce qu'elle vient d'entendre. Là-bas, au fond de la salle, le bébé s'est enfin calmé. Helena poursuit nerveusement son inspection pour trouver la cause des pleurs pendant que Meriem continue de chantonner, le visage défait. Seule Jade a relevé la tête en direction de la porte.

– Ils arrivent, c'est ça ?

Les deux guetteuses acquiescent. Aussitôt, le temps se fracture. La comptine de Meriem s'éteint, Helena saute sur ses jambes ; Jade serre l'enfant un peu plus fort.

– Qu'est-ce qu'on fait ? demande Beca.

Luce tente de rassurer ses complices, malgré la peur qui tétanise chacun de ses muscles :

– L'aile D est grande, ils vont tout inspecter… On a encore un peu de temps.

Mais toutes sont désormais debout, à s'agiter vainement sans savoir où concentrer leurs efforts. Beca bondit :

– Comment ça, « on a encore un peu de temps » ?! Tu veux dire qu'on attend qu'ils nous trouvent ?

– Ils savent que la salle des archives mène au dernier sas, rappelle Jade, ils vont vérifier cette zone stratégique en priorité.

Luce secoue la tête et martèle :

– Il faut laisser le temps à Vincent de nous rejoindre.

– De toute façon, c'est lui qui doit rapporter la clé, gémit Meriem, on est prises au piège ici…

– Et si Vincent est blessé, et s'il ne vient pas ? Et s'ils nous trouvent avant qu'il arrive ?!

Alors que Luce s'apprête à répondre qu'elle refuse de considérer cette éventualité, que Vincent viendra et qu'elle ne l'abandonnera pas à l'Institut, alors qu'elle s'apprête à avouer le vertige des deux dernières nuits et la passion qui la dévore, Helena déclare :

– Ne vous inquiétez pas. On saura les recevoir.

Beca veut protester, mais de nouveaux éclats de voix en provenance du couloir, plus forts que les précédents, la contraignent au silence. Avril, à cet instant, leur manque plus que jamais.

La main de l'intendante ne tremble pas. Elle continue de brandir sa menace dans la lumière des néons, luttant de toutes ses forces contre la poigne de Vincent. Il s'est saisi de son poignet juste à temps, juste avant que l'éclat de Plexiglas ne l'atteigne en pleine figure. Mais peu à peu, il sent ses forces décliner. Il songe brièvement à la nourriture de la Cité, aux rations généreuses, aux multiples égards accordés à l'intendante. Il ne sera plus de taille à lutter très longtemps. Il blâme ce corps maigre et si longtemps déserté, ce corps qui lui fera bientôt défaut, si peu de temps après son réveil.

Julia est parvenue à dégager son autre main, qui fouille à son tour les débris, les doigts arc-boutés en grappin. Vincent bondit pour l'immobiliser. Il faut à tout prix la désarmer. Mais le premier coup s'abat dans son épaule, brûlant et glacé. Le bibliothécaire, déséquilibré, roule sur le côté dans un hurlement de douleur. Julia est maintenant penchée sur lui, un étrange sourire aux lèvres. Elle tient sa victoire et la vengeance de la dynastie Hertz. Elle est enfin prête à corriger cette erreur génétique, à éliminer l'avorton qui n'aurait jamais dû salir la lignée : c'est ce qu'elle lui dit, ou plutôt ce qu'elle lui crache. Dans un grand cri, elle se jette sur son frère.

Vincent ne voit plus rien. Il n'entend plus, ne sent plus. Il n'est plus qu'une blessure béante, insoutenable, irréparable. Une brèche à vif dans un corps-à-corps fratricide.

70

C'est le rouge qui revient en premier. D'abord, celui de ses paupières closes filtrant la lumière des néons. Puis le rouge du sang qui macule le parquet. Le rouge qui s'étend aux vêtements de l'intendante, à son visage inconscient.

Et qui déborde de ses mains, à lui.

Vincent cligne des yeux, hébété. Il regarde sans comprendre le corps inanimé qui gît devant lui. La tache écarlate grandit peu à peu sur le plancher, imbibant le fatras de papiers étalés au sol. La douleur de sa blessure à l'épaule a momentanément disparu, annihilée par l'effroi. Les mots se fraient un chemin jusqu'à son esprit, pour formuler l'inconcevable : Julia est morte.

Avec des gestes alourdis par le choc, Vincent fait pivoter le corps de sa sœur, qui retombe sur le dos dans un bruit sourd. Les yeux de l'intendante sont rivés au plafond, fixes, un rien écarquillés. Il a vu suffisamment de mortes, en a enterré plus qu'il ne fallait aux abords de l'Institut. Vincent n'a pas besoin de s'attarder pour en être certain : il a tué l'intendante. Sa sœur. L'héritière de la famille Hertz.

Il ne prend pas le temps de s'interroger sur le sens de son geste, pas encore. Son regard suit le chemin tracé par le Plexiglas brisé, jusqu'à rencontrer l'armoire béante et les clés qui y miroitent. La stupeur s'envole.

Vincent se lève d'un bond, abandonnant là le corps de sa sœur. Il se saisit de la clé, s'élance en direction de l'aile D. Pourvu qu'il soit encore temps.

Les éclats de voix se rapprochent. D'un instant à l'autre, la porte s'ouvrira à la volée. Luce la fixe à s'en faire pleurer, répétant entre ses dents serrées une prière sans destinataire. La porte va s'ouvrir et ce sera pour laisser passer Vincent. La porte va s'ouvrir et aucun professeur ne s'engouffrera dans la salle des archives. La porte va s'ouvrir et le cercle pourra enfin s'évader de l'Institut.

Le corps recroquevillé par-dessus son bébé, Jade s'est repliée au fond de la pièce, tout près de l'issue qui doit les mener au dernier sas. Beca, Meriem et Helena se redressent pour faire face, tant bien que mal, tremblantes et livides. Elles ne se bercent plus d'illusions, désormais : toutes ont compris que l'espoir d'une fuite discrète et pacifique s'était évanoui.

– Vincent va arriver, répète Luce.

L'infirmière balaie cette affirmation d'un geste agacé. Puis elle se dirige vers les paquetages, qu'elle ressort un à un de leur cachette pour les empiler aux côtés de Jade. Sa voix tremble de colère autant que de peur.

– On doit s'armer, quitte à sacrifier une partie de nos réserves. Venez, je vais vous montrer.

Ses mains défont à la hâte l'un des baluchons, dont elle extrait une bouteille d'alcool antiseptique et un bandage en tissu. Devant le regard interrogatif du groupe, elle explique :

– J'ai eu cette idée quand Clara nous a encouragées à réfléchir à nos armes potentielles. Il y a très longtemps, avant les cataclysmes, le peuple a commencé à se révolter contre les autorités parce qu'elles ne prenaient pas les mesures nécessaires pour nous empêcher d'aller dans le mur. J'ai assisté aux premières manifestations, dans le dos de mes parents. C'était avant qu'ils tirent sur les gens…

– Vous nous expliquerez ça plus tard, intervient Luce, on n'a pas le temps pour les souvenirs. Qu'est-ce qu'on doit faire avec ça ?

– Les manifestants avaient bricolé des armes de fortune. Je les ai vus faire. C'était efficace. Et on a tout ce qu'il faut avec nous.

Sur ces mots, l'infirmière attrape un morceau de bandage entre ses dents, qu'elle déchire d'un coup sec. Puis elle dévisse le bouchon de la bouteille et y plonge le morceau de tissu. Enfin, elle fourre sa main dans la poche de sa blouse et en sort une petite boîte de carton rectangulaire.

– Des années que je les gardais précieusement, dans l'espoir de m'en servir à nouveau… dehors.

Le silence s'est fait dans la salle des archives. Bien qu'ils aient disparu depuis les cataclysmes, engloutis avec tout l'arsenal de la banalité quotidienne, les clandestines ont reconnu les bâtonnets aux têtes soufrées. L'odeur des feux allumés par sa grand-mère jaillit dans la mémoire de Luce.

– Très bien, dit-elle. Préparons le maximum de bouteilles et de mèches. Il faudra que l'une d'entre nous se charge de la manipulation des allumettes.

Beca signale qu'elle est prête à s'en occuper. Luce se force à lui adresser un sourire et ajoute à mi-voix :

– Vincent sera bientôt là pour nous aider.

Vincent court. Le sang qui dégouline de ses vêtements lui importe peu, d'ailleurs il a tout oublié de la blessure qui lui déchire l'épaule. Rien d'autre ne compte dorénavant que de rejoindre la salle des archives, de retrouver Luce pour enfin la guider à travers les ruines. Il y aura un temps plus tard pour se souvenir des gestes meurtriers et comprendre leur signification. Un temps peut-être pour la culpabilité. Mais pour l'instant, seule la pulsation dans ses jambes a encore du sens.

Les battements de sa course effrénée résonnent dans l'immensité du gymnase ; il passe à toute allure la porte et débouche sur la passerelle métallique menant de l'aile G à l'aile D. Vincent est presque arrivé. Le flot qui sourd de sa plaie s'est fait plus épais, plus sombre aussi. Il serre sa main autour de l'entaille, mais ne ralentit pas.

En un instant, il a avalé les marches conduisant au deuxième étage, s'est élancé en direction de la salle des archives… Mais il s'arrête net en apercevant l'attroupement au milieu du couloir.

71

La porte s'ouvre dans un grand fracas. Des silhouettes noires, massives, affluent depuis le couloir et se pressent dans la salle des archives en vociférant des ordres incompréhensibles. Luce cherche Vincent parmi la meute. En vain.

Pour le moment, les professeurs ne les ont pas repérées, ils attendent encore que leurs yeux s'accommodent à l'obscurité pour fouiller les lieux. Ils n'ont pas entendu, non plus, les pleurs du bébé, trop occupés à aboyer des consignes qui se recouvrent les unes les autres et dont Luce ne saisit que des bribes.

Mais cet aveuglement ne durera pas. D'un instant à l'autre, ils découvriront les clandestines tapies au fond de la pièce et s'abattront sur elles. Il faut fuir. Sans un bruit, elles se glissent vers l'unique autre issue : une porte métallique, qui révèle l'escalier en colimaçon menant au dernier sas.

Une fois dans leur cachette, Luce sent les regards de ses amies se tourner un à un vers elle. Les larmes lui montent aux yeux. Elle ne parle plus de Vincent. Elle l'imagine coincé entre deux ailes, peut-être blessé, peut-être mort… ou bien saisi par la tentation d'abandonner, de fuir seul ou de se soumettre à nouveau à l'Institut… Peu à peu, la respiration de Luce s'accélère, jusqu'à la faire suffoquer. Ses poumons se compriment dans sa cage thoracique, aspirant l'air froid des sous-sols à grandes lampées paniquées.

– On fait quoi, Luce ??

Le cercle est suspendu à ses instructions. Elle sait d'ores et déjà que personne d'autre ne prendra la décision. Pourtant, qu'il serait doux d'abandonner toute responsabilité, qu'il serait facile d'accepter l'impuissance… Deux grosses larmes s'échappent de ses paupières closes. Elle y appuie les index et se laisse engloutir par un long vertige.

À travers les arabesques lumineuses, c'est une chute qui n'en finit pas. Luce remonte les années, exhume la mémoire et réveille toutes les culpabilités. L'étrange fascination qui s'était emparée d'elle devant les minuscules silhouettes ballottées par le courant a disparu, remplacée par une clairvoyance cruelle. Les fourmis noyées ont pris le visage de ses parents. Les petites taches noires gesticulantes s'appellent papa. Et maman.

– *Ne regarde pas, ma petite chérie, implore de nouveau sa grand-mère.*

Cette fois, il y a des sanglots dans sa voix. Alors tout devient trop réel. Luce hoquette, tressaute, son monde se fond en une gigantesque coulée de boue, le sol se fait mouvant, prêt à l'avaler à chaque instant. Une langue de terre va la laper. Elle la portera à cette grande bouche d'eau opaque et grondante, et Luce aussi deviendra fourmi. Puis le torrent gourmand emportera sa grand-mère ; sa douce grand-mère aux mains fatiguées et à la voix qui se fêle.

La petite fille s'est mise en apnée, comme si la surface boueuse l'avait déjà engloutie. Elle a laissé un morceau d'elle dans la chambre du premier étage, qui peu à peu disparaît sous les flots. Une vague s'engouffre par la fenêtre, elle fait danser les rideaux, dévore la collection de coquillages alignés avec soin sur la bibliothèque. Luce voit tout cela, les images se répandent en elle sans qu'elle puisse ni les éviter ni les éteindre.

Alors enfin, elle obéit à sa grand-mère. Ne plus voir, ne plus regarder. Elle serre ses mains contre son visage, ferme les yeux, de toutes ses forces. Il faut effacer les visions de ses poupées déchiquetées par les vagues. Luce appuie ses index sur ses paupières et de petits scintillements de lumière surgissent. Elle presse encore. Les éclairs se ramifient en arabesques colorées qui s'élancent, se rétractent, se rejoignent… Et tandis qu'elles se déploient, sans cesse changeantes, toujours magnifiques, Luce s'abandonne à leur ballet. Enfin, il recouvre les ombres de son cocon chaviré.

– On ne peut pas rester là, ma petite chérie.

Elle ouvre les yeux. Les dessins lumineux dansent devant le paysage fondu, ils lèchent les toits de tuiles qui dépassent encore en haut des vagues. Alors, sans même se retourner vers sa grand-mère, Luce prononce cette phrase terrible, la première de sa nouvelle vie :

– Pourquoi tu ne les as pas sauvés ?

– Qu'est-ce qu'on attend pour se sauver ?! Le dernier sas n'est pas loin, on pour…

– Et la clé, alors ?

– Tôt ou tard, ils vont débarquer dans l'escalier. Si on ne peut pas ouvrir la grande porte, on sera prises au piège quoi qu'il arrive !

– Helena a raison, se sauver ne ferait que retarder le problème…

– Mais est-ce qu'on a le choix ?!

Derrière les chuchotements fébriles des clandestines, les voix dans la salle des archives ont enflé, tout comme le fracas de la fouille frénétique menée par les professeurs.

– Luce… gémit Meriem en se tordant les mains face à son amie silencieuse.

L'air a regagné les poumons de Luce, elle a trouvé de nouvelles digues pour contenir ses larmes. Un instant, l'image d'un écran se superpose à son champ de vision : un écran aux décors changeants, où une nuée de petits points colorés s'agite à la recherche d'une issue. Elle déplace mentalement les figures géométriques pour créer des passages, des raccourcis, des barrages… Elle a toujours excellé à cet exercice. Il faut se persuader qu'aujourd'hui n'a rien de différent et qu'il s'agit simplement d'un test de plus.

Luce dit :

– Ils reculeront. On y va.

C'est ensemble qu'elles se ruent hors de la cage d'escalier, vers la salle des archives. Comme une seule femme, elles poussent la porte métallique et s'élancent, sans peur de tomber, de se blesser ni d'échouer. Et elles viennent peser, de tout leur poids, contre le premier rayonnage.

72

D'abord il ne se passe rien.

Puis l'étagère commence à basculer dans un grincement sinistre. Les clandestines la regardent pencher, lentement, lourdement, jusqu'à venir heurter le rack voisin qui, à son tour, tremble et se renverse.

À travers les trouées, Luce distingue les silhouettes noires, paniquées et furieuses d'être prises au piège du fatras métallique. Les rayonnages continuent de s'effondrer les uns sur les autres en gémissant, précipitant leur contenu à terre, bombardant les professeurs de volumes épais et de cartons pleins à craquer.

– Beca !?

Mais la messagère est déjà à l'œuvre. Accroupie à côté des paquetages, elle gratte la première allumette.

Alors le temps suspend son cours et le vacarme se tait. Dans la lueur vacillante de la flamme – la première après dix ans sans feu –, Luce détaille une à une ses compagnes. Meriem, Jade, Helena, Beca. L'embrasement et la révolte ont réinventé leurs traits, la détermination flambe dans leurs yeux. Elles sont devenues les visages du feu.

– Maintenant !

Luce se précipite pour saisir la bouteille à la mèche allumée, qu'elle projette le plus loin possible.

Un fracas de verre brisé ; le souffle brûlant qui laboure la peau. Les clandestines contemplent ensemble la boursouflure enflammée.

Des hurlements s'élèvent du côté de leurs adversaires, mais elles ne s'en émeuvent pas. Le temps n'est plus au doute ni à la miséricorde. Elles tiennent là leur toute dernière occasion d'échapper à une vie de servitude, entre les murs de l'Institut ou à la Cité. Et Luce n'a plus qu'un but en tête : abîmer le plus possible cette organisation qui en a broyé tant d'autres avant elles.

Meriem et Helena se sont élancées, elles aussi. Les projectiles, à peine allumés, s'envolent et s'écrasent contre le sol, les murs, les étagères, provoquant à chaque nouveau choc une explosion plus grandiose.

Les réserves s'amenuisent peu à peu, mais le feu a maintenant gagné l'intégralité de la salle des archives. La plupart des membres des équipes ont déclaré forfait et fait demi-tour. À chaque abandon du camp adverse, Jade laisse échapper une flopée d'injures joyeuses, toutes plus outrancières les unes que les autres, dans un style qu'Avril n'aurait pas renié. Seuls quelques acharnés tentent encore d'éteindre l'incendie ou de se faufiler vers les fuyardes.

Luce balaie la pièce du regard pour évaluer leurs chances de s'en sortir. À vive allure, elle calcule, survole les figures géométriques pour trouver la configuration idéale, tout pour sauvegarder les points colorés qui s'agitent entre les parois mouvantes. Une autre étagère s'écroule, le décor se redessine, Luce se tourne pour constater les dommages. Et elle se fige.

Vincent est apparu à travers les flammes.

Tout à coup, la froide efficacité à laquelle elle s'était astreinte vole en éclats. Ce qui se joue là n'a plus rien d'un exercice de logique ni d'une gymnastique abstraite : l'un des pions emprisonnés a pris le visage de Vincent. Les émotions qu'elle s'était efforcée de museler pour assurer la survie du cercle reviennent la saisir à la gorge. Luce veut se précipiter vers son compagnon, mais la muraille de feu qui se dresse devant elle l'en empêche. La chaleur de l'incendie lui brûle la peau, les larmes s'assèchent sitôt qu'elles descendent sur ses joues. Haletante, paniquée, secouée de sanglots, elle analyse à la lueur du brasier la nouvelle configuration des lieux.

– Luce, attention !

À l'instant où elle débusque un passage sous les rayonnages écroulés, Luce remarque aussi l'intrus rampant sous les décombres. 092P. Le médecin barbu des examens de réévaluation. L'homme qui a balafré le visage d'Helena pour la punir. Il s'est engouffré sous le fatras métallique et se meut avec une aisance effarante en direction du groupe.

Luce se dissout de l'intérieur. Ses yeux courent le long de la pièce à la recherche d'un itinéraire de secours à indiquer à Vincent. Elle n'en trouve aucun. 092P a déniché l'unique chemin qui menait encore jusqu'à elles : si cette issue-là est bloquée, le lien entre l'Institut et les clandestines sera définitivement coupé. Elles seront hors d'atteinte. Mais alors Vincent… Elle lui jette un regard éperdu, implorant, désespéré.

– Luce ! supplie Meriem.

Leur dernier assaillant est tout proche maintenant, il profère les menaces d'une vie damnée, sans pitié, sans pardon. Pourtant, Luce ne parvient toujours pas à agir. Elle sent ses doigts se refermer autour d'un objet dont la tiédeur contraste avec la fournaise ambiante. Helena a glissé dans ses mains l'ultime bouteille d'alcool. Beca lui tend l'allumette déjà enflammée, le regard droit, solennel. Et Luce comprend que ce choix-là lui appartient, à elle seule. Personne ne le fera à sa place. Elle regarde la mèche qui s'imbibe peu à peu en s'affaissant par le goulot.

Luce se tourne une dernière fois vers Vincent. Elle lit sur son visage qu'il a compris. Elle le regarde, ou plutôt elle s'emplit de lui, grappille chaque miette de son image, dévore tout ce qui fera matière à souvenirs. Et soudain, les commissures des lèvres adorées s'étirent. De l'autre côté du monde embrasé, Vincent lui offre un sourire de renoncement. Il prononce une parole qu'elle n'entend pas, étend son bras ensanglanté, prend son élan. Son poing se déplie autour de la clé.

Luce hurle. Des cris de joie et de stupeur mêlées lui font écho. Ça y est. La bouteille qu'elle a lancée a éclaté juste avant que le barbu jaillisse du tunnel de flammes. Et la clé jetée par Vincent brille à ses pieds. Une main s'en saisit, le groupe chante et pleure, les clandestines s'étreignent pour célébrer la fin des épreuves. Mais Luce ne les rejoint pas. Elle contemple le brasier qui s'étend devant elle, assommée. Elle savait déjà que certaines déchirures ne se réparent pas ; elle vient d'apprendre qu'il est des plaies que le feu ne peut cautériser.

Vincent a disparu dans l'épaisse fumée noire qui referme son rideau sur la salle des archives. Luce tousse et suffoque, mais ses jambes refusent de l'emmener ailleurs, la douleur a figé ses muscles. Des flammes démesurées courent désormais le long des murs, jusqu'à lécher le faux plafond dont les dalles s'écrasent une à une au sol. Le linoléum se contorsionne dans la fournaise. À travers les crépitements des braises et les gémissements du métal tordu, Luce perçoit soudain la voix de Vincent.

– Suivez-moi tous à l'aile E ! L'intendante a été agressée ! Elle a besoin de votre aide !

Ce sont les dernières paroles qu'elle entendra de sa bouche. Et alors qu'elle grave en elle l'écho de cette voix, ses inflexions douces, sa texture veloutée, alors qu'elle s'apprête à abandonner dans le brasier ce morceau d'elle-même, nauséeuse, percluse de vertiges, fissurée en plein cœur, elle sent une main l'empoigner et l'arracher aux archives bouillonnantes.

73

Sitôt la porte refermée, le tumulte s'éteint. De l'autre côté de la lourde paroi métallique, c'est comme si l'incendie n'avait jamais existé. La vapeur glaciale qui monte des profondeurs enveloppe les clandestines de silence. Pendant une poignée de minutes, elles restent ainsi, dans le noir, mutiques. Puis le bébé gémit, très doucement. Alors la vie regagne les corps. Quelques frissons dans l'obscurité, le froissement des étoffes, un soupir à peine audible. Luce plonge la main dans son baluchon. Clic.

Les premières marches se dessinent dans un halo tremblant. La torche pèse des tonnes au bout de ses doigts. Au-delà du faisceau, l'escalier en colimaçon s'enfonce dans une pénombre opaque, empêchant les évadées d'évaluer la distance à parcourir.

Parce que personne n'ose ouvrir le chemin, Luce s'avance. Le bruit de ses pas, métallique et froid, se répercute dans la carcasse invisible des étages. Elle jette un dernier regard vers la porte qui les sépare de la salle des archives.

– C'est un dispositif coupe-feu, explique Jade. Rappelle-toi l'article de journal ; Hertz a fait ignifuger la salle des archives. Les flammes ne se propageront pas. Et Vinc… je veux dire, les autres seront saufs.

La jeune mère s'approche de Luce et, du bout de l'index, souligne le tracé des larmes asséchées sur ses joues maculées de suie. Luce essaie de sourire, mais sa bouche ne parvient qu'à se tordre. Elle détourne la tête et entame la descente.

Luce avait imaginé beaucoup de choses concernant sa sortie de l'Institut. La main de Vincent dans la sienne pour commencer, chaude et rassurante. Mais aussi les plaisanteries pour tromper l'appréhension, les pronostics sur l'extérieur, les serments d'amitié soudés par l'évasion ; les vociférations euphoriques d'Avril… Dans la pénombre, les yeux rivés sur la lueur dansante de la lampe de poche, elle ne connaît rien de l'excitation qu'elle avait anticipée. Le chagrin lui scie le ventre et lui mange le souffle. Tout comme cette responsabilité dont elle n'a jamais voulu : celle de mener seule le groupe jusqu'aux ruines. Bientôt, il faudra acquérir les codes d'un nouveau monde, débusquer les refuges d'une ville inconnue… et parvenir à y survivre.

Luce perçoit les regards inquiets sur elle, les attentes muettes de celles qui s'en remettent à son jugement. Pourtant, elle voudrait juste se rouler en boule et pleurer jusqu'à ce qu'il n'y ait plus rien à évacuer. Pleurer jusqu'à l'oubli, jusqu'au vide, jusqu'à ce que les sanglots lui permettent de muer sous les traits d'une Luce toute neuve. Une Luce inaltérable.

Les larmes coulent toutes seules, elle ne cherche pas à les chasser. La colère viendra bientôt, la culpabilité redoublera sûrement. Et puis peut-être, dans quelques mois ou quelques années, elle pourra retrouver la tendresse des souvenirs. Mais pas maintenant. Pour l'instant, chaque pas est plus douloureux que le précédent, comme si l'éloignement croissant aggravait la blessure. Pour la énième fois, elle rejoue la scène dans son esprit : la configuration des archives, les passages étroits sous les étagères effondrées, la menace des flammes, l'étrange sourire résigné de Vincent… Et si elle avait manqué quelque chose ? Et si elle l'avait condamné inutilement ?

– Comment ont-ils su qu'on allait s'enfuir ?

C'est Jade qui a interrompu sa rumination. Le visage de la jeune mère porte, comme celui de Luce, les stigmates du deuil et de l'amour anéanti. Dans ses bras, le bébé s'est de nouveau endormi, épuisé d'avoir pleuré à pleins poumons dans la fournaise.

– Ils n'ont rien su du tout, dit Beca. Ils cherchaient les filles du rang 3 qui ont agressé Clara.

Les clandestines se sont immobilisées au milieu d'un couloir. Pendant quelques secondes, on n'entend plus rien que la respiration tranquille du nourrisson assoupi. Puis Meriem demande :

– Mais pourquoi, justement, s'en prendre à elle ? C'est l'Institut qui leur a fait du mal, Clara n'était pour rien dans la mort de…

Aussitôt, les souvenirs de l'assaut envahissent Luce. Au milieu du désordre et des cris, elle distingue ces mots : « C'est l'autre ! L'assistante de l'intendante, c'est la brune ! » Elle murmure :

– Clara avait rendez-vous avec l'intendante, avant le début des entretiens officiels. Elles étaient persuadées qu'elle obtiendrait le poste… C'est pour ça qu'elles l'ont prise pour cible.

– Sauf que l'intendante n'a jamais prévu de se pointer à ce rendez-vous, rétorque aussitôt Beca.

Luce la considère, estomaquée. Les taches de rousseur de la messagère s'empourprent de fierté quand elle explique :

– C'est moi qui ai apporté une fausse convocation à Clara ! Elle ne me connaît pas, elle ne pouvait rien soupçonner… J'ai pensé que ce serait un juste retour de bâton pour sa trahison.

Luce titube sous le choc de cette nouvelle information. En une seconde, les différents éléments s'assemblent dans son esprit, donnant tout leur relief à l'attaque de l'amphithéâtre.

– Le rang 3, articule-t-elle d'une voix glaciale. C'est toi qui leur as dit où la trouver, n'est-ce pas ?

– Oui ! Il fallait guider leur colère, leur désigner une cible pour que ton plan bancal fonctionne. Je me suis dit que ce serait un bel hommage à Avril. Je ne l'ai pas beaucoup connue, mais…

– Comment tu as pu faire ça ?? rugit Luce.

Sans même s'en rendre compte, elle a empoigné la petite rousse par le chemisier. Les images du corps sanguinolent de Clara la traversent de part en part, son visage en charpie, sa supplication pathétique… Mais en réalité, ce sont toutes les douleurs et tous les deuils qui se mêlent en un instant, ce sont la terreur retombée et l'appréhension grandissante, ce sont la meute des fillettes et la horde du rang 3. Luce n'a pas appris à contenir ces surgissements.

– Mais quoi ?! s'écrie Beca en se dégageant de l'étreinte. C'était la pire des bulbeuses, doublée d'une traîtresse en plus de ça ! Tu n'es pas capable de voir que je l'ai fait pour toi, pour nous toutes ?

D'un pas décidé, Helena s'interpose entre Luce et la messagère, les pieds fermement ancrés dans le sol.

– Bon débarras, conclut l'infirmière, personne n'ira la pleurer. Avançons maintenant.

Luce fait volte-face, le cœur cognant dans la poitrine. À chaque pas, elle mûrit ses récriminations, cherche la bonne formule pour convaincre ses camarades que les actes de Beca sont impardonnables. Mais quand enfin elle s'apprête à prendre la parole, sa protestation est avalée par un hoquet de surprise : les clandestines viennent de déboucher sur un vaste espace aux allures d'entrepôt.

La lampe éclaire maintenant une grande chape de béton qui s'étend jusque dans l'ombre. Meriem se penche par-dessus l'épaule de Luce et demande :

– On y est ?

– D'après les indications de Vincent, la sortie se trouve un peu plus loin sur la gauche.

L'immensité qu'elle pressent autour d'elle lui a intimé de chuchoter. L'air glacial qui soufflait dans l'escalier et dans le couloir l'enveloppe désormais tout entière. Une forte odeur de poussière humide, enfermée là depuis des années, la saisit à la gorge.

Luce se met en route, le ventre noué, tranchant les ténèbres du faisceau de sa lampe. Elle chemine seule à l'avant du groupe, d'un pas un peu trop vif, comme pour s'étourdir par l'effort de ses muscles. Elle longe des agrégats de cartons éventrés, de caisses en bois renversées, de valises défoncées… Et tous ces amas prennent, à la lisière du halo électrique, une allure monstrueuse.

Luce songe à toutes les fois où le bibliothécaire a traversé cette obscurité. Ces nuits où il s'est empressé, le sac chargé de boîtes de conserve, de rejoindre la sortie, terrifié, hagard, inconsolable, avec ses cadavres pour unique escorte. Aujourd'hui, ils devaient franchir la grande porte ensemble et réparer, enfin, les années de solitude…

Luce s'aperçoit avec horreur qu'elle pense à Vincent comme on pense à un mort.

Elle secoue la tête pour chasser cette idée de son esprit, appuie ses index contre ses paupières. Quand elle rouvre les yeux, elle découvre la surface métallique rouge qui se découpe dans le halo de la torche. Elle déglutit.

– On y est, dit-elle.

Sans un mot, le cercle se regroupe autour de la porte écarlate. Beca s'avance dans le faisceau tremblotant ; la clé brille dans sa main droite. Après une seconde d'hésitation, la messagère se tourne vers Luce.

– À toi l'honneur.

Le métal doré est encore brûlant. Luce choisit d'y déceler la chaleur de Vincent. Elle serre la clé dans son poing, le plus fort possible, pour que cette rémanence se fonde dans les lignes de sa paume.

– Luce…

Un bruit sourd retentit, loin dans les étages, et ses échos se répandent dans la grande carcasse du dernier sas. Là-bas en haut des escaliers, l'acier gémit, les murs tremblent et les équipes s'affolent. Luce sait cela, tout comme elle sait qu'une fois la porte ouverte le retour en arrière ne sera plus jamais envisageable.

– Luce, il faut y aller.

Le marron tendre des yeux, de l'autre côté des flammes. Le sourire de renoncement et les mots silencieux qui l'accompagnent… Il faudra les décrypter et les consigner tout au fond de sa poitrine.

– Allons-y, s'il te plaît.

Elle aurait voulu bâtir un pont. Au lieu de ça, elle sautera d'un gouffre à un autre.

Sans solennité, elle glisse la clé dans la serrure. Pour toute résistance, le verrou lâche un petit couinement, avant de basculer. Luce se saisit de la poignée de laiton, la fait jouer d'un coup sec ; un vent épais s'engouffre dans le sas.

Elle éteint la lampe de poche et pousse la lourde paroi d'acier.

74

Rien.

Luce ne voit rien.

Devant elle le néant s'étale, opaque et froid, gigantesque trouée dans laquelle elle pourrait sombrer à tout moment. Et tandis que ses yeux fouillent encore et encore la chape noire à la recherche d'une lueur absente, elle vacille. Ses jambes ne la porteront pas plus longtemps. Le sol disparaît, le décor s'évanouit. Luce ne sait même plus si elle flotte ou si elle tombe.

Des cris retentissent à l'instant où elle heurte la terre. Le goût âcre de la poussière se fraie un chemin jusqu'à ses lèvres. Le monde est toujours là. L'abysse ne l'a pas englouti. Et si toutes ces années sous les néons avaient simplement rendu Luce aveugle à la lumière du jour ? Et si Vincent avait oublié de lui dire que le soleil ne se levait plus sur ce nouveau Paris balayé par les cataclysmes ? Alors il faudra réapprendre les gestes, analyser les sons, savoir exister face à ce qui lui échappe…

Les doigts de Luce se referment sur une touffe d'herbe. Elle reconnaît cette texture venue du fond de l'enfance. Son odeur, aussi, quand elle traversait les prairies grillées de soleil avec sa grand-mère. Elle s'agrippe à ces perceptions, comme à un fil très ténu qui pourrait l'arracher aux ténèbres.

– Luce, regarde…

Les mains de Meriem lui enserrent le visage, le forcent à se tourner. D'abord, elle ne comprend pas. Puis, peu à peu, elle distingue des éclats lumineux saupoudrés sur le rideau noir. L'ombre s'éclaire pour se parer de nuances de plus en plus subtiles… Luce découvre alors que c'est le ciel qu'elle contemple.

– Regarde les étoiles.

Les larmes refluent, tandis que des nappes de brouillard brillant s'ébauchent au-dessus des clandestines.

– J'avais cru que… Que la lumière… Que je ne voyais… bredouille-t-elle.

– La lune n'est pas encore levée, explique Helena. Il fallait juste que vos yeux s'habituent à l'obscurité.

Quelques formes éparses se précisent lentement autour d'elle : amoncellements de gravats, végétaux griffus ; immeubles effondrés, bâtiments épargnés. Luce les détaille tous avec curiosité. Le vent qui balaie sa peau a la légèreté des nuages et le parfum de la pierre fendue. Enrichi de tous les paysages traversés, il s'est faufilé entre les murailles et les arbres pour arriver jusqu'à elle. Oui, se dit-elle, ce monde-là ressemble à celui qu'elle a quitté pour l'Institut.

Bientôt, une lune ronde et jaune apparaît à l'horizon ; Jade libère son enfant du linge qui le maintenait contre sa poitrine. Elle le berce au creux de son bras valide, la paume enveloppée autour de son petit crâne.

– Maintenant qu'on est dehors… Il est temps pour toi de connaître ton prénom.

En silence, le cercle des évadées se resserre. Le nouveau-né gazouille, étend ses mains potelées vers sa mère qui poursuit d'un ton tranquille :

– Je ne voulais pas qu'ils te donnent un matricule. Je voulais que tu sois libre, un bébé de la pluie et du soleil. Finalement, tu seras aussi un bébé des étoiles.

Elle sourit, ses yeux s'emplissent de larmes. Et elle murmure d'une voix très tendre :

– Bienvenue au monde, Mars.

Luce s'approche à son tour pour déposer un baiser sur le front de l'enfant.

– Bienvenue, Mars. Tout ira bien, je te le jure.

Une à une, les clandestines se penchent sur Mars, embrassent ses joues rebondies, chuchotent serments et prédictions au lever de lune. Le nourrisson contemple chacune des évadées de son regard grave. Et Luce se persuade, l'espace d'un instant, qu'il veillera à ce que toutes tiennent leurs promesses.

Elle pourrait maintenant allumer sa torche et débuter l'exploration. Vincent n'est plus là, c'est à elle que revient le rôle de guide. Mais elle s'attarde un moment encore, à se blottir dans le manteau du soir et à étreindre chaque son, chaque odeur, chaque bribe de lumière. Luce se laisse déborder et enfin, elle se dépouille de tous les masques que l'Institut l'avait forcée à revêtir.

Jusqu'à retrouver sa véritable peau, celle des ruines et de la lumière. Celle qui lui permettra de fendre la nuit.

Épilogue

Le groupe a avancé dans les ruines, à pas lents et précautionneux, trébuchant sans cesse sur le sol inégal. Luce s'est finalement résolue à allumer sa lampe. Bientôt, les clandestines ont commencé à percevoir des bruits fugaces sur leur passage. Cailloux qui roulent, feuillages froissés… Et d'autres moins identifiables, cris lointains et gémissements à demi humains. Elles ont frissonné, des questions ont été chuchotées dans la pénombre. Luce a résisté à l'envie de braquer sa torche tout autour d'elle. Désormais, il faudra s'habituer au surgissement et à l'inconnu.

Il est temps pour le cercle de se mettre en quête des Ballasts. Les survivants clandestins l'ont promis à Vincent : ils aideront les évadées. Mais dans l'obscurité, Luce pressent l'immensité de Paris, les ramifications infinies de ses décombres. Et aussi les présences hostiles évoquées par son compagnon… Dans ce dédale dont elles ne détiennent aucune clé ni aucune règle, où trouver les bons alliés ? Comment les rejoindre avant que la faim, la soif, et mille autres périls qu'elles n'envisagent pas encore ne les dévorent ? Dans un vertige, Luce pense à tous ces défis qu'il leur faudra relever. Sans Vincent.

Le poids de la responsabilité a momentanément anesthésié la souffrance de la perte. Quand elle se sent tanguer ou que le doute recommence à l'étreindre, Luce imagine le bibliothécaire cheminant à ses côtés, juste à la lisière du faisceau lumineux. Elle visualise la confiance tendre de ses iris marron et elle reprend sa marche d'un pas un peu plus sûr. Dorénavant, il faudra s'habituer à porter Vincent en elle. À défaut de pouvoir lui parler, le regarder, entremêler ses doigts dans les siens, elle convoquera sa présence bienveillante chaque fois qu'elle en éprouvera le besoin. Même si pour ça, elle devra renoncer à éteindre la douleur du sacrifice.

Tandis que le groupe s'enfonce plus profondément dans la ville, Luce ressent l'éloignement grandissant de l'Institut. Enfin, le poids du béton quitte sa poitrine. Elle se retourne pour contempler la masse géométrique qui se dresse à l'horizon, son ombre dense plaquée sur le bleu de la nuit. Derrière les murs aveugles, elle se figure le brasier à peine maîtrisé, la découverte d'Alpha inconscient au cœur du souterrain… Et la rumeur qui court, d'aile en aile, que certains matricules manquent à l'appel. Les clandestines s'immobilisent aux côtés de Luce. Dans le souffle raccourci de ses compagnes, elle devine les mêmes questionnements : ont-elles ouvert une brèche pour les pensionnaires ? Les filles de l'Institut du Nouveau Lendemain imagineront-elles désormais des fenêtres au détour des couloirs ? Et surtout : combien de visages gravés à l'aile I, encore, avant que d'autres colères ne trouvent le chemin de la sortie ?

Luce est la première à s'apercevoir que le ciel a rosi. Elle a d'abord suivi une rue au parcours hésitant, comme si un enfant avait gribouillé la carte de la ville et redessiné pour toujours le tracé de ses avenues. Et puis le macadam a viré vers la gauche, révélant soudain une trouée au milieu des ruines. Une grande étendue de ciel, limpide, lisse, qui mordait lentement sur les ténèbres. Elle n'a pas dit un mot. Luce s'est assise sur le sol et a contemplé le jour qui s'avançait vers elle, brillant, superbe, à peine brouillé par l'écran de ses larmes.

La ville s'est dessinée peu à peu, baignée de rayons aux accents chauds. Le soleil naissant est venu caresser la pierre claire, les toits de zinc, les fenêtres nues. Luce a découvert les façades dévorées par la végétation, les statues endormies au sol et le scintillement de la rosée sur le nouveau monde. Quelques nuages cotonneux, ténus et sans menace, se sont étirés très haut au-dessus d'elle. Elle suit leur course tranquille quelques instants, avant de se tourner encore vers l'aube rougeoyante. Elle ne sait plus si elle rit ou si elle pleure, ou les deux à la fois. Elle sait seulement que l'univers est revenu à sa juste place.

Avec des gestes lents, Luce plonge la main dans son paquetage. Elle en sort la petite anthologie à couverture de lin.

Feuillet après feuillet, les disparues dessinées par Jade la contemplent. Elle soutient chacun de leurs regards, leur ouvre un éternel refuge dans sa mémoire. Désormais, les mortes existeront loin des murs de l'Institut. Luce leur promet le repos, enfin, offertes au vent et à la poussière.

Puis elle débusque le portrait pressé entre deux chapitres. Elle n'hésite pas un seul instant. Du bout des doigts, Luce rejoue la déchirure, juste au bord de l'épaule de Vincent. La trame du papier cède, le bibliothécaire se détache de la famille Hertz. Elle gardera avec elle le visage de l'adolescent au regard sombre, consignera le secret de leur amour, et se délestera du reste.

Enfin elle parcourt, pour la dernière fois, les caractères dérisoires imprimés sur les pages. Ces quelques poignées de mots qui ont régi la majeure partie de sa vie et voulu lui dicter qui soigner, qui condamner, et quels élans enterrer tout au fond de son cœur.

Très doucement, elle dépose le livre sur le sol.

Bientôt, la poussière viendra recouvrir les mots de Tadeusz Hertz. Bientôt, le vent emportera l'image figée de sa dynastie, au gré des courants d'air.

Luce se retourne sur le chemin parcouru dans la nuit. L'Institut a déjà disparu au loin, grignoté par la lumière écrasante d'un soleil de printemps.

Fin du tome 1

Remerciements

Merci à David, d'être encore et toujours mon plus bel embrasement.

Merci à Audrey, ma sœur d'écriture, pour nos orbites stabilisées côte à côte et les mille galaxies qu'on explore ensemble.

Merci à Agathe Camus, mon agente, d'avoir accepté d'accompagner ce grand rêve et de s'investir à mes côtés avec tant de pertinence et de délicatesse.

Merci à Claire Pisarra, mon éditrice, pour ses conseils, sa confiance et son enthousiasme qui sont autant de phares dans l'écriture.

Merci à Carola Strang et Mélanie Decourt, ainsi qu'à toute l'équipe des éditions Nathan, d'être entrées en résonance avec ce texte et de si bien le porter.

Merci à Nicolas Caminade, du Studio Brutalisme, pour sa couverture parfaite.

Merci à Timothy de m'avoir menée dans les couloirs de l'Institut, puis de m'avoir aidée à les cartographier.

Merci à ma mère d'avoir endossé le rôle d'experte médicale face à mes questions aussi incessantes que farfelues.

Merci à Manon, Myriam, Caroline, Flore, Carole et Marion de m'avoir accueillie dans leur formidable gang d'autrices.

Merci à toutes les personnes qui ont relu ce qui n'était alors qu'un document Word et m'ont fait penser qu'il y avait là une histoire qui méritait d'être partagée. Et plus particulièrement, les tout·es premier·es : Anaïs, Clotilde, Michaël, Elsa, Philippe, Mélanie, Tim, Caroline, Léa, Marion, Arnaud, Judith, Manon, Aki, Mamoud, Pauline et Cora.

Merci aux professeurs qui ont vu naître cette histoire ou d'autres, il y a longtemps, et dont les encouragements ont été pour moi une véritable autorisation à écrire : Nuria Galvan, Claudine Rebout et Thierry Duval.

Merci à Pascale, pour toutes les fenêtres qu'elle a ouvertes dans ma tête.

Enfin, merci à mes incroyables ami·es, qui sont autant de visages du feu : vous vous reconnaîtrez, dans ces remerciements comme entre les lignes du roman.

Compostion et mise en pages
Nord Compo à Villeneuve-d'Ascq

Ce livre est imprimé sur du papier issu de forêts gérées durablement.

N° de projet : 737857/10303809
Achevé d'imprimer en août 2025
dans les ateliers de Normandie Roto Impression s.a.s.
61250 Lonrai
N° d'imprimeur : 2503310
Imprimé en France